丸山浩明著

明清章回小説研究

汲古書院

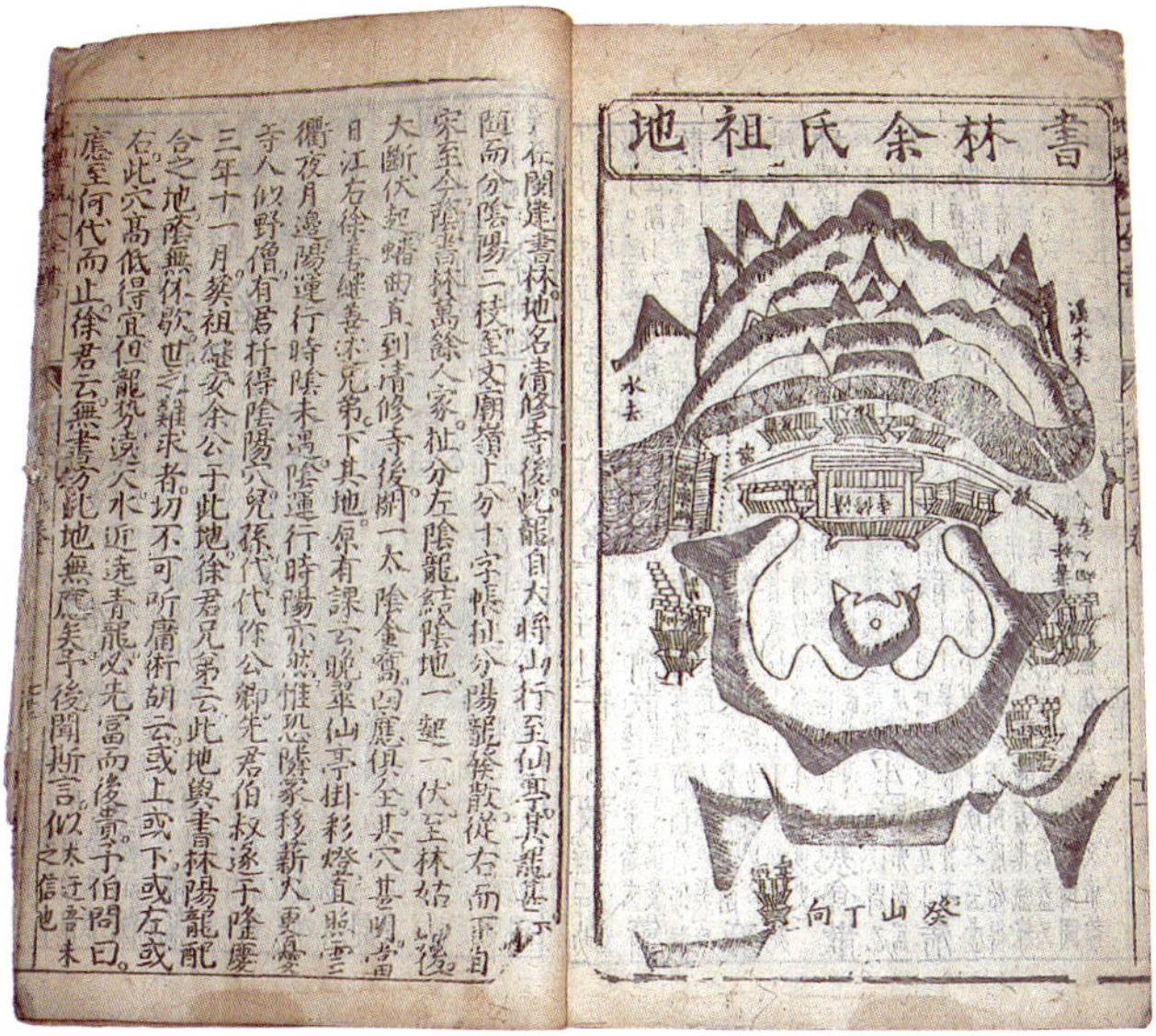

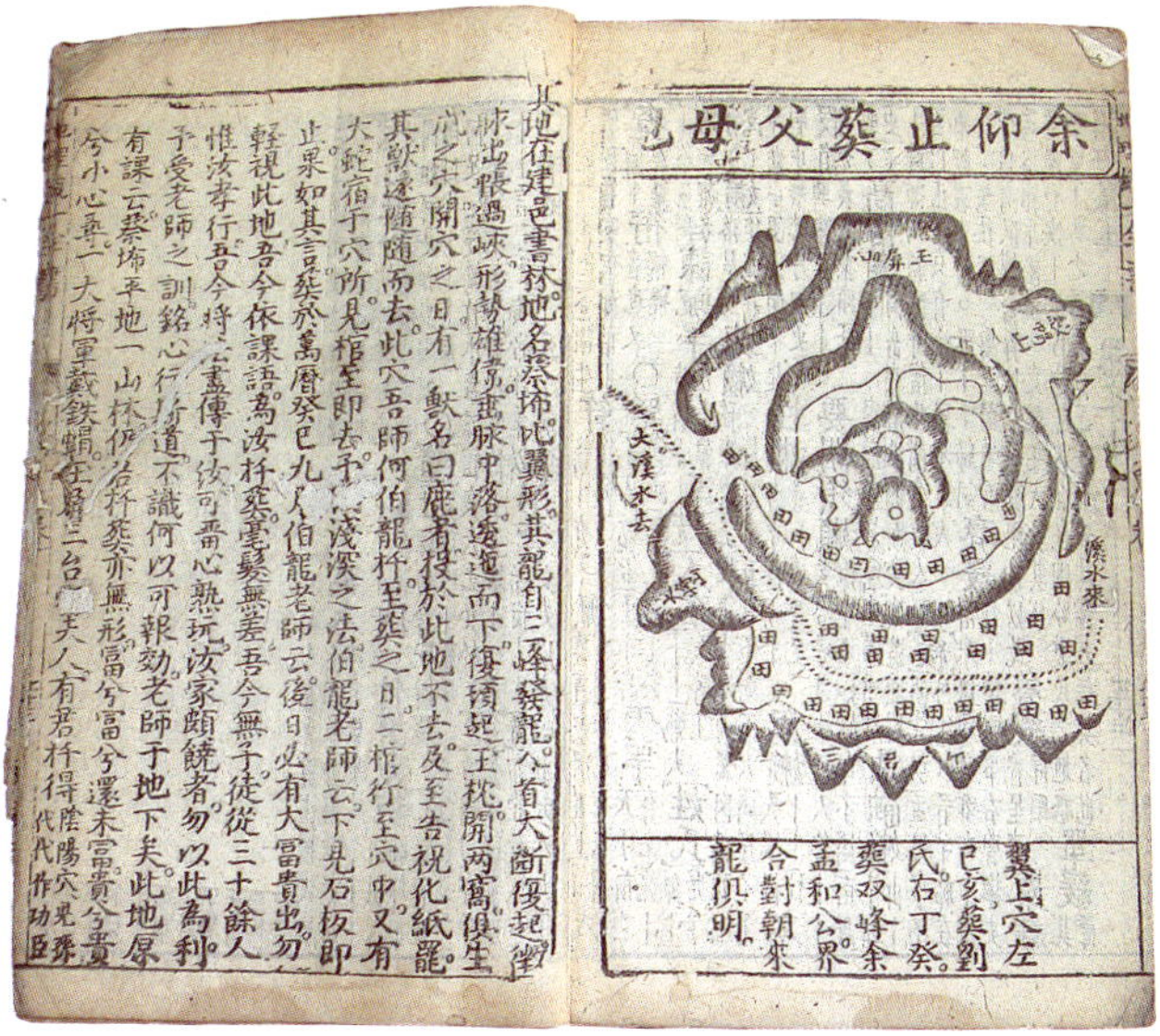

刻仰止子參定正傳地理統一全書（上海圖書館藏）

193～195頁參照

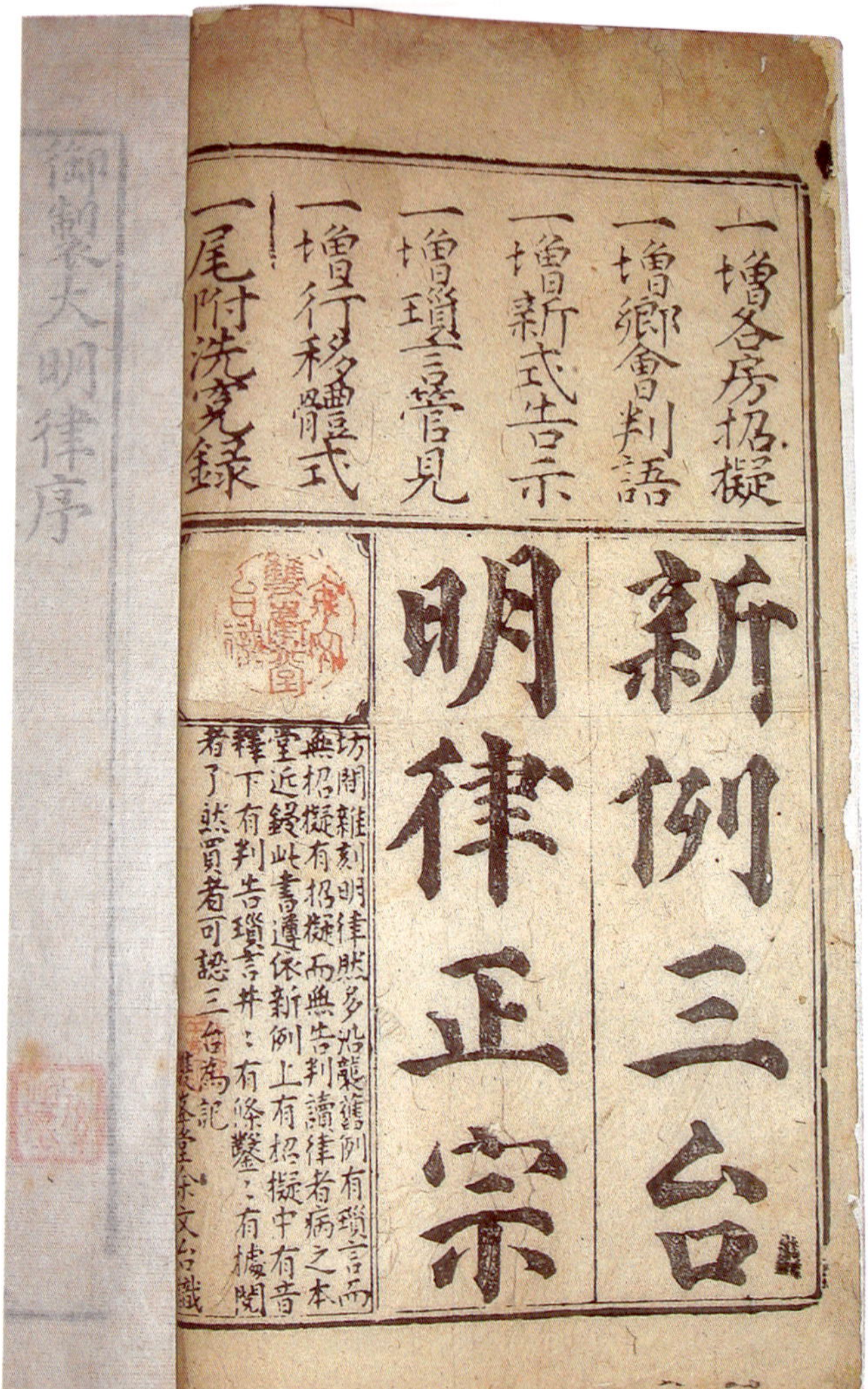

新刻御領新例三台明律招判正宗（上海圖書館藏）
195頁參照

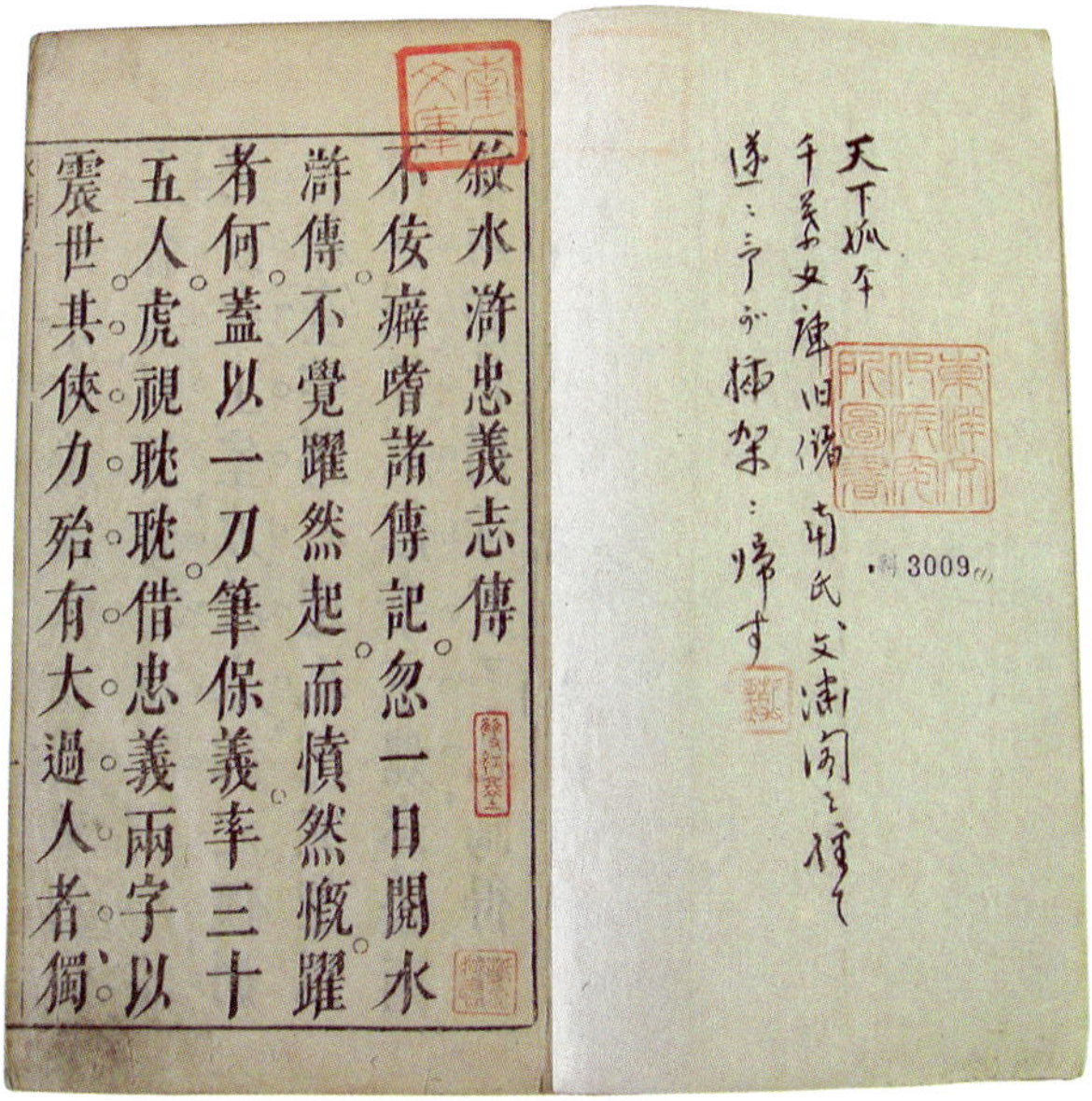
敍水滸忠義志傳
不佞癖嗜諸傳記忽一日閱水
滸傳不覺躍然起而憤然慨躍
者何蓋以一刀筆保義率三十
五人虎視耽耽借忠義兩字以
震世其俠力殆有大過人者獨

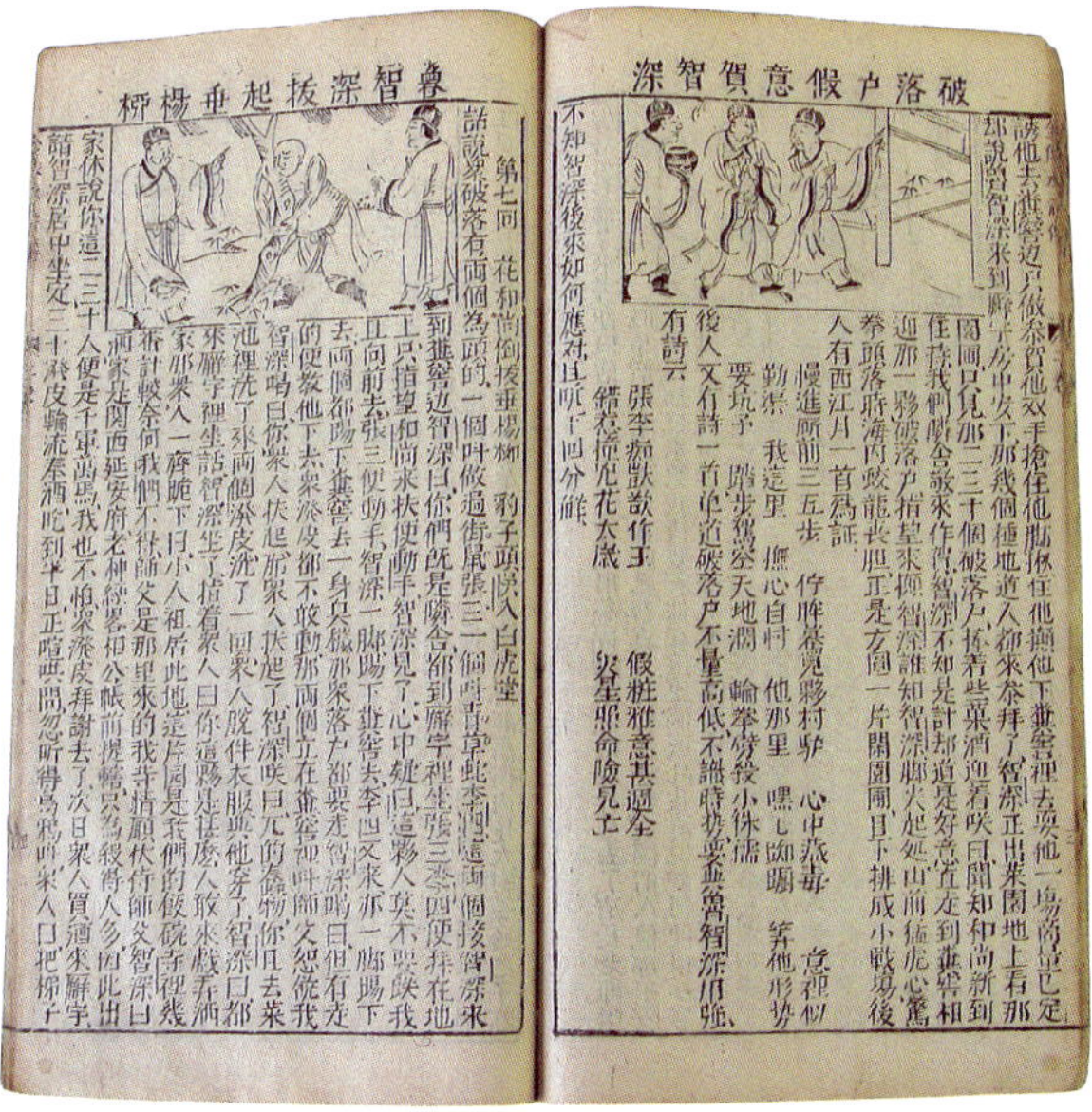

劉興我本（東京大學東洋文化研究所藏）

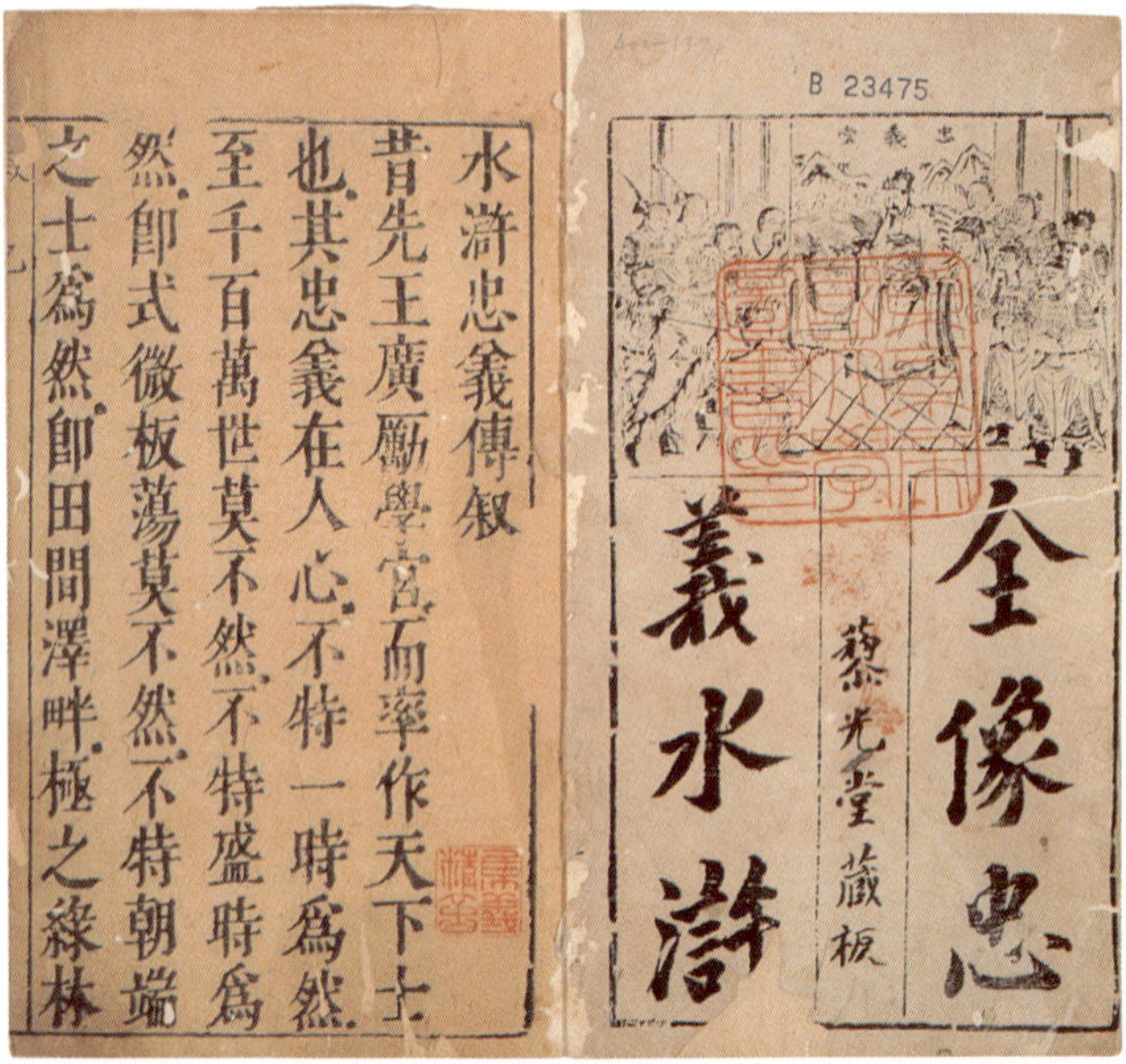
水滸忠義傳叙
昔先王廣勵學宮而率作天下士
也其忠義在人心不特一時爲然
至千百萬世莫不然不特盛時爲
然即式微板蕩莫不然不特朝端
之士爲然即田間澤畔極之綠林
B 23475
忠義堂
全像忠義水滸
藜光堂藏板

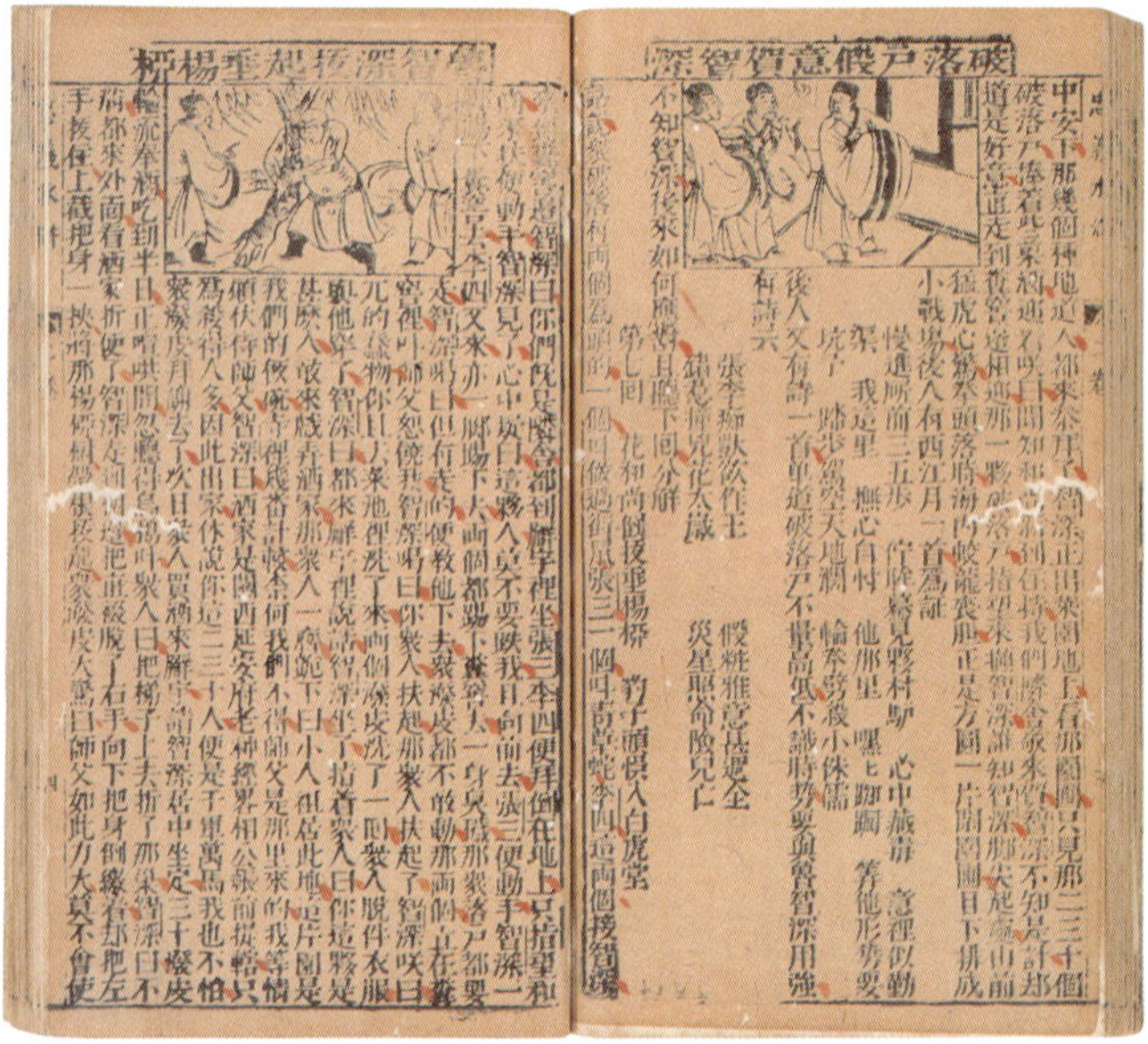

藜光堂本（東京大學總合圖書館藏）

序

章培恆

我與丸山浩明副教授相識已經多年。大概是一九八八年罷，丸山副教授還是大學院生，作爲日本文部省派遣的高級進修生到我所在的上海復旦大學來研修；伊藤漱平教授并且給我寫了個人推薦信。當時我校的趙景深教授已經去世，復旦大學研究元明清文學的教授只剩了我一人；所以我們之間經常見面，相互討論一些學術上的問題。他的好學深思給我留下了很深的印象。

在分別十多年後，去年纔在福岡重逢。在欣喜之餘，他希望我爲他的大著《明清章回小說研究》寫一篇序。我深感力不勝任，但憶及昔年的共相切磋，却又覺得義不容辭。于是仔細拜讀了原稿。我想，這是一項很有意義的研究。正如其在《序論》中所自述的，這部著作的重點，一是關于小說中的美文要素的演化，二是關于小說的評點；此外還把小說的印刷發行問題也作爲其研究的一個重要方面。這不僅在中國古代小說研究上是亟待開展的領域，對其他體裁的研究也很具參考價值。

首先是關于中國古代通俗小說中的美文要素的演化。

文學是以感情來打動人的，美感的創造是其必須承擔的義務和理應具有的功能。而文學作品之所以能形成美感，一方面是由于其表達的感情符合人性，越是能觸及人性深層次的內涵也就越能打動人，而且，毋庸贅言，這種打動人的力量就是文學作品之美感的源頭；另一方面是因爲這種感情是通過與之相適應的、并能使讀者強烈地感受到其灼人之力量的形式而表達出來的。沒有與之相適應的形式，也就不能形成一定的內容。所以，文學作品的內容與形式乃是不能分割的統一體。但在中國大陸却曾經長期流行所謂〝內容第一，形式第二〞的觀點（從上世紀八十年代起其影響纔逐漸削弱），由此而又進到〝內容唯一〞。在這種認識的支配下，對中國古代文學之形式的研究就極其缺乏。就小說研究而言，在必須談到形式時，往往以〝形象鮮明、懸念迭起〞之類的套話來敷衍。要改變這種局面，就必須在形式的研究上做艱苦的工作。而丸山副教授在這部專著中所探討的章回小說中的美文（詩詞駢文等）要素的作用及其演化過程，在我看來，正是中國通俗小說形式研究的一個重要方面。他在這方面所做的工作深入、細緻，在對通俗小說中插入詩詞駢文——尤其是詞——的重要性及其作用的具體揭示中，實際上是描述了中國古代通俗小說在形式上的一個重要特點及其實質，對中國古代小說的特性及其與現代小說的區別的辨析很有意義。

其次，關于中國小說的評點。

附着于作品（不僅小說，也包括詩文等）本身的評點，不僅是一種文學批評，而且也成爲構成文學作品文本的一種特殊形態。這是中國文學中一個極其重要的現象。但迄今爲止，對它的研究還很少；現有的論著，也主要是將它作爲文學批評來看待的；至于由此而形成的作爲一種特殊的文學文本的特色還很少——幾乎沒有——被觸及。有鑒于此，我將以復旦大學中國古代文學研究中心主任的身份與美國斯坦福大學中國語言文化研究中心（Center for Chinese Language and Cultural Studies, Stanford University）主任、講座教授王靖宇先生一起，于今年十一月在上海擧辦由我們這兩個研究機構共同發起的〃中國文學評點研究國際學術討論會〃，以期引起對這一課題的重視。而丸山副教授在這部專著中就正是把評點作爲中國通俗小說文本的一種特殊形態來研究的。由這一點所顯示的他在研究上的獨創性不僅使我很感驚喜，而且我想，對于中國文學評點的研究是具有拓展作用的。

第三，關于小說的印刷發行。

自從傳播學取得重大發展以來，人們已逐漸認識到，從傳播的角度來探討和闡述文學的演變，也正是文學研究的重要內容之一。然而，在這方面怎樣來着手，却還是一件正處于探索中的事情。而丸山副教授的這部專著，不僅含有對通俗小說出版者的深入的個案研究，而且把〃評林〃本的出版和興盛與對出版者的研究結合起來，因而實際上顯示了小說文本的一種特殊形態的興盛與傳播手段之間的密切關係。這也可以說是從傳播學角度來研究文學演變的一個具有示範性的實例。

也正因此，我認爲丸山副教授的這部專著在中國古代小說的研究領域中是處于學術前沿的，其研究又深切著明，因而很有意義和價値，我深以能爲之作序而欣幸。

二零零二年十月

明清章回小說研究　目　次

明清章回小説研究

序論

明清小說の演變と定形

はじめに

定形すなわち形を定める、形が定まるとは、一體どのような意味を持つのであろうか。

中國の近世小說がその發生の淵源を變文[1]に求め、散文と韻文（詩詞歌賦等の美文要素）の交互出現を基本的形態として成立していることは周知のとおりである。宋代の說話・語り物を發展集成させた所謂話本[2]がこの形式を用いていることは紛れもない證となろうし、短篇に留まらず一纏りの話柄を集大成し且つ長篇化させた章回小說でも同樣の形態を維持していること、その例に洩れない。

これまでの明清小說に對する研究の視點は、神話・傳說を含めた物語行爲として各々の說話を取り扱う場合を除いては、概ね小說の出處やそのテクストの系統上の位置付けに集中していたように思われる。『譚子化書』には「萬物無定形（萬物に定形無し）[3]」と言われるものの、實際に明代淸代のとりわけ章回小說が如何なる形で流布通行しているかを考えれば、自ずとある決まった形があることを見出だすことは言を俟たない。つまり、變化を遂げていく過程のみを重視して檢討するのではなく、その演變の結果として導きだされ受容された一定の形の持つ意味を射程に入れて深長に吟味する必要があるのではないかということである。

一　小說の成立

『莊子』「外物篇」の「飾小說以于縣令（小說を飾って美名を求める）」や『漢書』「藝文志」の「小說家者流出于稗官。……」等の記述で取り上げられる［小說］という言葉の出典は、その內容から街頭での見聞を書き留めるという點で記錄の本質を表しているものの、創作を基底とした物語の要素はやはり薄い。佛教・道教あるいは神仙思想の影響による說話群や、(4)「作意して奇を好み小說を假りて文才を寄託した」（明代胡應麟『少室山房筆叢』三十六「……唐人乃作意好奇、假小說以寄筆端。」）と評され、唐代に入って格段の深まりを認められながらも「奇を求め逸を記すことからはなお脫しえなかった」（魯迅『中國小說史略』第八篇唐之傳奇文上「尙不離于搜奇記逸」）と言われる志怪・傳奇の分野は、その擔い手が文人所謂知識人層であったために文言による記述という制約が加えられた。この文言という書面語は、話し言葉の基礎の上に精錬され成り立つものの、中國獨特の官吏任用制度としての科擧が確立して以來、(5)封建的統治階級としての文人が文化を支配するに從って、一般庶民が使用する口語（話し言葉）との間に隔たりが生じ、ついには一般庶民には理解することが出來ないほどの造られた言葉になってしまった。もちろん、基本的な文化の擔い手は識字層すなわち文人であり、科擧制度が廢止される淸代末期まではこの文言による表現が中國文化の根幹を貫いているのであるが……。（しかし實際に一般民衆の話し言葉との乖離は日本における現代語古語の開きよりさらに著しかったようで、一九一七・八年の新文化運動では、文言文に反對し白話文を提唱する動きにまで繫がっていった。その點では、話し言葉の復權には二十世紀のこの新文化運動を待たねばならなかったと見做せよう。）

しかし一方で、人口の大多數を占める一般庶民は書くという行爲（文言）とは隔絕してもちろん口語の世界に生きている。とりわけ唐末から五代にかけての歴史上の混亂は、文人獨占の傳統文化に對する破壞と都市制度の改革・商業の發達となって現れ、その擔い手として一般庶民が今までより以上に文化の中心に加わる趨勢を生んだ。經濟の發展と都市の發達に伴って娛樂の需要も增大し、盛り場における講釋等の口承演藝はそのまま白話口語による小說開花の基底を提供することとなった。その意味で、宋代以降の口語による庶民文化の隆盛は、大衆通俗化の度合いが強いのである。

中國では文人士大夫が擔い手となる詩文を文學における正統（正經）と見做し、高尙で典雅なものとして扱ってきたし、この考え方は今尙續いている。そして一般庶民が擔う文藝は卑俗で低級な分野と見做され、文人が手を染めないばかりか研究の對象にされることさえ疎まれてきた。しかし、實際に時代の變遷に伴って口語による演藝が隆盛を極めると、むしろそれを積極的に記錄に留めようという動きも現れてくる。すでに宋代において、現代的な意味で小說に對する批評に新たな境地を開いた洪邁（一一二三〜一二〇二年）は次のように述べている。

唐人小說、不可不熟、小小情事、凄婉欲絕、洵有神遇而不自知者、與詩律可稱一代之奇。(6)

ここでは、小說の本質である「些細な出來事（小小情事）」に基づいて思想感情を表出し、その藝術的な力量の凄まじさ（凄婉欲絕）を概括して、唐代傳奇小說が時代を代表する「詩とともに一代の突出した文藝（與詩律可稱一代之奇）」であると指摘している。文言によって奇を敍す唐代傳奇を對象とした論斷ではあるものの、小說を正統な文學である詩と同等に見做している點は注目に値する。

とりわけ宋代では、この評語を裏付けるかの如く數多くの說話が短篇の物語として書き留められるようになる。しかし大部分は口承文藝のメモ書き程度のものや斷片がほとんどで、殘念ながら今日的意味での小說からはやや距離がある。所謂話本も講釋師の種本という意味合いから言えばある程度整理された體裁を備えてはいるものの、やはり原初的な書き留めの段階であり、構成（プロット）を整えた短篇小説とまでは一概には言い難い。文學史上より日本と比較して見ても、日本では十世紀初頭には早くも『竹取物語』『伊勢物語』が成立しているし、中葉には『大和物語』や『宇津保物語』の成立、そして十一世紀始めには『源氏物語』の成立を見ている。その點では今日的意味でのあるいは西洋的ノベルの意味での中國における小説の成立は、やはり明代を待たねばならなかったと言ってよかろう。[7] 讀むに堪え得る作品の成立の持つ意味は大きいと言わざるを得ない。

しかも、この明代に成立を見る小説は概ね共通の特徴を備えている。それは、特に長篇にあっては前の時代から語り繼がれたり書き改められたりした一纏りの説話が、集積され整理體系化されて一篇を形作るという點である。例えば『三國志演義』は歴史書「三國志」の史實を敷衍して成立している。典故を好みまた重んじる國柄からか、唐詩においてすでに關係する人物や古跡が讀み込まれているし、宋代に入ると庶民演藝の講釋（講史＝歴史語り）の「説三分」として一分野をなすほどにまで發展している。その後いくつかの段階を經て『三國』と言えば、清初毛宗崗批評本の『三國志演義』という通俗小説を指すことが一般となっている。つまり、ある素材があってもそれに種々の要素が付加されて、しかも一時の創作による成立ではなく、完成體を得るまでに數々の演變の過程を辿るのである。加えて、一度終着點としての定形が得られるとその後はそれが普遍的に通行し、それ以前の形態はほとんど注目されることなく埋沒する運命を内に負っているのである。江戸時代に歡迎を受け翻案が多數出來した『水滸傳』も、孫悟空の活躍が強調される『西遊記』もいずれも同類であり、この時期の代表的な小説の多くは「世代累積型集體創作」という特徴の理解を前提とした上で檢討されねばならない。

二　美文要素への着目

中國の小說史の研究において、その先驅者魯迅（本名　周樹人　一八八一～一九三六年）の殘した業績の呪縛から逃れることは容易ではなかろう。但し、その著『中國小說史略』『中國小說的歷史的變遷』にはやはり多くの貴重な指摘が盛り込まれ、今尙內容面・方法論兩分野で示唆に富む。(8)

例えば後者は一九二四年七月、西安での「國立西北大學」・「陝西敎育廳」共催の夏期講習における講演記錄であるが、その第四講「宋人之〝說話〟及其影響」には次のような箇所がある。（部分的に譯語を添える）

《五代史平話》也是如此、它的文章、是各以詩起、次入正文、又以詩結、總是一段一段的有詩爲證。……至于詩、我以爲大約是受了唐人底影響、因爲唐時很重詩、能詩者就是淸品、而說話人想仰攀他們、所以話本中每多詩詞、而且一直到現在許多人所做的小說中也還沒有改（話本の中には詩詞が多く、現在に到るまでたくさんの人が創る小說においても、この詩詞を插入する形式は未だ變わっていない）。再若後來歷史小說中每回的結尾上、總有〝不知後事如何？且聽下回分解〟的話、我以爲大概也起于說話人、因爲說話必希望人們下次再來聽、所以必得用一個驚心動魄的未了事拉住他們。至于現在的章回小說還來模倣它（現在の章回小說もそれを模倣している）、那可只是一個遺迹罷了、……

還有現在新發見的一部書、叫《大唐三藏法師取經詩話》(9)、……這所謂〝詩話〟、又不是現在人所說的詩話、乃是有詩、有話、換句話說、也是注重〝有詩爲證〟的一類小說的別名。……

ここではすでに「章回小說」(10)という言葉で明淸時代の長篇小說の形態が指摘されているし、加えてその形に必ず詩が含まれる點を特徴として擧げている。

「大唐三藏取經詩話」は、明代に通俗小説『西遊記』として纏められたお馴染み孫悟空が活躍するフィクションの、史實上の骨格をなす玄奘法師がインドへ經典を取りに征く故事の原初的底本である。ここで言う［詩話］とは、詩歌や詩人、詩派を評論したり、作品に關する出典事績を記錄する著述として文人間に隆盛を見た類のものではなく、説唱藝術の一つとして元明代に流行した形態またはその作品を指す。先の「三藏取經詩話」は現存中の作品としては最も初期に位置するし、明代諸聖隣の『大唐秦王詞話』や一九六七年上海の郊外嘉定縣から出土した『成化説唱詞話』は、ともに［詞話］の文字を用いているものの同様の形態を有している。明代末の小説『金瓶梅詞話』も、章回中に詩詞を挾み込むという形態から援用されての命名であろう。これらの刻本に見られる特徴は、必ず語りの部分としての「説」と、唱いとしての「詩」あるいは「詞」が併存併用されている點である。これまでの研究では、その「詩」「詞」は置き換えが容易な要素と見做され、版本系統の調査の上での比較や同じ語句の互見による作者の批定等に利用されることがほとんどであり(11)、その作品内での役割や詩・詞を含めた美文要素の改編による小説全體の趣向の變化についてはあまり檢討が加えられていない。

そこで本研究では、四大奇書と統べて稱される明代の代表的章回小説のうち、その成立過程を考慮して「世代累積型」の成書に係る『三國志演義』『水滸傳』『西遊記』を取り上げ、その小説中に見られる美文要素（詩詞駢文等）に着目して、小説史の上で、如何なる發展過程においてそれが採用・定着し、また改編されていったのか、特に版本・テクストとして百回あるいは百二十回等に纏められる時にどのような制約が加えられたのかを探求してみたい。この檢討を通して、聽者讀者が求めていたものと、話者編者作者が求めていたものとの合同體としての美文要素が、どのように時代を反映しているかを知ることが出來ると考える。

すなわち宋代元代の各種の說話故事を骨組みとして持ち、その後近接の藝能分野及び戲曲等からの影響を受けながら次第に形式を整備して確立した所謂「世代累積型集體創作」が、一作品として編まれる場合に、その編者作者によって詩詞がどのように扱われているかを検證することは、その小說の裝飾のされ方を決めた方法とその基づく所の理論を炙りだすことになると考えられるからである。

この作業を通して、明代から清代初に登場した小說の讀まれ方、延いては受容層までをも推し量る材料が浮かび上ることが期待されよう。

また、清代では長篇小說においても基本的に一個人による創作へと擔い手の明確化が行われたにも拘らず、形式面ではそれまでの章回體を襲うこととなった。しかし、定形詩の場合同様、形式が固定した中で新たな主題内容の模索や話術形態の面での開拓發展が求められ、結果としてはそれぞれに特徵を備えた作品がさまざまに生み出された。そこで、清代からは『儒林外史』を取り上げ、その巻首末尾に置かれた詞への考察をも含めて作品の成書問題を検討し、清代前半における小說創作に用いられた新たな試みを考えてみたい。

三　評論の意味

文學作品が批評される場合、その評論はたいてい對象とする作品とは別に一書が形成され、獨立した價值を持つと考えることが今日では普通であろう。日本における評論やあるいは注釋書・解說書と言った類も基本的には本文とは別建てであった。例えば藤原伊行『源氏物語釋』・北村季吟『湖月抄』・賀茂眞淵『源氏物語新釋』・本居宣長『源氏物語玉の小櫛』はいずれも『源氏物語』の解說評論であること周知の如くだが、すべて單獨の注釋書としての位置付けを獲得していよう。中國でも、經書を中心とした正統の文學にはその時代なりの注釋を加えることが普遍的に行なわれてきたし、もちろん最初は本文とは別途に記述されていた。しかし、宋代頃からの出版印刷の發達に伴って、本來別に一書となっていた注釋が、本文と同一の紙面内に收められる體裁が整ってきた。唐本と稱される古典の印刷物によく見られる雙行書きや割り注はその基本的なものであろう。例えば『禮記』に對する鄭玄注や『書經』に對する孔安國傳等十三種の經典についての注や疏は宋代末になって本文と合刻され、現在眼にするような版面を有することが一般となった。そしてこの注釋を同一紙面に盛り込む樣式は、その他多くの分野の出版物にまで及び、小説においてもその例に漏れず、評語が本文と合刻されるという獨特の樣式を持つに至った。そのため明代の章回小説の定形を檢討する場合、二に擧げた美文要素の扱われ方と竝んで、評語の存在に一層注意を拂う必要があると考えられる。

とりわけ作品の多くが萬曆期（一五七三～一六一九年）に出版された版本を現存の第一次の基本形とする場合がほとんどであり、しかも『三國志演義』『水滸傳』『西遊記』ともに「李卓吾評本」がその中心的役割を負っている。いずれの版本の體裁も、毎回末尾に「總評」を置き、本文中では興趣深遠と思われる字句に［挾批］を、内容に關わる箇所に部分的に［眉批］を施し、一讀者の感想として以上に本文の讀み方を規制する部分があるように見受けられる。

清代の代表的な長篇小説『紅樓夢』がその成立過程において脂硯齋評との相互止揚により一層洗練統一されたことはよく知られるが、批評という考え方が明代の小説にどのように作用したかは、あまり研究されていない。李卓吾や金聖歎・清初の毛宗崗等、通俗小説に評を施すという作業は、一體如何なる視點においてなされたのか(12)。また、これら所謂文人評の流行は突如として現われた現象なのか。經典に注疏を施したり、詩文に評釋を加えたりすることと、どのように相違するのか。明代の小説において評語が加えられたことにより、その讀み方は規制されたのか。加評により制約を受けるとすれば、その求められた方向性はどのようなものであるのか。これら長篇章回小説に見られる批評の形態と趣向を探求し、明代後期の小説の讀まれ方を窺ってみたい。これは取りも直さず改編創作と密接に關連するものであり、明代小説成立の一翼を擔う重要な要素であると考えられるからである。加えて、清代へと小説が發展していく上での方向性が見出だされることが豫想できるからである。

結び

作者自身の序跋であれ、他人が稱贊する序文であれ、[13] 本文の外側からその作品を評價し、あるいは文學理論を提起することは何等不思議ではないし、よく見られる取り合せであろう。

しかし、明代の章回小説の成立が、批評の取り入れと時を同じくして同一紙面での成書出版に至り、詩詞歌賦等の改編によって變容變質しているとすれば、先に擧げた兩點を手掛かりとして検討を加えることは強ち無駄ではあるまい。むしろ、中國の小説が定形を生む營爲と得られた定形の持つ意味とが明確にされて、今後の讀解に一助となるのではないかと期待される。

よってこの二つの觀點から、以下六章に分けて論じてみたい。

注

（1）　變文とは唐代の説唱文學作品の一形態。「轉變」と呼ばれる説唱藝術で、演じられる時には「變相」と稱される繪圖と組み合わされて、聽衆にその繪圖を示しながら故事物語を説いて聞かせる形式を用いた。その説唱故事の底本（種本）を一般に變文と稱している。内容は佛教故事を説くものと歴史傳説・民間故事を語るものとの二種に大別される。その形式上の特徴は、散文と韻文とが交互に見られる點である。後の鼓詞や彈詞という語り物芸能に大きな影響を與えたと考えられている。

これらの作品は清代光緒年間（一八九九年）甘肅省敦煌の莫高窟石室から發見されたため、「敦煌變文」と統べて稱される。

（2）話本については、魯迅が『中國小說史略』第十二「宋之話本」において、宋元代の說話人（講釋師）が物語を演ずるに際して用いる底本の意味でこの單語を使用して以來、講史（歴史語り）の「平話」、白話短篇の小說、詩話等を含めて、廣く說かれた物語の種本の通稱となった。また、この宋元の話本の形式を模倣し、その影響下に產み出された作品を擬話本（現在では、ほとんど明代に編集された短篇の小說類を指すことが多い）と稱するようになった。これに對して、增田涉は「「話本」ということについて　通說（あるいは定說）への疑問」（『人文研究』第十六卷五號　大阪市立大學人文學會　一九六五年六月）を發表、「話本」は說話・故事という意味であり、說話人の底本の意味に使われる例はないとし、魯迅の擴大解釋に反駁を加えた。［話本］の名が最も早く眼にできるのは、おそらく南宋耐得翁の『都城紀勝』（理宗端平二年　一二三五年成立）であろう。その「瓦舍衆伎」の條では、「……凡傀儡敷演烟粉靈怪故事、鐵騎公案之類。其話本或如雜劇、或如崖詞、大抵多虛少實、如〈巨靈神〉・〈朱姬大仙〉之類也。……凡影戲乃京師人初以素紙雕簇、後用彩色裝皮爲之。其話本與講史書者頗同。……」と、このあとまたよく問題にされる說話四家の一段が續くのであるが、この記述から判斷すると、說話人が演唱の時に行なうその說話・故事の文章內容・形式を指しているが如く見受けられる（王國維にも同樣の考え方がある）。しかし、增田の反論にも拘らず、中國におけるその後の研究の基本的論調は魯迅の考え方を概ね踏襲する形で進み、例えば譚正璧『話本與古劇』（上海文藝聯合出版社　一九五五年　後上海古籍出版社　一九八五年四月重訂）、胡士瑩の遺著『話本小說概論』（中華書局　一九八〇年五月）、程毅中の『宋元話本』（中華書局　一九八〇年十月）等いずれも說話人の語り物を書き留めた作品及びその系列の一群という範圍で理解していると見做せる。近年では、馬幼垣が增田論文に同調する一方で、蕭欣橋が胡士瑩の說を受け繼ぐ形で反論を加え、確固たる結論を見ない。加えて例えば、復旦大學の張兵は話本と話本小說、あるいは小說話本との區別等の注意を促している（「話本小說史的分期問題」『復旦學報』一九八八年四期・「話本小說再評價」『貴州文史叢刊』一九九〇年一期等）。また、勝山稔も研究史的見地から增田說の正當性に贊成している（「白話小說研究における「話本」の定義について」『東北大學大學院國際文化研究科論集』第七號　一九九九年十二月）。筆者としては增田論文の考證に合理性を見出だすものの、宋元代の書き留めの段階に屬し、講釋師の底本としての意味を有するとりわけ小說類を總稱する適切な言葉を持たないため、ひとまず所謂通說に從い、一般的な通稱として「話本」の語を使用するものとする。

（3）南唐譚峭『譚子化書』「術化」に「蠢動無定情、萬物無定形」とある。

（4）例えば、佛教說話としての『冥祥記』『幽明錄』や鬼神怪異の故事としての『搜神記』『列異傳』、逸話としての『世說新語』『語林』等が擧げられよう。

（5）科擧については宮崎市定『科擧』（秋田屋書店　一九四六年十月）・新稿『科擧』（中公新書　一九六三年五月）・補訂『科擧史』（平凡社東洋文庫　一九八七年六月）、程千帆著、松岡榮志・町田隆吉譯『唐代の科擧と文學』（凱風社　一九八六年十月）、何炳棣著、寺田隆信・千種眞一譯『科擧と近世中國社會』（平凡社　一九九三年二月）等參照。

（6）この語は鹽谷溫の『支那文學概論講話』（大日本雄辯會　一九一九年五月　後講談社學術文庫『中國文學概論』一九八三年七月）以來多くの研究者が引用し、ある人は『容齋隨筆』を出典としているが、「容齋隨筆」や「夷堅志序」には見當たらない。黃霖・韓同文選注『中國歷代小說論著選』「上編」（江西人民出版社　一九八二年十月）では「今本《容齋隨筆》恐有脫佚」と指摘する如く、『唐人說會』「例言」に見られる言い方である。敢えて注記する。

（7）この點については例えば姜東賦「中國小說觀的歷史演進」（『天津師大學報』一九九二年第一期　總第一〇〇期）參照。

（8）『魯迅全集』第十一卷（學習研究社　一九八六年五月　後ちくま學藝文庫　一九九七年八月）所收の「『中國小說の歷史的變遷』について」という譯者今村與志雄の解說でも、「……文學史研究上の創見ばかりでなく、現在の小說觀の再檢討へと讀む者を刺戟してやまぬ光輝を發射する鑛石が埋もれているのだが、魯迅は、さりげなく語っていて、あからさまには示さなぬことがあり、……」と指摘している。

（9）本文では『大唐三藏法師取經詩話』と記すが、正しくは『大唐三藏取經詩話』が書名。

（10）章回小說の呼稱については、羅書華「章回小說的命名和前稱」（『明清小說研究』一九九九年第二期　總第五十二期）參照。

（11）例えば、太平天國研究で著名な羅爾綱は、「從羅貫中《三遂平妖傳》看《水滸傳》著者和原本問題」（『學術月刊』一九八四年十期）において、『三遂平妖傳』中の詩詞と『水滸傳』中の詩詞との互見關係から、『水滸傳』の原作者は羅貫中であると論斷した。しかし、その後商韜・陳年希兩氏の名前で發表された「用《三遂平妖傳》不能說明《水滸傳》著者和原本問題」（『學術月刊』一九八六年二期）によって、互見のみに頼る方法論の危險性を指摘され、論破される結果となっている。なお、羅爾綱の水滸傳研究については、『水滸傳原本和著者研究』（江蘇古籍出版社　一九九二年六月）及び『文史知識』二〇〇一年第五期（總二三九期）所收の「學人與治學」を參照。

かくの如く、小說中の美文要素は各話本間の關係を示すメルクマールとして扱われてきたが、その檢討方法に問題を含む場合が多く見受けられた。しかし、王利器が「《水滸》留文索隱」（『文史』第十輯　一九八〇年十月　後『耐雪堂集』中國社會出版社　一九八六年十月所收）で示唆した如く、その作品內における位置付けを追求したり、またそれらを發展させて、ある一時期の小說に共通して見られる決まり文句を檢證しようと試みた陳炳良「話本套語的藝術」（『小說戲曲研究』第一集　國立清華大學中國語文學系編　臺灣聯經出版公司　一九八八年五月所收）の論究は、今後の研究の方向付けに一指針を與えているものと思われる。

(12)　ここ數年、特に批評の方面から小說理論を探求しようとする書物が出始めている。例えば、王先霈・周偉民『明清小說理論批評史』（花城出版社　一九八八年十月）は各批評家を個別に取り上げて論述するとともに時代の特性を追求して興味深いし、方正燿『中國小說批評史略』（中國社會科學出版社　一九九〇年七月）は相對的に批評の役割を研究して各時代を概括しており有用である。また『中國文學理論史』（北京出版社　一九八七年七月・十二月　第三・四册明清部分）やこの分野の先驅け的存在で詩文から戲曲小說までをも廣く扱っている王運熙・顧易生主編『中國文學批評史』（上海古籍出版社　一九八一年十一月・一九八五年七月　中・下册）は通時的な視點を提供している。しかし、殘念ながら日本においては、この方面の專著は見當たらないと思われる。

(13)　黃霖・韓同文選注『中國歷代小說論著選』「中編」（江西人民出版社　一九八二年十月）參照。

第一章　三國志演義研究

『三國志演義』定形化への「空」「亡」理論

はじめに

定形すなわち形を定める、形が定まるということは、それまでの生成演變の過程とそれ以降の普遍通行の時間とを併せて成立つ考え方であろう。

ここに取り上げる『三國志演義』は中國を代表する奇書の一つであり、近世において流行した章回形式を用いた長篇小説である。西洋の所謂ノベルという觀念にも當て嵌まる作品であると考えられるが、その創作過程は、前の時代から無名の作者達が書き繼ぎ、改訂を重ねてきた、集團による創作という成立上の特徴を負っている。宋代に流行した講釋や斷片的に書き留められていた小さな説話を纏めて書き定めた寫定者があるといっても、「世代累積型集體創作」と言い得る所以である。明代以降、特に嘉靖年間（一五二二～六六年）頃から木版印刷事業が發展を見せ、版本という形態で文字により小説が提供されるようになると、内容話柄を一貫且つ複雜化して膨らみを持たせ、定着させる動きが起こる。この趨勢を契機に世に問われ今日まで殘っている作品が、奇書と稱される長篇の『水滸傳』『西遊記』等である。この文字としての小説の編纂定着には、萬曆年間になると更に一つの變化が生ずる。それは改編加評の動きである。元來批評を施すという作業は書かれた作品に對する評價を概ね高める效果を持つが、一方で、作品の讀み方に指針を示すという枠をはめる。書かれた作品に對して讀者としての意見・感想を盛り込もうとする姿勢から言えば、批評は創作とは對等ではない。李卓吾等當時有名な自由人の名が騙られて多數の加評本が出たことも、創作までは手が届かないという擔い手側の資質の問題が多分に伏在したと思われる。と同時に、中國近世の「世代累積型創作」の小説が定形へ向う營爲の特殊性が窺われて興味深い。

本章では、現在最も通行している毛宗崗加評本を手掛りとして、插入される詩の改編内容から『三國志演義』の定形化の傾向を探ってみたい。

一　插入詩への注目

中國の近世小説の淵源が變文の形で今に傳わる俗講と密接な關係にあるとすると、その形態の特徴として、散文としての地の文と韻文としてのまとめの役割を持つ文とが交互に出現する點が擧げられる。宋代元代の話本と呼ばれる短篇の小説と明代以降に隆盛を見た長篇の章回小説とでは、この特徴が内容及び質量の點で相違をみるが、基本的に中國近世小説の形式を拘束していることは等閑視出來ない。とりわけ、今まで講釋として語られていた、あるいは簡單な記錄としての説話だったものを、書き留め改編改訂して讀み物として讀むに耐え得るものにしようとする場合、散文部分の改訂は概ね内容の改編に及び、一方韻文部分の扱いは寫定編纂者の趣向を示すからである。特に韻文としての詩詞は增删の對象となり易く、改編加評の際にその一大要素となることは例えば『水滸傳』において示される如くである。『水滸傳』の定形版としてよく通行した金聖歎改編七十回本『第五才子書』は、それ以前の版本に見られるほとんど全ての詩詞駢文を削除し、物語の展開を主眼とした改編を行なっている。すなわち耳から入る詩詞のリズムの好感度よりも讀者層を想定し讀み物として普及させようとした方向性を一面示しているのである。

かくの如き詩詞の扱われ方を前提とした上で、まず『三國志演義』の生成過程における韻文の役割について見られる先學の言及を擧げておく。

鄭振鐸は『三國志演義的演化』[1]の中で、『嘉靖本』（一部では所謂「弘治本」とも稱される）と他諸本との相違點の一つとして周靜軒詩[2]の加增を擧げ、同時に「詩詞的插增在一切的插增工作上實是最爲容易的事、因爲只要按段插入便完了、一點經營也不必費。」と置き換えの容易さを論斷している。もちろん文學的素養があり作詩法をある程度會得した者であれば、内容を理解して塡め込むことは容易であろうが、その出來映えが作品の流れに影響を及ぼすことは言を俟たない。さればこそ數多くの改編が行われ、その加評の立場が示されるとも言い得るのであろう。

また、西野貞治[3]は鄭振鐸の提言を受ける形で、「唐人の詩で最も多いのは胡曾先生詩[4]である」點と「周靜軒詩が約七十首も挿入されている」點を纏め、「『三國演義』が出てから、歷史上の各時代はほとんどすべて演義の題材となった。（中略）『三國演義』以降の「講史」書・歷史小說は、出來るだけ史實に近づこうとするものと、逆に出來るだけ史實の拘束を脫却しようとするものとの二派に明らかに分かれた。」と指摘している。

さらに小川環樹は近世小說の形式を變文との關係から解いた「變文と講史」[5]の中で、「張政烺は詠史詩（七言絕句）をもって、歷史物語の主要部分と見做そうとした。（中略）歷史物語である平話が（特に三國志平話）七言詩を少なからず用いているのは事實である。私はこのことも實は變文の模倣ではなかったかと思う。」と言及している。

そこで、次節では生成定形化の段階を便宜的に五つに分け、それぞれを代表するテクスト『三國志平話』（以下『平話』と略稱）・通稱『嘉靖本』・『三國志傳評林』（以下『評林本』）・『李卓吾先生批評三國志』（以下『李評本』）・『毛宗崗批評本』（以下『毛本』）を取り上げ、各本の特徴を挿入詩の出入の面から考えてみたい。

二　插入詩から見た特徴

まず三國小説生成史において現存版本中最も古い纏った講史資料と見做せる閩本（建本）『三國志平話』について概觀してみたい。

「至治新刊全相平話三國志」と題されたこの書は、上中下三卷に分かれ、上圖下文形式で元の至治年間（一三二一〜二三年）福建省建安（建陽）で出版された現今の連環畫式讀物である。このテクストは、庶民性を優先させて元明時代多くの上圖下文本を出版した福建の產物であるが、同時にこのしかけは變文において繪を用いて教理を解いた形式を利用しているとも言えよう。文字による書き留めの最初の段階と見做し得る。このテクストの插入詩は七言絕句の十五首を筆頭に、四言五言古詩や歌まで含めると計三十一首を收める。部分的に回目に當たる見出しが黑拔きされ、同樣に韻文要素の前置きの套語として「詩曰」が黑に陰刻されている。この他に全卷にほぼ均等に書や詔・表が計八箇所散見し、上卷では五言の對句五箇所がアクセントになっている。

下卷では七言律詩が四首加えられ、その中三首の套語が「有詩爲證」であることから、上中卷に比べて後に造られた可能性も窺える。中卷に二箇所三首、四言の應用體で插入された一句九言の短歌は、前者二首は劉皇叔（劉備）の髀肉の嘆に趙雲が和して歌ったものであり、後者は劉備が周瑜の德を讚えた內容で、さらに別の讚が續いている。下卷にも七言古詩と見做せる歌一首が入っており、曹丕が禪讓を受ける受讓台を題材に三國の興亡が詠まれている。これらの歌は後出の版本に受け繼がれては行かないが、さればこそ餘計にこの時代の歷史の概括の感覺を示していよう。その意味で前節小川環樹が引いた張氏の見解は參考になる。また、後の諸本でも同樣の傾向を有するが、『平話』には五絶と詞は一首も見えない。

　これよりやや早い成立と考えられ、同版異刻と言われる『三分事略』は八頁分缺けているため全く同じとは斷言し難いものの、中でも上巻後半の呂布が箭を放つ部分の七絶一首と張飛が曹操に與えた手紙の部分とが缺けている點は興味深い。中巻後半では缺葉部分に皇叔への表が含まれているはずである。

　概ね『三國志平話』の插入詩を含む韻文要素はごった煮の感が強く、これと言ったキメの役割は果たしていないように思われる。詩の互見の面で指摘しておきたいのは、中巻ですでに胡曾詠史詩の「檀溪」が取り込まれている點と、下巻後半で杜甫の「蜀相」が用いられている點である。このことから元代の通俗講史の段階で早くも胡曾詩の借入れが確認出來ると同時に、これら人口に膾炙した詩は後の『嘉靖本』等にも必然的に殘されるという趨勢を備えていると考えられる。

　次に『嘉靖本』について考察してみたい。

　弘治甲寅の序・嘉靖壬午（一五二二年）の引を冒頭に掲げる所謂嘉靖本は、『三國志通俗演義』と題する、生成史における最初の「通俗演義」である。二十四巻二百四十則の分巻本は、宮中刻本と言われる(6)ほど他諸本に比べても整然とした風格を持ち、且つ早期の出版であるため、特異な扱いを受けるとともに必ず比較の對象に加えられてきた。

　この本の特徴は、一口で言えば各巻五則に分けて回目を附す外に、〈論〉〈贊〉〈評〉〈傳〉が全巻に亙って散見する點にあろう。韻文要素という見方を少しく擴げて書や表・論贊を美文要素として考えた場合、五百三十六箇所數えられる總數の中、二十三パーセントを超える百二十六通の書・表と約十パーセントに當たる五十五の論贊が含まれる。特にこの〈論〉〈贊〉〈評〉〈傳〉こそは、『嘉靖本』の立場をよく示すと考えられる。すなわち陳壽の正史『三國志』に基づき史觀を以て興亡の情勢と人物の爲人を評するという注の役割を擔っているのである。因って『嘉靖本』が

「歴史家へのあこがれが大いに見られ、市井の講談師風情とはちがうことを示そうとする心もちが存する」(7)と評される所以も頷けよう。この點は詩の前の套語もまたその多くが「後史官有詩曰」「後人有詩曰」等と歴史家の論斷口調を借りて統べられていることからも見て取れよう。

挿入詩では百七十一首・約三十二パーセント（五百三十六美文要素中）を占める七言絶句が壓倒的に多く、『水滸傳』等通俗小説によく見られる共通の傾向をすでに備えている。これに次ぐのが七十四首の七律と六十首の五律で、後出の諸本に比べて律詩が多く、その役割が檢討されねばならない。思うにその特徴は唐宋の詩を借りて登場人物に對する評價を付加する點にあろう。それはまず詩の前置きの套語が「後人有詩讃曰」等となって對象として取り上げた人物評を埋め込む仕様になっているからである。もちろん英雄傳でもある三國志小説の挿入詩が一般にその人物をクローズアップする役目を負っていることは容易に理解出來る。つまりこの『嘉靖本』の編者はそれを既成の特に律詩を以て行っているということである。挿入詩中最大の比率を占める七絶が歴史評と人物評との二つの役割を分擔統括している點とは、些か異なった趣を律詩は帶びていると見做せよう。

詩等韻文要素の全巻を通じての分布では、［三顧草廬］を含む巻八、劉備の死を廻る巻十七、［秋風五丈原］に當たる巻二十一がやはり多く、巻八・二十一ではそれぞれ三首・一首と詞も含まれている。これに對して巻三・十一・十八は非常に少ない感を抱かされる。また巻十六では七絶十一首、七律五律各五首、書表十二と、巻二十一に比べて劣らず多數の要素が盛込まれているが、これらは『毛本』等にはほとんど引き繼がれていない。

『三國志傳評林』は福建省建陽の余象斗により萬暦年間（二十年前後と考えられる）に刊行された上評中圖下文の二十巻二百四十則の版本である。現在早稲田大學圖書館藏（巻一より巻八までの殘存八巻）のこの本の特徴は周靜軒詩の導入と關羽の息子〈花關索〉の登場である。『嘉靖本』とは異なり、坊刻本という出版の由來もあってか版面及び刻字が非常に讀み難く、また特に後半部分に缺丁が多い。『三國志平話』の出版地としての插圖入りの傳統を受け繼ぎ、庶民性を優先させた讀み物という色合が強く感ぜられる。缺葉が多いため詩詞の數量は明確ではないものの、插入詩では『嘉靖本』に見られる詩を引く一方で『李評本』『毛本』とも重なる詩もあり、系統上はおそらく『嘉靖本』の原本にあたる存在の本と出所を同じくし、且つ『李評本』及びその系統を引く『毛本』へと影響を與えた位置にあると推測される。

四番目として『李卓吾先生批評三國志』であるが、明末建陽の吳觀明刊本を筆頭とする二十四卷一百二十回の版本で、後の李笠翁批閱の「芥子園本」もこの系統に屬する。但し書名に謳う「李卓吾先生批評」は、『水滸傳』「容與堂百回本」の李卓吾評同樣、葉書（字は文通、無錫の出身。生年は不詳ながら卒年はおよそ天啓四年あるいは五年と考えられるので、萬曆年間に生存したことは確認できる）の僞作と認められる。(8)

このテクストの特徵は、話柄二節を一回とした所謂章回仕立てで、目錄の上からも各回を二句の表題で示す他の奇書『水滸傳』『西遊記』に見られる方法を用いている點である。しかし、各回とも一節の話柄の末尾に「且聽下回分解」が置かれ、『嘉靖本』的な色合も殘している。また、その改編における特に詩詞の扱いは、『嘉靖本』及び『評林本』に見られない詩を新たに埋め込み、各回を平均的に整理している。そして系統的にはこの詩詞の繼承關係から見ても直接『毛本』へ強い影響を與えていると見做せる。

また日本において元祿二年（一六八九年）湖南文山による最初の翻譯として刊行された『通俗三國志』がこの『李評本』（の系統）を底本としている點も付け加えておく。(9)

次に清代初期、〔第一才子書〕と銘打った毛宗崗の手による「四大奇書第一種」『繡像三國志演義』について檢討してみたい。

このテクストは生成史においては最後期に位置し、その後永く『三國演義』の流布の任を負った點から、所謂定形版と考えられるものである。この本の成立に關しては、魯迅が夙に、康熙時、金聖歎が『水滸傳』『西廂記』を改編した方法に倣ったものである點を指摘している。(10)父毛聲山の『琵琶記』評本の出版が康熙五年（一六六六年）に當たり、その總論末尾に「今特先以『琵琶』呈教、其『三國』一書容當嗣出」と述べているから、この年康熙五年頃には完成を見たと考えられよう。

この本の特徴は約十萬語に上る評語の增加にある。この增評の姿勢は、明代萬曆以降小説の領域における改編作業の延長線上にあり、毛宗崗の場合は同鄉で師筋に當たる金聖歎の後塵を拜したものである。

插入詩の整理では、全美文要素を七對三の割合で詩と書表が二分する。詩は全百九十七首中七絶が百二十二首・約六十パーセントと壓倒的多數を占め、次いで五律が三十三首となっている。また書表が八十五箇所と多く、『嘉靖本』に負けず劣らずアクセントを加えている。分布の面では出入りが比較的少なく、［五丈原］を中心とした諸葛亮孔明の最期と、巻末の部分のみが他に比してやや多い。五回毎に區切って見た場合、第十一～十五回・五十一～五十五回・八十六～九十回は插入詩が少なく、これは『嘉靖本』の同内容の部分に見られる傾向と一致する。『嘉靖本』との比較で序でに付け加えれば七言律詩が甚だ少ない點が擧げられよう。これは『水滸傳』の演變において百回本から百二十回本への移行に見られる如き七律を七絶にする操作が數首行われているためであろう。(11)

全體的には均一に整理された感じがよく表れ、讀者として批評を施しながら且つ細部を改編していった編集者としての營爲が傳わってくるテクストである。(12)

ここで插入詩の互見の面から、『嘉靖本』以降の三種のテクストを概觀するならば、『嘉靖本』に見られる要素は大きく二分されて『評林本』と『李評本』『毛本』とにそれぞれ引き繼がれている。すなわち『評林本』は『嘉靖本』

中の多くの詩が取り込まれ且つ周靜軒詩が增加された姿となっており、一方『李評本』『毛本』は、『評林本』に取り入れられず且つ『嘉靖本』に見られる詩を借入れている。しかし『毛本』が次節で觸れる如く周靜軒詩を用いないと言いながらも、實は『評林本』に見られる周靜軒詩をよく借用していることは事實である。

これら插入詩から窺い得る諸本の系統の予想は概ね先行の研究成果(13)と合致することを付け加えておきたい。筆者が考える發展の略圖は以下の如くである。

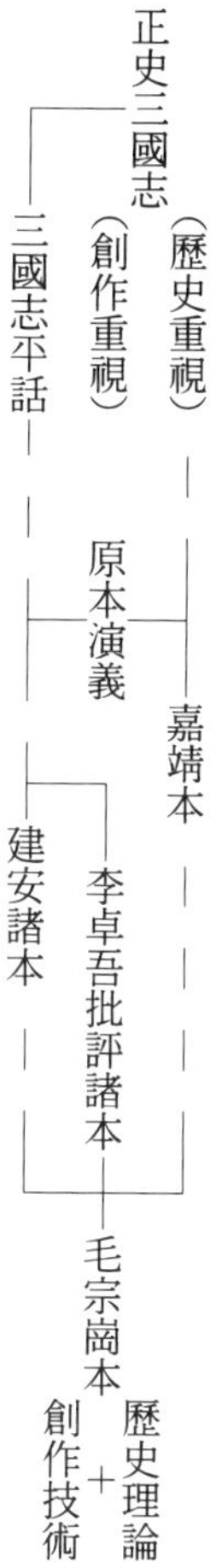

では三國小說は何故この『毛宗崗本』から更に次の段階へと發展していかなかったのか、『毛本』自體が持つ完結性の強さは何處にあるのかを次節で檢討してみたい。

三　毛宗崗の改編理論

毛宗崗、字は序始。號は孑庵、長州（現在の蘇州）の人。生卒年は詳らかでないが、褚人獲著『堅瓠庚集』に「同學孑庵毛宗崗序始氏漫題」と誌す序があり、同じく『堅瓠補集』巻五に「焚書自遣（書を焚きて自ら遣る、目錄では焚書自歎）」として康熙庚辰（一七〇〇年）夏、毛序始が隣人の失火により藏書を類燒し「臨江仙」詞を以て嘆きを表したことが見られるから、およそ康熙年間前中期に在世していたと考えられる。なお、褚人獲（字は稼軒、號は石農、同鄉蘇州の人）の生平も詳らかではないが、康熙二十年（一六八〇年）前後を中心に在世し、『通俗隋唐演義』等の著が世に傳わっている。

父毛聲山は『琵琶記』について批評を加えた人物で、この父子が明末から淸初にかけての蘇州の文人サロンの影響を深く受けたことは容易に見て取れる。

とりわけ毛宗崗が同鄉の師筋に當たる金聖歎の感化を受け、二番煎じの嫌いのある『三國志演義』改編に手を染めたのは前節で觸れたとおりである。

それでは、その改編の原理は一體如何なるものであるのか。

『毛本』では「原序」に續いて「凡例」十則と「讀三國志法」と題する長文を置き、その編集方法を示している。これも金聖歎改編『水滸傳』を襲った仕方であるが、そのうち內容改編に及ぶ敍事方法については小說理論の方面からすでに言及されているのでしばらく措くとして、韻文要素の纏められた方向性について「凡例」第八、九則を取り上げ、實際の內容と照らし合わせながら『毛本』が取り組んだ增删の作業について考えてみたい。

まず「凡例」を掲げる。

八、敍事之中、挾帶詩詞、本是文章極妙處、而俗本每至〝後人有詩嘆曰〟便處處是周靜軒先生、而其詩又甚俚鄙可笑。今此編悉取唐宋名人作以實之、與俗本大不相同。

九、七言律詩、起于唐人、若漢則未聞七言律也。俗本往往捏造古人詩句、如鍾繇、王朗『頌銅雀臺』、蔡瑁『題館驛屋壁』、皆僞作七言律體、殊爲識者所笑。今悉依古本削去、以存其眞。

この兩則の說明では、まず周靜軒詩が卑俗なので唐宋の詩作に換える點、次に七言律詩は唐以降に起ったものであるから揑造僞作された七律は削除する點を指摘している。「古本に依る」という謳い文句は明清小說改編の常套手段であることは斷って言うまでもなく、すでに師筋に當たる金聖歎が踏んだ道である。しかし、「敍事の中、詩詞を挾帶するはもとこれ文章の極めて妙なる處なり。」と詩詞に對する取り組みを明示した點は毛氏の評點と併せて檢討されねばなるまい。そこで插入詩の特徴を少しく細かく見て行きたい。

まず詩の押韻字を見るに、一つの傾向が窺える。それは表題にも引いた「空」及び「亡」字の統一的多用である。

三國志小說の韻字で目に着くのは歷史の終末、人物の終焉を表現する「休」「亡」「空」等の文字であろう。歷史は繰り返すとはよく言われるが、それはある事象として以前起った事柄內容と同樣の出來事が盡きることなく生成流轉の中に生起することを指摘した客觀的史觀に基づく言い方であろう。もっとも登場する人物や背景となる地點は異なるのであるから、それぞれにその終焉の記錄があるわけであるが……。

美文要素が最も多い『嘉靖本』中の插入詩が「休」字を中心としながら且つ「亡」「空」を取り込んで一面多角的評價の色彩を有するのに對し、『李評本』『毛本』では『嘉靖本』とも全く共通する七絕三首・五律二首・七律一首の他に、『嘉靖本』に見られない七絕を加えている。また周靜軒詩を用いないと言いながら、『評林本』にも取られる周詩を加えている。それらはいずれも押韻部に「亡」字が用いられた詩である。「亡」字は下平七「陽」の韻目に屬し、作詩に當たっての韻字の利用については何ら特別な扱いを受ける範圍のものではない。以下に例を擧げる。なお〈　〉內に『嘉靖本』『評林本』『李評本』中の有無を頭文字で參考までに記す。また〈嘉〉〈評〉〈李〉の傍線付〈嘉〉〈評〉〈李〉はそれぞれの本の中の詩と『毛本』の字句が異なることを示す。

覇業成時爲帝王　不成且作富家郎　誰知天意無私曲　郿塢方成已滅亡　〈嘉李〉

（第九回　董卓の死に對して）

王允運機籌　奸臣董卓休　心懷家國恨　眉鎖廟堂憂
英氣連霄漢　忠誠貫斗牛　至今魂與魄　猶繞鳳凰樓　〈嘉評李〉
（第九回　王允の死に對して）

血流碭芒白蛇亡　赤幡縱橫游四方　秦鹿逐翻興社稷　楚騅推倒立封疆
天子懦弱奸邪起　氣色凋零盜賊狂　看到兩京遭難處　鐵人無泪也凄惶　〈嘉評李〉
（第十四回　曹操、許都を落とす　白蛇は漢王朝のこと）

生死無二志　丈夫何壯哉　不從金石論　空負棟梁材
輔主眞堪敬　辭親實可哀　白門身死日　誰肯似公臺　〈嘉評李〉
（第十九回　呂布の死に對して）

漢末刀兵起四方　無端袁術太猖狂　不思累世爲公相　便欲孤身作帝王
強暴枉誇傳國璽　驕奢妄說應天祥　渴思蜜水無由得　獨臥空床嘔血亡　〈嘉李〉
（第二十一回　袁術の死に對して）

昨朝沮授軍中失　今日田豐獄內亡　河北棟梁皆折斷　本初焉不喪家邦　〈嘉評李〉
（第三十一回　田邦の死に對して）

臨流三嘆心欲酸　斜陽寂寂照空山　三分鼎足渾如夢　蹤迹空留在世間　〈嘉評李〉
（第三十四回　劉備、檀溪を越える　蘇軾　古詩「躍馬檀溪」の末尾四句）

昔聞袁氏居河朔　又見劉君霸漢陽　總爲牝晨致家累　可憐不久盡銷亡　〈嘉評李〉
（第四十回　劉表の死に對して　三本とも七律）

曹操奸雄不可當　一時詭計中周郎　蔡張賣主求生計　誰料今朝劍下亡〈評李〉（第四十五回　群英會にて）周靜軒詩

魏呉爭鬪決雌雄　赤壁樓船一掃空　烈火初張照雲海　周郎曾此破曹公〈嘉李〉（第五十回　赤壁の戰いについて）

妨賢賣主逞奇功　積得金銀總是空　家末榮華身受戮　令人千載笑楊松〈李〉（第六十七回　楊松の死に對して）

奸宄專權漢室亡　詐稱禪位效虞唐　滿朝百辟皆尊魏　僅見忠臣符寶郎〈評李〉（第八十回　曹丕の禪讓に當たって）周靜軒詩

生死人常理　蜉蝣一樣空　但存忠孝節　何必壽喬松〈李〉（第一百二回　喬松の死に對して）

大膽姜維妙算長　誰知鄭艾暗提防　可憐投漢夏侯覇　頃刻城邊箭下亡〈李〉（第一百十五回　夏侯覇の死に對して）

君臣甘屈膝　一子獨悲傷　去矣西川事　雄哉北地王

捐身酬烈祖　搔首泣窮蒼　凜凜人如在　誰云漢已亡〈嘉李〉（第一百十八回　北地王の死に對して）

まず、詩の繼承關係から見るに、ここに擧げた十五首は實はいずれも『李評本』にすでに現われているものであることが確認できる。よって、定形としての『毛本』の前段階として『李評本』の詩詞の趣向が大きな影響を與えていることが頷けよう。そして、そこから窺われる改編の姿勢は、明代後期の文化爛熟を背景にしてその終焉を豫感するかの如き時代に產まれた『李評本』は、王朝交替劇を目の當たりにしてこれに改修を加えた『毛本』とともに、ある事柄の活力の死滅という見方から「亡」字を運用しているように考えられる。これは一體何を意味するのであろうか。『嘉靖本』は律詩も多く含み、史的轉生觀からかそれまでの爭奪・個體の運動の中止という意味で「休」字を多出させているようである。『李評本』『毛本』はこれに加えて、「亡」字を前面に押し出して歷史の必然を論斷しようとしたとは言えまいか。因みに、例に擧げた『李評本』の詩句は『嘉靖本』と一致するものが多く、『毛本』はそれをさらに少しく修改している。例えば第四十四回に見られる「昔聞袁氏居河朔」は本來『嘉靖本』『李評本』では七律であった。また第一百十八回の例でも同じ五律ながら、『毛本』では字句を入れ換えている。

では、この『李評本』の改編に見られる趣向は、『毛本』にあってはどのように發展したのか。それは、『嘉靖本』にも見られる「空」字を卷首尾に轉用してこの小說の完結性を誇張する手法によく表れていると思われる。そこで次に卷首尾に置かれた詩詞とそれに對する『毛本』の評語とを併せて見てみたい。卷首には

滾滾長江東逝水　浪花淘盡英雄　是非成敗轉頭空　青山依舊在　幾度夕陽紅
白髮漁樵江渚上　慣看秋月春風　一壺濁酒喜相逢　古今多少事　都付笑談中

という詞を配し、それと呼應するように第百二十回末尾に

自此三國歸于晉帝司馬炎、爲一統之基矣。（一部大書此一句是總結。）此所謂〝天下大勢、合久必分、分久必合〟者也。（直應轉首卷起語、眞一部如一句。）後來後漢皇帝劉禪亡于晉泰始七年、魏主曹奐亡于太安元年、吳主孫皓亡于太康四年、皆善絕。（不以司馬炎作結、仍以三國之主作結、方是『三國志』煞尾。）後人有古風一篇、以敍其事曰：

と續けて、七言五十二句の末尾兩句を

鼎足三分已成夢、後人凭吊空牢騷（此一篇古風將全部事跡隱括其中、而末二語以一夢字一空字結之、正與首卷詞中之意相

合。一部大書以詞起以詩收、絶妙筆法。）

と結んでいる。

巻首の詞は實は明の楊愼（一四八八～一五五九年）の「二十一史彈詞」第三「説秦漢」の「臨江仙」詞を借用したものであるが、『李評本』には見えず、『毛本』の改編理論の一端を示すものと考えられる。ここに表された語句「是非成敗は空に轉頭す」「古今多少の事　すべて笑談の中に付す」という内容とその配置とは、正に歴史重視の姿勢と小説の創作理論とが合致して導きだされた結果であり、『毛本』の完結性は、「讀三國志法」にも一節を設ける如く、全巻を通して首尾呼應させ、「空」「亡」の觀點を以て話柄を統べようとした點にあることがわかろう。(14)この操作も評語も實は金聖歎本『水滸傳』の末尾の評語「以詩起、以詩結、極大章法。」を見れば、それに倣っていることは明らかである。とは言い條、ここにこそ三國志小説發展史において以後の定形となった『毛本』の改編の特徴が端的に示された譯である。

四　三と空・夢

三國志の魅力の一つを、數字「三」に求める點についてはさまざまな指摘がある。(15)前提となる張氏三兄弟の登場から劉關張の桃園結義へと、開卷からこの不思議な數字に裏付けられて進行するし、諸葛亮孔明が提起する天下三分の計等「三」が有する意味は極めて大きい。例えば、『説文』では「天地人之道也」と説明され、近刊の『漢語大詞典』では「二加一所得」として陰陽を兼ね備えた最小數としての意味を解釋している。ギリシャの哲學者ピタゴラスは初中終を示す完全な調和數と考え、西洋では廣く統制のとれた神祕數として捉えられるようである。しかし、裏返して考えると、この三國志の內容すなわち魏吳蜀が鼎立を保持するために三が有する本來の運命は、二または一になることにはあらず、零になることを歴史の必然と見ているのではなかろうか。例えば毛宗崗は「讀三國志法」中で「三絕」（三人の傑出した人物、智の諸葛亮・義の關羽・奸の曹操）という見方を提起してみせた。全體の構成も、この關羽・曹操を中心とする第一世代の活躍が濟む（劉關張も零になる）と第二世代の主役諸葛亮が登場するし、その諸葛亮も結局は司馬懿に取って代られ、三國いずれも滅びる運命（史實でもある）にあることを明示してみせているのである。この「空」に歸結する手法こそは、『三國志演義』が明末『李評本』からの要素を多分に受け入れて『毛本』において定形となった最大の要因であり、且つその根底を貫く理論に他ならない。この改編によって『三國志演義』は正しくその發展性を喪失し、自己完結の「空」の彼方へ納まったのである。

かくの如き考え方の由來は、金聖歎が百二十回に膨らんでいた『水滸傳』を「第五才子書」として加評する際に七十回へと大幅改修し、且つ末尾を徽宋皇帝が夢に遊ぶ場面から盧俊義が好漢すべてが處刑されていなくなるという惡夢に驚く場面に作り替えて、一息に零に歸す改編を以て決着させた方法そのものである。その意味で「金人瑞之應聲蟲」(16)と評されても致し方あるまい。しかし、その果たした役割について些か述べるならば次のような見方も出來よう。

清朝の大河小說『紅樓夢』は、その題材と敍述方法を最初の章回體長篇創作『金瓶梅』及び才子佳人の小說群に仰いだが、同時にその文章構成を金聖歎の改編理論に倣おうとしたとの指摘は大いに頷ける。(17)實際にその仕方は、金聖歎の編纂者としての役割と批評者としての役割を、曹雪芹という作者と脂硯齋という評者との二人三脚を以て爲し遂げたことは明白である。その意味でこの『毛本』が『三國志演義』の定形となったことについては、小說發展史において次の點が指摘出來ると思われる。

すなわち、明末から批評が加えられそれぞれによって改編がなされるようになった小說は、金聖歎の『水滸傳』改修を頂點として、批評・改編・創作の統合が圖られた。從って小説が定形版として讀者に提供されることとなり、續作が出るとはいっても、その原作自體が形を簡單に變えるという傾向はほとんどなくなった。因って「世代累積型集體創作」として演變し種々の姿態を呈していた三國志小説も、「空・亡」の歴史理論と批評・改編とりわけ「夢」の創作理論の統合という技術の導入により定形を得ることとなった。從って『毛本』は、金聖歎『水滸傳』と『石頭記（紅樓夢）』の中間に立つと言ってもよい。

裏返して言えば、明末の文化自由化の中で推し進められた小説における批評改編の動きは、時代の鼎革を經て、先行する金聖歎の「空・夢」の理論を敷衍させながら、『毛本三國志演義』を仲立ちとして『紅樓夢』へと引き繼がれていった。從って『毛本』は金聖歎『水滸傳』の後塵を拜したのみに止まらず、金聖歎が輕視した歴史小説の分野でそれを實踐し、『紅樓夢』生成の前觸れとなっていると考えられよう。

かくの如く、『毛本』自體が有する改編の取り組みは、回目を整理したり、登場人物と事件との關係を繕ったりと多々あるが、その裏付けとなる理論は、鄭振鐸が最も容易と評した插入詩の增删に表されていたと考えられる。

五　受容と通行

假に明清兩代に出版された三國志小説の版本を大雜把に次の六つの系統に大別してみる。

一、通稱『嘉靖本』　二十四卷二百四十則
二、『通俗演義』本　十二卷二百四十則
三、『李卓吾批評三國志』本　二十四卷百二十回

四、按鑑演義『三國志傳』本　二十巻二百四十則　閩索系
五、按鑑『三國志傳』本　二十巻二百四十則　花關索系（建陽本）
六、『毛宗崗批評本』　六十巻百二十回

この系統及び版本の前後關係については本章の直接の考察對象でないので説明を略すが、一から五はそれぞれ明代において演變途上の諸本であり、うち二三四五はいずれも萬曆期の刊行が確認されている。六の『毛本』のみが清代に入ってからの改編の産物である。では三國志小説の「定番」として最も普遍的に通行したのは一體どの系統であろうか。

一の『嘉靖本』が十六世紀前半であり、その後明末十七世紀中葉までの約百年間にこれだけ多様なテクストが刊行され流行を見たのであれば、その内の幾つかは後代までその生命力を保持していてもよさそうなものだが、實際にはどうもそうではないらしい。

例えば『清史稿藝文志補編』子部小説類には「三國志演義六十巻、一百二十回、毛宗崗評」と記され、孫楷第『中國通俗小説書目』巻二では二十八種紹介された『三國志演義』の版本のうち『毛本』の説明にのみ「通行本」と付記されている。(18)

一方、蔣瑞藻編『小説考證』や孔另境編『中國小説史料』には明清兩代の筆記に見られる『三國志演義』に對する言及を多數載せており、「小説感應社會之效果、殆莫過于三國演義一書矣」（黃摩西『小説小話』）の様相を呈している譯であるが、それを實證する如く清初の王士禎は龐統の死に場所を落鳳坡と勘違いして詩を詠んでいる。(19) 演義の内容がそのまま史實として受取られるほど『三國志演義』は廣く讀書人層（士大夫）にまで讀者を得ているのである。とりわけ毛宗崗の批評本はその合理性を以て明代の諸本を凌駕し、歷史學者章學誠（一七三八〜一八〇一年）によって

三國演義固爲小說。事實不免附會。

惟三國演義則七分實事、三分虛構、以致觀者往往爲所惑亂。（七實三虛にして觀る者を惑亂す。）（『丙辰劄記』）

という批判を受けるほどになった。これは前節で見てきたように『毛本』が歷史と小說との融合を圖ったためであろう。

文字として書かれた小說が通行するようになると、それに伴い讀者と作者との文學的素養の差異が當然取り上げられることとなる。讀者受容の問題はなかなか明確に把握出來ないが、明代に始まる「八股文」の導入や經濟の一層の發展を背景として、科擧の予備軍と言える讀書人の層が廣がりを見せる。すなわち商人出身者達が文學に參與する讀書人＝識字層として數えられることとなったのである。このようにして、科擧の受驗生としての生員や社會を動かしていく商人すなわち庶民の上層階級が作者及びそのパトロンとしての位置に關與し、それなりの作品が世に問われるようになると、それに從って小說等に見向きもしなかった文人までもが讀者層の中に取り込まれることになり、讀者層の要求が高くなれば創作の質も高くなるという相乘效果を生み出すことになった。

このような社會的趨勢を縱軸とし、且つ明淸の異民族政權への交替という時代の命運を橫軸として、小說界に身を置いたのが正しく金聖歎であり、その影響を直接享受したのが毛宗崗であると見做せよう。すなわち『毛本』は淸代統治下において、「讀三國志法」筆頭に揭げる正統を標榜する思想的立場を內に祕めながら、その自己完結性の強さ故に、自らその限界を招いた。正しく「空・亡」理論の體現を小說そのものに負わせたと言えようか。また先に擧げた一から五の諸本はいずれも改編の過渡期に當たり、却って定着を見ないうちに他のテクストに取って代られるという運命を有していたとも言えよう。

かくて三國志小說はこの『毛本』を以て形を定め、以後今日まで三百年を超える永きに亙って數えきれないほどの翻刻が繰り返されることとなったのである。

近世の章回小說を讀む場合、散文（地の文）と韻文（詩詞）との交互出現という特徵を輕視することは許されない。にも拘らず、小說中の詩・詞については從來あまり檢討が加えられることがなかったように思われる。

吉川幸次郎が『水滸傳』「百回容與堂本」の翻譯に際して、「わざわざこの本を用ひたには、いささか理由がある。……ことに文中所所に插まれた詩詞なり四六の對句は、まことに稚拙愛すべきものがある。……このたび敢て新譯を試みるに當っては、この雅韻流れんと欲する本を、紹介したく思ふのである。」（岩波文庫『水滸傳』第一冊　譯者はしがき）と述べた見識は、章回體の小說が內包する本來の興趣「詩詞はあらずもがなの存在」という點を銳く捉えたものとして評價されるべきであろう。一讀者として長篇小說を讀み進む立場から言えば、これら詩詞等は一修飾要素に過ぎぬと見做されて注目されないばかりか、小說研究の分野においても對象に取り上げられることは殘念ながらほとんどなかった。しかし、上述の如く散文と竝んで小說の重要な構成要素を分擔している點は確認された。また、版本學からの系統の解明に當っても、生成演變の過程を追うことが優先され、到着點となったテクストが有する定形としての意味を考究することにはさまで目が向けられていなかった憾みがある。

結び

本章では、明清兩代を通じてその內容から淫詞小說として禁書に指定されることもほとんどなく[20]、成立までの時間も通行した度合も最も長大である奇書『三國志演義』をまず取り上げ、特に毛宗崗批評本の特徵をその插入詩に對する改編作業から考察してみた。本來であれば、より多くの版本を對象群に加えて比較し、且つ明末から淸初にかけての小説に共通する改編・批評・創作の營爲を視野に入れて、更に詳細に調査檢討されねばならないところであるが、『三國志演義』が有する定形化の傾向はひとまず明らかに出來たかと思う。

しかし、その問題の一端に觸れた如く、作者・評者とその立場、出版と流布の狀況、讀者と時代の要求をも含めて作品の在り樣が見直されねばならないことは確かである。かくの如き研究が一層進むことによって、中國の近世小說の抱える問題が今まで以上に新たな角度で解明されるであろうことを信ずるものである。

注

（1）『中國文學論集』（開明書店　一九三四年、後『鄭振鐸文集』第五卷　人民文學出版社　一九八八年五月、『鄭振鐸全集』第四卷「中國文學研究（上）」　花山文藝出版社　一九九八年十一月等に所收）。

（2）靜軒詩の取込は福建省で刊行された建本が早く、その靜軒については周禮と特定出來る。余象斗を中心として萬曆年間に歷史演義他多數の俗書の出版で有名な建陽余氏は、その出版物に當時人氣のあった人物の名や評を使って賣出しの目玉とすることが多かった（この點は第六章參照）。周靜軒は弘治十一年（一四九八年）『續編綱目發明』を著していることが知られ、『古今圖書集成』學行第二百十七卷に名が見える、十六世紀前半に活躍した人物と考えられる。『三國演義』の成立に「資治通鑑」等通史の力が與った點はすでに指摘されるところであるから、『通鑑外紀論斷』等を著して通鑑學者として鳴らしていた彼の名が、萬曆期の建本に襲用されていることも頷けよう。劉修業「《新刻按鑑全像批評三國志傳》」（『古典小說戲曲叢考』作家出版社　一九五八年五月所收）參照。

（3）「『三國演義』の研究と資料」（『中國の八大小說』大阪市立大學中國文學研究室編　平凡社　一九六五年六月所收）

（4）胡曾については長沙または邵陽の人、懿宗の咸通中進士に擧げられ、漢南節度從事となったことが知られるほどで、傳記は詳らかでない。その詩は『全唐詩』卷六四七に收められ、特に百篇を超える詠史詩は廣く愛されたようである。『唐詩紀事』卷七十一には五代王衍の逸話を載せ、「曾有詠史詩百篇、行于世」とあり、また、宋の胡天質が註を加えた『胡曾詩註』

が、李暹の「千字文注」・李瀚の「蒙求注」とともに三注と稱されるところから、すでに五代宋にあって歴史を詠じた詩としての地位を築いていたことがわかる。因みに、明代では福建省建陽の刊行物を記した『嘉靖建陽縣誌』卷五にも「胡曾詠史詩」の名が見え、日本でも室町期の刊本や元和年間の活字本の存在が知られる。『和刻本漢詩集成』第十輯（長澤規矩也編　汲古書院　一九七四年）及び『胡曾詩抄』（傳承文學資料集成第三輯　三彌井書店　一九八八年二月）が異なる底本で目睹の便を供する。講史小説への取込みについては岡村眞壽美「『秦併六國平話』と胡曾の詠史詩―講史小説の發展過程に關する一考察」（『日本中國學會報』第四十六集　一九九四年十月）に研究が見られる他、澁谷譽一郎「民衆教育と講唱文學―敦煌本「李陵蘇武書」と胡曾『詠史詩』を中心に」（『藝文研究』第五十四號　慶應義塾大學　一九八九年三月）も參考になる。他、王重民「補《唐書・胡曾傳》」（『中華文史論叢』一九八〇年第二輯　總第十四輯　上海古籍出版社）參照。

（5）『日本中國學會報』第六集　一九五四年十月　後『中國小説史の研究』岩波書店　一九六八年十一月　後『小川環樹著作集』第四卷　筑摩書房　一九九七年四月所收。及び張政烺「講史與詠史詩」（『歴史語言研究所集刊』第十　國立中央研究院歴史語言研究所　一九四八年所收）參照。

（6）明代後期の宦官、劉若愚が著した『酌中志』では、卷十八「内板經書紀略」すなわち宮中書籍リストの中に「三國志通俗演義　廿四本　一千一百五十葉」と記され、整然とした體裁からこの『嘉靖本』がそれに當たるのではないかとの推測がある。なお劉若愚については、『宦官傳』（王興亞・王宗虞主編　河南人民出版社　一九九三年三月）等參照。

（7）小川環樹譯『三國志』（岩波文庫　昭和二十八年）第一册解説　後注（5）前引『中國小説史の研究』所收。

（8）陸聯星「李贄批評三國演義辨僞」（『文學遺產』第四五八期　一九六三年四月七日）葉朗「葉晝評點《水滸傳》考證」（『中國小説美學』　北京大學出版社　一九八二年十二月所收）、黃霖「有關毛本《三國演義》的若干問題」（『三國演義研究集』四川省社會科學院出版社　一九八三年十二月所收）等參照。

（9）『通俗三國志』の出來及び譯者湖南文山については、『對譯中國歴史小説選集4』「李卓吾先生批評三國志」（ゆまに書房　一九八四年一月）德田武の解説及び同「江戸時代における『三國志演義』」（『しにか』一九九四年四月號　大修館書店所收）等參照。

（10）『中國小説史略』第十四編（北京大學新潮社　一九二三年初出）參照。

（11）本論第二章第一節「『水滸傳』中の詩詞について　百回本から百二十回本への過程」參照。

（12）「平話」から「演義」への演變の特徴については、金文京『三國志演義の世界』（東方書店　一九九三年十月）、井波律子『三國志演義』（岩波新書　一九九四年八月）に詳しい。

（13）小川環樹・西野貞治兩氏の研究を先驅けとして、金文京「『三國演義』版本試探　建安諸本を中心に」（『集刊東洋學』第六十一號　一九八九年五月）及び前掲注（12）の當該書、中川諭「『三國演義』版本の研究　毛宗崗本の成立過程」（『集刊東洋學』第六十一號　一九八九年）・「『三國志演義』版本の研究　建陽刊「花關索」系諸本の相互關係」（『日本中國學會報』第四十四集　一九九二年）・「『三國志演義』版本の研究　「關索」系諸本の相互關係」（『集刊東洋學』第六十九號　一九九三年　これらは後同者著『『三國志演義』版本の研究』汲古書院　一九九八年十二月所收、上田望「『三國演義』版本試論　通俗小説の流傳に關する一考察」（『東洋文化』第七十一號　東京大學東洋文化研究所　一九九〇年十二月）等が擧げられる。

（14）この點については、豐家驊「談《三國演義》的卷首詞」（『文史知識』一九九五年第五期）も參照。加えて、王扶林「我拍〈三國〉電視連續劇」（『古典文學知識』一九九四年第六期）を受けた曾良が毛本の卷首詞は本來の羅貫中篇『三國志演義』の主旨に合致していないとして「《三國演義》卷首詞不宜作主題歌」（『文史知識』一九九六年第二期）を發表したが、この論も裏返せば毛本の改編理論の所在を示す内容と受け取れよう。

（15）例えば前掲注（12）の内、金文京『三國志演義の世界』及び同氏「「三國志」のパラダイム」（『しにか』一九九四年四月號　大修館書店　所收）では、中國語の音調平仄から三の持つ重みを考察している。

（16）解弢『小説話』（中華書局　一九一九年一月）。

（17）伊藤漱平「『紅樓夢』成立史臆説七十回稿本存在の可能性をめぐって」（『東方學』第八十三輯　一九九二年一月）參照。

（18）この點については出版文化の方面から、上田望「毛綸、毛宗崗批評『四大奇書三國志演義』と清代の出版文化」（『東方學』第百一輯　二〇〇一年一月）參照。

（19）例えば王士禎の著作中から詩に關する評論談話を收錄した張宗柟編『帶經堂詩話』では、卷十三「遺蹟類」において王應奎（一六八三～一七五九年頃）の『柳南隨筆』を引き、〈落鳳坡〉に關して「落鳳坡之稱、蓋小說家裝點之辭。」とその誤りを注している。ひとり王士禎に限らず、袁枚『隨園詩話』では崔念陵の古詩について「責關公華容道上放曹操一事、此小說演義語也、何可入詩。」と指摘している。かくの如き傾向が普遍的に存在したためか、王曉傳（利器）輯錄『元明清三代禁毀小說戲曲史料』（作家出版社　一九五八年　後增訂本　上海古籍出版社　一九八一年二月）「前言」では、「就在禁止小說俚語的同時、一般文人、突破所謂雅俗之樊、採用小說戲曲的故事、語言入詩文的、也不乏其人。」と述べ、通俗小說における記述が文人の詩文中に誤用される實狀を纏めている。

(20)　王利器輯錄『元明清三代禁毀小說戲曲史料』（增訂本　上海古籍出版社　一九八一年二月）では、二三例『三國』の名が擧げられているが、導邪誨淫の書としての『水滸傳』『金瓶梅』等の多出に比べれば無きに等しい。むしろ、清初順治七年（一六五〇年）早くも滿文譯が刊行されている意味を考えれば、その通行の度合が推し量れよう。

（補）　毛宗崗本の改編に對して特に韻文要素に着目して考察した論文に劉永良「毛宗崗對《三國演義》詩詞歌賦的加工整理」（『山西師大學報』第二十卷四期　總八十一期　一九九三年）がある。また、初出時期は不詳であるものの、一九九五年三月『三國演義詩詞鑑賞』（北京出版社）を公にしている劉鐵生の專著『三國演義敍事藝術』（新華出版社　二〇〇〇年八月）の第四章「『三國演義』詩詞的演化及藝術功能」は本書執筆後に目睹したが、多くの示唆に富む內容を含んでいる。

第二章　水滸傳研究

第一節　『水滸傳』中の詩詞について

——百回本から百二十回本への過程——

はじめに

宋代講釋師の語り物に源を持つ『水滸傳』は、改編を重ねながらも、本來の型を濃厚に留めながら流傳してきた。説唱文學という語りの部分と唱いの部分は、小説の中にどのように吸收・展開・整理されていったのだろうか。また、宋代に開花流行した「詞」の文學様式は、どのように語り物の世界に入り込んでいったのだろうか。

本章の第一節では『水滸傳』中の詩・詞に焦點をあてて、初期に位置する百回本から、詩・詞・内容の面で頂點に立つと考えられる百二十回本へ移行する過程において、その關係をいくつかの角度から考察してみようとするものである。

テキストは「容與堂本」を底本とした百回本として『明容與堂刻水滸傳』（上海人民出版社　一九七五年四月）・『水滸傳』（人民文學出版社　一九七五年十月）と「楊定見・袁無涯本」を底本とした百二十回『水滸全傳』（上海人民出版社　一九七五年十一月）を使用した。[1]

一　詩詞の出入について

まず、百回・百二十回の各本において各々いくつの詩・詞が插入されているか、全體的に見てどのような特徵があるかを檢討しておきたい。

資料Ⅰに示した如く、百回本では總數で詩五百十六首、詞三百十二首、詩・詞だけで約八百三十首も盛り込まれている。この他にも佛敎の偈文（第四・五・四十五・九十回）、法語（第八十五・九十九回）、宣（第七十五・八十・八十二・八十九回）、書簡文（第八・二十二・三十三・三十五・六十三・六十八・八十一・九十九回）等が二十以上も見られ、アクセントを加えている。

この資料より明らかなように、百回本ではすべての回に詩詞が置かれ、總數八百三十首、これを百回で割ると、各回平均八首の詩詞が插入されている計算になる。底本とした活字本は本文一千四百頁あまり、約八十七萬字であるが、各回平均十五頁弱となる。その十五頁中に八回も詩詞が插入されているということは、宋代から唱い繼がれたり、書き足されたりしながら、その獨自の位置を保持してきた詩・詞の役割がいかに重要であるかということが自ずと理解できるであろう。

資料Ⅰで指摘できる特徵は、次の三點である。

① 詩は詞の數量よりも多い。

② 前半四十回まではやや詩が少ない。

③ 第七十六回は詩詞が多い。

資料Ⅰ　『水滸傳』中の詩・詞調査表

	100回本		120回本	
回	詩	詞	詩	詞
引首	2	1	2	1
1	3	8	2	8
2	2	6	10	5
3	2	5	1	5
4	5	5	2	5
5	1	5	2	4
6	2	8	1	5
7	1	3	2	3
8	1	4	1	3
9	0	7	2	6
10	3	4	2	3
11	4	5	3	4
12	3	3	1	2
13	1	10	1	7
14	2	3	2	3
15	3	6	2	6
16	3	3	6	2
17	4	1	7	1
18	4	2	5	2
19	5	2	6	2
20	4	0	3	1
21	5	3	4	2
22	3	1	3	1
23	5	1	3	1
24	16	4	11	2
25	3	1	3	1
26	1	2	2	0
27	2	2	1	3
28	2	0	3	0
29	2	4	0	3
30	6	3	3	3
31	4	4	6	2
32	4	6	3	6
33	4	2	2	2
34	1	3	0	3
35	1	5	1	5
36	4	0	5	0
37	4	5	2	4
38	4	5	6	3
39	8	3	2	3
40	3	2	2	2

	100回本		120回本	
回	詩	詞	詩	詞
41	8	2	2	2
42	3	4	2	4
43	8	2	8	1
44	6	6	5	4
45	5	3	7	1
46	4	4	2	3
47	4	2	3	3
48	3	2	2	2
49	7	4	5	4
50	0	2	0	1
51	4	3	1	3
52	2	5	2	5
53	10	6	1	5
54	5	5	1	5
55	6	2	4	1
56	5	2	0	1
57	7	4	3	4
58	6	2	1	2
59	9	4	5	3
60	6	3	1	2
61	11	7	6	4
62	7	4	5	3
63	5	4	1	4
64	4	4	0	3
65	7	1	3	1
66	5	1	1	1
67	6	3	3	2
68	4	2	1	0
69	8	0	5	0
70	6	1	1	1
71	5	3	3	3
72	4	3	2	4
73	8	0	3	1
74	5	2	1	2
75	4	0	1	0
76	18	12	16	10
77	5	6	3	7
78	5	2	2	1
79	4	3	1	1
80	8	3	4	3

	100回本			120回本	
回	詩	詞	回	詩	詞
81	6	2		0	2
82	5	3		3	2
83	6	2		2	2
84	6	2		0	3
85	5	2		2	1
86	6	1		1	1
87	3	2		1	2
88	13	0		2	0
89	6	0		2	0
90	9	2		0	1
			91	0	1
			92	0	0
			93	0	1
			94	1	2
			95	1	0
			96	0	1
			97	1	1
			98	1	2
			99	0	0
			100	1	1
			101	1	2
			102	0	2
			103	2	0
			104	0	2
			105	1	0
			106	0	0
			107	0	1
			108	2	1
			109	1	1
			110	5	1
91	3	2	111	1	2
92	6	1	112	2	0
93	7	2	113	2	2
94	8	2	114	3	2
95	8	4	115	0	2
96	7	0	116	1	0
97	8	2	117	2	2
98	8	2	118	0	2
99	9	3	119	5	0
100	13	3	120	5	2
計	516	312	計	293	278

まず①については、詩は詞の數よりも壓倒的に多く、その中の主流を占めるものは、各回首入話の七言律詩（六十七首）である。

②については、五十回以後の詩と詞の比率がおよそ二對一であるのに比して、詩と詞の比率は近接する。

③については、第七十六回は、一百八人の好漢が梁山泊へ集まった後、一回目の招安があって、結局それを破棄し官軍と戰うという内容で、その陣立ての樣子を描いた部分である。一百八人となった梁山泊好漢の最初の活躍の場面として存在する回だけに、詩詞を以て飾る配慮がなされたと考えられる。それは詩・詞の内容が秦明・關勝・林冲・董平・索超・史進・楊志……と、好漢を謳い上げていることによって明らかである。

しかし、頁數は十五頁と平均的であるのに對して、詩詞が平均の三・五倍に當たるというのは、最も長い九文字對句という回目の立て方等とも關連して、編者の意圖がどのように働いたかを窺い得る回とも言えるかと思う。[2]

次に百二十回本においては、詩二百九十三首、詞二百七十八首、總計約五百七十首が盛り込まれている。この他にも佛敎の偈文や法語、宣（第百二回）、書簡文（第九十四・百八回）等を含む點は、百回本と變わらない。資料Ⅰより明らかなように、第九十二・九十九・百六の三回を除く以外の回には、すべて詩詞が置かれている。およそ五百七十首という數を百二十回で割ると、各回平均五首の詩詞が插入されていることになる。

百二十回本における特徴は、次の二點である。

① 八十回以後、特に九十回代を中心に、詩・詞は著しく減少している。

② 第七十六回は詩・詞が壓倒的に多い。

①については、第九十二・九十九・百六回に詩詞が插入されていないことも關連するが、これは先行する百回本系

統の九十回代の話が、百二十回本では百十回代に平行移動される形で置かれ、その九十・百回代に、田虎・王慶を中心とする話が書き加えられるようになった事由によるものである。そのため、百二十回本でも、九十・百回代は講釋調時代からの要素、話本として纏められた要素が薄く、また文簡本系統の百十五回本や『水滸志傳評林』の影響を受けているため、物語中心で進められる傾向にある。それに伴い詩・詞も不十分なものとなったと考えられる。

②については、百回本と同じく、百二十回本においても平均的頁數に對して、詩詞は二十六首という平均の五倍以上が插入されていることになる。この點は讀本への移行過程にある百二十回本においては矛盾するように思われるが、これはこの回の占める比重がその他の回とは同一でないことを示しているのではないかと考える。

以上、百回本・百二十回本における詩・詞の置かれ方を見てきたが、單純に比較しても百二十回本は百回本より約二百六十首の詩詞の減少をみる。數値の上から考えれば、回數においても百回から百二十回へと増えている譯であるから、百回本の形式に依據すれば詩・詞ともに增加するはずである。しかし百二十回本では逆に詩・詞を削減している。これは果たしてどのような理由によるのであろうか。大きく三つの點が考えられる。

①　百二十回本の特徴のところで述べたように、九十回以後、詩・詞ともに大幅に減少していることによる。百二十回本では、第九十一回から田虎・王慶故事に繋ぐために、百回本の第九十回の前半四分の一だけを借り、宋江が魯智深らを伴って五臺山に參禪し、智清長老から偈を授けられるまでを同じ內容としている。また同九十回の殘り四分の三は、百二十回本では第百十回の後半に組み込まれて、平行移動した百十一回からの話に繼いでいる。この操作により、地の文だけでなく詩・詞・偈文も同様に區切られている。圖に示せば次の如くである。

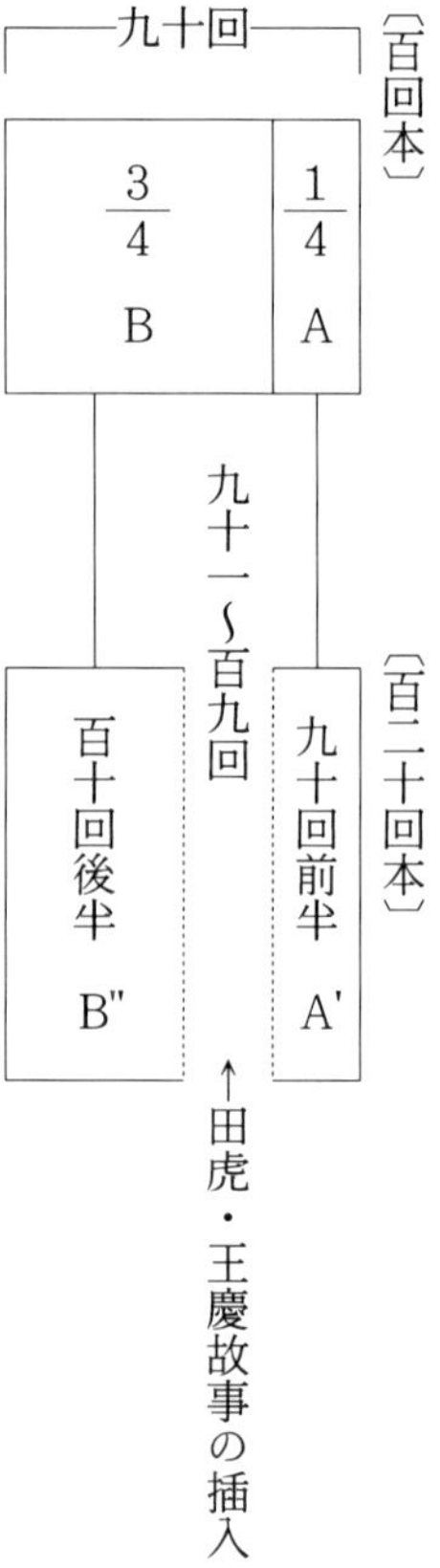

一概に簡本系統と言っても、百十五回本や『水滸志傳評林』にも、各回首の入話としての詩・詞をはじめ、本文中に詩詞は置かれている。しかし百十五回本を概觀した場合、韻文については直接百二十回本に採られたと見られるものはないように思う。[3] この點から推して、百二十回本の九十・百回代の詩・詞は、百回本、百十五回本からは借入られていないと考えられる。

② 各回首の入話としての詩・詞の削除による。

これは①の文簡本系統の話の借り入れとも關連して、ストーリー性を重視したことによると思われる。本來入話[4]は、街角の講釋師が人集めのために一うなりしたり、直接内容と關わりの薄い一くさりを前置きとして聲馴らしをしたものなので、百回本になる段階でかなり修改されたとは言え、讀本化への傾斜が強い百二十回本では、むしろ話の進行を止めてしまうことになると考えられたのであろう。そしてこの點は、「發凡」の中でも觸れられる如く、[5] 百二十回本ならではの措置として注目されるのである。百回本の入話としての詩・詞は、同形のものわずかに十首が位置を變えて留められているに過ぎない。（第二・五・六・十・十一・四十九・七十一回は同回中へ、第三十九・七十九・八十五回は他の回中へ。）

③　百回本中の詩・詞の中でもかなりのものが切り捨てられたことによる。

數量の比較の上で約二百六十首の削減と大雜把に述べたが、削除された數から言えば、回首の入話としての詩・詞をも含めると、約三百五十首の減少となり、その差九十を埋めるのは、概ね新しい創作によるものである。

かくの如く、『水滸傳』の中の詩・詞の出入のあり方を通して、百回本から百二十回本への移行の過程を概觀した。

二　詩について

章回小說中の詩は、文人詩の如き獨立詩としては、その存在が考え難いものである。つまり散文と韻文との交互出現という構成の上から把握されなければならない。

まず形式の面から見ると、資料Ⅱに示した如く、百回本・百二十回本ともに七言絕句が壓倒的に多い。百回本では五百十六首中三百五十三首、六十八パーセント、百二十回本では二百九十三首中二百十三首、七十二パーセントという數値に上る。それに次ぐのが七言の律詩で、その他、五言詩、古詩が散見されるが、總じて言えば、『水滸傳』中の詩は七言絕句であると言い得るかと思う。よってここでは、七言絕句を中心に次の三點から百回本・百二十回本各本の異同を檢討してみることとする。

(一)　詩の位置

はじめに詩の置かれる位置について見ると、第一の特徵として、まず詩の前部に一定の套語（決まり文句）が置かれるということである。それは「有詩爲證（詩有りて證と爲す）」「正是（正に是れ）」及び「詩曰（詩に曰く）」等の語で

資料Ⅱ　『水滸傳』中の詩の分類表

〔百回本〕

	七言絶句	七言律詩	五言絶句	五言律詩	その他	計
引首を含む						
1～10	5	16	0	0	1	22
11～20	21	11	0	1	0	33
21～30	31	9	1	2	2	45
31～40	25	6	1	1	4	37
41～50	35	7	0	4	2	48
51～60	42	10	0	5	3	60
61～70	42	12	0	2	7	63
71～80	40	22	1	0	3	66
81～90	52	8	0	1	4	65
91～100	60	13	1	2	1	77
計	353	114	4	18	27	516
%	68.41	22.09	0.78	3.49	5.23	100

〔百二十回本〕

	七言絶句	七言律詩	五言絶句	五言律詩	その他	計
引首を含む						
1～10	14	9	1	1	2	27
11～20	30	5	1	0	0	36
21～30	31	0	0	1	1	33
31～40	20	2	0	0	7	29
41～50	25	1	2	2	6	36
51～60	15	0	0	3	1	19
61～70	18	4	0	0	4	26
71～80	19	17	0	0	0	36
81～90	12	0	0	0	1	13
91～100	4	0	0	0	1	5
101～110	8	1	2	0	1	12
111～120	17	3	0	1	0	21
計	213	42	6	8	24	293
%	72.70	14.33	2.05	2.73	8.19	100

ある。特に「有詩爲證」「正是」は、講釋口調の名殘をそのまま引いて、地の文と極めて密着した關係において用いられている。例えば、(傍線は筆者、以下同じ。)

①姐夫見我好武藝、教我學了幾路槍法在身。怎見得、有詩爲證：

玲瓏心地依冠整　俊俏肝腸語話淸　能唱人稱鐵叫子　樂和聰慧是天生(6)

原來這樂和是個聰明伶俐的人、諸般樂品盡皆曉得、學着便會。……

(第四十九回)

②那人道："是小人的渾家有眼不識泰山、不知怎地觸犯了都頭。可看小人薄面、望乞恕罪。" 正是：

自古嗔拳輸笑面　從來禮數服奸邪　只因義勇眞男子　降伏凶頑母夜叉

武松見他如此小心、慌忙放起婦人來、便問："我看你夫妻兩個也不是等閑的人、願求姓名……。"

(第二十七回)

この點から推して、この二つの套語によって導き出される詩は、比較的早い時期から存在し、改作の過程を經ながらも、當然そこに插入されるべきものであったと考えられる。またこの種の套語によって導き出される詩は、必ず前述の內容を歌った詩である。これにより話題の對象を浮上させ、聽衆・讀者に深く印象づけることを目的としていると考えられる。

この套語の存在は、百回本・百二十回本に共通した特徵である。しかし百二十回本においては詩の置かれる位置は必ずしも百回本と同じではない。その詩の引き繼がれ方を見ると次の三點に分けることができると思う。

(1)位置・形式・內容に異同のないもの。

これは、百回本中のものを、置かれる位置・形式とも變えずに繼承しているもので、一字・一單語の置き換え程度で意味に變化をきたさぬものを含めても、百回本からは二十五パーセントしか採られていない(資料Ⅲ參照)。つまり百二十回本では大幅な取捨選擇が行なわれているのである。また百回本中の詩を基礎としていると言っても、敢えて一字・一單語の置き換えを行なっているものがある如く、かなり細かく推敲・修改されたのではないかと思われる。この種の傾向は、閻婆惜故事の移動などとともに、改編者の取り組み方を示しているように思われる。[7]

（2）位置・形式に異同なく、内容を異にするもの。

これは、地の文との繋がりで同じ位置に置かれながら、全く異なった詩に置き換えられているもので、その數は五十二首ある。例えば次の如きものである。

③……只是柴進面上却不好看、忘了日前之恩、如今也顧他不得。

〔百回本〕	〔百二十回本〕
有詩爲證：	正是：
英雄多推林教頭	未同豪氣豈相求
薦賢柴進亦難儔	縱遇英雄不肯留
斗筲可笑王倫量	秀士來自多嫉妬
抵死推辭不肯留	豹頭空嘆覓封侯

當下王倫叫小嘍囉一面安排酒食、整理筵宴、請林冲赴席。……（第十一回）

④那地下掘不到三尺深淺、只見一箇石碣、正面兩側各有天書文字。有詩爲證：

〔百回本〕	〔百二十回本〕
蕊笈瓊書定有無	忠義英雄迴結臺
天門開闢亦糊塗	感通上帝亦奇哉

滑稽誰造豐亨論　——　人間善惡皆招報
至理昭昭敢厚誣　　　天眼何時不大開

當下宋江且教化紙滿散。平明、齋衆道士各贈與金帛之物、……　（第七十一回）

この種の詩を比較してみると二つの點が注目される。一つには、百回本では一百八人の好漢以外の人物が詠まれているが、百二十回本では一百八人の好漢に絞って歌っているという點である。例えば、前者③第十一回は、百回本では王倫が取り上げられているが、彼は梁山泊一百八人の中には數えられない。百二十回本では林冲（通稱は豹の頭・豹子頭）の置かれた立場に焦點が當てられている。

二つには、百回本ではその場の登場人物の性格等を具體的に説明するが、百二十回本ではその登場人物の性格等をダシとして、その場の情況からむしろ抽象的に英雄像を浮かび上がらせようとする。例に引いた③第十一回は百回本では王倫の度量の狭さを直接歌うが、百二十回本ではこれを間接的に裏側から炙り出そうとしている。

（3）新たに詩の插入されたもの

これは、百回本において本來詩の入っていなかった位置に詩が插入されているもので、その數は六十首ほどある。例えば次の如きものである。

⑤李逵自笑道：〝這斷却撞在我手裡。既然他是個孝順的人、必去改業、我若殺了他、也不合天理。我也自去休。〟拿了朴刀、一步步投山僻小路而來。詩曰：

李逵迎母却逢傷　李鬼何曾爲養娘　可見世間忠孝處　事情言語貴參詳

走到巳牌時分、看看肚裡又飢又渴、四下裡都是山徑小路、……　（第四十三回）

⑥兩個在陣前左盤右旋、鬪到三十餘合、不分勝敗。宋江看了、喝采不已。有詩爲證：

各跨烏騅健似龍　呼延贊對尉遲恭　雙鞭遇敵眞奇事　更好同歸水滸中

官軍陣裡韓滔、見說折了彭玘、便去後軍隊裡、盡起軍馬、……　（第五十五回）

これらの詩はすべて一百八人の好漢を對象として歌われているが、詞の新たな挿入がほとんどないのに比して、大量の插入詩をみるということは、ここに編者の、詞よりも詩への傾きを窺うことができるのであろうか。

（二）　詩の内容

次に詠まれる内容は如何なるものであろうか。

百回本においてはその場の主人公を取り上げることに重點を置くが、この點は百二十回本も變わらない。内容とするところはともに英雄贊美である。しかしその對象とする範圍は百回本の方が廣く、一百八人の好漢以外も多く詠み込まれている。しかも述べて來た話のポイントを再確認するが如く、登場人物の所行を總括的に竝べて直接的に示そうとする。

これに對して百二十回本では、對象とする人物の範圍を一百八人の好漢に絞る傾向が顯著である。しかもその描き方は、廣く好漢たる者の條件・爲人、または好漢なるが故に負わなければならない運命や立場に重點が置かれ、側面から英雄像を浮かび上がらせようとしている。この傾向は、上述（一）の（3）に示した如く、好漢の名前や字が詠み込まれることからも理解出來よう。

では、『水滸傳』中の詩に求められる英雄像とは何か。それは、一つには覇道横行を默視出來ぬ激しい敵愾心、一つには熱い義俠心、一つには豪氣の氣風、そして一つには厚い人情、これらの要素を備える人物と言うことができるかと思う。よって、地の文に示される好漢の形象は、詩によって更に高揚される結果となっている。

（三）詩の役割

詩の置かれる位置及び套語との關係、そして詠まれる內容から考えるに、詩は比較的早い時期から韻文としての特性を活かして話と話の合間に插入されてきたと思われる。特に百回本は、入話としてのそれを含め、講釋時代からの要素を巧みに借り入れながら整理して、筋運びの上でのアクセントとなっている。まさしくそれは講釋師の呼吸を示すが如きものであり、主觀的に述べてきた話を追認し、登場人物に托してポイントを纏める役割を果たしていると考えられる。

これに對して百二十回本は、詩が筋運びの上でのアクセントとなっているのはもちろんながら、ここに百回本とは異なる役割が存在するように思われる。それは、百回本が詩を借りて場面を總括するのに對して、百二十回本は詩を以て英雄をクローズアップしているという點である。しかもそこに詠まれる英雄像は、百回本がその場の人物もしくはその所行の直接的說明・描寫に止まるに對して、百二十回本はむしろ、視點を擴大して『水滸』全編に渡って希求される所の英雄好漢像を描き出そうとしていることはすでに（二）詩の內容において述べたとおりである。

以上の點から纏めてみると、詩は百回本・百二十回本とも形式面での共通性を持ちながらも、百回本から百二十回本への移行の過程で、その位置・內容・役割は變化していることがわかる。つまり百二十回本になると、好漢のクローズアップという考えに沿って、置き換えや追加插入が行なわれ、一段高い視點から詠まれていると思われる。それはまた、讀者の一人として『水滸傳』を樂しみ、コメントを加えるが如き姿勢とも感じられる。ともあれ百二十回本中の詩は、百回本の延長線上に立って、且つ一定の意圖を持って修改・整理されたものと見て差し支えないと思う。

資料Ⅲ　『水滸傳』100回本から120回本への詩・詞繼承統計表

回	100回本					120回本					100回本から120回本への整理のされ方										
											詩					詞					
	詩	詞	詩詞計	頁　數	1首／幾頁（頁數÷首數）	詩	詞	詩詞計	頁　數	1首／幾頁（頁數÷首數）	全同・大概同	一部影響有	全非置き換え	削除	新創	全同・大同	百回本の句數多し	一部影響有	全非置き換え	削除	新創
引首を含む 1～10	22	56	78	141	1.81	27	48	75	125	1.67	12 (0.55)	0	2	8	13	31 (0.77)	12	4	3	6	0
11～20	33	35	68	123	1.81	36	30	66	115	1.74	9 (0.27)	4	7	12	16	19 (0.86)	11	2	0	3	0
21～30	45	21	66	144	2.18	33	16	49	128	2.61	6 (0.13)	8	10	21	9	6 (0.62)	7	3	1	4	0
31～40	37	35	72	151	2.10	29	30	59	133	2.24	14 (0.38)	0	5	18	11	18 (0.69)	6	4	2	5	0
41～50	48	31	79	148	1.87	36	25	61	132	2.16	14 (0.29)	6	7	21	9	10 (0.48)	5	4	3	9	3
51～60	60	36	96	136	1.42	19	31	50	121	2.42	4 (0.07)	6	6	44	3	24 (0.81)	5	2	1	4	0
61～70	63	27	90	130	1.44	26	19	45	111	2.47	24 (0.38)	1	3	35	0	16 (0.67)	2	2	0	7	0
71～80	66	34	100	131	1.31	36	32	68	114	1.68	26 (0.40)	3	4	32	1	20 (0.79)	7	2	4	3	0
81～90	65	16	81	138	1.70	13	14	27	112	4.15	7 (0.11)	2	7	49	1	13 (0.88)	1	0	1	2	0
91～100						5	9	14	92	6.57											
101～110						12	10	22	96	4.36											
111～120	77	21	98	155	1.58	21	14	35	128	3.66	11 (0.14)	2	6	58	1	9 (0.57)	3	1	2	6	0
	516	312	828	1,397		293	278	571	1,418		127 (0.25)		57	298	64	166 (0.72)	59		17	49	3

注1、詩から詞へ、詞から詩への置換えも數首見られるが、百回本に基づいて數値化した。
2、第九十回後半の繼がれ方は、百回本に基づいて示した。

三　詞について

唐・五代にその形が固まり、宋代に至って文人詞として確立し盛んになった詞は、小令という形から次第に中調や長篇の慢詞に發展し、且つ一定の格律を持つようになった。『水滸傳』中の詞は所謂中調以上の比較的長いものが多い。よってこれを形式の上から見ると、それは宋代後期以降の詞の影響下にあると考えられる。なお、駢文調で詞牌を確定し難い美文要素もあるが、詩との區別から一應詞に含めて考察することとする。(8)

次にこれらの詞の特徴を詩の場合と同様、次の三點から検討してみることとする。

(一)　詞の位置

詞が置かれている位置について見ると、第一の特徴は、詞と同様に套語の存在である。それはすなわち「但見」という語で代表される。この「但見」については小川環樹がすでに『變文と講史』(9)の中で、目連變文や秦併六國平話の例を引いてその關連性を解かれている。それに基づいて、いま『水滸傳』中に見られる套語「但見」と詞との關係を探っていくと、それ以外にもう一點、地の文の中にもこれと共通した型が存在していることが發見できる。すなわち「看……時、端的～」「……看時、果然～」という型で、地の文の中で視覺に入った對象物をはっきりさせている用法である。つまり、散文から韻文（詞）へ移る際、地の文の最後のセンテンスで「看……時」等の型で何を歌うかという對象を強調しておき、その後に「端的」「果然」といういずれも「はたしてそれはまさに」という意味の前觸れをして、さらに「但見」をクッションとして詞へ繫げているのである。「看……時」の「看」や「但見」の「見」という文字が表す如く、詞はその場面や詠まれる情景を視覺的に聽衆・讀者に彷彿させ、それを説明することに用いようとしている。

この形式の特徴は百回本・百二十回本とも共通するものであるが、詞の句型には差異が見られる。そこで、百回本から百二十回本への引き繼がれ方を檢討する。

（1）位置・形式・内容に異同のないもの。

これは一字・一單語程度の修改を含めて約五十パーセントを占める。

（2）詞の形式を異にするもの。

これは、百二十回本において、百回本中の詞（駢文）の中の幾句かを間引きする形で前後を巧みにくっつけ、且つ同じ位置に殘しているもので、六十首近くある。例を示せば、

⑦行無一里、却早望見城門。端的好箇北京。但見：

〔百回本〕

城高地險、塹闊濠深。
一周回鹿角交加、
四下里排叉密布。
敵樓雄壯、繽紛雜彩旗旛；
堞道坦平、簇擺刀槍劍戟。
錢糧浩大、人物繁華。
千百處舞榭歌臺、

〔百二十回本〕

城高地險、塹闊濠深。
一周回鹿角交加、
四下里排叉密布。
鼓樓雄壯、繽紛雜彩旗旛；
堞道坦平、簇擺刀槍劍戟。
錢糧浩大、人物繁華。

數萬座琳宮梵宇。	
東西院內、笙簫鼓樂喧天；	東西院鼓樂喧天；
南北店中、行貨錢財滿地。	南北店貨財滿地。
公子跨金鞍駿馬、	
佳人乘翠蓋珠軿。	
千員猛將統層城、	千員猛將統層城、
百萬黎民居上國。	百萬黎民居上國。

此時天下各處盜賊發生、各州府縣俱有軍馬守把。……　（第六十一回）

この類の如く、百回本中の數句を削除しているものを、（1）に加えると、百回本から百二十回本へと受け繼がれたものは約七十パーセントにも上る（資料Ⅲ參照）。この數値は、詩の繼承のされ方が三十パーセントにも滿たないのに對して、かなり高い比率である。

また、詩において見られた、同じ位置に全く異なったものを置き換えたり、全く新しいものを插入するという操作は、詞にあってはほとんど認められないという點も注意する必要があろう。

このように見て來ると、詞の置かれる位置の異同は、詩のように大幅なものではなく、百回本をかなり踏襲した整理のされ方であると考えることができる。

（二）　詞の內容

次に詠まれる內容はどのようなものであろうか。以下に例を掲げる。

⑧林冲看時、見那八百里梁山水泊、果然是箇陷人去處。但見；

山排巨浪、水接遙天。

亂蘆攢萬萬隊刀槍、怪樹列千千層劍戟。

濠邊鹿角、俱將骸骨攢成；

寨內碗瓢、盡使骷髏做就。

剝下人皮蒙戰鼓、截來頭髮做韁繩。

阻當官軍、有無限斷頭港陌；

遮攔盜賊、是許多絕徑林巒。

鵝卵石疊疊如山、苦竹槍森森如雨。

戰船來往、一周回埋伏有蘆花；

深港停藏、四壁下窩盤多草木。

斷金亭上愁雲起、聚義廳前殺氣生。[10]

當時小嘍囉把船搖到金沙灘岸邊。朱貴同林冲上了岸、……　（第十一回）

⑨智深提了禪杖便走、早來到寺前、入得山門看時、端的好一座大刹。但見；

山門高聳、梵宇清幽。

當頭敕額字分明、兩下金剛形勢猛。

五間大殿、龍鱗瓦砌碧成行；

四壁僧房、龜背磨磚花嵌縫。

鐘樓森立、經閣巍峨。
旛竿高峻接青雲、寶塔依稀侵碧漢。
木漁横挂、雲板高懸。
佛前燈燭熒煌、爐內香烟繚繞。
幢幡不斷、觀音殿接祖師堂；
寶蓋相連、水陸會通羅漢院。
時時護法諸天降、歲歲降魔尊者來。
智深進得寺來、東西廊下看時、徑投知客寮內去。……（第六回）

この二例からも明らかなように、『水滸傳』中の詞の示すところは完全に情景説明と言える。前詞⑧では、林冲が梁山泊を眺め渡し、その威容を歌っているものであるが、巧みな對句仕立てで不氣味な雰圍氣をよく表している。後詞⑨は大相國寺の莊嚴優麗な様子をこれまたわかりやすい對句仕立てで歌い上げていて、あくまでも視覺に訴える描寫に徹している。つまり『水滸傳』中の詞は、先に揚げた套語とセットになって、專ら情景描寫を行い、その他の如何なる內容をも含まないと言うことができる。

㈢　詞の役割

㈠で考察した如く、「但見」という套語に導かれて視覺に訴える入り方や、㈡で考察した如く敍景に徹しているという點等から考えると、『水滸傳』中の詞は、さながらスライドでまず觀衆にその情景を印象深く見せておいて、それから話に入って行く手法と同じであると言えよう。一枚の繪やスライドによって、小さな話題の一纏まりの背景を觀衆に印象づけてしまうかの如く、その場面の情景を詞によって示しているのである。この點、詩が專ら人物描寫という重要な役割を擔っているのに對して、詞は情景描寫、背景設定というこれまた重要な役割を擔っていると言うことができよう。

以上の點から纏めてみると、詞に關しては、百回本・百二十回本において、位置・內容・役割ともにほとんど異同がないと考えられる。

結び

本章第一節では、百回本と百二十回本とに插入される詩詞についてその特徵を調べ、且つ百回本から百二十回本への移行の過程を探ってみた。そこで再度、散文と韻文との交互出現という觀點から、全體の構成を眺めてみたい。散文としての地の文の特徵は引用例からも窺われる如く、會話文の多用である。これは各場面が複數の登場人物によって構成されていることにもよるが、この會話によって好漢達の心意氣や性格が極めて立體的に描寫されている。また話の展開という面では、幾筋もの話題が同時竝行しているため、前述の話の主人公が再登場するまでの餘分な話は語られず、經緯のみが白話（地の文としての會話）の中に取り込まれて、テンポの速い、輕快な筋運びとなっている。

このように考えると、筋運び中心の地の文と、人物や情景を取り上げて間を取る詩・詞とが微妙にバランスをとって一つの獨特のリズムを作り上げていることがわかる。しかしこの散文と韻文の結合のパターンは、百回本と百二十回本とでは同じではない。百回本は一つの場面が終わるとそれを追認するが如く細かく詩・詞が插入されており、纏め方の面からは話本的な特色を強く殘していると言える。それに對して百二十回本は、散文の流れの中に詩・詞が挾み込まれるというサンドイッチ形式になっている。この點から推しても、百二十回本はより讀本的傾向にあると言えよう。詩・詞・地の文と各々にその役割を擔わせ、持味を發揮し、且つ田虎・王慶故事を借り入れて連綿として百二十回、約百萬字の一大長篇たる『水滸全傳』は、まさしく話本から讀本への意圖の上に成ったものとみてよいと思う。また、裏返して言えば、この『水滸全傳』の出現は、「李卓吾批評本」で一つの纏りを築いた『水滸傳』の、明末における改編操作の一方向性を示すものでもあり、改編に當たっての韻文要素の扱われ方の探求において非常に興味深い特徴を示すものと言えよう。

注

（1）版本（テキスト）については、『水滸傳』の演變系統を概ね左の略圖の如く考えて扱うものとする。

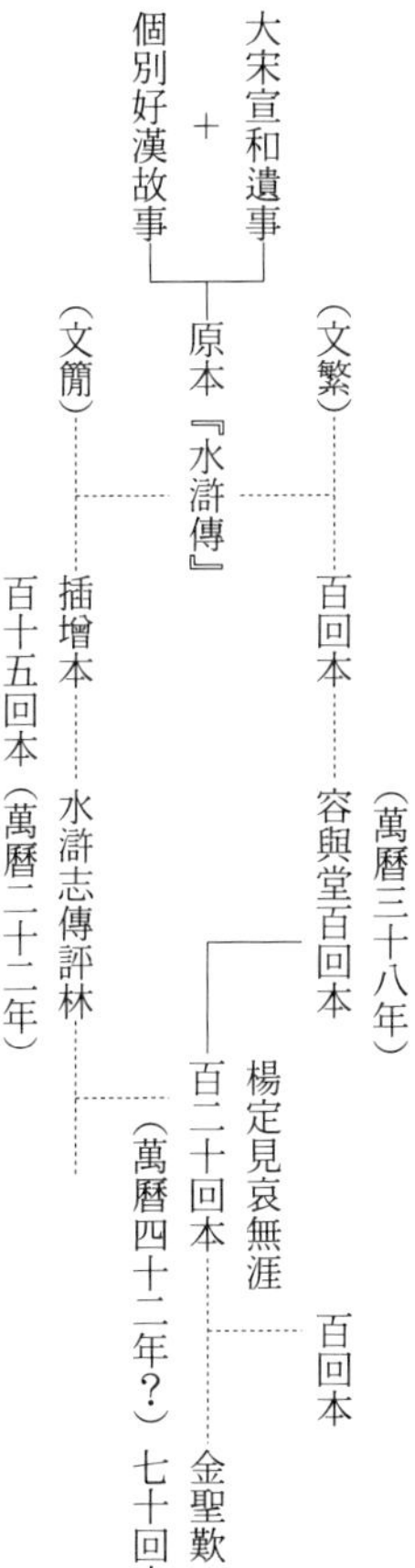

（2）第七十六回の回目「吳加亮布四斗五方旗　宋公明排九宮八卦陣」の後半部は元明雜劇に同名のものがあり、その影響も考えられなくはない。因みに文簡系の「水滸志傳評林」では、第六十五回の回目として「吳加亮布五方旗　宋公明排八卦陣」と七字の對句仕立てとしている。

（3）百十五回本の第一回から第八十三回までと第百六回から百十五回までの詩詞は修改されながらも百回本にはほとんど取られている。百十五回本の第八十四回から百五回までに見られる詩詞で百二十回本の九十・一百回代に直接借り入れられたものは認められないと思う。

（4）入話については、魯迅が『中國小説史略』において、話本小説の本文に入る前の詩詞敍述を總稱して「得勝頭廻」と呼んだ。これを承けて例えば竹田復は「話本の入話について」（東京文理科大學『漢文學會會報』第六號　一九三七年十一月）において、「入話の冒頭にある詩詞は是れ致語の流を追うたもの」とし、引子あるいは楔子等への發展の過程を論斷している。

（5）「發凡」中の次の如き表現はいずれも百二十回本の整理の方向性を示していよう。「今別出新裁、不依舊樣（舊套に依らず）、或特標於目外、或迭采於回中、但拔其尤、不以多爲貴也（然るべきものを取り立てて、多くあればよいとはしていない）。」「舊本去詩詞之煩蕪（詩詞の煩雜さを去った）、一慮事緒之斷、一慮眼路之迷、頗直截清明。」

（6）百二十回本では「是」字を「自」字に作る。

（7）「發凡」中では、「訂文音字、舊本亦具有功、然淆訛舛駁處尚多。如首引一詞……。如此者、更難枚擧、今悉校改。」と、字句の訂正にまで努めた姿勢を述べている。

（8）四字句・六字句の駢語を「詞」と呼ぶこともあり、序論において言及した［詞話］の體裁をも考慮して、この類に含めることとする。

（9）第一章注（5）參照。

（10）百二十回本では第三・四句の「萬萬」「千千」を各々「萬」「千」に作る。また「戰船來往」以下四句を削除している。

（補說）　本節では特に韻文の持つ役割に焦點を當てようとしたため、詞牌については詳しく觸れずに來たので、些か問題を提起する意味で補いたい。

まず例を擧げる。

○楊雄・石秀看時、果然好表人物、有臨江仙詞爲證；

鶻眼鷹睛頭似虎　燕頷猿臂狼腰　疏財仗義結英豪　愛騎雪白馬　喜著絳紅袍
背上飛刀藏五把　點鋼槍斜嵌銀條　性剛誰敢犯分毫　李應眞壯士　名號朴天雕

當時李應出到廳前、杜興引楊雄・石秀上廳拜見。（第四十七回前半　李應が登場する場面）

○話分兩處。這邊秦明・孫立自引一支軍馬去捉宣贊、當路正逢此人。醜郡馬（那）宣贊怎生打扮、有西江月爲證；

卷縮短黃須髮　凹兜黑墨容顏　睜開怪眼似雙環　鼻孔朝天仰面
手內鋼刀耀雪　護身鎧甲連環　海騮赤馬錦鞍韉　郡馬英雄宣贊

當下宣贊拍馬大罵……。（第六十四回後半　宣贊を歌った場面）

これらの例からもわかるように、韻文としての詞に入る直前の地の文中で詞牌を明らかにしている場合もある。およそ『水滸傳』中に見られる詞牌の特徴の一つはここに擧げた例同樣「西江月」「臨江仙」の多出である。この兩詞牌の登場回とその歌われる對象を一覧にして見ると、

第十三回後半	臨江仙	で	雷橫　を
第十四回後半	臨江仙	で	吳用　を
第十八回前半	臨江仙	で	宋江　を
第三十七回後半	臨江仙	で	李俊　を
同	臨江仙	で	張橫　を
第四十四回中葉	臨江仙	で	楊雄　を
同　後半	西江月	で	石秀　を
第四十九回前半	西江月	で	解珍解寶兄弟　を
同　中葉	西江月	で	鄒淵鄒潤叔侄　を

第五十一回後半　西江月　で　柴進　を
第五十四回後半　臨江仙　で　呼延灼　を
第五十七回前半　西江月　で　徐寧　を
　同　後半　西江月　で　武松　を
第六十回前半　西江月　で　樊瑞　を
第六十四回中葉　西江月　で　關勝　を
　同　後半　西江月　で　郝思文　を
第七十六回後半　西江月　で　蔡福蔡慶　を
　同　西江月　で　戴宗　を
　同　西江月　で　燕青　を
　同　西江月　で　公孫勝　を
　同　西江月　で　吳用　を
第百一回後半　西江月　で　嬌秀　を

等、ざっと見ただけでもこれだけ擧げられる。

さて、これらとりわけ第三十回代から第七十回代に見られる兩詞牌は、『水滸傳』の成立における個別の好漢故事の取り入れとその整理のされ方を示すものと考えられるが、歌われる內容は情景の描寫そのものではなく、やや趣を異にして人物の出で立ちや裝束を歌うことを特徵とする。頭巾や髮飾り・着物から腰紐に靴、あるいは武器や騎っている馬までをも一定の順序で詠込んで、人物に彩りを加えているのである。

また、詞が置かれる場所に見られる套語（決まり文句）も「怎生打扮」「怎生結束」等「その出で立ちは如何に」という意味で內容に卽應した語を配している。この點から見れば、敍景の場合に何を歌うかを取り立てて述べる手法と同質であると言える。

この歌われる内容とその置かれる位置に見られる特徴から考えると、詞の中でも人物を對象として取り上げたものは、情景描寫という性格を根底に据えて、側面から特に視覺的效果を予想して人物をクローズアップするという詩に近い要素を含んでいると言うことが出來よう。

本來「西江月」「臨江仙」の兩詞牌は、唐代の教坊曲として成立した雙調體で、宋代にも比較的流行したと考えられる。字數の上から見ると、前者の五十字、後者の六十字はともに中調で一纏まりの内容を歌うのに手頃であり、且つ律詩とりわけ七言律詩に近い役割を擔って小説の中に借り入れられたのかも知れない。この點は『水滸傳』に限らず、『西遊記』にも共通して見られる傾向であるので、敢えて觸れておく。例えば『西遊記』では「西江月」の插入が十數首と、詞牌の中では最も多いし、短篇小説の『今古奇觀』の中の詞でも「西江月」の十數首が最多である。『喩世明言』を例に取っても六十數首插入されている詞の中で、やはり「西江月」詞十數首が首位を占める。しかし、何故にこの兩詞牌が小説中において人物の側面的裝飾の役割を負うに至ったかは未だ結論を得ていないので、今後の課題としたい。なお、唐景凱「中國古典小説中的詞」(『中國韻文學刊』一九九六年第二期　總第十三期)も併せて參照。

第二節　元代水滸雜劇試論

——李逵像を例にして——

はじめに

小說『水滸傳』の成書演變過程において、話本はもちろん、夙に戲曲との關係が指摘されている。「水滸」小說成立後、それを敷衍する形で成った明代中期以降の作品を別にして、小說成立以前に位置する雜劇の、小說への影響は一體如何なるものであろうか。樂曲系の文藝が歌詞を聽かせることに工夫を用いるとすると、その分野と關連があると假定すれば、とりわけ美文要素は互換借用され易いと考えられるが、果たしてどうであろうか。南宋羅燁『醉翁談錄』中に載せられた朴刀の「靑面獸」・杆棒の「花和尙」「武行者」は、各々獨立した水滸故事の話本と見做され、[1]小說『水滸傳』にも何らかの形でその話柄が取り込まれていると考えられている。事實「靑面獸」は天罡星第十七位の楊志の字であり、『大宋宣和遺事』にも核を成す故事が見えるから、その影響關係は肯定されるべきものであろう。『水滸傳』中で「武松の十回」（第二十三回至三十二回）と統べて稱される一連の故事も、「武行者」との關連が想像される。

しかし、これら水滸故事に關する話本の中には、黑旋風李逵を題材としたものが見られない。一體李逵の登場は、水滸故事が舞臺にかけられるようになった金元時期あるいは元初に始まると考えられる。

そこで本節では元代の水滸雜劇を代表する題材となった李逵像を取り上げ、元雜劇中の李逵像と小説中のそれとを比較しながら、その影響關係や兩者の距離を探ってみたい。これは取りも直さず、戲曲の小説への影響を考える一方法となるものであろう。

一　元代水滸雜劇概觀

年代の確定が難しいとは言え、水滸の好漢を題材とした故事が戲曲という形態を取ったのは、元代雜劇を以て始めと見做される。その多くは劇文が散逸し、ほとんど内容を知り得ないことを遺憾とするものの、作品名を擧げるとすれば以下の如くである。

1	同樂院燕靑博魚	李文蔚	元曲選
2	燕靑射鴈	〃	佚
3	黑旋風雙獻功	高文秀	元曲選
4	黑旋風詩酒麗春園	〃	佚
5	黑旋風窮風月	〃	佚
6	黑旋風大鬧牡丹園	〃	佚
7	黑旋風喬教學	〃	佚
8	黑旋風借屍還魂	〃	佚
9	黑旋風鬪鷄會	〃	佚

10	黑旋風敷演劉和	〃		佚
11	雙獻頭武松大報仇	〃		佚
12	梁山泊李逵負荊	康進之	元曲選	
13	黑旋風老收心	〃		佚
14	都孔目風雨還牢末	李致遠	元曲選	
15	魯智深喜賞黃花峪	無名氏	孤本元明雜劇	
16	爭報恩三虎下山	無名氏	元曲選	
17	黑旋風喬斷案	楊顯之		佚
18	板踏兒黑旋風	紅字李二		佚
19	折擔兒武松打虎	〃		佚
20	窄袖兒武松	〃		佚
21	病楊雄	〃		佚
22	全火兒張弘	〃		佚

右の二十二種の雜劇[2]の作者高文秀・康進之・李文蔚・楊顯之・紅字李二は、鍾嗣成の『錄鬼簿』に依れば、「前輩才人有所編傳奇於世者（前輩の才人、傳奇を世に編む所の者有り）」と統括され、先學の考證から元代初期の人と見做されている。因ってこれらの劇は、元代初期に舞臺にかけられた水滸故事であると考えることが出來る。

これらの作品名から知り得る特徴の一つは、李逵を主人公とした劇が半數以上を占める點である。もちろん話本の場合と同様に、武松や魯智深を扱ったものも認められるが、所謂李逵劇が壓倒的に重要な位置を占めているのである。

この元代水滸雜劇中における李逵劇の興盛は如何なる原因に依るのか。またもし、時代的に小説『水滸傳』の成書以前であるとすれば、その要素は小説の中に吸收されたのかどうか。劇本の存在する三種の黑旋風劇の李逵像の分析を基底として、雜劇と小説『水滸傳』との距離を考えてみたい。

なおテキストは『水滸戲曲集』第一集（傅惜華編　古典文學出版社　一九五七年九月第一版、上海古籍出版社　一九八五年六月新裝第一版）を用いた。

また小説『水滸傳』という場合は、原本に近いと考えられる一百回本を念頭に置き、テキストは『水滸全傳』（人民文學出版社　一九五四年三月）及び『明容與堂刻水滸傳』（上海人民出版社　一九七五年四月）を參照した。

二　黑旋風雙獻功雜劇(3)

作者は高文秀、東平（山東省東平）府學の生員。若くして世を去ったらしく、傳記は不詳。天一閣本『錄鬼簿』に依れば、［小漢卿］と稱され、關漢卿に次いで劇作が多い。黑旋風劇だけでも八種創作している。その李逵故事を扱った戲曲の中、今に流傳しているのは殘念ながらこの『雙獻功』一種のみであるが、水滸梁山のお膝元、國學禮樂の中心である學校の書生が水滸好漢を描く戲曲を多出している點は注意を要する。

この作品は、宋江の義兄弟鄆城縣の孔目（文書檔案係）孫榮が泰安へ願かけに赴く際、李逵が護衛に當たるのを骨子とする。孫孔目の妻郭念兒は、衙內（大官の子弟）白赤交と姦通しており、泰州への道すがら、暗號を取り交わしてこの白衙內と私奔してしまう。孫榮は妻が略奪されたと訴え出るが、白衙內により却って投獄されてしまう。李逵は一計を案じ、田舍百姓に變裝して牢屋に入り、監視役人を藥酔させて孫孔目を救け出す。その後今度は小間使いに扮裝して、白衙內と郭念兒を殺し、二人の首を持って梁山に歸り、孫孔目の仇を討つ、というものである。

この劇の特徴は、李逵の機知が話柄の展開を左右し、滑稽味を生んでいる點である。(4)雜劇は通常全四折のその構成上、第三折がヤマ場となることがほとんどであるが、その第三折では、李逵の巧妙な知謀と注意深さが存分に發揮されている。

①《雙調》『新水令』……何で貴樣にわかろうか。拙者がかの宋公明の弟分だと。他人に悟られないように岡持ちをばひっさげて、さあこの山猿よ、蛇の道は蛇、頭を使って牢の內へと入り込まむ。

②（正末賓白）牢獄の入り口まで辿り着いた。まずは岡持ちを置いてと。この鈴を引っ張れば……山猿よ、ちと待てよ。考えてもみい。獄卒から、お前はどん百姓の若造のくせに、どうしてこれが呼び鈴だと知っておると尋ねられたら、バレてしまうぞ。ちょうど近くに煉瓦のかけらがある。これを拾って門を敲くとしよう。

③（正末）だんな、おらの荷を持ってくださいな。

（獄卒）何の荷物だ。

（正末）おっかあが路銀にしなと一貫鈔ばかりくれたのを、懷に突っ込んだが、ここらで落としちまった。ちょっと探すだ。

（獄卒）わしが探してやろう。

〔獄卒、頭を下げてかがむしぐさ。〕

〔正末、蹴飛ばすしぐさ。〕

〔獄卒、轉ぶしぐさ。〕

④『川撥掉』着き從いて牢に入り、頭を使って一芝居。泣いて叫んで悲しげに。されば孔目の兄貴はどこにおいで

で。わたくしめがおわかりか。

右に擧げた例①、④は、李逵の勇氣の奮い立たせ方・自信のほどを歌っているが、小說中の李逵像が雙丁斧を振り回し、喧嘩早い勇み足の印象を強く與えるのに對し、冷靜で落ち着いた人物形象を浮かび上がらせている。そしてこの落ち着きは、例②・③の巧妙な機知の裏付けを成している。小說中の李逵は確かに戴宗の一獄卒で、その役職上の知識を生かして牢屋に侵入出來たとも考えられるが、小說中からはかくの如き注意深さと機轉の利く對應は探し出せない。そしてこの自負と知謀が心的餘裕を產み、獄卒を揶揄って聽衆を樂しませる例③の如き喜劇性・滑稽味を生み出す。

更に、演出上、劇性を高めているのは、第四折で李逵が白衙內・郭念兒の二人を始末する場面である。ここでは李逵は側仕えに扮している。

⑤《中呂調》『上小樓』……お前のようなすべたと、それにあの出來損ない。二人揃っていいコンビだぜ。

(正末）殺られる前に、お前は一聲唱うんだ。

(搽旦・郭念兒）何を唱えばよいので。

(正末唱）決まっておろうが、『眉間にいつも愁いをたたえ』と唱うべし。

……

『么篇』……このくたばり損ないめ。よくも兄貴をこんな風も通らぬ囚人牢に入れやがったな。

(正末）すぐには殺さぬ。まず唱え。

(白衙內）何と唱うんで。

(正末唱）あの『夫婦で醉えば元の鞘』っていうやつを唸ればよいのだ。

雑劇の構成上、唱歌は主役たる正末の李逵が擔っている譯だが、この白衙內と郭念兒をダシにする一節は二人が私奔する以前に打合せた暗號であり、その說明は、これ又雑劇の構成に合致する如く楔子の部分で行なわれている。ここでは李逵がその姦夫淫婦二人の暗號を逆手に取って、あの世への餞の如く唱ってみせるのである。かくの如き仕業は李逵像に一層情趣を持たせ、小說中のそれには見られない洒落た味を生み出している。これは取りも直さず、作者高文秀の教養と趣味の表れであるが、同時に梁山泊の好漢としての李逵像、つまり「又從容又風流」の一造形であると考えられよう。

この『雙獻功』雑劇は、小說『水滸傳』の第七十三回の回目「黑旋風喬捉鬼　梁山泊雙獻頭」から判斷すると、二人の惡者を退治するという點において、あるいは小說と關連があるかと豫想される。しかしその話柄から見るに小說では後述の『黑旋風負荊』雑劇の內容と混同する形で盛り込まれている上に仇を討つべき對象が異なっており、直接的にこの影響下にあるとは考え難い。

高橋文治は、「元雑劇に登場する黑旋風李逵は、自身とは別の人物類型に變裝する點にその顯著な特徵がある。[5]」と指摘し、院本との比較から特に高文秀の劇を取り上げ、李逵像の淵源を分析している。確かに水滸說話の流傳を考える上で北方金朝系說は注意を要すると思われるが、それら雑劇に求められた人物形象が、そのまま小說中に受け繼がれたか否かについては筆者の疑問を抱くところである。

三　梁山泊李逵負荊（黑旋風負荊）雑劇

作者は康進之、棣州（山東省惠民）の人。その生平は不詳だが、元代初期の戲曲作家と考えられる。明の寧獻王

『太和正音譜』では、その曲を評するに、傑作の中に列す。「其の詞の勢、筆舌によく擬すべきにあらず、眞に詞林の英傑なり（其詞勢非筆舌可能擬、眞詞林之英傑也）」と賞贊している。作品としては、この『負荊』劇の他に、『黑旋風老收心』がやはり水滸故事を扱ったものとして知られるが惜しくも散逸している。

この『負荊』雜劇は、梁山泊に近い杏花莊で酒屋を營む王林の娘が、宋江・魯智深の名を騙る二人組の賊宋剛・魯智恩に拐かされるという物語を骨組みとする。王林が娘を案じて惱んでいる所へ李逵が登場し、その仔細を聞くや早合點して怒り、梁山泊に馳せ戻って忠義堂を騒がす仕儀となる。宋江は寬大且つ冷靜に軍令狀（命令）を發し、魯智深・李逵と一緒に山を下りて王林の許を尋ね、事實を明白にする。李逵は自分の錯誤に氣付き、あれこれ慚愧・煩悶、ついに荊を負いて罪を請うという方法で、山寨へ歸り謝罪する。折しも王林からの報告により賊を捕える機會を得るや、宋江は再び命令を下し、李逵は魯智深と協力して二人の賊を始末して、その功を以て罪を宥されることとなる、という筋である。

この四折仕立ての劇の特徴は、各折毎の李逵の心情の變化、人物形象の描き方の巧みさにあるかと思われる。そしてこの李逵の角色（役柄）をより一層際立たせているのが、その唱白（宋江や王林との對話、及び獨白）と、場面の設定の仕方である。

まず第一折、宋江の獨白により、李逵が王林と接觸を持ち、物語が展開すべき背景が用意される。

①（宋江）……某が好むは二つの節句、清明三月の三日と、重陽九月の九日。時恰も三月三日この清明の季に當たり、兄弟達に下山を許して墓參りをばさせよう。三日たったら全て寨へ戻るべし。もしも違背する者があれば必ず首切の刑に處せん。

これを受ける形で李逵が登場し、小說『水滸傳』の中には見られない先の所謂「又從容又風流」の人物形象を描き出す。

②（正末）……おれ様はかの梁山泊の黒旋風李逵、これなり。宋公明兄貴の取り計らいにより、三日間の暇をくれ、清明の出寨を許してもらえた。今その日數も限られ山寨へ歸るに、ちと酔った。どれ王林じいの處へ寄って酒を買い、迎え酒といこうか。

③《仙呂調》『混江龍』清明の時節と言えば、風雨は花を愁えしむ。穩やかな春風が吹き始め、夕暮の細雨は降り止む。楊柳青青として酒亭を映し、桃花の清流に太公望の小舟。碧く澄んだ水は波紋を織り出し、飛び交うは春燕、目を擧げれば沙鷗。

（正末賓白）もしもわが梁山に美觀なしなどと吐すやつがいたら、そん畜生ははたき殺してくれるわい。

『醉中天』わが寨、霧は青き山の美しさを取り巻いて立ち籠め、霞は綠濃き楊柳の川邊を覆い隱す。桃の樹には一羽の鶯。花瓣をちょっと突いて水の中に舞い散らす。何とうっとりする眺めではないか。おれ様はかつて誰かが話しているのを聞いたことがある。さて誰だったか。そうだ思い出した。吳學究の兄貴が言ってたっけ。正しくこれ、輕き桃花は水に隨いて流れる、というもの。この花瓣を掬い取って、ちと見てみよう。何と豔やかな紅い花か。

〔正末、笑うしぐさ〕

きったねえ指だぜ。正しくこれ淺紅色と對稱的というところ。まったく愛おしむべきやつめ。お前のような花瓣が流れて行くというのであれば、おれも追いかけて付いて行こう。付いて行こう。一途に桃花を追って來たら、何時の間にかこの草橋店の垂れ柳の渡し場まで來てしまった。まずいな、宋江兄貴の命令を違えることになりかねん、早く歸らなければ。ここは飲まずに行こう。うん、この酒屋の旗め、おれに寄っていけと挑發しやがる。

おお、憎いやつ、東風に搖れておいでおいでと手招きする指揮棒め。

水に浮かぶ桃花を掬い、己が指の黑さに苦笑するような、風流士李逵の形象が果たして小説中に見られるだろうか。例えこれが作者康進之の趣向を表すものだとしても、李逵の人物描寫がこのような形で成されていることに、元雜劇ならではの深さ・廣さを感ぜずにはいられないのである。李逵が梁山泊をこよなく愛し、宋江を慕う性格は、かなりの程度小說中に取り入れられているように思うが、元代雜劇中の李逵像は、小說のそれよりはるかに柔軟性に富んでいると考えられよう。

また第二折では、小說中に示されるような李逵本來の粗暴さも描かれてはいるものの、忠義堂で宋江や魯智深をなぶる口振りは戲劇ならではのものと言えよう。

④學究兄貴、御機嫌よろしう。わが兄貴ときては帽子はピカピカ、新郎の出立ち。着物は豔やか、今日は婿殿。宋公明はどこで。出て來ておれに挨拶してもらいたいもんで。小粒銀がいくらかあるから姉さんの顔見せ料としようか。

(宋江) こやつ無禮な。學究の兄貴には挨拶しておきながら、わしに禮を缺くとは。それに譯のわからんことを言っておるが、何か話があるのか。

『倘秀才』(末) あい、兄貴、お慶びを申し上げます。

(宋江) 何の祝いだ。

(末) その山寨の北の方、奥方樣は何處に。

〔李逵、魯智深を指差して〕

寢呆けてるんじゃねえ、この禿げ驢馬。耳の穴かっぽじってよおく聞け、お前までもとは思わなかったぜ。……

『滾繡毬』兄貴は嫁を娶ろうとし、この禿げはその仲を取り持つ。……

このやり取りは、もちろん李逵の早とちりに因って生じたものだが、本來ならあれこれ御託を竝べたりせず、例の雙丁斧で暴れまくるはずの李逵が、かくの如き嘲笑風刺の言葉を以て相對すること自體、一種の餘裕を持った行動とさえ感じられるのである。そしてこの抜きおろし方は、第三折王林との面會まで一層その度を增して行く。さればこそ、第四折でその過ちを認め、自ら荊を負うて罪を請う、その一轉した潔さが李逵をより好感の持てる好漢像に仕立て上げているのである。

周知の如く、この『負荊』雜劇は、小說『水滸傳』第七十三回後半部の故事の藍本だと考えられている。話柄の面から言えば誠によくその梗概を借りていると判斷出來るが、果たして人物形象の設定の面においては如何であろうか。そもそも小說の第七十三回は、宋江と李師師との出會いを李逵が邪魔立てし、東京(開封)の街を騷がせたのを受けて、燕靑と二人して梁山泊へ歸る途中で出會った二つの事件が描かれている。そこでは、事の仔細を述べるのは燕靑の役目であり、「負荊請罪」という謝罪の方法も燕靑によって授けられるのである。確かにそこでは主人公は李逵に違いないのだが、その行動は燕靑により規制されていると言っても過言ではない。つまり李逵の性格は粗暴で早合點という前提を崩していないのである。

これに對して雜劇中の李逵は、桃花を愛でる風流や宋江の罵り方の妙、身の處し方の潔さと、確固たる一個の好漢としての形象を有する。そしてその行動が王林という庶民との交流・民衆への愛に基づくものであることが示されているのである。さればこそ、聽衆にとって愛すべく、慈しむべき存在として歡迎を受けて來たに相違ないと思われる。

四　都孔目風雨還牢末雜劇

この作品の作者は、『元曲選』に據れば李致遠ということになる。しかし『錄鬼簿』にも記述がなく、『太和正音譜』でも無名氏の部に擧げられているため、作者不明とするのがまずは適切かと思うが、通説に從って作者は李致遠だと考えると、元代初期、小說『水滸傳』成立以前の作品と認められる。

この劇は李孔目榮祖が正末で獨唱するものであるが、題目正名に(6)「李山兒生死報恩人・都孔目風雨還牢末（李山兒、生死もて恩人に報い、都孔目、風雨に牢に還るの末劇）」とあるが如く、李逵が重要な役柄を演ずる一種の黑旋風劇であると見做せる。よって此に取り上げ、些か檢討を加えてみたい。

まず梗概は次の如くである。東平（山東省）府で役人を勤める劉唐と史進の男伊達の評判を耳にした宋江は、李逵を遣わして二人を梁山泊へ迎えようと試みる。然るに李逵はその道すがら面倒を引き起こし、捕えられてしまう。そこを孔目の李榮祖によって助けられ、義兄弟の契りを結ぶ。李榮祖の妾蕭娥は趙令史と姦通しており、兩人で仕組んで李榮祖を捉え、亡きものにしようと謀る。折しも李逵の歸りが遲いのを見て取った宋江は阮小五を遣わし、改めて劉唐・史進の入山を薦める。一方李逵は恩人李榮祖が投獄されているのを知り、助けに向かう。事情を知った李逵は、劉唐や史進・阮小五と協力して李榮祖を救い出した上、蕭娥と趙令史を捕えて歸山する、と言うものである。

この劇の特徵は、正末である李孔目が、妾蕭娥の毒婦性や劉唐の殘忍性、家族への思いを［唱］で綴るのを縱絲とし、その前後を說明する形で梁山泊好漢の宋江の科白や李逵の行動が橫絲として貫く格好を取っている點にある。まず、李孔目が投獄される前提を說明するために第一折の前に置かれた楔子は、大きく三つの內容を包含する。初めに李孔目の正直さから劉唐が懲らしめを受け、劉唐が李孔目を恨むに到る伏線を敷き、次に李孔目に救われた李逵が李家を尋ね、義兄弟の契りを結んで、問題の種となる金環を置いて行く次第が述べられる。そして三つ目は、李孔目が梁山泊の賊と關係があると知った妾蕭娥が企てを巡らし、第一折への橋渡しをする内容である。この部分、『元曲選』では李逵と李孔目との結義及び蕭娥の策略は第一折冒頭に移され、楔子では劉唐の恨みを買うべき前提のみが説明される形態を採っている。これは本來あった場面轉換としての幕間から、内容による結び付きの強さを考えて、構成上『元曲選』が改編したものかと思われる。因って正末ではないが、李逵がその場面を統べる詩も、「史進を迎えにお山を離れ、李孔目に路銀を惠まる。劉唐が仲間に入るに、密かにわれ金環を留めん。」という總括的内容のものが、「史進を迎え梁山に赴き、孔目に救われて山に歸らん。後日必ず恩返しに、密かに留めん一對の金環。」と、李孔目との關係に重點が置かれるように變わっている。また、第三・四折の部分でも、原本によって異動があり、テキストとした脉望館本は賓白（科白）が多いという特徴を備えている。

ここでの李逵像は比較的平淡であり、むしろ小説中のそれに近いように感ぜられる。但し、人物の設定として、小説『水滸傳』では、李逵が單獨で他の好漢の梁山泊入りの勸誘に赴くことはなく、逆にこのような任務は決して與えられないだろうことが容易に想像される。例えば小説第六十一回では、盧俊義を迎えるために智多星吳用が出向くが、李逵が同行すると問題を起こし易いとして、辛くも嚴しい條件付の同道が認められているが如くである。

さらに言えば、宋江を最も大切な義兄弟と敬う李逵にとっては、他の人物への應對は頗るぞんざいである。ところがこの『還牢末』劇では李孔目を兄と慕い、「手前のような何の德もない者が、兄貴から路銀を惠んで頂けるとは。この御恩は一生忘れません。」（第一折）と至極謙虚である。このような神妙な李逵像は、義を重んずる點では戲曲も小説も同様のものであるけれども、その表現の仕方や行動はまるで別方向に働いているように思われる。

なおまた話柄の面から見ると、小說中では劉唐の入山は「生辰綱智取」後第二十回で行なわれ、李逵の初登場第三十八回よりも早く、他人から迎えられるべき何らの要素も備えていない。加えて劉唐の形象は、この雜劇では小說と異なり、小錢をせびるような惡賢い獄卒としての役を振り當てられている。

そもそもこの作品は、第一・二・三折が全て李孔目の境遇を中心に据えたものであり、冤罪に陷れられた弱い庶民の嘆き・叫びを描き出す點に力が注がれている。そしてその前提を用意するための楔子と、その弱者李孔目を救けて惡を懲らしめる結末第四折にのみ、宋江、李逵らの梁山泊の好漢が登場する構成を取っている。從って、冤枉が如何にして發生したかを通して市井の生活を寫し出し、社會の矛盾を反映する一種の公案劇(7)の如き趣きを備えていると言えよう。但し、その救い手は所謂［清官］ではなく、この場合、梁山泊の好漢に委ねられているのである。第四折クライマックスの宋江の賓白に、「この梁山は英雄豪傑が集い、天に替わって道を行なうこと正正堂堂。忠義堂には好漢の心意氣が溢れ、交を結ぶは天下の賢君才子。」とある如く、梁山泊の義士が標榜する點は同樣ながら、小說より更に庶民の側に近付いている梁山泊の好漢像を感じ取ることが出來るのである。

五　水滸雜劇の共通點と李逵像

ここでは例に取り上げた三つの劇を中心としてその共通點を檢討し、その上で梁山泊好漢としての李逵像の特徵を考えてみたい。

まず三種の劇に見られる共通點は、苦境に在る弱者あるいは恩人を梁山泊好漢の李逵が救うという設定に求めることが出來る。

『雙獻功』劇の孔目孫榮や『還牢末』劇の孔目李榮祖は、共に公の役所に執務する正直な役人であるが、妻及びその姦夫の策略に陷れられる被害者となる。そもそも孔目という官職は、小説第四十四回の裴宣（地煞星七十二人中の一人）に代表される如く、清廉潔白を特徴として描出される。

姓裴名宣、……原是本府六案孔目出身、極好刀筆。爲人忠直聰明、分毫不肯苟且。本處人都稱他鐵面孔目。……

有詩爲證；

問事時智巧心靈　落筆處神號鬼哭　心平恕毫髮無私　稱裴宣鐵面孔目

（『水滸傳』第四十四回）（傍線は筆者）

そしてこの忠直・無私なるが故に却って貶められ易いのである。

これに對して、加害者の側に回るのは、決まって衙内である。『雙獻功』劇の場合は妻郭念兒、『還牢末』劇の場合は妾蕭娥と、各々毒婦が犯行に荷擔するが、それを引き起こさずにおかないのは姦夫としての衙内の存在である。衙内と言えば、『水滸傳』第七回に登場し、林冲の妻に横戀慕して林冲を陷れるのに策略を用いる高衙内を思い出す。これに限らず戲曲小説に登場する衙内の役柄は惡玉として描かれる(8)ことがほとんどのようである。衙内は本來、唐代禁衙を司る官職であったものが、唐末宋初より藩鎭制度上貴族の子弟がその職を繼ぐ習いとなってから、宋代には所謂貴族の子弟（お坊っちゃん）を指す辭となった。そしてこの大官の子弟と一文書係という身分上の上下關係がそのまま對立した場合、理無い立場に立たされるのは決まって孔目の側である。そしてこれらの劇に見られるこの種の對抗關係は、十分に公案劇の要素を包含している。にも拘らず、その解決は所謂清官に委ねられることは出來ない。それは登場する弱者・被害者が皆必ず梁山泊の好漢と繫がりを持ち、またその好漢の情義によって苦難から逃れることを假定條件としているからである。因って第三者たる清官の介入する餘地はなく、その裁き役としての決着を直接水滸好漢に托すという形を採るのである。

『負荊』劇の場合も、善良な庶民王林が娘を拐われるという被害に遇い、それを引き起こした賊の始末を梁山泊好漢が着けるという設定は、無辜の被害者の苦難を好漢が救援解決するという點において、『雙獻功』『還牢末』兩劇と全く同趣向のものと見做し得る。

一體水滸故事の多くは、南宋の羅燁『醉翁談錄』や耐得翁『都城紀勝』〈瓦舍衆伎〉に見える「說話有四家、說公案皆是朴刀杆棒及發跡變泰之事（說話に四家有り、說公案は、皆是れ朴刀・杆棒及び發跡變泰の事なり。）」の如き記載から判斷すると、もともと［說公案］的要素を含んだものであったと考えられる。おそらくこれら元雜劇に描出された場面の設定や義俠を中心とした內容も、南宋以來の［說公案］的要素を題材とした故事を引き繼いだものであろう。但し、同時代の所謂公案作品が、人の冤死や悲劇を描く傾向を多分に有するのに對し(9)、元代の水滸雜劇は、梁山泊好漢を主人公とし、その活躍を描くことに主眼があるため、結末は概ね團圓に納まり、庶民・弱者の側に立つ梁山泊の好漢像が強調されるに至っている。

そしてここで注意すべきは、話本の時代にあってはついぞその名の見えなかった黑旋風李逵が、如何にしてこれほど多く元代雜劇の中に登場するようになったかという點である。そこで李逵像について改めて考えてみたい。

まず、『宋史』卷二十五「高宗紀」や『三朝北盟會編』卷百十四及び百三十一等に載せる歷史上の實在人物としての李逵は(10)、金朝に降ってしまう節級故、小說『水滸傳』中の招安を肯ぜぬ李逵像からは程遠いばかりか、元雜劇中のそれとも全く合致しない。從って同姓同名とは言い條、小說・戲曲のモデルになったとは考え難い。

次に馬雍が指摘する如く(11)、李逵故事の來源の一部が宋代洪邁編の『夷堅志』に見られるとする說も、話柄の上での影響關係は肯定されるべきものもあるとは言え、李逵像自體の來源や演變は探求し難い憾みがある。

『大宋宣和遺事』ともなると、九天玄女の天書の三十六人の名簿中と、宋江に率いられて梁山泊に上る部分との二箇所に李逵の名前が見られるものの、ここでも李逵の性格や顯著な役割は何ら述べられていない。

ひとり龔開『宋江三十六人贊』には［黑旋風李逵］の評語として

風有大小　不辨雌雄　山谷之中　遇爾亦凶（風に大小有り　雌雄を辨ぜず　山谷の中　爾に遇うは亦凶なり）

と見えるが、旋風を標榜する〈風〉とその性格を表す〈凶〉とが結付いて考えられるに止まる。

そもそも［黑旋風］という稱號は、宋代周密の『癸巳存稿續集』に載せるこの龔開『宋江三十六人贊』に現われたのが最初であり、以來全く變化を見せていない。しかし同じくこの『贊』では李逵に續いて小旋風柴進（小說中天罡星第十位）が擧げられ、

風有大小　黑惡則惧　一噫之微　香滿太虛（風に大小有り　黑惡なれば則ち惧る　一噫の微　香は太虛に滿つ）

と稱されている。この贊から察するに、柴進の性格も恐ろしく粗暴かと想像される。然るに小說『水滸傳』では、仗義疏財（義を重んじて財を輕んずる）な氣風の良い男伊達として登場するため、受ける印象にやや差異がある。あるいはこの贊の後半二句のみが敷衍されて描出されているのかもしれない。いずれにせよ、水滸故事の初期の段階では、宋江を中心とする盜賊反亂集團としての色合が濃厚だったであろうから、その性格描寫もいきおい脅威を示すものが多かったのであろう。それが『大宋宣和遺事』や他の說話の要素を取り入れつつ發展變質し、小說へと大成すると、その演變の過程にあって描かれる性格にも變化を來したとしても一向におかしくない。

そこで以下雜劇に則して李逵の形象を窺うとしよう。

『雙獻功』劇

○則他是十三箇頭領山兒李逵、貌惡人善也。（第一折　宋江の賓白）

○自家山兒的便是。（第二折　李逵の賓白）

○你聽者、則爲那：白衙内倚勢挾權、害良人施逞兇頑。孫孔目含冤負屈、遭刑憲累受熬煎、黑旋風拔刀相助、劫囚牢虎窟龍潭。秉直正替天行道、衆頭領與孔目慶賀開筵。（第四折　宋江の賓白）

『負荊』劇

○〔正末扮李逵帶醉上〕害酒、不如死也。俺梁山泊上黑旋風李逵的便是。（第一折　李逵の賓白）

○小嘍囉、報復去、道有山兒來了也。（第二折　李逵の賓白）

『還牢末』劇

○〔邦〕您兄弟是梁山泊宋江手下第十三箇頭領、則我便是山兒李逵。（第一折　李逵の賓白）

○……李山兒知恩未報　與孔目結爲兄弟。（第四折　宋江の賓白）（以上、傍線は筆者）

まず呼稱の上からは、『大宋宣和遺事』や『宋江三十六人贊』で用いられているのと同樣の［黑旋風］が踏襲されている。これは先行する、若しくは同時代の水滸説話の影響を受けて、通稱がすでに固定化しはじめていることを示すと思われる。ところで、この黑旋風の他に、［山兒李逵］という呼び方が共通して見られる。この［山兒］は元代水滸雜劇中の李逵に用いられるに反し、小説『水滸傳』においては例を見ない。とすれば、元雜劇においては李逵の人物形象の一端をこの［山兒］という言葉が擔っているのではなかろうか。この［山兒］は「山育ち・山猿」という程の意味を示すと考えられるが、そこから連想される性格は、自然兒としての純朴・無邪氣、農民的な知恵を據り所とした行動ということになろうか。

試みに『水滸傳』第三十八回、李逵が初登場する場面の駢文を擧げてみると、

黑き熊の如き一身の粗き肉、鐵の牛に似た體中の固き皮。一文字の赤く重なる眉に、妄りに血走れる雙つの眼。

怒れる髮は眞に鐵の刷毛の如く、凶惡なるは恰も猊に似る。天蓬の邪氣は雲の階より降り來るか。李逵は正しく勇猛凶暴、人呼びて鐵牛兒と。

と、やはり粗暴な面が強調されている。

また第七十三回の話柄は『負荊』雜劇が藍本になったと指摘されているが、その前段「黑旋風喬捉鬼」の部分に描かれた李逵像もまた、

……二人の首を一つにくくると、今度は阿婆擦れの死骸を男の屍と一緒にして「腹いっぱい食って、ちょうど腹ごなしに困っていたところだ。」と肌脱ぎになるや、二挺の斧を取って、二つの死體めがけて上へ下へ、まるで太鼓を打つようにひとしきりめちゃくちゃに叩き斬った。そして李逵は笑いながら「これで確かにこの二人、生き返ることは出來めえ。」と、大斧を手挾んで……。

の如く、むごたらしく殺人を樂しみ[12]、むしろ凶惡そのものである。

このように見てくると、小說『水滸傳』に吸收された李逵像は、『宋江三十六人贊』に評された、賊として凶惡極まりない荒男の要素が強く、それがそのままあまり變質することなく踏襲されているのではないかと考えて大過なかろう。これはおそらく、武松や楊志のように固有の纏った說話を以てクローズアップされることが無く、それ故に說話の段階においては人物形象が發展性に乏しかったからかも知れない。これに對して元代水滸雜劇に描かれた所の李逵は、頗る善良で義俠心に厚く、且つ優雅な面をも備えて知惠に富む庶民的な好漢なのである。宋代「黑旋風」という稱號で登場した李逵は、その身體の特徵である色黑を賣り物とし、元代雜劇の中では「淨」の條件を兼ね備えた主役としてデフォルメされたのではなかろうか[13]。あるいは李逵が本當に黑くなったのは、この淨の要素を持った角色として、黑を基調とした瞼譜（隈取り）が相應しかったからかとも思われる[14]。それは公案劇隆興の中、東嶽泰山の速報

司に比擬せられた包拯が清官として活躍するのと同じく、水滸梁山泊の好漢が標榜した「替天行道（天に替わって道を行なう）」を地で行く代表として、地元山東省出身の李逵は、包拯の謂ば代役として、更に庶民的な救世主として造形され、歡迎を受けたのではなかろうか。

結　び

ここで少し視點を擴げて、元代水滸雜劇に描かれた［梁山泊］の内情を窺うと、やはり『大宋宣和遺事』や小説『水滸傳』との間には一定の隔たりが認められる。顯著な點を二つ擧げよう。

まず梁山泊好漢の人數についてである。『雙獻功』『負荆』兩雜劇では、宋江の賓白中に共通して

某聚三十六大夥、七十二小夥、半垓來小嘍囉、威鎮梁山。

と述べられている。これは水滸故事發展過程の初期の段階である所謂「宋江三十六人（宋江を三十六人中に含むか否かの問題は措く）」という人員から、小説に見られる「天罡星三十六・地煞星七十二」の計一百八好漢へと增大する過渡期にあったことを示すと考えられる。但、〃大夥・小夥〃と呼び慣わされているだけで、未だ「天罡星・地煞星」の概念は付加されていない。加えて『雙獻功』劇では、「聲傳宇宙、五千鐵騎敢爭先、名達天庭、聚三十六員英雄將。（名聲は世間に傳わって、五千の騎兵が先を爭い、評判は朝廷に達して、三十六人の大將が馳せ集う。）」と三十六人が強調され、『還牢末』劇でも、劉唐と史進の二人を「招安」（「招安」という辭の含議も恩赦を施して歸順させるという小說中の意味とは異なり、仲間に招くという意味で用いられている。）するという設定になっているから、小説の人員構成よりも、むしろ

〔三十六人〕を中心とした說話の段階に近いと言えようか。もちろん三十六人の內容にも問題はあろうが、その點は措く。

二つ目は、宋江が梁山泊第一位の座を手に入れる經緯について、特に晁蓋に關する記述についてである。小說『水滸傳』では、「生辰綱を智取」した晁蓋は第二十回で梁山泊の主となってから、第六十回「曾頭市で箭に中る」までの四十回の長きに亙りその座を守る。ところが、『雙獻功』『負荊』『還牢末』の諸劇では、共に（宋江の賓白）

（晁蓋）哥哥三打祝家莊身亡、衆兄弟讓我爲頭領〔または推某爲頭領〕

と述べられ、小說では第五十回の內容に相當する祝家莊を三度目に攻めた時に亡くなったことになっている。そもそも晁蓋は、不可思議な扱いをされる人物で、宋江が最も敬う對象でありながら、小說第七十一回好漢勢揃い以前に死ぬため、一百八人の數に入れられない。しかしいずれにせよ、元雜劇の前提としてあった水滸故事は、小說が影響を受けた系統のものと異なり、晁蓋が祝家莊攻めにおいて亡くなるという話柄が普遍化していたことを物語っている。

以上、檢討を加えて來た如く、梁山泊のお膝元、地元山東の作家高文秀や康進之が描き出した李逵像は、小說中の形象とはかなりの距離があることが知られた。また、本文に取り上げた『還牢末』劇の舞臺は東平（山東省）であるが、そこで展開される水滸故事も、小說が抱くような內容と一致するものではなかった。更に細かい點に注目すれば、梁山泊の頭領に關する記述等にも差異が見られた。

およそ說話として耳から聽く文學が文字としての定着を圖り、讀み物・小說として成立するに際して要求された要素と、一部分をクローズアップして演劇として舞臺で看せるために求められた趣向とは、その間に自ずから距離があろう。それこそが所謂小說と戲曲というジャンルの違いであるとして認識されねばならぬ點であろう。三國劇と小說『三國志演義』との間に人物を強調する點での趣向の差が認められ、孫悟空劇と小說『西遊記』との間に求められるテーマの違いが見出されるのも同斷である。

しかし、それだけでなく、時代の先後關係に着目して小說『水滸傳』の成立を見直すとすれば、元代の水滸雜劇は小說の成立前に位置するとは言い條、實は小說『水滸傳』への影響關係はほとんどないのではあるまいか。一般的には、宋代の話本、元代の戲曲、明代の小說という過程を辿るとされ、その小說の成立には先行する戲曲が影響を及ぼすであろうと考えられがちであるが、「水滸傳」の場合、この見方は當たらないと思われる。

併せて『大宋宣和遺事』やそれに先んずる話本の內容を考慮すると、小說『水滸傳』に吸收されたのは、主に南宋以來のおそらく南方を中心に流布した說話であり、これらが小說に改編・集成されたと考えられないであろうか。[15] 一方元代の水滸雜劇は、その作者や舞臺の設定から見て、山東省の梁山泊周邊に流傳した故事が、金元朝の統治下、一定の英雄像の輩出を求めて、梁山泊の好漢を用いてなされたものかと想定される。因って、その一環として元代初期、地域的特色を以て創作された黑旋風劇も、時代の變遷にともなって創られなくなり、他の元雜劇が衰微するのと軌を一にする結果となったのであろう。從って、小說『水滸傳』の成立過程においては、元代の水滸雜劇はほとんど影響を及ぼしていないと筆者は考える次第である。敢えて試論と題する所以である。

注

（1）序論注（2）參照。

（2）成立年代の確定が困難なため、一般には元代から明初まで含めて、計三十數種として纏めて考えることが多いようである。例えば近人の研究者何心や聶紺弩は、王國維の『曲錄』に基づいて三十二種を擧げている。

（3）鍾嗣成『錄鬼簿』は「功」を「頭」に作る。

（4）この點、吉川幸次郎の指摘を借りれば、「まず第一折では、全劇の緊張を組み立てるべき素材が準備され、同時に最初の緊張が與えられる。或いは第一折だけでは素材の準備がむつかしい場合には、第一折の前に楔子を置いて、それを助ける。次に第二折では、第一折で端緒を切った緊張を、一層高めるのであるが、往々この幕では、緊張を高める手段として、挿話的な事件が點出される。さて次の第三折こそは、常に全劇の山であって、緊張はこの幕で最高潮に達するが、同時に緊張を解決に導くべき端緒も、この幕で與えられる。更に最後の第四折では、緊張が完全に解きほぐされるというのが、普通の構成法であるが、時には「魔合羅」のように、緊張は第四折に至って最も高まり、しかも同時に解きほぐされる例もある。」（『元雜劇研究』「元雜劇の文學　第一章　元雜劇の構成（上）」岩波書店　一九四八年三月　後『吉川幸次郎全集』第十四卷　筑摩書房　一九七四年十月所收）。

（5）高橋文治『李逵像の檢討　院本・元曲から『水滸傳』へ』（『東方學』第六十七輯　一九八四年一月）參照。もっとも「變裝という趣向を好む」點は、果たして李逵像にのみ影響したのか、あるいは高文秀劇作の特徴なのかどうか。そしてこの趣向は『負荆』劇等に用いられている「にせもの」志向と同一のものなのかどうか、些か考えさせられる所である。

（6）脉望館本では「題目：烟花則說他人過　僧住賽孃遭折挫　正名：山兒李逵大報恩　鎭山孔目還牢末」に作る。

（7）公案小說・公案劇については、莊司格一『中國の公案小說』（研文出版　一九八八年八月）・同『中國の名裁判』（高文堂出版社　一九八八年一月）、桂萬榮編・駒田信二譯『棠陰比事』（岩波文庫　一九八五年一月）、浪野徹編譯『中國犯科帳』（平河出版社　一九八九年二月）他、徐朔方「元曲中的包公戲」（『元明清戲曲研究論文集』作家出版社　一九五七年七月所收、『文史哲』一九五五年九月號原載）、鄭振鐸「元代〈包公劇〉產生的原因及其特質」（『中國文學研究』一九五七年　後『鄭振鐸文集』第五卷　人民文學出版社　一九八八年五月等所收）、岩城秀夫「元の裁判劇における包拯の特異性」（『山口大學文學會誌』第十卷一號　一九五九年八月　後『中國戲曲演劇研究』創文社　一九七三年二月所收）、小野四平「中國近世の短篇白話小說における裁判」『宮城教育大學紀要』第四卷　一九七〇年三月　後『中國近世における短篇白話小說の研究』評論社　一九七八年十二月所收）等を參照。

（8）同じく、明初の水滸雜劇で『魯智深喜賞黃花谷』の蔡衙內、朱有燉『黑旋風仗義疏財』の趙都巡など、皆貪欲で惡辣な地方役人として描かれている。

(9) 例えば、『京本通俗小説』中の「錯斬崔寧」通稱「十五貫」や元代關漢卿の代表作『竇娥冤』は、悲劇の色合の濃い物語と見做せよう。

(10) 余嘉錫『宋江三十六人考實』「黑旋風李逵」（作家出版社　一九五五年一月北京　後『余嘉錫論學雜著』下册　中華書局　一九六三年一月所收）に詳しい。

(11) 馬雍「《水滸傳》李逵故事來源」（『文史』第八輯　中華書局　一九八〇年三月）參照。

(12) この點に關し、高島俊男はその著『水滸傳の世界』（大修館書店　一九八七年十月）で「人の殺し方について」という一章を設け、魯智深や武松・林冲と比較しながらその特異性を論じている。（この部分の初出は『漢文教室』第一一四號　大修館書店　一九七五年六月。）

(13) 例えば『中國大百科全書』「戲曲・曲藝」卷（中國大百科全書出版社　一九八三年八月）の「淨」の項では、「北雜劇的淨、一方面繼承了副淨的喜劇表演傳統、同時也開始向表現正劇人物轉化、……」「另一類是正劇性的、包括正面人物和反面人物。正面人物如《都孔目風雨還牢末》的李得（即李逵）……」「傳奇作品中還有很多與北雜劇一脈相承、同樣具有獨特氣質的人物如關羽・張飛・包拯・李逵等、原來因受雜劇〃一人主唱〃形式的限制、只能由正末或外扮演、爲了突出其性格氣質的特點、也要求在表演的性格化程度上有所提高。」と述べられ、正末と淨との近似性が指摘されている。

加えて、例えば青木正兒の指摘（『元人雜劇序說』弘文堂書房　一九三七年九月　後『青木正兒全集』第四卷　春秋社　一九七三年五月所收）する如く、現代の京劇『青風寨』の李逵は淨の角色に當たっている。『雙獻功』劇、『負荊』劇は共に李逵が正末の役柄で主演に當たっているが、『雙獻功』劇の滑稽味や『負荊』劇の宋江や魯智深に相對する突っ込み役は、十分に淨の役割を擔っていると考えられる。

(14) 臉譜については、當時の情況は實際のところよくわからない。但し、李逵の人物形象が一貫して黑の臉譜によって表現されて來た事實は動かし難い。齊如山『國劇藝術彙考』「第七章　臉譜」（重光文藝出版社　一九六二年一月）では、「……至梁山諸人、本皆強盜、而也不以盜賊待之者何也？　此無他、譏宋朝失政、擾害閭閻、比強盜更甚、故不以強盜待梁山諸人、大多數的人、都勾正臉、如：公孫勝・秦明・李逵・張順・魯智深・關勝等等皆是。」「凡人之血強而濁者、其臉多黑、其性情多戇直孔武有力、故戲中勾黑臉之人、多係好人、戲界有一句恆言曰、黑臉無壞人。大致此種人、好則忠毅戇直、……如張飛・牛皐・焦贊・李逵、則忠勇眞摯者也。」「……又有張飛・李逵等之蝙蝠眉。」「眼窟稍寛者、皆較爲莽壯之人、但如李逵・焦贊等、因係笑臉、故眼窟不可太寛、故戲界有大眼張飛、小眼焦贊之諺。……」等と記述され、その性格と合わせて黑臉が基本であることが言及されている。

また、濱一衞『日本藝能の源流　散樂考』「第九章　臉譜と隈取」（角川書店　一九六八年三月）では、「「黑旋風雙獻功」第一折の宋江の科白にも李逵を指して「煙薫的子路、黑染的金剛」というのも黑臉であり、……」と指摘されており、この部分『中國俗文學研究』第三號「『黑旋風』注釋」（中國俗文學研究會　一九八五年十月）でも、「子路は孔子の弟子の中でも武勇をもって名高いため、これを色黑で暴れ者の李逵の形容とした」と解釋している。何れにしろ、臉譜に限らず、その字〔黑旋風〕からも窺われるように、李逵と言えば黑という觀念が定着していたのかも知れない。

（15）　この點に關しては、すでに各方面から考察が加えられている。例えば、作者像の探求においては小川環樹が『「水滸傳」の作者について』（『日本中國學會報』第三集　一九五二年三月　後『中國小說史の研究』岩波書店　一九六八年十一月『小川環樹著作集』第四卷　筑摩書房　一九九七年四月所收）において作者南方系說を提出され、文化史の面からは宮崎市定『水滸傳と江南民屋』（『文學』一九八一年四月號　岩波書店　後『宮崎市定全集』12「水滸傳」岩波書店　一九九二年二月所收）の論及が注意を引く。加えて言葉の面からも相浦杲『『水滸傳』の言語』（『中國の八大小說』大阪市立大學中國文學研究室編　平凡社　一九六五年六月）や胡竹安「《水滸全傳》所見現代吳語詞匯試析」（『吳語論叢』復旦大學中國語言文學研究所吳語研究室編　上海教育出版社　一九八八年九月）等が、やはり『水滸傳』に南方語が反映されていることを指摘しているが如きである。

筆者が本節で元代雜劇の檢討を通して得た一應の結論も、これら先學の提起された方向に近しと出來ようか。

（補）　黑旋風劇及び李逵像を考察した研究論文として管見に觸れたものは、先の注（5）高橋論文の他に陳汝衡「元明雜劇中的黑旋風李逵」（『戲劇藝術』一九七九年第三・四期合刊（總第七・八期）後『元雜劇論集』下　百花文藝出版社　一九八五年五月所收）及び阿部兼也「李逵の人間像」（『集刊東洋學』第八輯　一九六二年）がある。

また水滸戲曲に關する單行本としては謝碧霞『水滸戲曲二十種研究』（國立臺灣大學文史叢刊五十九　一九八一年六月）が音律や形式の面からの見方を提供し、王曉家『水滸戲考論』（濟南出版社　一九八九年六月）が京劇等まで擴げた考察を行なっていて全體的傾向を把握するのに有用である。加えて、劉靖之『元人水滸雜劇研究』（香港三聯書店　一九九〇年十一月）が賓白（科白）と曲文との關係に言及して興味深い。その他、曲家源「元代水滸雜劇非《水滸傳》來源考辨」（『山西師範大學報』一九八六年二月）や李眞瑜「論《水滸傳》與元代水滸雜劇的區別　兼說元明二代文學的差異」（『中國古典文學論叢』第七輯　人民文學出版社　一九八九年十月）は水滸戲の見直しを迫るものとして興味を引いた。さらに林庚「從水滸戲看《水滸傳》」（『國學研究』第一卷　北京大學出版社　一九九三年三月）參照。

加えて、田中謙二「元曲のおもしろさ」（『田中謙二博士頌壽記念中國古典戲曲論集』汲古書院　一九九一年三月所收）は、三の「負荊」雜劇を例に戲曲の味わい方を示しており、本章執筆後の參照ながら大いに刺激を受けた。

第三章　西遊記研究

『西遊記』の韻文について

はじめに

孫悟空が活躍する物語として廣く知られる『西遊記』は、唐代において三藏法師（陳）玄奘（六〇二?～六六四。六百五十七部の經典を持ち歸り計七十五部一千三百三十五卷の翻譯を完成。『大唐西域記』を著す。）が佛敎經典をインドに取りに征く史實を題材にして構成されている。『三國演義』や『水滸傳』同樣、明代に小說『西遊記』としての成立を見るまでにはかなりの時間と演變の過程を經ている點から、「世代累積型」の創作であることは言を俟たない。むしろ、通俗長篇化の基底を築いた『三國志平話』や『大宋宣和遺事』の元代刊行に照らして考えると、骨子のみでありながらも『大唐三藏取經詩話』の宋本の存在(1)は注目に値し、その流傳の長さから見ると章回小說の母體となった物語の形成は比較的早いと見做すことも不可能ではない。加えて「西天取經」という一貫する故事があるとは言い條、『三國演義』の如く直接土臺となった歷史書『三國志』のような存在が在るわけでもなく、また『水滸傳』の如く物語の下敷きとなった『大宋宣和遺事』のような歷史的記述を直接有している譯でもない。その點から見ると、『西遊記』は出處由來において、歷史上の英雄好漢を原型としてそれを敷衍して描くという形式からは些か隔たりがあり、例えば魯迅が『中國小說史略』で「神魔小說」と題し、孫楷第が「靈怪類」に分類した如く(2)、本來奇を敍す通俗的な要素を始めから內包していたとも考えられる。それは、物語の本來の主人公である三藏法師の主役の座を從屬的役割の孫悟空（猴行者）が奪い、目連救母（目連が地獄に落ちた母親を尋ねる所謂地獄巡り）の佛教說話の骨格を借用して話柄を展開する手法を用いたことによって更に強調されるに至った。孫悟空の神通力が威力を發揮すれば發揮するほど、小說の主たる描寫はその心情行爲に移行し、妖怪に見立てた困難の克服に際してもそれに爭う主役が取りも直さず孫悟空であるが故に、本來の說教說話としての講釋がフィクションとしての要素の色濃い内容へと變質したのであろう。さもなければ、小說としての長篇化にはかなりの困難が伴うと豫想されるからである。

さて、『西遊記』は、同時期の他の小說同樣散文と韻文の交互出現という形態上の特徵を備えている。このため樣々な形式の詩詞等美文要素が插入されていることが知られる。この內、ある特定の詩については、回目に表れる五行思想との關連から、特に中野美代子が解釋を加えている(3)ものの、插入狀況を概觀した全體的な形態上の特徵は未だあまり探求されていない。よって、本章では、詩詞等韻文要素に着目して、その置かれる位置や役割について檢討したい。テキストは「李卓吾本」を底本とする『新校注本西遊記』（四川文藝出版社　一九九〇年七月）を用いる。

一　「西遊記」のテクスト

「西遊記」の版本の演變も、「三國志」「水滸傳」ほどではないにしろ複雜である。この分野では、とりわけ日本において太田辰夫・磯部彰兩氏に纏った研究(4)があり、それら先學の研究を參考にしながら本章で考察の對象にする「李卓吾本」の位置付けを確認しておく。

まず、南宋末の刊行と言われる『大唐三藏取經詞話』を「西遊記」物語の祖形と見做すことは吝かではないものの、章回體を有する小說としての『西遊記』にあっては、現存中最も早い版本は明代金陵南京の世德堂から萬曆二十年

（一五九二年）に刊行された所謂「世德堂本」である。

『新刻出像官板大字西遊記』と題する「世德堂本」（北京圖書館舊藏、現臺灣國立中央圖書館藏？）は、五回毎を一巻として全二十巻一百回を備え、現存中最も早く且つ最も纏った長篇の作品版本としての位置付けから學術的價値は非常に高いと考えられる。但し、殘念ながら數多の殘缺箇所があり、小説のテクストとしては完全な體裁を有していないという憾みがある。例えば、全百回の內、第七十六回から八十回にかけての五回分と、第九十回から一百回までの十回分、併せて計十五回分が損なわれている。加えて、第十四回・四十三回・四十四回・六十五回・八十七回の五回分にも缺落があり、足本としての性格には些か不十分な點を含んでいる（四川文藝出版社『新校注本西遊記』前言五による）。もっとも、天理圖書館に北京圖書館本と同版と推定される平等心王院舊藏の完本が收められ、「版木の摩滅がはなはだしく判讀に堪えぬ部分が隨所にある。後印本であること疑いなく、また補刻されたとおぼしき葉も混在する。（鳥居久靖）」と指摘されるものの、全體像はほとんど明確になっているが……。[5]

これに對して、「世德堂本」と同一系統に屬し、且つ天啓・崇禎期（あるいは現存の版本の刊行は崇禎期に係るものの作品の成立としては萬曆末かと思される）の刊行と目される版本として通稱「李卓吾本」が擧げられる。このテキストは、日本の內閣文庫藏本とフランスパリ圖書館藏本が知られていたが、また中國にあっても前後して發見された崇禎期刊の刻本（中國歷史博物館藏一本、河南省圖書館藏一本）が一九八〇年代に入って紹介され、[6]注目を浴びるようになってきた。明代の詞曲作家で小説『隋史遺文』の作者として知られる袁幔亭（名は晉、字は于令、號は籜庵、江蘇省吳縣の人。荊州知府を務めたことがある。一五九九〜一六七四年）の序文を卷頭に配し、每行二十二字、半頁十行の版面を有する「李卓吾本」は、體裁が整っているという點から足本と稱するに適うべき版本である。また、その存在價値はひとえに完全無缺である點のみに止まらず、現在の時點では、『西遊記』の版本演變史上所謂「承前啓後」の位置付けに當たると見做し得る。すなわち、後の清代に流行を見る代表的二系統の版本がともにこの「李卓吾本」と密接な關係にあると考えられるからである。

清代にあっては、玄奘の出生物語を一回に纏めてそれを第九回に插入し、もとの第九回から十二回までを再編成して第十回から十二回とした『西遊證道書』、康熙三十三年（一六九四年）の自序を有する『西遊眞詮』、續く『西遊原旨』と、文章が簡單で詩詞等を省略したテクストが多く刊行された。なお、『西遊證道書』の登場以降共通して插入された第九回に當たる陳玄奘物語の部分には、詩詞は一首も含まない。

この內、一六九四年を刊行年と見做される『西遊眞詮』は、康熙丙子（三十五年）の尤侗（一六一八〜一七〇四年）の序に續いて康熙甲戌（三十三年）の「眞詮自序」を置き、本文は每行二十二字、半頁十行（靜嘉堂文庫藏本）、各回の本文末尾に陳士斌（字は允生、號は悟一子、浙江省紹江の人。）の評を配する。「本書は常識的な編集をおこなっており、全體を通じて繁簡よろしきを得ている。」（『中國古典文學大系　西遊記』平凡社　一九七一年十月　太田辰夫解說）ためか、最もポピュラーなテクストとして受容され、通行本の地位を獲得した。日本においてもこの『西遊眞詮』あるいは『西遊證道書』が翻譯の際の一般的な底本とされてきた(7)。

一方では「世德堂本・李卓吾本」系統の繁本を利用して、ほとんど改編簡略化されることなく全本的性格を保った『新說西遊記』が乾隆十四年（一七四九年）に刊行された(8)。

よってこれら明末から清代にかけての出版の狀況を見るに、「李卓吾本」はその轉換點に位置し、また文章構成の上から詩詞等の美文要素を檢討するに當たって相應しいと考えられる。よって本章では「李卓吾本」をテキストに用いることとした。また、演變と定形という觀點から概說的にではあるが、通行本となった「西遊眞詮」と「李卓吾本」との繼承影響關係についても韻文等要素の方面から觸れておきたい。

なお、先學の研究を踏まえて筆者の理解する版本系統を略圖に示せば左記のとおりである（『三藏取經詞話』は除く）。

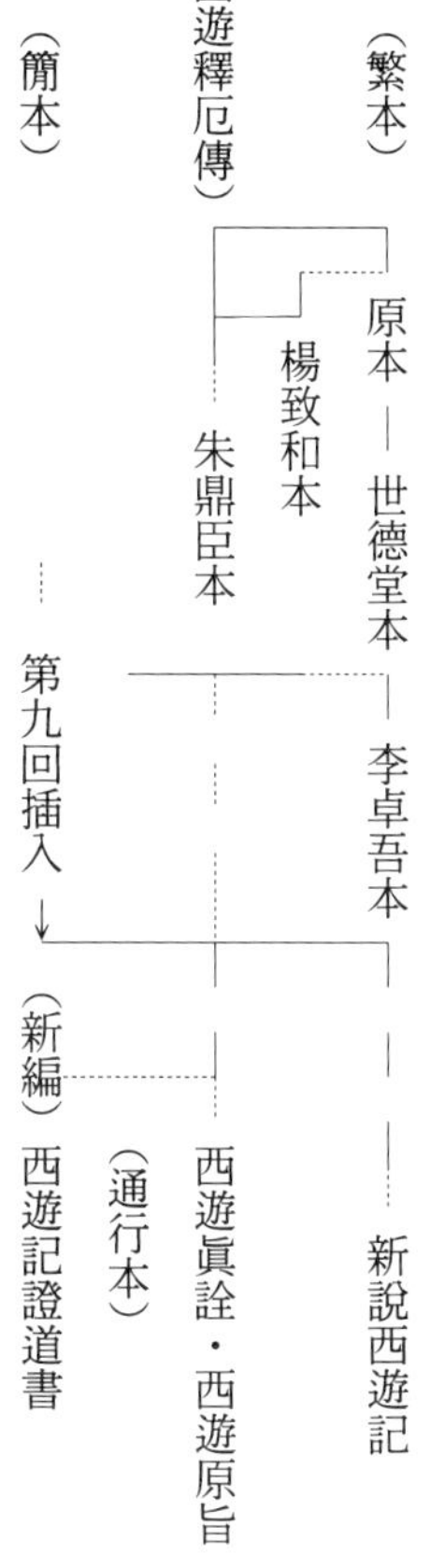

二　美文要素概觀

まず、「李卓吾本」においていくつの詩・詞・駢文等が挿入されているか、全體的に見てどのような特徴があるのかを検討しておきたい。

全編百回を通してすべての回に詩詞等が置かれ、美文要素として數えられる總數はおよそ七百四十首（箇所）に上る。それぞれの要素を大別すると、總數で詩四百四十三首、詞（詞牌不明も含めて押韻している）二百二首、駢文九十四首。この他にも表（第三・十一回）、榜（第十一・六十八・八十七回）、頌（第十二・二十一・二十三回）等が三十五箇所以上も見られ、重要なアクセントを加えている。總數七百四十を百回で割ると、各回平均七首以上の詩詞が挿入されている計算になり、底本とした活字本は本文一千四百頁あまり、約八十萬字として計算すると、約二頁に少なくとも一回は韻文等の要素が盛り込まれていることとなる。この數値は第二章第一節で検討を加えた『水滸傳』百回本における詩詞の挿入數に近く、散文と韻文の交互出現という形態上の約束の中で詩詞の役割がいかに重要視されてきたかが確認できよう。

特徴として指摘できるのは、次の三點である。

① 詩は詞の數量より多い。

② 回によってバラツキが目立つ。

③ 全體の三分の一弱の回に回首の詩詞が置かれている。

まず①については、詩は詞の約二倍を占めている。特に、詩の形式中でも他の小説に比べて長篇の古體詩が多く見られる。

②については、例えば第一回では十九首、六十四回では二十一首、九十四回では二十首の詩詞がそれぞれ數えられるに對して、第四十二回の三首、九十二回の四首のみと全體にはあまり均一ではない。もちろん、內容に即して初回（ここでは孫悟空の誕生）や第九十四回（孫悟空・猪八戒達が自分の身の上を紹介したり、三藏が詩を和したりする）に平均を上回る詩詞が配されることは頷けるとしても、このバラツキは一體如何なる理由に基づくのか。おそらく、『西遊記』の成立とりわけ百回本への編成に當たって、様々な要素が持ち込まれるにともない、未だ全編を通觀して整理整頓されぬままに回數を埋めたことに因ると考えられる。『西遊記』は明代萬曆の同時期に刊行を見る「李卓吾本」の『三國志』『水滸傳』に比べて、回目の立て方（各回の內容を七字または八字で題する）を見ても非常に不揃いな感じを受けることを免れない。この回目の例から推しても、「李卓吾本」は未整理の要素を多く殘したまま出版されたのではないかと想像される。清代に刊行された『西遊記』もこの「李卓吾本」を基準としたため、回目についてはその未整理な形式が繼がれている。（もっとも全體を均一にすることばかりが一概に良いとは言えまいし、その必要もないのであろうが、五字對句による回目が混在したまま殘された體裁は、近接する時期の『紅樓夢』における統一操作と比較すると、些か亂暴な舊態

借用としか見做せない。）

③については②とも關連して、その回の來源や編纂に關わる時期の問題を含んでいる。章回體を形成する上で、回首を備えている説話が一般には古くて早くから比較的纏っていた状態を遺していると言われてはいるものの、容易に斷定することは危險である。

次に「西遊眞詮」においては、詩一百八十六首、詞二十二首、駢文三十三首、總計二百四十一首が插入されている。その他書面等の要素が十六箇所見られる。「西遊眞詮」の特徴は次の二點である。

① 詩が壓倒的に多い。

② 回によってバラツキが目立つ。

①については「李卓吾本」を底本として、その引き繼がれ方に原因がある。それは、古詩や駢文等を含めて、七言絕句・七言律詩に「西遊眞詮」が統一しているからである。

②については基本的に「李卓吾本」の性格を繼いで、詩詞等の美文要素が插入されない回（例えば第三十三・三十四・四十二・四十八・五十二・五十五・……八十六・九十二回等）が存在することによる。

韻文の插入から見ると、「李卓吾本」に比べて總數で三分の一とかなり簡略化されているように見受けられるものの、明末清初にあってすでに『水滸傳』における金聖歎七十回本の登場を迎えている實情を考慮すると、讀み物としての安定化にはこの傾向が好まれたのかも知れない。通行本となった點から推して、全體的にシェイプアップされた「かなり中庸を得た編纂（『中國古典文學大系　西遊記』平凡社　太田辰夫解說）」という見解も一面頷けよう。

三　詩について

形式の面から見ると、「李卓吾本」では七言律詩と古詩が壓倒的に多い。總數四百四十三首中、七言律詩は一百七十一首、三十九パーセントを、古詩は一百六十二首、三十七パーセントをそれぞれ占める。それに次ぐのが七言絶句で、五言詩は全體的にかなり少ない。よって、『西遊記』「李卓吾本」中の詩は七言を中心とすると言い得るかと思う。中でも古詩では、變格・變體に當たる句作りや十句一首とするやや不安定な纏まりの句が數多く見出だされる。そこで、『水滸傳』の詩詞を検討するに用いたと同様の方法で、詩の位置・內容・役割の三點から検討を進めることとする。

（一）　詩の位置

はじめに詩の置かれる位置に見られる特徴として、套語（決まり文句）の存在が擧げられる。それは「詩曰（詩に曰く）」「有詩爲證（詩有りて證と爲す）」という話本・章回小説によく使用される語である。しかも、この二語は概ね七言の絶句・律詩の前に置かれ、定形詩を引き出す役割を負っていると考えられる。これに加えて、「正是（まさしくこれ）」も散見されるが、「正是那」と「那」字が添加される例が多く、「まさしくそれは」とやや話し言葉の口調をそのまま寫し取って、詩と一組となって韻文を落ち着かせるというよりは、むしろ詩の一部の如くその對象にそのまま繫げる語句となっている。さらに、『水滸傳』にあっては主に詞が置かれる際に用いられた「但見那」（これにも「那」字がつくことが多い）や、より口語的で同じく『西遊記』中の詞にも併用されている「眞个是（まことにこれ）」が用いられている。これは、とりわけ長篇の詩が話しの進行を一時停め、その對象を浮き彫りにして聽者・讀者に深く印象づけるために詞や駢文等と同様の役割を持つとも考えられることによるのかも知れない。

もう一つ指摘できる特徵は、詩の前に何らの套語も置かず、直接詩のみを配する場合が多く見られる點である。套語と見做せる決まり文句の捉え方の範圍を廣げ、詩詞を合わせて全體を通覽すると、約四十パーセントを超える場合にその存在は文字として確認できない。話柄の展開から詩詞等美文要素の插入が想定され、あるいはこの百回に纏められる以前の段階では本來置かれていたかもしれないが、現在眼にするテキストではまるで最初から存在せず、詩のみを單獨で插入してきた如き形式となっている。

いずれにしろ、この套語の存在を通して檢證できる點は、『水滸傳』の百回本等が割合によく整理されて、詩の前の套語においても一定の型を有していたのに對し、同時期に「李卓吾本」として刊行を見た『西遊記』にあっては、その點纏まりを缺き種々の要素が混在して用いられているという特徵である。假に套語の有無を判斷の一つの基準とすると、取り込まれる前段階で比較的整然と纏って套語をも備えていた類と、詩の插入にあって地の文との兼合いで配置され、定まった型を未だ有しないまま整理された類とが散漫に組合わさっているのである。

そこで、「西遊眞詮」をも參考として例を擧げ、詩の引き繼がれ方を視野にいれて、その特徵を確認する。繼承については次の二種に分けることができると思う。

（1）　形式・內容に異同のないもの。

これは、「西遊眞詮」が本來「李卓吾本」の影響下に編纂されたため、多くの詩詞を削除して簡略化を計っているといっても、その詩の置かれる位置や形式・內容を變えずに引き繼がれたものである。特に、「李卓吾本」中でもとから七言絕句・七言律詩であったものは、七言絕句で六十パーセント以上、七言律詩で約五十パーセントがそのまま借入られ、改編に當たって細かな見直しはほとんど行なわれていないと見做せる。

（２）　形式を異にするもの。

これは、地の文としての話柄の展開から同じ位置に置かれているものの、形式の上で置き換えがなされているものである。その置き換えの主要な方法は、七言律詩や長篇の古詩であった本來の詩を、特に最初の二句と最後の二句のみを取り出して、間に挾まれた部分をほとんど考慮せず、單純に繫ぎ合わせる仕業による。すなわち形式上七言の絶句に作り替えているのである（異なった繫ぎ方をして絶句に仕立てている場合もあるものの、基本的に既成の句を間引いて置き換える方法が壓倒的である）。やや細かく語句の繫ぎ方を操作している例もあるが、概ね前後を簡單に縫い合わせるが如きものである。例えば次の如きものである。（地の文は「李卓吾本」を擧げる。傍線は筆者、以下同じ。）

①沙僧遂捻了訣、駕起雲光、直奔東勝神洲而去。眞个是：

「李卓吾本」

身在神飛不守舍　有爐無火怎燒丹
黃婆別主求金老　木母延師奈病顏
此去不知何日返　這回難量幾時還
五行生剋情無順　只待心猿復進關

「西遊眞詮」

身在神飛不守舍　有爐無火怎燒丹
五行生剋情無順　只待心猿復進關

那沙僧在半空裡、行經三晝夜、方到了東洋大海。……　（第五十七回）

②那道人引定唐僧、直至三層門內看處、比外邊甚是不同。但見那：

青磚砌就彩雲墻　綠瓦蓋成琉璃殿
黃金裝聖像　白玉造階臺

青磚綠瓦琉璃殿
白玉黃金瑪瑙屏

大雄殿上舞青光　毘羅閣下生銳氣
文殊殿結采飛雲　輪藏堂描花堆翠
三檐頂上寶瓶尖　五福樓中平繡蓋
千株翠竹搖禪榻　萬種青松映佛門
碧雲宮裡放金光　紫雲叢中飄瑞靄
朝聞四野香風遠　暮聽山高畫鼓鳴
應有朝陽補破衲　豈無對月了殘經
又只見半壁燈光明後院　一行香霧照中庭
三藏見了、不敢進去。叫；〝道人、你這前邊十分狼狽、後邊這等整齊、何也。〟……（第八十回）

半壁燈光明後院　一行香霧照中庭

まず前者①では、もともと頷聯（第三・四句）において黃婆（悟淨の別名）が三藏と別れて金老（悟空のこと）を捜すというこれから展開する話が豫告され、且つ木母（八戒の別名）が三藏のためにを水を求めて容姿（顏）を下脹の和尙に變えたというすぐ前に述べられる話を象徵させており、頸聯（第五・六句）では悟空が去ってしまった重大さを強調する語句を配して詩を纏めている。すなわち三藏の一行五人を木火土金水になぞらえ、それが助け合い（生）、攻め合う（剋）狀況の前置きをなしているのである。これが「西遊眞詮」となると、內容の示唆をせずして一般的な概說に纏め、五行思想の影響は薄れて、心猿（悟空の別名）の復歸を中心の話題として描出している。この後の眞假二者の悟空が大暴れするという話柄の進展から推すと、「李卓吾本」に本來の興趣があり、「西遊眞詮」ではいかにも筋運び中心のためのお決まり型的に詩が借用されている感を免れ得ない。

後者②にあっては、長い韻文が概ね話の展開を停めてしまうという見方からか、わざわざ絶句に換えているように見受けられる。この詩の内容は寺院の様子を敍したもので、例えば『水滸傳』では詞（駢文）がその役割を擔っており、百回本から百二十回本へ移行する際にやはり同様の省略方法を用いていたが、[9] 割合にゆったりとした繼承を行なっていた。それに比してすっきりと纏められているものの、三藏が感じ取った違和感を表出するには些か内容が簡略であり、無理やり一律に絶句に仕立てるほどなら、插入自體を見直すべきだとも考えられる。

（二）　詩の内容

次に詠まれる内容はどのようなものであろうか。

結論から言うとこれは一概には纏め難い。例を擧げてその傾向を考察すると、（「西遊眞詮」を參考のために下段に配す）

③直至瑤臺之下、見那菩提祖師、……。果然是：

　大覺金仙沒垢姿　西方妙相祖菩提
　不生不滅三三行　全氣全神萬萬慈
　空寂自然隨變化　眞如本性任爲之
　與天同壽莊嚴體　歷劫明心大法師

美猴王一見、倒身下拜、……。（第一回）

「西遊眞詮」も同じい

これは第一回、孫悟空が神仙の修業のために師を求めている折に、須菩提祖師（釋迦の十大弟子の一人、須菩提を指したものか）に巡り合う場面に置かれた詩である。この置かれる位置と「垢沒き姿・空寂自然・眞如の本性・天と壽を同じうす・劫を歷た明心の大法師」という内容から見た特徴は、『水滸傳』同樣登場人物のクローズアップにあることが知られる。しかし、その歌われる對象はかなり廣範に渉り、妖怪でも何でも特に七言の古詩で登場の際に強調される。（例えば第四十一回では、紅孩兒という妖怪の登場を七言十二句で表している。部分的な語句は「西遊眞詮」中にも繼がれる。）

④行者引路而去。正是那春融時節、但見那：

草褥玉驄蹄跡軟　柳搖金線露華新　――――　草褥玉驄蹄跡軟　柳搖金線露華新
桃杏滿林爭豔麗　薜蘿繞徑放精神
沙堤日暖鴛鴦睡　山澗花香蛺蝶馴　――――　沙堤日暖鴛鴦睡　山洞花香蛺蝶馴
這般秋去冬殘春過半　不知何年行滿得眞文

師徒們行了五七日荒路、忽一日……。（第十八回）

⑤長老等又近前看時、……原來是一根獨木橋。正是：

遠看橫空如玉棟　近觀斷水一枯槎　――――　遠看橫空如玉棟　近觀斷水一枯槎
維河架海還容易　獨木單梁人怎踏
萬丈虹霓平臥影　千尋白練接天涯
十分細滑渾難渡　除是神仙步彩霞　――――　單梁細滑渾難渡　除是神仙步彩霞

三藏心驚膽戰道、〝悟空、這橋不是人走的。〟……（第九十八回）

例④では春の季節を律詩を以て歌っているが、このような例は第四十回で絶句を以て冬を、第七十四回で五言律詩を以て初秋を取り上げる等數例見られる。しかし、『西遊記』中にあっても四季の變化は詞や駢文に概ね委ねられている點から推すと、やはり詩詞の內容における役割分擔は明確ではないことがわかる。

また⑤は、橋の状況をクローズアップして取り上げた律詩であるが、瀧や山の風景描寫（例えば第二十八回では花果山は七言古詩で歌われる）も詩を以て描出する例が散見でき、『水滸傳』において考察した如き詞の内容との間に明確な區別は見出だせない。

次に注目されるのは、自己獨白が七言の長句を以て表される點である。

⑥……不知是何方生長、何年得道、爲何這等暴横？″大聖道：″我本

天地生成靈混仙　花果山中一老猿
水簾洞裡爲家業　拜友尋師悟太玄
煉就長生多少法　學來變化廣無邊
因在凡間嫌地窄　立心端要住瑤天
靈霄寶殿非他久　歷代人王有分傳
強者爲尊該讓我　英雄只此敢爭先

「西遊眞詮」も同じい

佛祖聽言、呵呵冷笑道：……（第七回）

猪八戒（第十九回）や沙悟淨（第二十二回）も同樣に七言句で登場が歌われるし、孫悟空は一度のみに止まらず自贊を繰り返す（第十七回・五十二回・六十七回等）。これは自己紹介に他ならないが、一體如何なる考え方に起因するのであろうか。

『西遊記』は演變の過程で、說話の流傳における比較的古い物語を反映していると見做せる所謂「楊東來西遊記雜劇（楊景賢撰六卷二十四齣）」や『目連救母勸善戲文』、『朴通事諺解』・『銷釋眞空寶卷』等との影響交流關係が指摘されている。[10] おそらくは現存の文字資料にあっては散逸してしまっているものの、本來の一纏りの故事の成立に際して

は、現在も中國各地に傳えられる絲操りや人形芝居等の民間藝能中での謠いの要素や戲文戲曲的要素もかなり強い影響を及ぼしたのではないかと推測される。これより推して考えるに、この例⑥の如き表現方法は、『水滸傳』あるいは『三國志』において見られる人物の客觀的クローズアップではなく、むしろ戲曲において登場人物が自己紹介を行なう、正にその方法であることがわかる。すなわち、最初からこの場所に「唱」としての韻文要素が入るべく用意されている箇所と認めるほうが、內容と描寫とからは合理的に思えるからである。また、かくの如く自己紹介が七言の長句を以て表される點に着目すると、「說唱詞話」等七言句による詩讃系講唱文藝との關連[11]が想定され、所謂「唱い物」の文字化の段階の借用という見方も當たるかと思う。

これらの詩は、置かれる位置の考察において見られた特徴と同樣に、內容においても種々の要素が混在していると言える。

（三）　詩の役割

詩の置かれる位置及び套語との關係、そして詠まれる內容から考えるに、詩は比較的早い時期から韻文としての特性を活かして話と話の合間に插入されてきたと思われる。しかし「李卓吾本」にあっては、その插入の詩を含めた說話の纏められ方とその寫定の段階にすでに差異があり、多樣な要素をそのままの形で繋ぎ合わせる結果となっている。よって、『水滸傳』の如く、登場人物に托してポイントを浮き彫りにする等の一定の役割を見出だし難い。

また、「西遊眞詮」は、基本的に「李卓吾本」の詩を受け繼ぎ、且つ形式上七言絶句・七言律詩への些か無理な統一を計っているため、その場面での筋運びの上でのアクセントになっているという點以外は、格別特徴は探求できない。よって、詩の改編・整理においては、形式上の統一を除いて、特別な意圖を以て改編に取り組んでいるとまでは言えないと思う。

四　詞及び駢文について

次に詞及び駢文について、詩の場合と同様、その特徴を三點から検討してみる。

(一)　詞・駢文の位置

置かれている位置について見ると、第一の特徴は、詩と同様に套語の存在である。それはすなわち「但見」という語で代表される點は『水滸傳』と共通する。この「但見」の他に、詩の套語で觸れた「眞个是」が目立って確認され、地の文の口語口調の延長線上に位置付けるが如き配置の特徴が窺える。さらに『水滸傳』中でも同様の例が見られるが、その對象の特に容姿を強調して色彩的に訴えようとする場合、套語は「(看他) 怎生模様／怎生打扮」であることが多い。これらの套語に共通する視點は、やはりその場面や詠まれる對象を視覺的に彷彿させ、説明する點にあろう。「李卓吾本」から「西遊眞詮」への繼承においては、次の二點が確認できる。

(1)　位置・形式・内容に拘らず、ほとんどが削除されている。

これは、「李卓吾本」においては、美文要素全體の約四十パーセント（七百四十首中二百九十六首）を詞及び駢文が占めていたにも拘らず、「西遊眞詮」ではその内の詞において影響關係が認められる場合二十二首、駢文において影響關係が認められる場合三十三首、計五十五例が繼承されただけで、その他はすべて削除されたことによる。「西遊眞詮」全體を通してみても、美文要素二百六十首中詞と駢文を合わせても二十パーセントにしか上らない。

（2） 形式を異にするもの。

これは、詩における修改で検討した方法同様、本來詞あるいは駢文であったものを、七言の絶句・律詩に置き換える措置を施したことによる。例を示せば、

⑦你看那西梁國、雖是婦女之邦、那鑾輿不亞中華之盛。但見：

六龍噴彩　雙鳳生祥
六龍噴彩扶車出　雙鳳生祥駕輦來
馥郁異香藹　氤氳瑞氣開
金魚玉佩多官擁　寶髻雲鬟衆女排
鴛鴦掌扇遮鑾駕　翡翠珠簾影鳳釵
笙歌音美　絃管聲諧
一片歡情冲碧漢　無邊喜氣出靈臺
三簷羅蓋搖天宇　五色旌旗映玉階
此地自來無合巹　女王今日配男才

不多時、大駕出城、早到迎陽館驛。……（第五十四回）

六龍噴彩扶車出　雙鳳生祥駕輦來
瞭亮仙音通帝闕　氤氳瑞氣接天臺
金魚玉佩多官擁　寶髻雲鬟衆女排
此地自來無合巹　女王今日配男才

この類の如く、詞・駢文は假に引き繼がれたとしても本來の興趣をそのまま傳えるものではなく、定形詩に統一されることによって型に塡まって優美さを缺く要素へと變質させられる。また、『水滸傳』の百回本から百二十回本への改編過程で見られた如き詞における大幅な踏襲は行なわれていない。

（二）詞・駢文の内容

次に詠まれる内容はどのようなものであろうか。以下に例を擧げる。

⑧徑直趕上山坡、搖身一變、變作個蟭蟟蟲兒。其實變得輕巧、但見他：

翅薄舞風不用力　腰尖細小如針　穿蒲抹草過花陰　疾似流星還甚

眼睛明映映　聲氣渺瘖瘖

昆蟲之類惟他小　亭亭款款机深　幾番閑日歇幽林

一身渾不見　千眼莫能尋

嚶的一聲飛將去、趕上八戒、……

又搖身一變、變作個啄木蟲兒。但見：

鐵嘴尖尖紅溜　翠翎豔豔光明　一雙鋼爪利如釘　腹餒何妨林靜

最愛枯槎朽爛　偏嫌老樹伶仃　圜睛決尾性丢靈　辟剝之聲堪聽

這蟲蟻不大不小的、上秤稱只有二三兩重。……（第三十二回）

これは、前者は本來押韻の關係から雙調體の「臨江仙」詞と考えられ、第四句「疾似流星還甚」は何らかの理由で混入したものかと判斷される。後者はやはり雙調體の「西江月」[12]詞であり、いずれも孫悟空の變身の術を歌っている。この兩者はともに「西遊眞詮」には引き繼がれていないものの、『西遊記』小説の神魔的靈怪的要素を擔う重要な興趣の韻文と見做せよう。

⑨長老安心前進。只見那座山、眞是好山：

高山峻極　大勢崢嶸　根接昆侖脈　頂摩霄漢中　―

白鶴毎來棲檜柏　玄猿時復掛藤蘿
（三十六句　一百七十八字　省略）
乃是仙山眞福地　蓬萊閬苑只如然
又見些花開花謝山頭景　雲去雲來嶺上峰

「西遊眞詮」では末尾二句のみを殘す。

花開花謝山頭景　雲去雲來嶺上峰

三藏在馬上歡喜道："徒弟、我一向西來、……"
（第二十四回）

これは萬壽山を詠んだもので、かくの如く山や風・火やあるいは妖怪との戰い等、情景描寫にその內容が當られる點は『水滸傳』と同樣である。

（三）　詞の役割

套語に導かれる入り方や情景描寫の內容を持つという點では、『水滸傳』の詞が有する特徵と共通し、且つこの時期の小說中に見られる多くの例とも一致すると考えられる。とりわけ小さな話題の背景やその場面の情況を詞あるいは駢文によって示しているのである。この點、小說中に插入される詞は概ね情景描寫の役割を擔っていると言うことができよう。但し、『西遊記』における詞の役割は基本的に詩の場合と同樣、『水滸傳』の如き專らにする役割分擔があると言い得るほど明確ではない。

なお、繼承關係で付け加えておくと、例⑧⑨さらに詩の④は「西遊證道書」では插入されていない。

結　び

以上、「李卓吾本」『西遊記』に插入される詩詞についてその特徴を探求した。そこであらためて、これら韻文要素が持つ共通點を全體の構成から眺めてみたい。

例②④⑨からもその一端が窺える如く、本來の字數以外に補いの字句を加える所謂襯字が多出している。駢文にあっても語り口調の痕跡と言える不要な語句が餘分に加えられ、詩においても末尾の對句にわざわざ視覺的注意を喚起する字句を添えるが如き蛇足が散見する。よってこれらは「西遊眞詮」に引き繼がれる場合でも、例⑨のように末尾二句のみを借り入れるという仕儀に陥らざるを得ないのである。この襯字は、戲曲を始めとして音樂が基底をなす樂曲系の文藝によく見られる傾向であり、これより推して考えるに雜劇等の影響を多分に受けているのではないかと想像される。

また、押韻字を概觀すると、詩詞に區別なく上平十一「眞」韻が幾つか眼に着く。「眞」韻は、廣く上平十二「文」・十三「元」・十四「寒」・十五「刪」・下平一「先」・八「庚」・九「靑」・十「蒸」に通じて用い易いとも言える。

⑩……家家念佛磕頭、戶戶拈香禮拜。果然是：

見像歸眞度衆僧　人間作福享淸平
從今果正菩提路　盡是參禪拜佛人
——「西遊眞詮」も同じい

（第八十八回）

⑪更不知我這：

他三個各逞雄才、使了一路、……

修仙者骨之堅秀　達道者神之最靈　攜簞瓢而入山訪友　採百藥而臨世濟人
摘仙花以砌笠　折香蕙以鋪裀　歌之鼓掌　舞罷眠雲
闡道法　揚太上之正教　施符水　除人世之妖氛
奪天地之秀氣　採日月之華精　運陽陰而丹結　按水火而胎凝
二八陰消兮　若恍若惚　三九陽長兮　如杳如冥
應四時而採取藥物　養九轉而修錬丹成
跨青鸞　昇紫府　騎白鶴　上瑤京
參滿天之華采　表妙道之殷勤
比你那靜禪釋教　寂滅陽神　涅槃遺臭殼　又不脫凡塵
三教之中無上品　古來惟道獨稱尊
那國王聽說、十分歡喜。……（第七十八回）「西遊眞詮」もほぼ仝

例⑩は「眞」韻が下平八「庚」韻と通韻しており、⑪は道教崇拜の內容で途中換韻しているかとも思えるが、基本的に「眞」韻通韻の範圍を出ていない。これは作詩・作詞の段階でその方法に熟達しているが故に簡單に導き出された結果であろうか。

敦煌變文や「成化說唱詞話」（花關索傳等）、『大唐秦王詞話』や「木魚書」、現今の彈詞に至るまで、とりわけ七言の齊言句を以て展開される詩讚系の講唱文學作品には〈人〉字が多出し、「人辰」韻すなわち「眞」韻が基調をなすことが指摘されている。(13) しかも韻字の用い方の拘束は比較的緩やかで、［n・ng・m］を含む末尾で通用される。この點から見ると、『西遊記』中に插入された詩にあって「眞」字韻及びその通韻の類はあるいは詩讚系講唱文學の影

響下またはその痕跡の延長線上にあるものかと想像される。先に擧げた「詞話」を中心とする類は、概ね荒唐無稽で娯樂性の高い内容を持ち、神話的宗教的性格を帯びた作品が多い。とすれば、「目連救母」等の説教説話の構成法に倣い、演變の過程で講唱文藝との交流を下敷きに成立を果たした小説『西遊記』は、多種の要素の融合體として理解されねばなるまい。

詩詞の位置や内容において見られた不統一性は、明代後期に百回本としての成書に當たって生み出された、異なる時期・分野の文藝要素混在の結果と考えたい。百回の纏まりという大目標の達成とは裏腹に、回目等の不統一が殘されたのと同様、韻文においても細かな改編にまでは手が加えられていないのかも知れない。さればこそ、通行本となった「西遊眞詮」の中庸的性格もさることながら、「李卓吾本」の興趣がより愼重に解析されるべきである。この韻文を對象とした考察が、そのための一つの視點の提供に資することを期待したい。

注

（1）長澤規矩也「大唐三藏法師取經記と大唐三藏取經詞話」（『書誌學』第十三巻六號　一九三九年十二月　後『長澤規矩也著作集』第五巻「シナ戲曲小説の研究」汲古書院　一九八五年二月所收）參照。また『大唐三藏取經詩話』の解釋・翻譯は志村良治「大唐三藏取經詞話譯注」（『愛知大學文學論叢』第十九・二十一輯　一九五九年十二月・一九六一年二月　後『志村良治博士著作集』「中國小説論集」汲古書院　一九八六年二月所收）及び太田辰夫譯『宋版大唐三藏取經詩話』（汲古書院　一九九七年十月）參照。

（2）孫氏の『中國通俗小説書目』では「第四部明清小説乙」を「煙粉」「靈怪」「説公案」「諷諭」の四類に大別している。

（3）『西遊記の祕密』「Ⅱ『西遊記』の隱祕學　1五行思想と『西遊記』挿入詩の謎　／　4孫悟空と金と火　主人公たちの煉丹術的解釋」（福武書店　一九八四年十月所收）やその後さらに考察を加えた同氏『西遊記』（岩波新書　二〇〇〇年四

月）、また西孝二郎『『西遊記』の構造』（新風舎　一九九七年一月）を參照。

（4）太田辰夫『西遊記の研究』（研文出版　一九八四年六月）及び『神戸外大論叢』發表の一連の論文。磯部彰『『西遊記』形成史の研究』（創文社　一九九三年二月）及び『集刊東洋學』『富山大學人文學部紀要』を中心に發表された一連の研究。また、柳存仁『倫敦所見中國小說書目提要』（書目文獻出版社　一九八二年十二月）「（四）付錄・跋唐三藏西遊釋厄傳」を參照。その他については、鳥居久靖「西遊記研究論文目錄」（『天理大學學報』第三十三輯　一九六〇年）、磯部彰「『西遊記』研究專著・論文目錄」（『富山大學人文學部紀要』第十六號　一九九〇年）、劉蔭柏編『西遊記研究資料』「《西遊記》研究論文索引」（上海古籍出版社　一九九〇年八月）等參照。

（5）北京圖書館藏本の紹介は長澤規矩也「蠹魚漫言」（『斯文』第十二編第一號　一九三〇年　後『長澤規矩也著作集』第一卷「書誌學論考」汲古書院　一九八二年所收）及び孫楷第『日本東京所見中國小說書目提要』（人民文學出版社　一九八一年十月）參照。天理圖書館藏本については鳥居久靖「天理圖書館藏『新刻出像官板大字西遊記』覺え書」・同「補訂」（『ビブリア』十二・十三　一九五八年十月・一九五九年三月）參照。

（6）「李卓吾評本」については、蓼南「國內發見明刊李卓吾評《西遊記》」（『文學遺產』一九八〇年第二期）、鄧平・武寧「失而復得倍覺親　李卓吾評本《西遊記》簡介」（『江海學刊』一九八三年第一期總第八十五期）參照。その他、古丁「明刻李卓吾評本《西遊記》簡介」（『今昔談』一九八一年第二期）及び蓼南「談談《李卓吾先生批評《西遊記》》」（『今昔談』一九八二年第二期）があるが、いずれも未見。

（7）日本における受容については、磯部彰「『西遊記』と『通俗西遊記』」（『近世文學と漢文學』汲古書院　一九八八年六月所收）を參照。さらに同者著『『西遊記』受容史の研究』（多賀出版　一九九五年二月）參照。

（8）明淸時代の出版の概要は、先の太田解說の他、劉蔭柏「《西遊記》明淸兩代出版史考」（『華東師範大學學報』一九八三年第三期　總第四十七期）參照。

（9）第二章第一節「『水滸傳』中の詩詞について」參照。

（10）前揭注（4）太田論文參照。

（11）講唱文學の系統については、葉德均『宋元明講唱文學』（上海出版社　一九五三年　後『戲曲小説叢考』中華書局　一九七九年五月所收）參照。また、金文京「詩讚系文學試論」（『中國—社會と文化』第七號　東大中國學會　一九九二年六月）、小松謙「詩讚系演劇考」（『富山大學敎養部紀要』第二十二卷一號　一九八九年十月　後『中國古典演劇研究』汲古書院　二〇〇〇年十月所收）及び同「詞話系小説考」（『東方學』第九十五輯　一九九八年一月　後『中國歷史小説研究』汲古書院　二〇〇一年一月所收）を參照。

（12）小説中の詞牌「西江月」については、第二章第一節でも觸れたが、『西遊記』中にも數首認められる。この「西江月」詞の多出については結論を得ていないものの、「道情」との關連を指摘した論もあるので、參考に掲げる。窪德忠「道教と文學　全眞教を中心として」（『東方學會創立四十周年記念東方學論集』東方學會　一九八七年六月所收）參照。

（13）孟繁樹『中國板式變化體戲曲研究』（文津出版社　一九九一年三月）及び前掲注（11）金論文參照。また「語學の資料において、完全にｍ／ｎの區別が完全（ママ）に消滅したのは……十六世紀初と考えられる。」として「水滸傳」等の押韻を例に小説の成立を探った藤堂明保「明代言語の一側面　言語からみた小説の成立年代」（『日本中國學會報』第十六集　一九六四年十一月）を參照。

第四章　儒林外史研究

『儒林外史』の構成から見る成書過程

はじめに

清代の小説への注目は、日本では明代のそれに比べると格段に少ない。『紅樓夢』にしても、この『儒林外史』にしても、いずれもその扱われる内容のためか、江戸時代以來の受け入れられ方の要因か、他の章回小説「三國志演義」「水滸傳」「西遊記」などに比べて研究も言及も稀である。(1)『儒林外史』について言えば、この點はかつて塚本照和が「中國のそれに比べると、内容、數量ともにいまだしの感あるをまぬがれない。(2)」と語ったとおりであろう。『紅樓夢』について言えば、詩詞も多く盛り込まれ、且つその詩詞が登場人物の行く末の暗示や物語の展開の預言の役割を擔っており、明代の章回小説とはまた一味異なった趣を有している。これに對して『儒林外史』は、途中第七回の扶乩（神降ろしの吉凶占い）による「西江月」詞と第九回に元代呂思誠（字は仲實）の七律を七絶として盗用、第十五回に同じく七絶が見られ、その他岑參の七律中の句が利用されたりしてはいる（第三十五回）ものの、基本的に第一回冒頭で楔子を要約する役割の詞一首と、第五十五回末尾の「沁園春」詞一首の計二首のみである。

そこで、『儒林外史』が日本で受け入れられがたい要因の一つを探る切っ掛けとして、その構成と纏まり方繫がり方、そして明代章回小説と些か異なる詩詞の插入のされ方とから、作品が持つ特徴を考えてみたい。

一　版本と批評との關係

明代の代表的な小說が「世代累積型集體創作」と呼べる編纂の過程を經て定形を得たのに比べて、『儒林外史』は一個人の創作として作者も明らかである。しかし、從來からその作品成立には二つの方面から問題が指摘されている。一つは、總回數の問題で、本來が五十回なのか、五十五回あるいは五十六回なのかという點である。(3) 二つ目は、『古今小說評林』（張冥飛、一九一九年五月）「『儒林外史』筆法雖佳、其布局則實不免於松懈也。」や魯迅が「惟全書無主幹、……雖云長篇、頗同短制、但如集諸碎錦、合爲帖子、……」（『中國小說史略』第二十三篇「清之諷刺小說」）と指摘して以來、チェーンのように連續性を保持している「連環型」等の形容がなされる構成方法についてである。(4)

この二點は「水滸傳」同樣、作品の構造を考える上で切っても切れない關係にあるため、前者を中心に据えながら後者にも注意を拂うという立場で取り扱うこととする。檢討するに當たり、これまで研究の俎上に載せられてきた代表的な版本と、その評及び特徵の確認を行っておきたい。

代表的な版本は以下のとおりである。

1　嘉慶八年（一八〇三年）臥閑草堂本　閑齋老人の序

1，嘉慶二十一年（一八一六年）藝古堂刊本

2　同治八年（一八六九年）蘇州群玉齋活字本

3、同治十三年（一八七四年）齊省堂增訂活字本

3　同治十三年（一八七四年）上海申報館第一次排印本

4　光緒七年（一八八一年）上海申報館第二次排印本

5、光緒十四年（一八八八年）上海鴻寶齋石印　增補齊省堂本

1の臥閑草堂本は全五十六回、第四十二・四十三・四十四・五十三・五十四・五十五回の六回分には評は施されてはいない。その他五十回分には、各回末に回評があり、計一萬五千字にも及んでいる。1，以下の祖本の位地を占める。

2の群玉齋本には、黄小田の評語が入っている。黄小田は第九・十五・十六・二十三・二十六・三十二・三十八・四十三・四十七・四十八・四十九・五十四・五十五回の回末に回評を加えている。

3、の齊省堂本は1の臥閑草堂本では評が附されていなかった六回分にも回評を加えた他に、さらに第十三・十四・十五・十六・二十三・三十・三十二・三十四・四十一・四十六・四十七・五十・五十六回では回評を書き足している。また版面としては各回に眉批がある。

張文虎（天目山樵）の評語は二度に渉って公表されているが、そのうちの一回は4の申報館第二次排印本においてであり、もう一回は單獨で刊行されている。

5は全六十回に仕立て直され、石印で出版された本である。書名の通り3の齊省堂本に倣って回末に評を置き、特に回目を細かく修正している。さらに五十六回本の第四十三回から第四十四回にかけての間に四回分を插入し、計六十回としている。

このように見てくると、『儒林外史』について假に演變に當たる操作を加評と考えるならば、前後大きく二回の動きがあったと見做せよう。すなわち一回目は同治から光緒にかけての二十年ほどの間に起こった評語の應酬であり、二回目は石印本に移行する過程で無理矢理に爲された六十回本への轉換である。しかし後者この六十回本が所謂原本

から離れてしまったがために現在顧みられないことは周知の事實であり、操作として定形を得るに至らなかった點からしても、あまり的を射た改編ではないと判斷できよう。言い換えれば、この改編によって内容・描寫に大きな變化がもたらされたとまでは言えないと言うことである。

評の特徵については、孫遜が評本を三系統に分けて檢討している他、[5] 陳美林に一連の考察がある。[6] また、孫遜を承ける形で譚帆がほぼ同樣の内容の考察を行っているが、[7] 筆者の覺書を記せば以下のごとくである。

齋評は、やや固い感じがして、簡潔すぎて意味がつかみがたい點がある。

黃評は、全般的にシビアである。齋評に近い感覺もあるものの、齋評のある箇所に必ず付されている譯ではなく、また天一評とも少し場所をずらしている。

天一評は、黃評を承けていると思われる部分がある。全體的に細かく、評者自身に假託して述べたりと、讀者として樂しんで書いているようである。天二評も詳しい點は天一評と變わらないものの、さらに全體を見渡して評しており、讀者と評者の役割を兼ね備えたような印象を受ける。

このように見てくると、やはり加評以前、すでに成立以前に構成上何等かの問題を備えており、そのためにそれを鍊成吟味するに至らなかった點が指摘しうる。

二　構成の展開

そこで改めて各回數と回目との對應關係から、作品全體の成立情況を予想しておきたい。

1臥閑本を前提として、回目を修訂している石印本（石と略記）を參考までに擧げる。さらに、この作品が章回體を維持するに當たって回末に設けた「且聽下回分解」の預言要素の四六對句と次の回に展開される話柄及び回目との關係をも考察の視野に入れる。

第一回　―第七回　1臥閑と5石印まで　ほぼ同じ」

第一回　這不過是個楔子、下面還有正文　回末の四六語はない

第八回　（石）返故鄉名流遂初服　濟窮途舊誼贈盤纏　―第十四回　ほぼ問題なしか」

第十一回　八股文娘の遣り取り

「嗅窗前寒梅數點」の七絶

第十三回（石）賢公子杜門謝客　黠差人借事生財

馬純上の登場、朱子語類や四書或問を用いた批評

第十五回（石）設騙局一場笑話　遇恩公片刻機緣　―第二十一回　問題少なしか」

「南渡年來此地遊」の七絶

第十六回回末「婚姻締就、孝便衰於二親」

第十七回回末「交遊添氣色、又結婚姻」

第十八回回末「婚姻就處、知爲夙世之因」

第十六回からの回末の語はその次の回へときちんと引き繼がれているとは言い難い。第十七、十八回いずれにも婚姻の話柄は登場しないし、第十九回になって略奪婚でむしろ裁判沙汰を引き起こす。しかし、本文の内容は繫がっており、回末の預言に不備があると考える方が妥當であろう。

第十九回▽（石）貪利徒易衣作鎗手　執法吏遭訪下監牢

雰圍氣的には第二十回邊りで一區切りか？
また、第十六回から第二十六回くらいにかけては、婚姻の話柄が話題の一部を占めている？
第二十二回▽（石）欺外舅卜誠講理　認姪孫玉圃聯宗
第二十五回▽（臥）首行「第二十四回」に誤る
第二十六回▽（石）題銘旌大書老友　講親事細問媒婆
第二十七回▽（石）發瘋病夫妻誤配　訴苦情兄弟重逢
二十五・二十六・二十七この三回やや違和感が無いわけではない。
第二十九回▽（石）諸葛佑僧官遇詐　雨花臺名士傾談
杜愼卿登場。
第三十回　─第三十四回　問題なし安定か」
第二十九・三十回「風流」
第三十三回　杜少卿、南京に移住。
第三十三回回末「一時賢士、同辭爵祿之縻」
第三十四回回初　娘子笑道「朝廷叫你去做官、你爲甚麼裝病不去？」
杜少卿の『詩說』、すなわち吳敬梓の『詩說』の「凱風」「女日鷄鳴」
第三十五回▽（石）莊尙志應詔陳言　廬信侯藏書遇禍
第三十五回　莊徵君、爵を辭す。
第三十六回　─第三十九回　1臥本と5石印まで　ほぼ同じ」

虞博士道「我也不耐煩做時文。」
第三十八回邊りからやや雰圍氣が異なるか？
第三十八回　郭孝子遇虎は如何にも插入のようで繋がりがよくないし、第三十九回　青楓城の話柄は史實を色濃く反映しているのか、違和感を覺える。
第四十回▽（石）植桃柳春郊勸農　讀詩詞廣武賞雪
第四十一回　沈瓊枝の部分も些か變。
第四十二回　臥評なし
第四十二回　湯兄弟の受驗にしても、第四十三回　苗族の平定にしても、所謂功名富貴や風流に直接關係する内容ではない。
第四十三回▽（石）劫私監地方官諱盗　追身價老貢生押房　―第47回まで石本增訂插入
（石）第四十四回　沈瓊枝救父居側室　宋爲富種子乞仙丹
（石）第四十五回　滿月麟兒扶正室　春風燕子賀華堂
（石）第四十六回　假風騷萬家開廣廈　眞血食兩父顯靈魂
（石）第四十七回　吃官司監商破產　欺苗民邊鎮興師
第四十四回　遲衡山、郭璞の「葬書」をダシにして風水の迷信を非難する。
第四十四回　―第五十一回　ほぼ問題なし安定か」
第四十八回　泰伯祠にて遺賢が昔を偲ぶ「感舊」
第四十九回　武正字道「四五年前、天長杜少卿先生纂了一部《詩說》、……」遲衡山道「……講學問的只講學問、不必問功名，講功名的只講功名、不必問學問。」

第五十四回　(石) 第五十八回　手捧黃連花娘算命　腰空白鏹獃客呈詩

第五十六回　(臥) 神宗帝下詔旌政　(石) 第六十回　明神宗下詔旌儒　石本は清朝との相違を明確化させようとしているか。

以上を纏めると、臥閑本では本來第四十二・四十三・四十四回邊りは評もなく、構成として怪しいと見做されたがために、例えば5の石印本では大幅な増補修正が加えられている。

第一回から第二十一回くらいまでは、ほぼ問題はないと考えられる。また第三十回から第三十七回、第四十四回から第五十一回くらいまでもほぼ問題なしと考えてよさそうである、とひとまず言えようか。

三　構成上の問題點

金和の跋文に言う「金棕亭先生官揚州府教授時梓行、自後刻本非一、先生著書皆奇數、是書本五十五卷、於琴棋書畫四士既卒、卽接《沁園春》一詞、何時何人妄增幽榜一卷」に從えば、金兆燕(棕亭)が刊行したというおそらく五十五卷本と考えられる『儒林外史』は未だ發見されていないが、これまでの研究の成果から考えると、先述の加評等の演變以外に、最も大きな編集は1の臥本成立以前にあったと推測されよう。そしてこれが、その後回數の問題にまで連なる要因を提供していたと考えるのは強ち的外れではあるまい。

友人程晉芳が一七四八年から一七五一年までの作品を收めた詩集『春帆集』中に、『儒林外史』を詠んだ句があることや、『儒林外史』に描寫された内容及び登場人物のモデル論などから、『儒林外史』の成立は吳敬梓四十五・六歳の頃とこれまでは考えられてきた。

一七五一年呉敬梓五十一歳の時には、長男呉烺が乾隆帝に召されて賦を奏し、擧人にあげられて內閣中書を授けられている。

そして乾隆十九年（一七五四年）十月、呉敬梓は揚州で客死する。

先の金兆燕は揚州で呉敬梓と久しく往來のあった人物であるが、揚州府の教授を勤めた時代は乾隆三十三年（一七六八年）から乾隆四十四年（一七七九年）までの約十余年間であり、金和跋に從えばこの間に臥本より早い刊行があったことになる（『胡適文存』第二集巻四、一九二二年上海亞東圖書館『儒林外史』第四版巻首より）。さらにこの金兆燕刻本に評が付されていたか否かは不明であるものの、臥本第三十回の回評に掲げられる書名『燕蘭小譜』が乾隆五十年（一七八五年）の刊行であり、現存の臥本の刊行が嘉慶八年（一八〇三年）であるから、一七八〇年代後半に全體を見渡すような編纂が少なくとも一度行われていた可能性が高い。そして臥本の評者もこれまた謎のままであるが、揚州の風俗に熟知した呉敬梓の親友が加えていたとするのが通說である。この點は明代の小說が多く後から加評され編集されていった經緯に近く、また一面では例えば清代の『紅樓夢』が作者曹雪芹の知人脂硯齋等によって評語が加えられていったのと似通った運命を感ずる。

そこで、二で概觀した構成の面から改めて問題點を指摘し、併せて成書と編纂との關係を探ってみたい。

その成書過程については、例えば談鳳梁「《儒林外史》創作時間、過程新探」の見解が興味深い。(8) 創作過程を三段階に分けて考える捉え方で、以下に擧げる。

すなわち、呉敬梓が南京秦淮に移住した年を科擧に對する一つの轉換點と見做す。基本的には三十三歲である。そして、始めからから第二十五回までは、乾隆元年（一七三六年）二月以前、すでに創作に着手しほぼ纏まっていた第一段階で、社會的傳聞に取材した所謂創作である。

これに對して、第二十六回から第三十五回は、作者吳敬梓自身の周圍の生活描寫に基づき、一七三六年から一七三九年の間に綴られた第二段階である。

そして、第三十六回以下では、周圍の現實を寫しながら社會的傳聞をも取り入れ、一七四〇年以降逝去まで書き繼いだ第三部分である、とする考え方である。

この見方はおそらく『儒林外史』の構成を考える上で十分に參考となるであろう。ただ、ここでは終焉を第何回と捉えているのかは俄には把握しがたい恨みがある。しかし談氏には別に「《儒林外史》第五十六回當屬原作」[9]の論があるので、第五十六回所謂幽榜をも含めて原作のエンディングと考えている。

そこで、回目の仕立て方や回末の特徵、さらに臥本の評語を兼ね併せて改めて考えると、以下の如くである。

まず、回目については、全五十六回を對象にした場合、三分の二は七字對句で、その構成は三語二語二語の組み合わせを基本としている。殘り約三分の一の十八回は八字對句で、三語二語三語の組み合わせが十六回分と最も多い。さらにこの八字對句の回目は、全體では前半部に多く（第二・三・四・七・八・九・十一・十四・十八・二十・二十四・三十・三十九・四十一・四十四・四十七回＋第十五・四十回）用いられている。

第十五回と第四十回は同じ八字對句でも三語三語二語の構成を取っている。とりわけ第三十九・四十回は、武功を以て賞されるべき蕭云仙が、朝廷から認められないばかりか却って出費の弁濟を要求されるという、儒林文士の世界とはやや趣を異にする内容を描いている。さらに雍正朝の年羹堯という實在の人物がモデルだとされる平少歩が同じく第三十九回に登場するので、この前後は特に第四十一回邊りからの續き具合を含めて違和感を覺える。おそらくは後から差し込まれた話柄であろうか。

回末の四六對句と「且聽下回分解」直前の套語については、やはり大きく二つの纏まりに分けられる。まず回末の對句では、全五十三回分中、四字六字の組み合わせが四十一回と大半を占め、よく整えられた感じを受ける。しかし、これとは形式の異なる四字七字（第五・八・二十八回＋第五十四回）、五字六字（第十・二十回）、五字四字（第十七・十九回）はやはり前半部に集中しており、前半部が要素混在のまま未だ推敲修訂されていないことが窺える。

加えて套語は「畢竟後事如何」（十四回分）「不知後事如何」（八回分）「未知後事如何」（三回分）と、比較的簡單に言い放つ場合が約半數を占め、第三十一回作者吳敬梓の分身とされる杜少卿の登場を境として考えると、この三種の回末の語句で締めくくられる回は十七回が後半に集中していることが知られる。その他は前半部に、同じ「畢竟」や「不知」で始まっても「畢竟……誰」「不知……否」が混在し、回目や四六對句の分布上の特徴と同樣の結果となっている。また、第五十六回に回末の語が付されていないことは、これで作品の一纏まりとすれば當然のこととして肯けるものの、第五十五回も四六に當たる對句は設けられていない。そして、「楔子」とはいうものの、第一回にも回末の語は付されていないのである。

そうなると、全體の仕立てとしては、前半第二回から第三十回くらいまでが一纏まりで、三語二語二語の回目が統一的に使用され且つ四六對句の回末と「畢竟後事如何」「不知後事如何」「未知後事如何」の三種の套語が用いられる第三十一回から第五十四回までが一纏まり、そして第一回と第五十五回が對應關係にあるとすれば、この部分は『水滸傳』や『紅樓夢』の成立でも考えられている所謂加上（後付け）と見做せるのではないだろうか。とすれば、第五十六回の幽榜を原作と見做すことは難しく、臥本に刻されたとは言い條、ひとまずは金和の跋文にあるごとく後人の妄增と考えてよさそうである。

特にこの幽榜については、假に第一甲の三名と第二甲の上位七名の計十名について、登場する回を概観すると、馬靜（純上）一人を除いて、基本的に第三十回から第五十回くらいまでに集中しており、第五十六回は正しく取って付けたように竝べられている。

これに加えて、最も早い臥本の評語についても、些か考えさせられる點が存在する。

まず、この作品のテーマが「功名富貴」にあるとする說が臥本以來行われ、その後の張文虎天目山樵の評等まで引き繼がれていくが、この「功名」や「富貴」が臥本の中で問題にされるのは、やはり前半部だけである。第一・二・四・五・七・二十一回に現れる他に、先に見た回末の對句では、やはり第二十五・二十七回で「榮華富貴」が使われている。さらに、臥評のうち、「此篇云々」と言う方が第四・五・六・七・八・十回に登場し、その內容は恰も作品を統べているが如くである。この「此篇云々」は後半部第三十六・三十七・三十八回にも連續して用いられるものの、前半部の體裁に倣って作っているような印象も受ける。

そこで、先の談鳳梁の成書に至る過程說をも受けると、南京移住前後博學鴻詞の推薦に赴かなかった時期までに前半三十回くらいまではすでに纏まっており、似非文士達が背伸びして科擧に翻弄される姿を戲畫化して描いていた、そして「此篇云々」を中心とした臥評の土台はその部分までを對象として、吳敬梓自身が作っていたのではないかと推測されるのである。されば、臥本に付された閑齋老人序の內容が小說の前半部「功名富貴」に集中し、且つその序文の紀年乾隆元年が作者吳敬梓自身の運命すなわち科擧との決別直前を意味していたとすれば、本來の『儒林外史』はこの序も含めてまず三十回くらいまでが纏められていたと考えられよう。

しかし、乾隆元年を境に戲畫化していた似非文士と自分が同列になることを余儀なくされた作者吳敬梓は、その後自身を含めた周圍の所謂文人の出處進退を描くことにより、儒の本來を浮かび上がらせることで作品の後半部を史實的に演義し、以て合わせ鏡の如き構造を持たせようと書き繼ぐこととなった。そのため第三十一回の杜少卿の登場から第三十七回泰伯祠の大祭までは、自身の周圍にいた人物達を直接間接のモデルとして、自らをも戯畫化しながら文人のあるべき姿を描寫することに力が注がれたのである。第三十四回で自身の『詩經』に關する説である『詩説』の一部「凱風・七子之母」や「女曰鷄鳴」(10)を披露して見せたり、第三十六回でこの作品では「上上の人物」と評される虞博士の口を借りて「八股文（時文）」を批判したりする姿勢を表してみたりしたのは、そのためである。そして『詩説』「女曰鷄鳴」の中でも「人惟功名富貴之念熱於中、則夙興夜寐、忽然而慷慨自許、忽然而潦倒自傷。」「士絕無他日顯揚之語以驕其妻、女亦無他日富貴之想以責其夫。」などと使われているので、この「功名富貴」に對する姿勢は、臥評の前半部に見られるものと同類と感じられる。とすれば、臥評の一部は『詩説』の執筆と連動していると見做すことはさまで無理ではなかろう。

また、前半と後半を對峙するような仕掛けは、例えば後發の『兒女英雄傳』が主人公十三妹の立場の展開に從ってその質と色合いを變えたのと同じような結果を招くに至ったのである。

加えて、第三十七回臥評では「本書至此卷、是一大結束。名之曰儒林、蓋爲文人學士而言。」と記され、展開がここまでで一區切りである點と、この小説で實際に描かれる重點が所謂文士である點とを指摘する結果となっている。第三十七回以降では先にも觸れた第三十九・四十回邊りの雰圍氣の相違や第四十二回から第四十四回にかけて臥評が付されておらず、そのため增補齋省堂を謳う石印本ではさらに四回分が插入されるという別の意味での不整備が表出することとなった。加えて第五十三・五十四・五十五回にも臥評は見えないから、泰伯祠以降を成書の第三段階と見做せば、基本的な記述は呉敬梓自身が作っているとしても、一面で散文的な小話の纏まりを紋切り型で繋いでいったのではないかと想像される。そのため回末の套語などは却って必然的に統制されていった。

また、現在の第五十五回を第一回と對峙させるために形作ったものの、全體を編纂修訂する余裕はなく、その意味では未完成のまま作者は筆を措いたと言えるのではないだろうか。ここに小説『儒林外史』が構成上の限界を備えており、明代の「世代累積型」の小説の如く多系統に跨る版本を産まなかった代わりに、明代の小説の編纂方法を生かし切るまでは屆かず、一人の創作に係る負擔を露呈することとなったのではあるまいかと考えるが如何。

四　作者の生平と周圍

一體このような數奇な運命を辿った小説『儒林外史』の作者は、大雅の堂に登らない作品に關わる多くがそうであるように、正史にも傳はなく、著述に『文木山房詩集』『詩説』があったことが知られるほどである。そのことがこの作品の回數問題一つを取っても、周圍の友人や親類の筆記に據り所を求めざるを得ず、且つその記載に混亂があるが爲に余計に解決を遲らせている。ここでは、呉敬梓の周圍に居て且つ『儒林外史』に言及した記述で知られ、その成立に密接に關係すると思われる三者を取り上げ、別の角度から作品の公刊までを考えてみたい。

まず、呉敬梓に關する唯一の傳記「文木山房傳」を撰した程晉芳。字は漁門、康熙五十七年（一七一八年）生、乾隆四十九年（一七八四年）卒、江蘇省淮安の人。原籍は安徽省新安（徽州）で、先々代のころ揚州に移り鹽業に攜わって、乾隆期には最も羽振りがよかったようである。呉敬梓からすれば十七歳年少であるが、乾隆十七年（一七五二年）進士となり、四庫館が開かれるに及んで纂修官となり、後翰林院編修を授かっている。『淸史稿』巻四百八十五、『淸史列傳』巻七十二に傳が見える。呉敬梓とは詩の遣り取りもあり、乾隆十九年揚州で呉が客死する數日前に偶然邂逅している。「文木山房傳」は、呉氏逝去後の八百字ほどの傳記であるが、永年の友人が殘した文章として尊ばれており、そこには『儒林外史』は五十巻と記されている。

次に程廷祚。字は啓生、號は綿荘、晩年の自號は青溪居士、康熙三年（一六九一年）生、乾隆三十二年（一七六七年）卒、原籍は安徽省新安。曾祖より金陵南京に移り住む。當時の顔元・李塨を代表とする顔李學説の南方における重要人物とされ、金和の跋文に依れば『儒林外史』中の荘紹光（徵君）のモデルだとされている。呉敬梓との關係も深く、八股による科擧の選拔方法を攻撃したり程朱の理學を非難したりする姿勢において、影響を與えていると考えられる。『青溪詩説』『青溪文集』等の著述があり、新版の『清代人物傳稿』上編第九巻が概説を提供する。また、『文木山房集』に序言を撰している。

三番目として金榘と金兆燕。金榘、字は其旋、號は絜齋、同郷安徽省全椒の人。康熙二十三年（一六八四年）生、乾隆二十六年（一七六一年）卒。呉敬梓の長男呉烺はこの金榘に師事し、金榘自身が呉敬梓との關係において妻同士が呉の同族の姉妹で、且つ息子金兆燕はその子台駿が呉烺の娘を娶ったことにより、金氏と呉氏とは所謂「兒女親家」の親戚關係を結ぶに至っている。何澤翰『儒林外史人物本事考略』に依れば、金榘は弟金兩銘と共に小説の中では第四十四回から第四十八回にかけて余大先生・余二先生として投影されているとする。金兆燕は字は鐘越、乾隆三十一年（一七六六年）の進士（『清史列傳』巻七十一）。金和跋により、金兆燕が最初の『儒林外史』を刊刻したとされる點で注目される。

そこで、改めて呉敬梓の著作が世に出た環境を考えると、これらの人々の交流から、三つの接點が見出せる。まず、乾隆十五年金兆燕が呉敬梓に宛てた長詩「寄呉文木先生」（『棕亭詩鈔』巻三）から、この頃すでに『詩説』がほぼ定稿を得ていたことが察せられる。これは『儒林外史』第三十四回で杜少卿の口から述べられる『詩經』に關する一段に反映しているのみならず、この年、金兆燕は呉敬梓の長男呉烺と「當塗學院」に同館している（『棕亭詩鈔』巻三）。

第二の接點は、やはり乾隆十九年である。呉烺の『杉亭集』はまず十巻をこの年に刻したようで（王鳴盛、錢大昕序）、晩年に增輯して十六巻に編集し直している。また、沈大成はこの年揚州に吳敬梓を訪ねたが、逢えなかったようである（『學福齋集』巻五、『淸史列傳』巻七十二）。

さらに第三の接點は、乾隆三十三年（一七六八年）金兆燕が揚州府學の教授に任ぜられ、沈大成と冬集っているし、その年、吳烺は山西寧武府の同知となり、自ら編んだ『周髀算經圖注』一巻を公刊するに當たり、沈大成に序を賴んでいる。この前に一七六三年吳烺は揚州を訪れ、『文木山房集』の編刊に際し、沈大成に序を賴んでいる。また、『文木山房集』に序を呈し、『儒林外史』中の莊紹光（徵君）のモデルだとされ、吳烺も『杉亭集』（巻一）で觸れている程廷祚がこの前年に他界している（吳敬梓沒後十三年）。

このように見てくると、成書以前にもやはり大きく三度の編纂の可能性が見出される。まずは、乾隆十六年（一七五一年）、吳敬梓にとっては『詩說』がほぼ定稿を得、息子吳烺の官途への道が開かれた年。また末尾「沁園春」詞に「江左煙霞、淮南耆舊、寫入殘編總斷腸。」と記されるこの「耆」は基本的に六十歳過ぎを指すから、程廷祚が六十三歳、「上上の人物」虞博士のモデルとされる吳培源も六十八歳となっており、『儒林外史』の執筆にも區切りをつけた吳敬梓自身が今後の人生を占う願いを込めて、現第五十五回末尾に續けてこの詞を埋め込んだのではないかと想像される。

また二つには乾隆三十三年（一七六八年）頃、最後の大物程廷祚が逝去（乾隆三十二年）し、虞博士のモデル吳培源も翌三十三年に他界したことにより、追悼の意味で『儒林外史』の第五十六回幽榜の部分が作られ、現在眼にするような臥本が形成された。吳培源について言えば、乾隆二年の進士で、「辛酉（乾隆六年）正月上弦與敏軒聯句」など、吳敬梓とも最も繫がりが強かった人物である。そう考えると、吳敬梓他界後すでに十三年、周圍にいた吳烺あたりの手によって加えられたのかも知れない。またもう一度は、『儒林外史』が實際に吳敬梓の手を離れた乾隆十九年、官吏となった呉烺や金兆燕が沈大成らと計って、呉敬梓の遺著を公にしようと考え、部分的に内容を増訂して、五十五巻程度を仕立てた。未發見の金兆燕刻本が存在するとすればそれを公刊しようとしたと考えられないであろうか。しかし、さらに乾隆三十三年頃の改編が行われたため、これら身内の間（呉氏と金氏）でも情報に錯綜が生じ、程晉芳は早期に纏められていた五十回と理解して記述したし、實際には最終的な第五十六回及び増補された内容を含んだ臥本系統が唯一その後の底本となっていった。

但し「舊藏抄本」を所有し、呉敬梓の從兄で作品中の杜愼卿の原型である呉檠（字は青然先生、一六九六年生一七五〇年沒）の「女孫（まごむすめ）」を母親に持つという金和は、この第五十六回の幽榜部分について増補の事實を間接的に聞き及んでおり、取らなかった、という展開なのではなかろうか。

五　巻首と末尾

ここでは作品中の美文要素である、巻首と末尾の詞とをあらためて考えてみたい。

まず楔子を借りてくる方法は、金聖歎「水滸傳」以來の舊套を繼ぐ點の指摘はさておき、巻首「蝶戀花」（または「一蘿金」）と言われる雙調六十字の詞牌は、これと言った典故を含むわけではなく、功名富貴が寄る邊のない點を指摘するに止まる。これは、續けて王冕を導き出すための前置きの役割は果たしているものの、やはり後から付加されたようである。それは、おそらく話柄の前半部が功名富貴を話題とし、且つ臥評においてもそのことを唄っている點と通底していよう。

これに對して、末尾の「沁園春」詞は、現行の編集本の多くが第五十五回の荊元の琴の音に和すがごとく配置するように、呉敬梓の原作とすれば本來は第五十五回末尾に仕立てられた。それは「萬曆二十三年、かの南京の名士たちはその姿を消してゆき……」に登場する荆元（何澤翰『儒林外史人物本事考略』に依れば呉荆園）のごとき人物を、卷首の王冕と對置するために、第一回との關係で埋め込まれることになったのであろう。しかし、そのいずれにも、本來美文要素（詞）を差し込む準備はなく、むしろ、金聖歎に倣ったとは言い條、詩詞を排する方向で、作品が構築されていたのではなかろうか。すなわち『儒林外史』は、作品中では詩を作る能力を有する文人を賞贊しながらもむしろ逆に詩詞等の要素を廢して新たな小說の構築を圖ろうとしたのではなかろうか。しかし、結局連環型の構成をも含めて滿足を得られる形態までには屆かず、例えば「三國志」において「毛宗崗本」が同じく金聖歎の手法を用いて通行本となるに成功したごとき展開は見られなかった。

そのため、詞を以て末尾を飾る方法は倣ったものの、その表出する内容は、本文とはややかけ離れてしまい、過去への追憶と將來への願望がこれまた合わせ鏡のように混在する結果となった。すなわち前半部は「鳳止高梧、蟲吟小榭、也共時人較短長。（賢人君子はお高く止まり、蟲けら一人低く嘯く、周りと比べてなんになる。）」と原作の雰圍氣で歌いながらも、後半部では「無聊且酌霞觴、喚幾箇新知醉一場。共百年易過、底須愁悶、千秋事大、也費商量。江左煙霞、淮南耆舊、寫入殘編總斷腸。從今後、伴藥爐經卷、自禮空王。（手持ち無沙汰に杯とりて、新し顔と醉いしれむ。人の一生過ぎるは早く、惱み憂いてなんになろう。先の大事は、用心が肝心。昔の周圍は右から左、殘すことなく書き入れたれば、ああ偲び慕いもこれまでよ。これからは、自分の人生考えて、佛に見守ってもらおうか。）」泰伯祠の大祭を共にし、親交の厚い周圍の文士達が、結局は官界に身を置く情況の中にあって、己は進士を多出してきた家柄にあって一人在野の立場で書き散らした小說の結末にも一應の目途がつき、息子呉烺の出世が巡ってくることとなった五十歳の頃、むしろ新しい運命を願う氣持ちでこの詞を締めくくることになったと考えられる。なぜなら、例えば「藥爐經卷」は蘇軾「朝雲詩」

には頸聯に「經卷藥爐新活計、舞衫歌扇舊因緣」と登場し、これからの生活を反映する語句として用いられているし、「空王」は沈佺期「樂城白鶴寺」では「無言謫居遠、清淨得空王」、白居易「宿香山寺酬廣陵牛相公見寄」では「君匡聖主方行道、我事空王正座禪」、胡曾「詠史詩・金陵」では「生前不得空王力、徒向金田自捨身」と出てきて、いずれも現世にあって新たな方向性を求める對象として捉えられているようである。そのため、決して佛教や佛門云々ではなく、此までに終止符を打って己の道を求める末尾を作ったと見做せないであろうか。

結び

中國では、作者吳敬梓の生誕二百八十年やら三百年やらを記念して、學術討論會が催され、記念の論集が出版されたり、雜誌に特集が組まれたりするが、そんな中で語學の方面から小さな論爭があった。一九九六年第五期の『中國語文』に掲載された、遇笑容「從語法結構探討「儒林外史」的作者問題」で、前半三十二回と後半二十三回は別人の作ではないかとの問題提起がなされた（この論はさらに『儒林外史詞匯研究』北京大學出版社　二〇〇一年二月公刊）。これを受けた地藏堂貞二は同『中國語文』二〇〇〇年第一期に「從語言的角度看「儒林外史」的作者問題」を投じ、下江官話と吳語の理解の上に詳細に檢討がなされるべきであると卽斷に待ったをかけた。語學の研究が文學に資する點は言うまでもないことながら、例えば『紅樓夢』の作者が前八十回と後四十回は同一であるとしたカールグレンや陳炳藻のような主張もあるから（今ではわざわざそんなことを唱える研究者はいないと思われるが）、語彙の選擇や區別の境界の設定は案外に容易ではないのであろう。

また、日本においては近年になって、須藤洋一が大著『儒林外史の研究』（汲古書院　一九九九年八月）を公にし、專著としての先鞭を付けたが、前半部の解讀には多く示唆を受ける點が見られるものの、作品の讀者對象を、農民層に讀ませるために創作したと考えている點は些か頷きがたい。何故なら、科擧崩れであれ文字を以てわざわざ創作をし、自分の存在を知らしめんと欲する作者が、儒林世界と無縁の（一般の農民ではなろうと思っても容易には届かないかけ離れた世界で、たとえ官＝役人への出世を憧れ思い描いても、實行に移すことはそれこそ皆無である）そんな人々のために、諷刺とは言い條、創作に年月を費やすであろうか。また「三字經」等當時の初歩的學習書の文字を農民層が假に身につけていたとしても、小説『儒林外史』が讀めるということにはならないだろう。この點は、夙に小川環樹が「……殆ど怪力亂神を以て讀者の不平を解こうとはせぬ、……民衆の小説と然らざる者との區別は明瞭に見出されると思う。(11)」と言い、稲田孝が「『儒林外史』が尊いのは、一つにはそれ（科擧の弊害：筆者注）との堂々たる取組み方の立派さと、一つには制度の是非をただすのではなく、それに壓殺される人間の姿そのものをねばり強く追跡している、その追跡のみごとさにこそある。つまり、制度が書かれているのではなくて、人間が描かれている。」（『中國古典文學大系　儒林外史』平凡社　一九六八年五月「解説」）及び同「さらに重要なのは、通俗讀物の庶民的傳統をそっくりそのまま受けつぎながら、しかしそれとは異質のより高次な文學を作り上げたという點であり、……（中略）……、「高次な」とは、文學が自分自身の生活ならびに社會を考えるための道具として意識的に使われたことを指す。そして二人が（『紅樓夢』の作者曹雪芹と：筆者注）考えようとした對象は、自分を閉め出し、悲慘落漠の境遇におとしいれた當時の支配體制の實相であり、それを該博な知識と豐かな經驗と、そして卓越した見識とをもって細緻に執拗に分析追求した。この文學態度をしいて名付ければ散文精神であり、中國流に言えば現實主義である。散文精神を宿らせる場所として、二人は章回小説の傳統を選んだ。」（『中國の八大小説』平凡社　一九六五年六月「儒林外史」の作者と時代より）と指摘する點に盡くされているように思う。

しかし、日本では將來された時期[12]にはすでに江戸時代獨自の創作作品が多出し、「科擧」という文人官僚制度に對する諷刺の眼も理解しずらかったためか、明代の小説と異なり新たに持ち込まれた要素とは言え、それを翻譯翻案するまでの工夫は行えなかった。あるいは、この五十數回という回數が完成體として見做されなかったのかも知れない。「西遊記」や「水滸傳」にしても一百回という纏まりで捉えられていたようだし、才子佳人小説を中心とした中短篇の作品も、文言の『剪燈新話』等と異なり、翻譯翻案には力が注がれなかった。況や半端にも見える五十數回をやである。

それにしても、清代の小説の作者は、『紅樓夢』の曹雪芹にしろ『聊齋志異』の蒲松齡にしろ、そしてこの『儒林外史』の吳敬梓にしろ、いずれも「科擧」という時代の制度に翻弄された人物ばかりである。自由な雰圍氣の中で加評改編が行われ、その文學行爲によって己を表出しようとした明代の小説關係者に比べ、社會においては不遇を託ち、文學においては章回體という定形に新たな內容を盛り込まんと奮闘した清代の小説家達の姿の、何と痛ましいか。

注

（1）『紅樓夢』の日本における受け入れられ方については、伊藤漱平「日本における『紅樓夢』の流行（上）（中）（下）『紅樓夢』展開催にちなんで」（『大安』第十一巻一・三・五號　大安書店　一九六五年一・三・五月）及び同「日本における『紅樓夢』の流行　幕末から現代までの書誌的素描」（『中國文學の比較文學的研究』汲古書院　一九八七年三月所收）參照。

（2）塚本照和「日本と中國における『儒林外史』研究要覽稿」（天理大學學術研究會　一九七一年三月）參照。

（3）章培恆「《儒林外史》原書應爲五十卷」（『復旦學報』一九八二年第四期）、「《儒林外史》原貌初探」（『學術月刊』一九八二年七月）、「再談《儒林外史》原本卷數」、これらは同著『獻疑集』（岳麓書社　一九九三年一月所收）參照。
また、房日晰「關於儒林外史的〝幽榜〟」（『西北大學學報』一九七八年第一期）、陳美林「關於《儒林外史》〝幽榜〟的作者及其評價問題」（『西北大學學報』一九七九年第四期　後同『吳敬梓研究』上海古籍出版社　一九八四年八月所收）、陳新・杜維沫「儒林外史第五十六回眞僞辯」（『儒林外史研究論文集』安徽人民出版社　一九八二年九月所收）、佟瑞坤「論《儒林外史》原作非五十回　與章培恆先生商榷」（『明清小說研究』一九九六年第一期　總第三十九期』）、顧鳴塘「論《儒林外史》第五十六回乃吳敬梓原作」（『明清小說研究』二〇〇〇年第四期　總第五十八期）等を參照。

（4）これについては張錦池「論《儒林外史》的紀傳性結構形態」（『文學遺產』一九九八年第五期　後『中國古典小說心解』黑龍江人民出版社　二〇〇〇年一月所收）參照。

（5）孫遜「關於《儒林外史》的評本和評語」（『明清小說研究』第三輯　中國文聯出版公司　一九八六年四月　後同著『明清小說論稿』上海古籍出版社　一九八六年九月所收）參照。

（6）陳美林「從臥本評語看《儒林外史》的民族特色」（『社會科學研究』一九八四年第四期）、「新近發現的《儒林外史》黃小田評本略議」（『文獻』一九九〇年第三期　總第四十五期）、「《儒林外史》張評略議」（『文學遺產』一九九四年第三期）、「略論《儒林外史》齊省堂評」（『河北師院學報』一九九四年第三期）參照。

（7）譚帆「論《儒林外史》評點的源流與價值」（『社會科學戰線』一九九六年第六期　後出入りがあるものの同『中國小說評點研究』華東師範大學出版社　二〇〇一年四月所收）參照。

（8）談鳳梁「《儒林外史》創作時間、過程新探」（『江海學刊』一九八四年第一期　總第九十一期、後同著『古小說論稿』浙江古籍出版社　一九八九年二月所收）參照。

（9）『明清小說研究』第一輯　中國文聯出版公司　一九八五年八月　後前揭注（8）『古小說論稿』所收參照。

（10）『詩說』については、周興陸・金幸民「『文木山房詩說』三題」（『明清小說研究』二〇〇一年第二期　總第六十期）では、『詩說』的纂成、是先於『儒林外史』的寫作、也就是說、吳敬梓在開始寫作『儒林外史』之前、已纂成一部『文木山房詩說』。」と述べ、さらに「吳敬梓五十歲的時候、『詩說』已纂成。」としている。詩說の一部は談鳳梁が唱えるように一七三六年、あるいは胡適が言う一七四〇年邊りから編むつもりであったが、纏まったのは五十歲のころと言う見方である。その後周は「『文木山房詩說』纂成時間考」（『文獻』二〇〇二年第一期　總第九十一期）において、十七歲年下の程晉芳の「懷人詩」から、呉敬梓が四十八・四十九歳の時點で程が『儒林外史』しか見ておらず、「還沒有看到過呉敬梓編纂出一部完整的『詩説』、也就是説、『詩説』的成書是在『儒林外史』之後。」として、『詩説』は呉敬梓晩年の四十九，五十歳ころの著作である、と論斷している。他に李漢秋輯校『呉敬梓詩文集』（人民文學出版社　二〇〇二年一月）、周延良箋證『文木山房詩説箋證』（齊魯書社　二〇〇二年四月）を參照。

（11）「『儒林外史』の形式と內容」『支那學』第七卷第一號　弘文堂　一九三三年五月　後『中國小説史の研究』岩波書店　一九六八年十一月『小川環樹著作集』第四卷　筑摩書房　一九九七年四月所收）參照。

（12）大庭脩『江戸時代における唐船持渡書の研究』（關西大學東西學術研究所　一九六七年三月）に依れば、嘉永三年戌五月「天草難船」の部に「二部各二套」と記され、二セットもたらされたことが知られるのみである。寛政の所謂「水滸傳」熱（岡島冠山『通俗忠義水滸傳』や山東京傳『忠臣水滸傳』等）や文化・文政の瀧澤馬琴、岡白駒達の時代に遲れて、一八五〇年（例えば馬琴はこの前年に沒している）に輸入されたことになり、その後も明治の漢學者高田義甫による訓點本が先驅的な役割を果たしたものの、日本においては冷遇されてきたと言えよう。なお、飯田吉郎「『儒林外史』研究のこと　明治の訓點本をめぐって」（『汲古』第三十七號　二〇〇〇年六月所收）參照。

第五章　話術形態研究

明清小說話術形態小考

はじめに

中國近世小說の形態は、上述のように「變文」という俗講（の筆錄）に源を發する[1]と考えられている。「變文」は、散文としての解說文と韻文としての纏めの役割を持つ要素とを交互に配し、各話毎に起伏を持たせて聽衆に印象深く理解させる形を取ることを特徴とする。この形態は、その後庶民を對象とした講釋の中に取り入れられ、都市を中心とした庶民層の經濟的な發展に伴って宋代頃から盛んになり始めた。その講釋を書き留めたと言う意味で所謂話本と呼ばれる宋代元代の短篇の小說は、もとより講釋そのままではないにしても、その講釋の種本として語り物の姿を比較的よく留めていると考えられている。

その後の明代清代の小說は概ねその發展の延長線上に位置付けて捉えられるが、一體、文字によって書き留められたり、長篇化したり、あるいは編集・改編に當たる作業が加えられたりした場合、小說の形態、特に話術の形態には變化が起こらないものであろうか。

そこで本章では、ナレーションとしての話術・話法に着目して、私達がテレビのドラマ等でお馴染みの語り手解說文という範圍までを含めて、中國近世の特に明・清の白話小說（口語すなわち話し言葉を基本につくられたもの）における特徴を探ってみたい。

一　小説自體の發展の概略

まず講釋・話本から近代的意味での物語としての小説への演變の過程を概觀確認しておきたい。

現存する書物として小説の體を成すに至った初期の講史話本『全相平話』は、元代至治年間（一三二一～一三二三年）の刻本が現存している。また一九六七年の發見に係る『成化説唱詞話』は、詩讚系文學の發展史に新たな情報を增補してくれた(2)。これら『全相平話』や『成化説唱詞話』等は、講釋から小説へと發展する仲立ちとなったものと言われている。さらに、元代あるいはそれ以前から語られたり書き留められたりしていた小さな話が纏められる時に、また新たな形式を生み出すこととなった。それが章回小説と呼ばれる形式である。そこには、讀者への物語の提供の仕方の前提が示されることとなった。すなわち、各回毎に〔回目〕(3)と稱してその話の內容を要約した表題（title）がつけられたことである。これは宋代の講釋の時代から演目（repertory）という形で條件が整っていたと考えられるが、おそらく元や明の時代に流行った戲曲の影響を多分に受けていよう。戲曲ではある纏った場面毎に所謂外題が付けられる。長い時間をかけて編まれた長篇小説は、話の山場をはっきりさせるためにその戲曲の方法を借用し、內容の展開を整理していったと見てよかろう。

この文字としての小説の編纂定着には、明代も後期、萬曆帝（在位一五七三～一六一九年）の特に中頃以降になると一つの變化が起こる。それはその書かれたものに批評を加えようとする動きである。この批評を施すという作業は書かれたものの評價を概ね高めるという效果をもたらすが、創作と同等のものではあり得ない。すでに書かれたものに對して讀者としての意見・感想を盛り込もうという姿勢が共通する。李卓吾等當時有名な自由人の名が騙られて多數の評注本が出たのも、創作までには手が届かないという擔い手の資質の問題が多分にあったと思われる。

また一方で、今まで語られたものを、纏めて書き留める行爲も活發になって來る。そこには必然的に書き留めるだけという抄手としての作業の部分の他に、それを改編・改訂して讀み物として讀むに耐え得るものにしようとする傾向とが生まれる。特に今まで講釋として語られていた、あるいは簡單な記録としての話本だったものを、讀み物として讀者に提供しようと試みたのが馮夢龍編纂の「三言」やそれを繼ぐ形で現われた凌濛初の「二拍」という所謂「擬話本」と言われる一群であろう。

二　話術形態の特徴

ここでは演變の段階を幾つかに分けて、例を擧げながらナレーションに見られる特徴を順次追ってみたい。まず、講釋から話本への初期の書留の段階として『京本通俗小説』『清平山堂話本』『熊龍峰小説』を取り上げてみる。これら三者は、成立・出版という點に限って言えば種々問題を含むであろうが、初期話本の範疇に在ると見做せよう。

①『錯斬崔寧』（京本通俗小説）

今日再說一個官人、也只爲酒後一時戲言、斷送了堂堂七尺之軀、連累兩三個人、枉屈害了性命。却是爲着甚的？　有詩爲證：（七言絶句　省略）

却說高宗時、建都臨安、繁華富貴、不減那汴京故國。去那城中箭橋左側、有個官人姓劉名貴、字君薦。……

（傍線は筆者、以下同じ。）

②『錯斬崔寧』（京本通俗小説）

看官聽說、這段公事、果然是小娘子與那崔寧謀財害命的時節、他兩人須連夜逃走他方、怎的又去隣舍人家借宿一宵。（中略）道不得個死者不可復生、斷者不可復續。可勝歎哉。

閑話休題。却說那劉大娘子到得家中、設個靈位守孝。

③『花燈轎蓮女成佛記』（清平山堂話本）

入話；（七言律詩　省略）

却纔白過這八句詩、是大宋皇帝第四帝仁宗皇帝做的、單做着讚一部大乘妙法蓮華經、極有功德。

爲何說他？

自家今日說箇女娘子因誦蓮經得成正果。

④『刎頸鴛鴦會』（清平山堂話本）

（略）況這婦人不害了你一條性命了？　眞个；

娥眉本是嬋娟刃　殺盡風流世上人

說話的、你道這婦人住居何處？　姓甚名誰？　元來是浙江杭州府武林門外落鄉村中、一个姓蔣的生的女兒、小字淑珍。

⑤『張生彩鸞燈傳』（熊龍峰小說）

今日爲甚說這段話？　却有箇波俏的女娘子也因燈夜游翫、撞着個狂蕩的小秀才、惹出一場奇奇怪怪的事來。未知久後成得夫婦也不？　且聽下回分解。正是；

燈初放夜人初會　梅正開時月正圓

これらの例は、基本的に「今日、手前がお話いたしますのは」という語り手の解説文がほとんどそのまま寫されている形態である。また、その應用として例④の如く「講釋師、お前がいうその婦人はどこの何という名前で？（と聞かれれば）それは杭州武林門外の淑珍と申す者」という一種の自問自答による問答形式の展開を取り入れたり、②の如く「皆様、手前が語るのをお聞き下さい」と聞き手を意識した述べ方が設定されているのである。特に例②の「看官」は、俗講が變相圖としての繪を伴っていた頃からの衍用であろう。現代語の「聽說」が「我聽他說」の省略として他人が言うのを自分が耳にして〜だそうだと解するのとは裏返しに、「汝聽我說」の省略として私が話すことをお聞きあれと設定している點が如何にも巧妙である。

いずれも語り手が［入話］(4)に當たる一段を濟ませて本筋に入る前の部分に「却說（さて）」等を置いて、一應語り手としての解說と話柄とを區別していることが見て取れる。講釋が文字として書き留められたとは言え、速記錄や談話記事同樣話し口調が多く殘り、語り手の立場や視線が寫定者（作者・編者）の位置付けとほぼ同等になっていると考えられよう。

では次に、改編・創作の段階として「三言」「二拍」からそれぞれ一例を取り上げてみたい。

⑥『灌園叟晩逢仙女』（『醒世恆言』第四）

列位莫道小子說風神與花精往來、乃是荒唐之語。（中略）然雖如此、又道是子不語怪、且閣過一邊。只那惜花致福、損花折壽、乃是在功德、須不是亂道。列位若不信時、還有一段灌園叟晩逢仙女的故事、待小子說與列位看官們聽。（略）

你道這段話文出在那個朝代？何處地方？就在大宋仁宗年間、江南平江府東門外長樂村中。

⑦『轉運漢遇巧洞庭紅　波斯胡指破鼉龍殼』（初刻『拍案驚奇』第一）

（前略）說話的、你說錯了。那國裡銀子這様不値錢、（中略）。看官有所不知、那國裡見了綾羅等物、都是以貨交兌、（中略）。說話的、你又說錯了。依你說來、那航海的何不只買喫口東西、只換他低錢、豈不有利？（中略）看官又不是這話。（略）

閑話休題。且說衆人領了經紀主人到船發貨、（後略）

例⑥では、書き留め段階の手法と同様の方法で語りを展開している。しかし、中略の部分に實はこの語り手の注釋や教訓的啓示が取り込まれ、韻文要素が負っていた纏めや耳目を集引する部分が語りによって解き明かされている。また⑦の如く、聽衆から横槍が入り話の進行が途切れても、それに語り手が一々應答し、それを以て聽衆・讀者の疑問に裏付けを與えて答えるという話術形態が示される。ここまで來ると、語りを書き留めるという簡單な作業ではなく、その語り手の口調を借り聽衆を媒介者として、編者・作者の側が讀者を前提として物語を組立ていることが窺えよう。「三言」「二拍」中には、初期話本の形態に倣う話もあるが、多くは語り手・聽衆を中に插み込む形でその外側に讀者を想定しそれを寫定する者がいるという四層構造へと移って來ているのである。擬話本とは言い條、話術形態はもう少し複雜化していると見做さねばなるまい。(5)

また、短篇としての編集とは別に、明代の中葉頃から章回小說としての長篇化が活發となった。そこで長篇章回小說から一例を擧げておく。

⑧『水滸傳』第四十五回「楊雄醉罵藩巧雲　石秀智殺裴如海」（容與堂百回本）

裴如海道「不敢、不敢。小僧去接衆僧來赴道場。」相別出門去了。那婦人道「師兄早來些個。」那和尙應道「便來了。」婦人送了和尙出門、自入裏面來了。石秀却在門前低了頭、只顧尋思。

〈看官聽說、原來但凡世上的人情、惟和尙色情最緊。（以下三百字省略）和尙們還有四句言語、道是；

一箇字便是僧　兩箇字是和尚　三箇字鬼樂官　四字色中餓鬼〉

且說這石秀自在門前尋思了半晌、又且去支持管待。

ここでは、〈　〉で括った部分で、語り手の口調を借りて實は編者が長々と一くさり説明しているのである。話中話の如く主人公石秀が間男裴如海を仕留める展開の中に、和尚たる者の性格を一々解説してみせる。しかしここでは例⑦で見たような語り手と聽衆との問答を借りるようなことはせず、むしろ語り手の口調で編者が蛇足を加えているような嫌いがあるやに見受ける。ためにこの〈　〉部分には實は眉批が付されており、「不必、可删」とあらずもがな評されているのである。(6) 中身は面白いが、長篇としての話柄の進展を停めてしまう長舌と認められたがためであろう。

明代後期に現在眼にするような形式で纏った長篇章回小説は、基本的には「世代累積型」の集體創作でありながら、それぞれ成立までの過程とその題材要素が異なるため、一概には論ぜられない。敢えて簡略に述べるとすれば、『三國志演義』の場合は、講史としての土臺があったものを寫した『平話』は朴訥とした語りが前面に押し出されているし、通稱『嘉靖本』と言われるテキストでは、歴史書への憧れからか詩詞ばかりか論や讃等美文要素が細かく挾まれており、金聖歎の後塵を拜した格好の毛宗崗が約十萬語の批評を加え、その後の通行本となった所謂『毛宗崗批評本』(清康熙間)では、むしろ評語によって讀み方が規制されるという一面が認められる(第一章參照)。『水滸傳』の場合はと言えば、「百回本」では例⑧で見たような話術形態が殘されているのに、「百二十回本」ともなると第二章第一節で檢討した如く特に插入詩が整理され、「七十回本」に至ってはやはり金聖歎の評語との二人三脚を求められるような語り口に統一されている。『西遊記』の場合では、版本の演變史上「承前啓後」の位置付けとなろう「李卓語批評本」を取り上げるとすれば、やはり『水滸傳』「百回本」と同樣に、地の文の段落が變わる轉接の部分に「却說

（さて）」をおいて、テンポの速い話柄の展開に努めているようである。いずれも改編が加えられるに従って、基本的な「說話人」（講釋師）の口調を加工し編者あるいは評者の口調が基調に取って換られている。

さらに長篇でも淸代後期の『兒女英雄傳』になると、完全に作者が讀者及び語り手とその聽衆としての役割を掌中に納め、意圖的に話柄中に介入していることがわかる。

⑨『兒女英雄傳』第二十九回「證同心姉妹談衷曲　酬素願翁媼赴華筵」

張金鳳這等一套話、那何玉鳳聽了、可有個道他不是的？　只是你我說書的、聽書的、可莫爲那燕北閑人所欺。據我說書的看來、那燕北閑人作第十二回『安大令骨肉敍天倫　佟孺人姑媳祝俠女』的時候、偶然高興、（以下二百十字省略）。

雖是苦了他作書的、却便宜了你我說書的、聽書的。假如有這樁事、却也得未曾有、便是沒這樁事、何妨作如是觀？

閑話休題、言歸正傳。却說何小姐聽了這話、不由得趕着張姑娘叫了聲、（略）

『兒女英雄傳』では、この他にも「且住、說書的。（ちょっと待った、語り手さんよ）」等、話の展開を細かく檢證するが如く作者が自分で注を加えるように話を插入する場合が非常に多い。

改編・編集ではなく創作としての行爲がはっきりとして以後は、かくの如く說話の形態こそ變わらないものの、作者介入文が增え、意圖的に讀み方を規制してゆく方向に發展しているのである。

三　韻文・評語の役割と讀者

今まで講釋として語られていた、あるいは簡單な記錄としての說話だったものを、書き留め改編して讀み物として讀むに耐え得るものにしようとする場合、散文部分の改訂は概ね內容の改編に及び、一方韻文部分の扱いは寫定編纂者の趣向を示すこととなる。短篇と長篇とではその內容及び質量の點で相違を見るとは言い條、變文の形態上の特徵が基本的に中國近世小說の形式を拘束していることは等閑視出來ないのである。

特に韻文としての詩詞は增删の對象となり易く、改編加評の際にその一大要素となることは以下の例が示す如くである。

まず韻文要素を削除した例では、『水滸傳』の定形版としてよく通行した金聖歎改編七十回本『第五才子書』が擧げられる。このテクストがそれ以前の版本に見られるほとんど全ての詩詞駢文を削除し、物語の展開を主眼とした改編を行なっている事實はよく知られる。すなわち耳から入る詩詞のリズムの好感度よりも讀者層を想定し讀み物として普及させようとした方向性を一面示しているとも言えよう。

これとは反對に、ジャンルこそ戲文に屬するものの、詩を加えた點を賣込の主眼とした作品も眼に出來る。福建建陽刻の『荔鏡記』全稱『重刊五色潮泉插科增入詩詞北曲勾欄荔鏡記』（嘉靖刊）は上評中圖下文の嵌圖形式を用い、眞中の插圖の左右に每頁七言絕句を兩行書きに加えている。これはもちろん本文に對する改編とは言えないが、小說とは異なって韻文を重要視する戲曲戲文ならではの措置と見做せよう。

この中間を採るように版本としての形式を巧みに應用して增删の問題を解決したのが、福建省で刊行された坊刻の評林本であろう。萬曆年間に活躍した余象斗を代表とする一族は、小說に限らずその出版物の多くに眉欄を設け、本文に納まっていた注や詩をそこに書き留める措置を施し、評林本として新體裁を取って賣り出さんとした。自作と僞って本文中の韻文を改修したり、任意に增删したりした部分もあるが、眉欄といういわば欄外にその役割を擔わせたのは萬暦十年代から三十年代にかけて流行した評林本の創意に出づるものと言えよう。この點は、次章第六章において出版の方面から、論述する。

鄭振鐸は曾て「三國志演義的演變」(7)中で、「詩詞的插增在一切的插增工作上實是最爲容易的事、因爲只要按段插入便完了、一點經營也不必費。」と置き換えの容易さを論斷したことがある。もちろん文學的修養があり作詩法をある程度會得した者であれば、內容を理解して塡め込むことは簡單であろうが、その出來映えが作品の流れに影響を及ぼすことは言を俟たない。さればこそ數多くの改編が行なわれ、その加評の立場が示されるとも言い得るのである。

そうなると、比較的單純素朴に講釋を寫定していた宋・元の話本ではなく、明・淸に入ってその形態を中に包み込むように讀者・作者を設定することとなった近世小說における話術形態は、一體どのような背景と要求に基づき產み出されたのであろうか。

萬曆年間あたりから、版本としてつまり文字によって書かれ印刷に付された小說が通行するようになると、それに伴って讀者と作者の文學的修業の差異の問題が生じる。講釋として話を聽くという段階では、それを話す「說話人（說話的）」と聽く側の聽衆との對應という二層で關係が成り立った。ところがそこにそれを書き留める寫定者が介入することにより、話す聽くという行爲を客觀的にあるいは主觀的に書くという文字定着の層がふえることになった。そして文字によつて書かれた小說が通行することにより、その文字によって讀むという行爲が必然的に課せられることとなったのである。すると、聽く話すという卽時的言語行爲の段階では一般庶民でも耐えられたものが、書く讀むという通時的言語行爲の段階では享受者は少なくとも識字層に引き上げられることとなる。

今までは、中國では近世において識字率は低く、一般庶民はほとんど字が讀めないと考えられてきた。また小說の作者もかなりの文學修業を積んだ極一部の上層の識字層に屬する人間と固定的に捉えられることが多かった。しかし、實際には「八股文」という新しい科擧の答案に要求される文體が明代に取り入れられ、經濟の一層の發展に伴って庶民の上層部を體制内に組み込もうとした結果、科擧の豫備軍といえる士大夫の層が廣がりを見せた。つまり、もともと多く地主等であった士大夫階層に加えて、商人出身者達が文學に參與する知識人＝識字層として數えられることとなったのである。生活上の必要から記録を司った豪商の子息や番頭達、はてはそれに連なる女性達までをも含んだかも知れない。そうでなければ、世情小說と言われる『金瓶梅』のような庶民社會を描いた小說が突如として出現することは考えられないからである(8)。

このようにして、科擧の受驗生としてその階梯を登りつつある生員や社會を動かしていく商人すなわち庶民の上層階級が作者としての位置に關與し、それなりの作品が世に問われるようになると、それに從って、ただの白話の記録として小說等に見向きもしなかったような文人までもが讀者層の中に取り込まれることとなり、讀者層の要求が高くなれば創作の質も高くなるという相乘效果を生む結果となった。ここに創作としての獨自の領域が確立することとなるのである。

この創作が一方で加評の動きとも密接に連なっていることは先に見てきたとおりである。評林本の取り組みや金聖歎の作業等は、全く評語と改編（＝新たな小說の創作）とが結び着いた例と考えられよう。『紅樓夢』がその成立の過程において脂硯齋評との相互止揚により一層洗練統一されたことはよく知られるが、讀者としての立場を先取りして組み込む方向に明代から淸代への小說は變化しているのである。

かくの如き枠組の中で、話術形態は重層化し、韻文要素が擔っていた役割を散文に移したり、評語が持っていた客觀性を聽衆の立場からの發問として内容の中に取り込んだりしている。そのため、宋・元の所謂話本の方が講釋の體をよく寫しているとすれば、むしろそのような話法の要素が色濃く殘されるだろうとも考えられるが、却って明・淸と時代が下るにつれて饒舌に思われる話術形態はこのような背景と要求の下に產み出されたと言えるのではあるまいか。

四　形態研究と史觀

話術形態の識別については、ヴァインリヒの時制論等(9)を手掛りに、特に言語學的側面からの方法として注目されるようになってきた。その基本的な立場を要約すれば、すなわち發話の態度においてすでに「はなしの時制」と「かたりの時制」との區別が存在し、「はなし」の方がより素朴・直接的であり、「かたり」の方が統合・反省・屈折の度合が高く日常生活の行爲の場面からの隔絶・遮斷の度合が高いということであろう。この方法は確かに個別的検討においては相應に有效な座標を提供してくれるものの、反面水平的で、例えば『史記』から魯迅まで千篇一律の對象に置換えられてしまう憾みがある。裏返して言えば、「かたり」の本質は變化しがたいとすれば、時代に則しての變容の要素が却って捉えにくくなりはしないかということである。

先に擧げた話本と擬話本とについても、文學史上では繫がりのあるものとする考え方が一般的である一方で、說話人の語ったものを文字にすることと創作とは自ずから次元を異にする行爲であるという見方も根本的に存在する。そこで、あらためて「かたる」という視點を創作するという行爲の中に取り入れ、且つ明代淸代という時代の中に當て嵌めて小說を捉え直してみたい。

例えば、日本文學において「かたる」と「うたう」の相違に着目した折口信夫は、「かたる」という行爲を敍事詩を誦することと意義付けた。淸水茂もこの觀點を用いて中國の語りの文學を特に賦について解いてみせた(10)。これらはいずれも口頭文學としての「かたり」の根底を明示するとともに、その內容の本質についても、本來は實際の出來事を寫す立場であることを示唆している。

これらの見解を前提に据えた上で、ジャンルこそ戲曲と異なるが、淸初の孔尚任（一六四八〜一七一八年）の考え方を借りて時代の要求を見てみよう。孔尚任は『桃花扇』の「凡例」において、

詞曲皆非浪塡、凡胸中情不可說、眼前景不能見者、則借詞曲以詠之。又一事再述、前已有說白者、此則以詞曲代之。若應作說白者、但入詞曲、聽者不解、而前後間斷矣。其已有說白者、又奚必重入詞曲哉。（もし說白にすべきものを詞曲にのみ入れたら、聽く人は理解出來ず前後の繫がりが斷たれてしまう。說白がすでにあるものは、これを重ねて詞曲に入れる必要があろうか。）

として、曲とせりふの機能を分けて捉えた。これはすなわち、物語の提供の仕方における、特に小說の基本的形式となった「變文」體の確認である。せりふとしての地の文（散文）の役割は話柄の展開にあり、基本的に出來事としての情報をかたるものであることがこの主張から見て取れる。

しかし同時に、先に見て來たように、明代においてすでにその小說に對する加評の動きがほとんど改編・創作と同じほどの步調で進んできた事實がある。これをめぐって「中國の過去の小說批評は、第一に文章批評、そして全部が文章批評である。」と述べたのは澤田瑞穗であるが、(11) 出來事を寫定する段階である價値基準を判斷して取り込むと自ずから文體すなわち形態を考慮しなければならない。そこで、編者・作者自身が內側に「はなし」の行爲を挾み込んで「かたり」を行うという話術の形態が必然的に用いられるようになったとは考えられまいか。「世代累積型」の小說が普及する定形を有するまでに多種の版本を產み出したのは、正しくこの改編に伴う話術形態の模索とも思われるのである。そしてその仲立ち的役割を果たしたと考えられる評林本に、「かたり」と同樣の視點から歷史（出來事）を

映すという意味で『三國志』や『水滸傳』が含まれている點は注意を惹く[12]。

臆說となるが、明代という時代に範圍を限れば、傳奇小說と稱され唐代の傳奇の傳統を繼ぎながら後の戲曲や「三言」「二拍」への影響關係が推し量られ、且つ『聊齋志異』の先驅けともなったと考えられている永樂年間（一四〇三～二五年）の『剪燈餘話』（これに先立つ『剪燈新話』も同樣の範疇に入れてもよいが）が、「以文爲戲的小說觀[13]」を有して、基本的な短篇の形式を提供し、そこに中葉萬曆頃からの批評の隆盛が加わって、現在眼にするような明淸の話術形態が定着したものかも知れない。更に時代を概觀して言えば、明代には永樂・萬曆という兩期の足場があり、淸代にあっても、明末から淸初にかけての評點創作の風氣と、その理論のもとに話術形態が選擇應用された乾隆（一七三六～九五年）という兩期があって、それぞれに時代と作者の趣向とを反映する形式が用いられて小說が發展してきたと見做したいが如何であろうか。

結　び

以上のように、本章では明淸小說の話術形態について、その構造を「かたり」の變容として捉え、その要因を特に出來事の寫定においての作者の一讀者としての批評的介入の應用と考えてみた。

およそ小說はフィクション（fiction）であり、日常生活の行爲の場面から隔絕・遮斷の度合が高いという「かたり」が備える特徵に合致しやすい要素を多分に有する形式である。しかしその內容が出來事を通して人間の生き方を描き、時代や社會を映すことを旨とするならば、却ってその表出方法は時代や社會の要求を受容するという場合も考察の射程に入れずばなるまい。文學を對象とした硏究領域が多樣化する中で、中國近世の小說について言えば、讀者受容層、また言語學的分析、文學史の理論展開と評論史の見直し等、容易には解決し難い問題が多く殘されている。その個別的取り組みへの足掛かりとして、敢えて舊套によって巨視的立場で明清小說を取り上げてみた次第である。

注

（1）俗語白話小說と變文との關係を文學の側から說いたものとしては、小川環樹の「變文と講史　中國白話小說の形式の起源」（『日本中國學會報』第六集　一九五四年十月　後『中國小說史の研究』岩波書店　一九六八年十一月『小川環樹著作集』第四卷　筑摩書房　一九九七年四月所收）が筆頭に擧げられる。同じく、佛教敎典の側から解說を加えたものとしては、那波利貞「俗講と變文」（『佛敎史學』第二・三・四號　一九五〇年一・六・十月）が基本的な見解を提示して示唆に富む。

（2）この方面については、第三章注（11）及び（13）參照。また、これに關連して地方劇や儺戲と講唱文學との繫がりについての研究が盛んであるが、略に從う。

（3）この點については、例えば陳遼「回目對仗精工的通俗小說始于哪一部?」（『中州學刊』一九九四年第六期　總第八十四期）や紀德君「古代長篇小說章回體制形成原因及過程新探」（『江海學刊』一九九九年第四期　總第二〇二期）參照。

（4）第二章第一節注（4）參照。

（5）この點については、鈴木陽一「小說における引用『西湖二集』に引用された小說と戲曲について」（『人文硏究』第一三五集　神奈川大學人文學會　一九九九年二月）も參照。鈴木は『西湖二集』の語りの特徵を考察し、「淸代は實に樣々なタイプの物語テクストを生みだしたのであって、その先驅的作品の一つとして『西湖二集』を擧げてよいのではないか。」と指摘している。

（6）例えば、上海古籍出版社一九八八年十一月第一版『水滸傳』（容與堂版）では、例と同樣にこの部分が括弧で括られて明示されている。

（7）第一章注（1）參照。

（8）讀者受容についての論文では、磯部彰「明末における『西遊記』の主體的受容層に關する研究　明代「古典的白話小說」

の讀者層をめぐる問題について」『集刊東洋學』第四十四號　一九八〇年十月）と第三章注（7）同氏著作及び大木康「明末における白話小說の作者と讀者について　磯部彰氏の所說に寄せて」（『明代史研究』第十二號　一九八四年三月）「明末江南における出版文化の研究」（『廣島大學文學部紀要』第五十卷特輯號一　一九九一年一月）、金文京「湯賓尹と明末の商業出版」（『中華文人の生活』平凡社　一九九四年一月所收）等を參照。

（9）脇坂豊ほか譯『時制論』（紀伊國屋書店　一九八二年）、坂部恵『かたり』（弘文堂　一九九〇年十一月）等を參照。中國近世小說の分野に關連する言語學的研究としては、中里見敬による一連の論文「話本小說における物語行爲」（『文化』第五十六卷一・二號　東北大學　一九九二年九月）、同「中國語テクストにおけるディスクール／イストワール　時間の指示子による形式的識別」（『山形大學紀要』第十三卷一號　一九九四年一月）、同「魯迅「傷逝」に至る回想形式の軌跡」（『日本中國學會報』第四十六集　一九九四年十月、これらは後同者著『中國小說の物語論的研究』汲古書院　一九九六年九月所收）や鈴木陽一「小說研究の方法をもとめて　中里見論文を評す」（『中國古典小說研究動態』第六號　中國古典小說研究會　一九九三年五月）及び物語の表現方法を追求する岡崎由美「物語が終わるために――明末淸初才子佳人小說の力學」（『早稻田大學大學院文學研究科紀要』別册第十三集　一九八六年）等が擧げられよう。このうち岡崎氏の考え方は一九九一年五月出版の『中國古典小說美學資料匯粹』（孫遜・孫菊園編　上海古籍出版社）の「第六編表現手法」とも繫がるものである。

（10）「語りの文學――賦と敍事詩」（『中國文學の比較文學的硏究』汲古書院　一九八六年三月所收、後淸水茂『語りの文學』筑摩書房　一九八八年二月再錄）。

（11）『中國の文學』「第五　文藝批評」（學徒援護會　一九四八年三月所收）。澤田はこれに續けて「金聖歎の小說發見の呼聲すらも、ただ文章によつて『水滸』を賣ろうとした點では、やはり文章偏重の舊觀念を脫することが出來ず、決して小說の近代的な發見ではなかつたのである。文章とは金聖歎の考へでは或は廣く文學を意味したものであつたかも知れない。しかし現在傳はる彼の水滸傳はやはり文章の吟味であり喝采である。いや、浪花節に於ける三味線方のイヨウハツの掛聲に似ている。意地惡くみれば幇間的批評だといへないこともない。ただこれによつて『水滸』が素人の讀者にも一層おもしろく讀めるやうになつたことは事實だ。金聖歎の本意はむしろそこにあつたであろう。陳明卿のいふとおり、たしかに「文章は遊人の一種閑懶の意によって活きる」のである。」と批評に纏わる文體の變容を示唆している。もっとも金聖歎が贊辭を呈しているる箇所が概ね自分の改寫した部分であるとの指摘もあるが（松枝茂夫「金聖歎の水滸傳」『中國の小說』白日書院　一九四八年四月　後『中國文學のたのしみ』岩波書店　一九九八年一月所收）。

（12）第六章參照。

（13）『明清小說理論批評史』「第一章第二節　剪燈二種的序文與明初文人以文爲戲的小說觀」（王先霈・周偉民　花城出版社一九八八年十月）參照。

第六章　明代印刷出版研究

第一節　評林本隆盛史略

はじめに

日本文學の古典作品に對する注釋や批評は、基本的に近代の學問方法の確立を待たねばならなかった。例えば小林秀雄が「評論」という基盤を確固とさせるまでは、日本では注釋や批評はむしろ二次的意義しか持たなかったのかも知れない。却ってそれは文學が文學として眞正面から樂しまれていた證とも言えるだろうか。

しかし一方で、ある作品が出來するとそれと同時代あるいは近時期にその讀み方を示すために簡單な評語が加えられることは古くから行なわれたようである。例えば歌學では『萬葉集』について平安時代にすでに寸評が施されているし、『源氏物語』に對しては建禮門院右京大夫の父藤原伊行が『源氏物語釋』を著していたりする。但し、注釋や評論が統括的に纏められて將來するまでには一定の時間が必要である。『湖月抄』をも參考として江戸時代に本居宣長が『源氏物語』に注釋を施している態度を以て所謂評論の先驅けと考えると、基になる作品が世に出てからすでに六・七百年を閲し、古典の領域に入ってからである(1)。つまり、ある作品が時代を經ることにより理解しがたい部分が出來てきたり新たな感覺で讀み直されたりする上での補助を注釋や批評がしてくれると言えようか。

同樣に、中國における作品の出來と注釋及び加評の取り組みを考えると、日本以上にその關係が強いことが見て取れる。それは、中國では古くから注釋が重視され、作品の一人歩きが儘ならないばかりか、その注釋自體が後世まで影響を及ぼすという思想的權威までをも有した一面を否定できないからである。

本章第一節では、中國明代後期の出版事業に見られる一現象を取り上げ、それが同時期の特に小說の出版とその定形化に對して及ぼした影響について考察してみたい。これは取りも直さず中國の近世小說評論史・理論史の一側面を照らすことになるであろうから。

一　注釋と批評の歴史

中國近代の作家朱自淸（一八九八～一九四八年）の評論『詩文評的發展』には、次の如き一文がある。

……不過唐宋以來、詩文評確還在繼承從前的傳統發展着、各家文集里論文論詩之作、各家詩話、以及選本、評選本、評點本、加上詞話、曲品等、數量着實驚人。……


これより見るに古典文學の範圍においては、評論や圈點をつけて詩文の優劣を示す〝評選本〟や〝評點本〟という名稱が存在し、それが書籍の性格をも表す言葉になっていることがわかる。

まず註を考えるに、經書を解釋するものという規定を當て嵌めれば、すでに佛敎流入前に『禮記』の鄭玄註、『詩經』の鄭玄箋、『書經』の孔安國傳など、訓詁學の第一人者と稱される鄭玄や同じく漢の孔安國の存在が認められる。これら經典十三種に對する註と疏を編集して通行させたのが「十三經註疏」であることは周知のとおりだが、十三經として統括されたのは宋の神宗（十一世紀後半）以降であるし、註と疏とは本來別個であり現在目途するように合刻されたのは宋末と言われている。

また、これと竝行して六朝（五世紀）の頃から佛敎の流入に伴い佛典に義・疏という形式で注釋を施し、音義を以て本文を解釋する形態が現れた。この附注の流れは一定の形式として定着し、その後、經典に註や疏を加えるという行爲を以てその時代の思想的立場を明らかにせんとする經學の流れと重なって儒家の經典への加註の隆盛へと移行されることとなった。

加えて、これら註疏は思想的立場を明らかにするという點において、唐時代以降確立定着した科學という中國獨特の官吏任用制度の試驗のための模範的回答に比する意味合いも多分にあったであろう。「十三經註疏」の基盤作りの背景が窺われる。[2]

かくの如き儒教の經典に註を加える動きは清代に入り、「皇淸經解」という叢書の編纂へと引き繼がれる。前時代の注釋を基盤に淸代儒學者の經に對する解說を集めたこの書は、淸朝考證學の高峰であるとともに淸代における讀解を示しているのである。

これと竝んで、文學作品の面ではアンソロジーとしての選集の編纂と相俟って註や評が加えられることが見られる。例えば、『文選』は周から梁までの約千年間に亙る作家百數十人の詩賦文章およそ八百篇を集めたもので、隋代以降大いに通行したと言われるが、特に唐の顯慶三年（六五八年）の李善の註に續いて開元六年（七一八年）五人の註が添加され、北宋の眞宗の大中祥符九年（一〇一六年）初めて合刻されている。そしてこれ以後、『文選』と言えば註の付けられた「李善註文選」あるいは「六臣註文選」が一般に意識されているのである。

また、南宋の陸游（一一二五～一二〇九年）『老學庵筆記』（卷八）には、宋初、科擧の試驗のため四六文の習得を目指して『文選』が尊ばれた實態を示して、「國初尙文選、當時文人專意此書」とし、「文選爛して秀才半ばす」と記されている。これは、唐以降、科擧に詩賦が課せられたのと關連して、『文選』に爛熟すれば文官試驗も半ば合格したようなものであるという意味を示す。かくの如く、本文に付された註は各時代の文人における必要性と緊密に關わるとともに、文學作品における評注はその作品集編纂の立場及び評者の立場と深く係わって發展してきているのである。そして、これら儒教の經典から文學作品にまで注や評を加えるという潮流は、宋代明代の理學を始めとして、『三國志演義』に反映された『資治通鑑』などの歴史書から明代萬曆期に多くの僞作を生み出すこととなった李卓吾評本の存在まで、小説とも深く關係していることがすでに指摘されている(3)。

二 「評林」本の存在

明代後期における印刷出版事業では、江南の經濟基盤を背景にした金陵南京・金閶蘇州の發展がまず擧げられよう。戯曲や小説という今まで注目されなかった分野までが、その完成と軌を一にして優美な插繪を伴って提供されるに至った。とりわけ、兩面見開きを用いた細微な圖柄は、外題や回目と組合わされて、それだけで版畫册子に成る得る美術的價値をも備えているのである。これは商人としての出版屋の經濟力を物語るものであろう。と同時に、またよく著名な文人の名前を冠した批評本が出來した事象も、南京・蘇州という文化サロンを有する土地なればこそのことであった。

さて、ここで取り上げる評林本とは一體如何なるものなのか。それは書名中に「評林」の二字を有することに由來する。特定の固有名詞として知られているわけではなく、筆者が假に總稱するものである。

まず、杜信孚篇『明代版刻總錄』等を手掛かりにして現存する評林本を、刊年の分かるものはその順に、不祥のものは後に纏めて擧げてみる。

・新鐫增補全像評林古今列女傳八卷　漢劉向撰明茅坤補彭烊評　明萬曆十五年金陵書林唐氏富春堂刊

書內插圖、合頁連式

・重刊類編草堂詩餘評林六卷　明萬曆十六年建陽書林詹聖學刊　卷三至卷五首頁有「門書林勉齋詹聖學繡梓」

・新刻注釋草堂詩餘評林四卷　明李廷機評翁正春校正　明萬曆二十二年建陽書林鄭氏宗文堂刊

卷四有「萬曆乙未孟春吉旦鄭雲竹梓」牌記　書口下方有「宗文書堂」四字

・史記評林一百三十卷首一卷　明凌稚隆輯校　明李光縉增補　明萬曆建陽書林熊宗立種德堂刊

延寶二年洛陽八尾甚四郎刊／明治期多刊

・漢書評林一百卷　明凌稚隆輯校　明萬曆建陽書林余彰德萃慶堂刊／明萬曆九年吳興凌氏刊

明曆四年跋林和泉掾時元松栢堂刊

・史記萃寶評林三卷　明焦竑輯李光縉彙評　明萬曆十八年建陽書林余自新克勤齋刊

・兩漢萃寶評林三卷　明焦竑輯李廷機注李光縉評　明萬曆十九年建陽書林余明吾自新齋刊

・新鐫詳釋捷錄評林十卷　明顧應祥訂　明萬曆二十二年明雅堂刊

・新鐫漢丞相諸葛孔明異傳奇論註解評林五卷　明章嬰撰　明萬曆建陽書林余象斗三台館刊

・新鐫漢丞相諸葛孔明異義傳奇論詳評林五卷　明章嬰評注　明萬曆二十六年建陽書林余象斗雙峰堂刊

・王氏祕傳圖注八十一難經評林捷徑統宗六卷　明王文潔撰　明萬曆二十七年建陽書林劉朝琯安正堂刊

・王氏祕傳叔和圖注釋義脉訣評林捷經統宗八卷　明王文潔撰　明萬曆二十七年建陽書林劉朝琯安正堂刊

・合併脉訣難經太素評林十四卷　明王文潔釋評　明萬曆二十七年建陽書林劉朝琯安正堂刊

・新鐫張狀元遴選評林秦漢狐白四卷　萬曆三十三年建陽書林余良木自新齋刊／余紹崖刊（有眉欄）

・駱丞集注釋評林六卷　唐駱賓王撰　明萬曆四十年建陽書林余成章刊

・史記總芳評林三卷　明焦竑編李廷機注　明萬曆書林魏畏所刊
・京本增補校正全像忠義水滸志傳評林二十一卷　明施耐庵撰　明萬曆建陽書林余象斗雙峰堂刊（上評中圖下文）
・刻劉太史彙選古今舉業文弢注釋評林四卷　明朱之蕃撰　明萬曆金陵書林周崑岡刊　八冊
　明劉曰寧輯　朱之蕃評注
・新鍥名家纂定注解兩漢評林三卷　明湯賓尹編　明天啓朱之蕃刊
・新鍥名家纂定注解兩漢評林三卷　明湯賓尹輯　明崇禎芝城書林詹聖澤刊
・刪補唐詩選脈箋釋會通評林六十卷　明周珽編竝注　明崇禎八年周挺穀采齋刊

以上「明代版刻總錄」

・詞海評林三卷　明毛晉撰　明末抄本　毛扆跋　十二冊
・韓詩外傳傍注評林十卷　明黃從誠撰　明翁見岡書堂刊　四冊

以上「北京圖書館古籍善本書目」

・新鐫太史許先生精選助捷輝珍論抄注釋評林六卷　萬曆三十一年　余良史刊

「北京大學」

・正文章軌範評林註釋七卷續七卷　宋謝枋得編明茅坤注（續）明鄒守益編王世貞注　萬曆十六年全氏自新齊刊
・新鍥湯會元遴輯百家評林左傳秇型四卷　陶望齡序李廷機校閲　林世選編次　萬曆二十四年自新齋余良木刊
・重鍥增補湯會元遴輯百家評林左傳狐白四卷　李廷機重校林世選增補　萬曆三十八年序　自新齋余泰垣刊
・新鍥翰林李九我先生春秋左傳評林選要三卷首一卷　李廷機　明鄭以厚刊

以上「内閣文庫」

・湯會元注釋四大家文選評林　萬曆二十五年書林詹霖宇刊　「尊經閣文庫」
・文選纂注評林十二卷　明張鳳翼撰　明刊本
・音注全文春秋括例始末左傳句讀直解七十卷　＝春秋左氏傳評林　宋林堯叟撰
日本奧田元繼句讀　寛政五年序大阪河内屋喜兵衞刊
以上「京都大學人文科學研究所漢籍目録」
・按鑑批點演義全像三國志傳評林　萬曆二十二年　福建余象斗余世騰刊　「早稻田大學」
・精選擧業切要書史粹言分類評林諸子狐白四卷　萬曆四十二年　福建余氏刊　「復旦大學」

以上は、日本・中國の主要な目録を參照して竝べたものであるから、全きの數ではない。それに加えて、書名として登録しているものだけであるから、例えば福建省建陽余象斗刊の『春秋五覇七雄列國志』の如く、封面では「按鑑演義全像列國評林」となっているもの(4)は除いてある。從って封面題や通稱で「評林」の二字を有する所謂評林本の總數はもう少し增えるかも知れない。

三　「評林」本の特徵

次に、二で擧げた評林本の特徵を探ってみたい。

まず書目の分類から知られる點として以下の三種に大別することができようか。

①『史記』・『漢書』及び『左傳』を中心とした歴史、またはこれに類する講史小説

②『草堂詩余』・『駱丞集』等の詩文

③『脈訣』等の醫書

①については、年輩の方の多くが『史記』を讀むといえばすなわち「史記評林」を讀むことを意味した如く、歴史書の筆頭に立つ書物に加評がなされたことは興味深い。日本でもこの種の版本が底本となってたくさんの翻刻が出來したことはよく知られる。(5)因みに書名中の〝狐白〟とは、狐白裘・狐裘のことで、きつねの脇の下の白い毛を集めて作った貴人の着る服から取った名であろう。『史記』「孟嘗君傳」に「有一狐白裘直千金、天下無雙」とあるから、貴重な精選品とでもいう意味であろうか。

②の『草堂詩餘』については、唐宋時代の詞を編集した選者不明の書であるが、宋代に成立し、「花間集」と竝んで流行したらしい。この種の詩文に對する加評はたくさん行なわれたこと想像に難くないが、評林本として現存する數が少ないのは、如何なる理由からであろうか。推量るに、後述の如く評林を冠する時期が限定されていること、また文學史上取り上げられるような正統的代表的意味を持つ詩文集は對象となることがあまりなかったのではないかと考えられることからである。つまり評林本の性格上その賣出しの態度をも含めてやや庶民的な内容を持った本文とそれについての説明という枠があったように思われるからである。『史記』『漢書』という史書に對する加評も科擧受驗のための參考書的意味合いを多分に含んだものとも考えられ、この點は坊刻本という形態や出版地及びその年代からも推察できよう。

③では出版を手懸けた安正堂の名が注意を惹こう。安正堂は京兆劉宗器の堂名で、『明代版刻總錄』だけでも四十

八種の出版物が確認される。弘治（一四八八〜一五〇五年）から萬曆年間まで活躍した建陽の老舗である。また、醫學に關する書籍に評が付されるという點から言えば、やはり民間の日用類書の出版と通じるものがあろう。(6)

この分類から見た特徴の中、とりわけ注目に値するのはやはり歷史書への加評であろうか。〝史〟自體が單なる時代の記録ではなく文學的物語性を包含することはよく指摘されるが、特に讀み手の側から〝史〟に對して見解・感想を表すという立場がこの文化爛熟の萬曆期に見られることは重要であろう。例えば『左傳』は史實についての詳細な傳述が特長であるから、この注釋をさらに批評するという態度は、現代の所謂評論に近似すると言えようか。もっとも付された語は全く取り留めもない稚拙な感想であることがほとんどのようだが。

また、「三國志」や「水滸傳」さらには先述の「列國志傳」も評林本と銘打って出版された書籍が存在するのは、これら歷史演義あるいは講史小説をも歷史の通俗讀み物として捉えていた視點があるからであろう。この點は特にその出版地と手懸けた書肆に關係していよう。

二點目として出版の年代について考察すると、明代後期萬曆十年代から三十年代が中心を占めることが確認できる。特に萬曆二十年代には所謂〈評林本時代〉と呼べる一時期があったのではないかと見做せるほどである。

明代でも嘉靖年間や崇禎年間が萬曆時期と前後して出版が盛んになったことはよく知られるが、特に小説等通俗文學中現在通行する底本はこの萬曆でも後半に集中すると筆者はぼんやり意識していた。しかし、それら文人の加評本（例えば「李卓吾評」の『水滸傳』や『西遊記』）(7)よりも早い時期に書肆による評林本の時代が存在する事實は見逃してはならないであろう。もちろん「三國志」や「水滸傳」に基となる版本がありそれに加評したとは言い條、評への取組みが出版印刷を手懸ける書肆の手になって緒に着いたということであれば尙更注意を要すると考えられる。これまでは南京や杭州における文人評本が價値もあり、他の坊刻本の底本となったと見做されていたが、例え取るに足らない感想程度の評であれ、それを本文と同一書の中に取込み、且つ逸早く手懸けたのが坊刻本であるということになれば、自ずと文化の發信地についての見直しが迫られることとなるからである。

そこで、三點目の特徴として出版地を見ておきたい。

これは福建省建陽に集中していることがわかる。中でも余氏・劉氏安正堂（醫書）が目に付く。通俗文學の方面から言えば、元代に『列女傳』を刊行した勤有居士余文興はこの余氏の第二十四代に當たるとみられ、明代萬曆當時活躍していた目錄中に名前が確認できる余氏の一族はおよそ第三十三代から三十五代に列なる人達である。建陽余氏の出版事業については肖東發他に專論があるので[8]、そちらに讓る。

建陽が坊刻本の出版地として永い歴史を有し且つ明代においても活發な活動を續けている事實は注目されているが、このような評林本の產地としての位置付けは何故起こったのであろうか。

おそらく安直で出版の迅い坊刻という經營形態と、同鄉福建出身の名士李九我（萬曆十一年進士）を利用したとりわけ余氏の書肆の結びつきが爲しえた結果であろう。もちろんこの背景には、李九我に續いて登場する袁了凡（萬曆十四年進士）や湯賓尹（萬曆二十三年進士）等を編集者として取込み印刷業を支えていた科擧の參考書の隆盛という商業的動向が伴っていた點は金文京に指摘があるとおりであろう[9]。このように目敏く當時の名士を卷込み、時代を先取りする形で注釋や評釋を試みたのが評林本ということになろうか。

第四點として形式上の特徴を述べる。これは共通して眉欄があることである。すなわち上評下文かあるいは上評中圖下文という形態である。例えば『兩漢萃寶評林』である。この本も李廷機（九我）が注釋を加えているが、上部眉欄を設け、半葉六字二十二行で評釋等を入れている。王重民撰『中國善本書提要』の『史記評林』の解題でも上評下文の形態は容易く確認できる。『水滸志傳評林』や『列國志傳評林』となると所謂上圖下文形式を採用した上に、その上圖のさらに上段に眉評欄を設けている。つまり上評中圖下文という特殊な形態である。この他余氏の出版物では、評林の名を冠していないものでも、内容に沿って圖は添えないものの、眉評欄を設けて上評下文の形式を取り入れている。これは、出版形態史の上では比較的早い實例ではなかろうか。

四　「評林」本への轉換點の背景

ここでは、評林本の形態を生み出す出版文化面での素地を福建歴代の刊行物から考察してみたい。

まず上圖下文の形態で比較的早期の刊行になり尚且つ經籍類に屬する書物として『尚書圖』が擧げられる。南宋紹熙年間（一一九〇～九四年）の刊行で七十七幅の圖を有し、且つ圖の上段に見出しが横書きされるという精緻な圖册である。「水滸傳」や「列國志」等小説への橋渡しという點で注目されるのは『天竺靈簽』であろうか。一二三二年前後の刊行と考えられるが上圖下文形式で、上段圖の上欄外に更に説明文を加えている。これらの形態を土臺として、すでに小説の態を成した講史話本『全相平話五種』が同じく建安の虞氏によって元代至治年間（一三二一～二三年）に刊刻されたのも故なしとしないことが理解出來よう。

そしてこの延長線上に位置し且つ形態の上で轉機となった書物はあるいは『荔鏡記戲文』[10]ではなかろうかと思う。半葉單面この一書は明代嘉靖四十五年（一五六六年）建陽の余新安の刻に係るもので、所謂嵌圖本の先驅けである。半葉單面の上段に詞曲を配し、中段眞ん中に插圖を置く。その左右に七言の絶句を二行ずつ分ち書きして圖の解説と場面の山場の設定を表出し、下段に臺詞を竝べるという構圖を持った南戲のテキストである。この戲文は正式名を『重刊五色潮泉插科增入詩詞北曲勾欄荔鏡記戲文』と稱し、その名から窺われる如く詩に評語の役割を擔わせて圖の表題の位置に置く形態を特徴とする。この點では、後の萬暦年間に登場する『水滸志傳評林』・『列國志傳評林』等と類似し、また戯曲の外題を小説の插圖の表題にするという後出のよく見られる形態との仲立ちになっているように見受けられる。このような圖の配置に見られる構圖はとりわけ通俗の小説に影響を及ぼしたのではなかろうか。

五　「評林」本の意義

では、一體「評林」とは如何なる意味を示すのであろうか。また、その隆盛の負う意義は何であろうか。これは一筋縄では解決することは難しいと思われるが、私見を述べてみたい。

まず〝林〟字であるが、これは物事や人物が多く集まることを本義とする。「藝林」「儒林」「翰林」や果ては「酒池肉林」まで、『史記』等に既出する言葉は、多く竝び立つ狀態からその仲間・纏まりを表す意趣を持った。因ってここでも「評林」とは、評が竝び立つことを示すものと解したい。ではその〝評〟とは何か。評は本來はかる・品定めの意であり、そこから批評・評釋の文章を總稱するようになった。從って「評林」とは批評・評釋を多く集めた書物という意味に落ち着こう。もちろん、少し穿った見方をすれば、〝評〟は世間の批評・評判の意で、實は名聲の高い本であるという觸込みを書名に題したものかも知れないが。

面白い事にこの評林本の類は中國國内にはそれほど現存せず、海外に流出していることが多い。當時南宋から明代にかけて福建泉州はイスラム教寺院が殘されるほど外國人の出入りがあったし貿易も盛んであった。その中で、陶磁器とともに書籍が多數海外に持ち出されている事實から推測すると、むしろ内外を問わず評判の良い本として賣出しを企畫していたのかも知れない。因みにこの〝うわさ・名聲〟という意味での「評判」なる語は日本語における解釋であり、漢語にはもともと存在しないのであるが……。

ともあれ、出版史の展開及び小説の定型化の問題をこの評林本からの延長線上に於いて考察すると、次の如き見方が成立ちはしまいか。

明代において南京・杭州とともに廣い販路を有した福建の坊刻本は、古くからの傳統を持つ上圖下文の形式を發展させ、上評下文や上評中圖下文の版式を編み出して他の出版地と對抗していった。ジャーナリスト・マスコミ的性格に最も近く且つ試行錯誤を重ねてきた福建の版本は、經典に對する士人文人の評という堅苦しい枠を打ち破り、書肆が獨自に評註を加えるという方法を確立した。これはおそらく所謂書會以上に繋がりの強い同族經營に依って基盤が支えられていたからでもあろう。書肆による加評の動きは、その後特に當時の有名な文人の手に爲る評註の多産となって表面化し、そのために多くの〝托名〟や〝僞評〟の書が世に通行する結果を招いたのである。中でも小說類はそれぞれの版本系統において差異があり、如何なる系統の版本に誰が批評を施しているかが問題視されることが多い。それは取りも直さず小說の本文と批評が同一紙面の中で味わえ、二人三脚で歩んでいる證據でもある。かくの如く評林本を契機とする小說への加評は、出版文化の中心地であった南京・杭州より福建建陽がより迅く取り組み、その動向の延長の上に文人評の時代が存在するとは考えられないであろうか。この點で文化の發信地としての福建の役割が見直されねばならないように思う。(11)

結　び

以上、本節では明代後期福建の出版物に見られる一現象を取り上げ、幻の評林本時代の存在とその影響を考えてみた。

出版印刷事業の發展の考察において、現存する書物のみを對象として扱うことが危險であるのは周知の事實である。しかし、概略的にではあれ、出版地・書肆名・出版年代・書物の形態を手掛りとして統一的に纏めた結果は述べてきた如くである。一時的な流行であったがために出版史の中に埋もれ、個々別々に取り上げられるために理解し難かったこの評林本の如き一系列の版本の成立を思い返すと、文獻の扱いに對する更なる注意を喚起させられるのは筆者だけであろうか。

『紅樓夢』が作者曹雪芹の本文と脂硯齋なる號の人物に依る評語との連攜によって發展し且つ定形化した營みを考え併せると、中國近世小説研究において評論史がより詳細に考究されねばならない必要を感ずる。清初の文人金聖歎の存在もさることながら、『兒女英雄傳』の文體の如く話者が評者や聽視者の役割をも兼ねる形式を目の當たりにする時、その發生が佛敎文學の變文と關連するとしても、とりわけ插入詩や評語を以て本文自體が改編され定着を見る明清時代の多くの小説は、その話術形態の變遷とともに理論史が再考されねばなるまい。

この評林本の存在の確認がその作業のための一助になることを願いたい。

注

（1）紫式部の生沒年は未詳であるが、『源氏物語』の成立を通説に從い十一世紀初と考えると、本居宣長著『源氏物語玉の小櫛』の成立が寛政八年（十一年刊行・一七九九年）であるから、ほぼ七百年を經ている計算になる。もちろん『玉の小櫛』はそれ以前の舊注を批判し自說を擧げた注釋書であるから、初めて『源氏物語』に注釋を施した譯ではないが、評論という意味も含めて考えると、重要な位置を占める一書であろう。

（2）序論注（5）參照。

（3）佐野公治『四書學史の研究』（創文社　一九八八年二月）、陳遼「理學與宋元明清小説」（『徐州師範學院學報』一九九一年第一期　總第六十五期）、宋克夫『宋明理學與章回小説』（武漢出版社　一九九五年十二月）及び第一章注（12）參照。

（4）中華書局刊行の「古本小説叢刊第六集」で『列國志傳評林』の書名が使用されているこの書物は、萬曆三十四年の刊本が確認できる。しかしそれは重刊と見られ、萬曆早期に刊行されていたことが推測できる。大塚秀高「講史章回小説の出版と改變『列國志』をめぐって」（『中國古典小説研究動態』第三號　一九八九年十二月）參照。

（5）『史記評林』の翻刻については、戸川芳郎「惠刊『懷德堂文庫本史記雕題』について」（『汲古』第二十三號　汲古書院一九九三年七月）や平成七年（一九九五年）十月二十三日～十一月十七日に東京大學附屬圖書館にて開催された「東京大學總合圖書館の漢籍とその舊藏者たち」の參考展示「『史記評林』の各種版本」（戸川芳郎解説）等を參照。

（6）萬曆期の日用類書については、特に福建余象斗刊本との關係から、小川陽一「明清小説研究と日用類書」（『東北大學教養部紀要』第五十四號　一九九〇年十二月　後『日用類書による明清小説の研究』研文出版　一九九五年十月所收）及び「中國日用類書集成全十四卷」（汲古書院）等參照。

（7）水滸傳の文人加評本として現存中最も早い『李卓吾先生批評忠義水滸傳』は、評語の僞托が指摘されている（第一章注（8）參照）が、杭州の容與堂よりの刊行は萬曆三十八年と考えられている。同樣に「西遊記」は華陽洞天主人校『新刻出像官板大字西遊記』が萬曆二十年金陵の世德堂（榮壽堂）から刊行されているが、批評の形を整えた『李卓吾先生批評西遊記』は早くとも萬曆三十年代の刊行と考えられる。

（8）肖東發「建陽余氏刻書考略（上）・（中）（下）」（『文獻』第二十一・二十二・二十三輯　書目文獻出版社　一九八四年六・十二月・一九八五年一月）「明代小説家・刻書家余象斗」（『明清小説論叢』第四輯　春風文芸出版社　一九八六年六月）等參照。

（9）李九我、本名は李廷機、字は爾張、九我は號、福建省晉江の人。禮部尙書を勤める。謚を文節と言い、『李文節集』がある。『明史』卷二百十七參照。

袁了凡、本名は袁黄、字は坤儀または了凡、蘇州吳縣の人。兵部主事を勤める。『兩行齋集』がある。なお、袁了凡については、酒井忠夫『中國善書の研究』第四章「袁了凡の思想と善書」（弘文堂　一九六〇年八月初版　後『增補中國善書の研究　上』（酒井忠夫著作集1　國書刊行會　二〇〇〇年二月所收）を併せて參照。

金文京「湯賓尹と明末の商業出版」（『中華文人の生活』平凡社　一九九四年一月、後「湯賓尹與晩明商業出版」（『世變與維新』　臺灣中央研究院中國文哲研究所　二〇〇一年六月）所收）參照。

（10）天理圖書館藏のこの本は次の二種の影印本が目途の便を提供する。一は「天理圖書館善本叢書」（八木書店　一九八〇年十月）、二つは『明本潮州戲文五種』（廣東人民出版社　一九八五年十月）。また、吳守禮「荔鏡記戲文研究序說」（『神田博士還暦記念書誌學論集』平凡社　一九五七年十一月）・同『荔鏡記戲文研究』（油印　一九六一年）に基本的な研究が見られる。

（11）この中國東南地區の文化面での重要性に注目する論調は一九九〇年代から特に強まったように窺える。例えば中國社會文化學會でのシンポジウム「周縁から見た中國世界」のコメントを纏めた金文京「中國學の解構と再構に向けて」（『中國　社會と文化』第九號　一九九四年六月）が擧げられる。また、文化觸變の發想を解いて李福清著『漢文古小説論衡』（江蘇古籍出版社　一九九二年八月）を紹介した大塚秀高の見解（「新刊紹介」『中國古典小説研究動態』最終號　一九九四年六月）も參考になろう。

第二節　余象斗本考略

はじめに

宋代以降、木版印刷事業が發展を見せ、刻書・出版の地區が廣がってから、各地に獨自の風格を持つ版本が登場した。唐・五代・北宋と比較的早く官版經典を代表とする刻書に長い歷史を持つ四川成都、北宋汴京開封の後を繼ぎ、南宋の文化の中心地として榮えた浙江臨安杭州、そして廣い販路を有する坊刻本の產地としての福建建陽等である。

とりわけ明代の後期には、經濟的基盤を背景に金陵南京・金閶蘇州が目覺ましい進展を見せ、杭州・建陽とともに戲曲小說の出版及び流布に大きな役割を果たした。中でも所謂建本は特異な位置を占め、上圖下文の版式を普及させて讀者層を擴大する等多大な影響を殘した。

そこで、本節では、第一章『三國志演義』や第二章及び付錄の『水滸傳』の版本系統の考察において比較の對象に擧げられ、且つ通俗的書籍の加評改編の動向に敏感であった明代福建の坊刻本の代表的存在、余象斗の木版印刷事業を建本の發展史の中で捉え、特に出版家としての余氏の小說刊行に對する企圖を考察してみたい。

一　明代福建の坊刻本

およそ明代は文學史上、戯曲小説が完成の域に達し、一代の精華となったと稱され、文化面での出版印刷業の發展と相俟って廣い讀者層を獲得した。印刷術の向上はその圖版の形式においても宋元時代に比べて多彩となるという結果を生み出した。中でも福建省建安の刻本は、插圖の圖版形式から上圖下文型と呼ばれる風格を備え、連環畫讀物の礎を築いたと言われる。

それでは、その建本形式と歸納される上圖下文型は一體どのようにして定着したのであろうか。またなぜ建本の中によく取り込まれたのであろうか。

中國の俗語白話小説の形式の發生が、佛教文學の變文と關連すると解説されたのは小川環樹であるが、この難解な經文の意義・主旨を無學な民衆にもわかるように平易な言葉で説く俗講は、そのまま唱導文藝として發展し、講史・講談へ接近したことは間違いあるまい。この俗講のテクストとしての變文は、文體からみると散文と韻文との交互出現という特徴を持つと同時に、變相圖（畫卷）と一套の關係を有し、決まり文句（套語）を入れることを定型とする。畫卷きとそれに伴う變文が一體となって印刷された例としては、南宋一二三一年前後の刊本と考えられる『天竺靈籤』が擧げられる。これは上圖下文形式を有し、上段圖の上欄外に更に説明文を加える。この上圖下文形式は、明代でも寶卷（『臨凡寶卷』萬暦三十六年重刻本等が代表的）に引き繼がれていく。

また、圖を以て解説するという方法は、南宋紹熙間（一一九〇～九四年）建陽の刊本と考えられる『尚書圖』や同じく一二一〇年前後の刊本と目される『纂圖互注禮記』等の經籍類でもすでに見られる。『尚書圖』では上段に標題を掲げ、中段に圖を示し、下段で説明するという形態を取っている。この上圖下文型はその後も建本において多く取り入れられ、元代でも至大元年（一三〇八年）建安の刊本とされる『新刊全像成齋孝經直解』等に見られる。(1) すでに小説の態を成した講史話本『全相平話五種』が同じく建安の虞氏によって元代至治年間（一三二一〜一三二三年）に刊刻されたのも故なしとしないことがわかるだろう。

このように變文と講史が關係づけられる如く、變相圖とその解説文とを一體として、しかも連環畫形式を取り入れながら上圖下文型を早くから成立させたのが建本だと言えよう。これはやはり文字を讀むことを得手としない讀者層までを取り込んで、視覺的に繪圖を以て説明を補おうとした意圖による。杭州や南京という首都の經歷を持つ地で出版されたものが、嚴然として帝都版の風格を有し、識字層を對象としていたのに對して、建本はそれと異なり、庶民性を優先させた結果、説教變相の型を借り入れて各出版物において新たな形式を導入したと見做せよう。

但、この庶民性が強調された結果、建本においては戯曲が文字という形で印刷されることは極めて少なく、特に萬曆年間以降、南京を中心に優美な傳奇が多々出版されたのとは全く反對の方向に向かわざるを得なかった。この點は注意しておく必要があろう。

二　余象斗本概説

ここに明代建陽を代表する一人の出版家がいる。その人物の名は余象斗。彼についての纏った言及は、現北京大學の肖東發を以て冠とする。(2) 肖氏は余氏の出版物の刊記から、余象斗の生卒年代を概ね嘉靖後期一五六〇年前後生から崇禎十年一六三七年卒、享年八十歳前後と批定している。同じく余象斗の仕事を考察する官桂銓も、(3) 生卒年の明らかな余象斗の親戚との年齢關係から、余氏を概ね嘉靖二十九年一五五〇年生、崇禎十年時八十八歳と推定している。余象斗の生卒に關わる考え方は、福建省圖書館藏の光緒二十二年（一八九六年）建陽の新安堂刻本《書林余氏重修宗譜》に基づくもので、他に資料が發見されない現在、この肖・官兩氏の見解より出るものはない。筆者もほぼ同様な考え方である。とすれば、余象斗の刻書・出版の活躍年代は、二、三十歳代で世襲して正式に取り組んだとして、萬曆年間を中心とした約五十年の長きに渉ることになる。

それでは、余象斗が建陽を代表する出版家と稱したその所以は一體何處にあるか。それは余氏一族を取り込んだ出版の手廣さ、出版物の多さからである。如何なる書物を刊行したかを年代の批定出來る書物に限って、『明代版刻總錄』・肖氏論文「建陽余氏刻書考略（中）」を賴りに擧げてみると、以下の如くである。

新刊按鑑全像三國志傳	萬曆二十年	雙峰堂
京本增補校正全像忠義水滸志傳評林	萬曆二十二年	雙峰堂
鋟兩狀元編次皇要考	萬曆二十二年	雙峰堂
新鑑歷世諸大名家往來翰墨分類纂注品粹	萬曆二十五年	三台館
新鐫漢丞相諸葛孔明異義傳奇論詳評林	萬曆二十六年	雙峰堂
新刊皇明諸司廉明奇判公案	萬曆二十六年	文台堂
萬錦情林	萬曆二十六年	
周易初進說解	萬曆二十七年	三台館
新刻九我李太史編纂古本歷史大方綱鑑	萬曆二十八年	雙峰堂
仰止子詳考古今名家潤色詩林正宗	萬曆二十八年	雙峰堂

了凡雜著勸農書	萬曆三十三年	雙峰堂
廉明奇判	萬曆三十三年	雙峰堂
鼎鍥趙田了凡袁先生編纂古本歷史大方綱鑑補	萬曆三十四年	雙峰堂
古今韻會擧要小補	萬曆三十四年	余彰德合刊
新刊京本春秋五覇七雄全像列國志傳	萬曆三十四年	三台館
新刻御頒新例三台明律招判正宗	萬曆三十四年	雙峰堂
四書訓兒俗說	萬曆三十五年	三台館
鼎鋟崇文閣彙纂士民捷用分類學府全編	萬曆三十五年	雙峰堂
萬用正宗不求人全編	萬曆三十五年	雙峰堂
三台館仰止子考古詳訂遵韻海篇正宗	萬曆三十六年	雙峰堂(4)
燕間四適	萬曆三十九年	三台館
新刻皇明開運輯略功名世英烈傳	萬曆四十二年	三台館
新鋟獵古詞章釋字訓解三台對類正宗	萬曆四十五年	雙峰堂
新刊理氣詳辨纂要三台便覽通書正宗		
五刻理氣詳辨纂要三台便覽通書正宗	崇禎十年	雙峰堂

まず、この年代がほぼ確定出來る出版物から見るに、その取り扱う分類の巾廣さが指摘出來よう。しかし、詩文集の如き大雅の道に登るものは一點もない。概要からすれば、およそ歷史を題材とした參考書又はその系列に屬す(5)と考えられたであろう歷史小說類と、特に萬曆年間に多出した日用類書という實用的な便覽が大半を占めていることがわ

かる。

ここで目に付く特徴を幾點か擧げると、はじめに〝三台〟〝三台館〟と入った書名が多數あることである。

これは、三台山人、あるいは三台館主人と名乘った余象斗が、自家の出版物に對する自負と愛着とを以てその書肆、否、自分が校閲した自信の實用書であるというお墨付き的意味を込めて、書名に埋め込んだものと考えられる。(6)

余象斗は、その自畫像を多種出版物に刷り込み、出版家としての意氣込みを示した筆頭に立つ人物と思われる。この自信の呈示の仕方は、あるいは同鄉建陽の詹氏進德書堂が弘治五年（一四九二年）に重刊した『大廣益金玉篇』の牌記に用いた人物畫がヒントだったかもしれない。(7)半葉を使った牌記には上邊に「三峯精舍」、兩聯に右「弘治壬子孟夏之吉」、左に「詹氏進德書堂重刊」とあり、その上邊と兩聯に圍まれた位置に屏風に描かれた中心人物を挾んで二人の人物が左右に配される圖像が刻されている。この構圖は、余象斗が『萬錦情林』の扉に用いた構圖と似ており、更にそれを發展させた形のものが、『詩林正宗』や『三台便覽通書正宗』等に「三台山人余仰止影圖」「三台余仰止先生曆法」「余仰止先生仰觀天象」(8)などの題で認められる。この點は夙に王重民が『美國國會圖書館藏中國善本書錄』中の『海篇正宗』の記載で指摘したとおりであろう。(9)

また、この出版家としての自畫像を出版物の中に埋め込んだとして清初の戲曲小說出版家李笠翁漁を取り上げたのは伊藤漱平であった。(10)もっとも李漁と比べると余象斗の像の方が、より直接的で前面に自分を押し出してはいるが。

では、この〝三台〟とは何を意味するのであろうか。

余象斗は『余氏宗譜』からすると、『列女傳』を刊行した余氏二十四代勤有居士余文興の末裔で、第三十四代に列する。殘念ながらそれ以前すなわち系譜の三十三代に列する人達の出版に關する明確な資料は得られないが、象斗の父孟和が雙峰と號したことが知られる。それと孟和の兄弟仲明が一五一五年生、一五七五年卒と注され、その息子に彰徳がいる。そこで先の出版物の刊行母體を見ると、〝雙峰堂〟という名前が目に入る。これはおそらく余象斗が父孟和の時代からの書肆を受け繼ぎ、使用したものであろう。そして頻出する〝三台館〟とは、雙峰堂と同一と考えられているが、あるいは雙峰堂を繼いだ余象斗が、叔に當たる余彰徳の萃慶堂、余秀峯・余良史の名で出版が見られる怡慶堂という同年輩の一族を傘下に入れて、新たに萬曆二十五年頃設立した余氏を代表する新書肆すなわち出版會社ではないかと考えられる。

例えば、元代では福建の書坊の多くは建寧府建安縣（今の建甌）にあり、建陽にあるものは少數であった。それが明代に入るとほとんど全部が建陽に遷ることになった。先に擧げた余氏二十四代とされる勤有堂は元代にあっては建安と崇化とに在った。これより推して考えるに、宋代以來の出版地麻沙・崇化は明代においても榮え、余氏の印刷請け負いの中心地であったろう。しかし、實際には縣城建陽からは西へ七十中國里約三十五キロメートル離れており、物資の集積地として發展してきた建陽とはやはり距離があった。そこで、同族余氏の中でも三十四代の同輩に當たる雙峰堂余象斗・萃慶堂余彰徳・怡慶堂の三者が新たに出版基地を持とうとしたのではないか[11]。もちろんその筆頭は余象斗であったろう。〝雙峰堂〟と〝三台館〟という二つの名を有するのは、麻沙・崇化と建陽とに二つの書肆を持ったためと考えるのは穿ち過ぎだろうか。萬曆三十年くらいを界に余象斗は三台館を名乘るようになり、中でも自分が引き繼いだ雙峰堂を冠して出所を明らかにしようとしたのではあるまいか。

余象斗に關する資料として今までに紹介されていないと思われるものに、上海圖書館藏『刻仰止子參定正傳地理統一全書』がある。全十二卷＋首一卷、二十册のこの書には後半部分に余氏をめぐる興味深い記載があるので幾點か述べる。

まず、七種の序文が置かれた後に「前賢著書姓氏目錄」と題する部があり、そこでは〝首卷　先正其心共二十九欵

明西一余　象斗著字仰止〟〝五巻　纂出天星硬套砂水法　門余象斗著皆出已見〟等とある。また巻首題は「刻仰止子參定正傳地理統一全書巻之首」とあり、

嘉善　錢繼登　龍門父／趙田　袁　儼　若思父　參閲（二行眞中）
同安　胡明佐　良甫父／武水　朱廷旦　爾兼父　較訂（二行眞中）
西一　余象斗　仰止父　著述
書林　姪應虬　猶龍父／樵川　男應科　君翰父　繡梓（二行眞中）

となっている。これらから余象斗の字が仰止であることが確認出來る。

この書は目錄は十一巻までとなっているが、實際は十二巻本であり、この第十二巻後尾部分に余氏をめぐる記事が纏められている。それらは半葉を用いた地圖とその解説文という組合せから成っている。まず「書林余氏祖地」と題する地圖では〝清修寺〟が大きく中心に描かれており、『嘉靖建陽縣誌』の巻一第十三丁「建陽縣書坊圖」で同文書院や清修寺が中心に書かれた圖を詳しくした構圖と思える。清修寺が余氏の出版基地であったことが確認出來よう。次には「余仰止蔡父母地」と題する圖があり、上側に〝王屏山〟、眞中を〝溪水〟が流れ、下側に〝三台山〟と稱する山川が描かれている。圖の下には〝翼上穴左已亥、蔡劉氏、右丁癸、蔡雙峰余孟和公、界合對朝來龍倶明〟と書かれ、余象斗の父〝孟和、號は雙峰〟という宗譜の記載が確認出來る。またこの解説文には〝……蔡於萬曆癸巳九月、伯龍老師云、後日必有大富貴出、勿輕視此地……〟とあり、萬曆二十一年（一五九三年）に父親を葬っていることが推察される。續いて三つ目の地圖には圖の右上端に「余氏墓風吹羅帶形」と書かれ、一・二の圖と同様に山川が描かれている。その解説文では〝……不幸長子應甲、係邵武府廩生、丙戌年十一月二十七日辰時生、行年三十五歳、亡于萬曆庚申年六月十二日、囑之死後、葬渠于此地、……葬後三年、甲止一子名俊戊申生、年一十七歳、入邵武府庠、丙

寅年十月孫俊又得一子名士昌亦爲可喜……〃とあり、余象斗の子供に應甲があり、萬曆十四年生、四十八年卒で象斗より先立っていること、孫に俊がいることがわかる。（口繪Ⅰ　參照）

この『地理全書』の刊行が余應虬・余應科の合梓で、序文より崇禎元年と批定出來るから、少なくとも天啓年間までは余象斗が存命したと見做せよう。これらの記載は余象斗の活動年代と系譜を裏付けるものと考えられるとともに、一般の地理書に自分の記事を取り込んで憚らない出版家の一面も如實に窺わせていよう。

このように、象斗の自負の誇示の仕方は一方ならぬものがあり、これは同時に、封面に廣告に相當する短文を刷り込んだり、現在の檢印に當たるような落款を押したりしたことからも確認されよう。

例えば、檢印の始祖という所以は、上海圖書館藏の『新刻御領新例三台明律招判正宗』一書の封面を以てである。この本は表紙に〃明律正宗殘本陳乃乾君見贈〃という題簽を有する一册の殘本であるが、その封面にはおよそ次のような形式で、朱丸印が押されている。略圖で示すと上の如くである。（口繪Ⅱ　參照）

一增各房招擬
一增鄉會判語
一增新式告示
一增瑣言管見
一增行移體式
一尾附洗冤錄

新例三台

明律正宗

余文
雙峰堂
台識

坊間雜刻明律然多沿襲舊例有瑣言而
無招擬有招擬而無告判讀律者病之本
堂近鋟此書遵依新例上有招擬中有音
釋下有判告瑣言并〃有條鑿〃有據閲
者了然買者可認三台爲記
雙峰堂余文台識

また、この識語からも知られるように、自書肆の出版物を賣り出そうとする姿勢は、『列國志傳評林』の封面に見られるものと同様であろう。かくの如く、余象斗は封面を活用して、現代出版物の帯や検印に當たる商標を夙に發案し、盛り込んでいたと判斷出來る。(12) この點は、南京・蘇州や杭州の各書肆と激しい競爭を餘儀なくされた時代にあって、自負と自己顯示欲を積極的に表わさんとした時代の寵兒としての姿と見て取れよう。

先に擧げた余象斗の出版物について、次に指摘出來るのは、「評林」を題名に取り入れたものが見られる點である。この概略と隆盛については本章第一節においてすでに検討を加えた如くである。

これは實は余氏一族の刊本の中で特に萬曆十年代から三十年代にかけて、所謂「評林本」時代と呼べる一時期があることに由來する。明代後期の余氏の出版物中、「評林」の二字を冠する書名を擧げると、

萃慶堂	漢書評林	萬曆九年
自新齋	正文章軌範百家評林	萬曆十六年
余良木	史記萃寶評林	萬曆十八年
自新齋（余良木）	兩漢萃寶評林	萬曆十九年
永慶堂	鼎鍥青螺郭先生注釋小試論殼評林	萬曆二十四年
余良史	新鐫太史許先生精選助捷輝珍論鈔注釋評林	萬曆三十一年
余良木	新鐫張狀元選輯評林秦漢狐白	萬曆三十三年
	增補湯會元選輯百家評林左傳狐白	萬曆三十八年

など、萬曆十年代後半から約二十年ほど、「評林」と名の付く書物が余氏一族の出版物の中で散見される。ここで注意を要するのは、余象斗が刻している『三國志傳評林』（萬曆二十年）『水滸志傳評林』（萬曆二十二年）と、先に擧げた余氏刻の評林本の多くが、歴史演義あるいは講史小説に屬するものである點である。余象斗刊の『春秋五覇七雄列國

志傳』も封面は《按鑑演義全像列國評林》となっており、中華書局より刊行された古本小説叢刊第六輯でも〝列國志傳評林〟の名を使用している。この『列國志傳評林』も、「三國」・「水滸」同様、上圖下文形式を採用し、上圖の上段に眉評欄を設けている。この『列國志傳評林』の出版は、現在目覩し得る本の刊記で最も早いのは萬曆三十四年と、他の出版物に比べて時間的にやや隔たりがあると感じられるが、大塚秀高の指摘する如く、これの祖本があったと假定すれば[13]、すでに萬曆二十年代に評林本が存在していたと考えられなくはない。すると、どうも歴史あるいは講史演義に評を加えるという作業が積極的に行なわれた所謂「評林本」時代が萬曆二十年代にあったと見做せよう。

三點目として、先に擧げた書名中に登場する李九我・袁了凡はともに萬曆十一年・十四年の進士であり、目敏く當時の名士を利用して印刷業を盛り立たせていたジャーナリスト的經營者の一面も忘れてはなるまい[14]。「萬曆辛卯歳孟冬／自新齋余明吾梓」の牌記を持つ半葉十一行×二十字本『兩漢萃寶評林』(三卷)も、編集者の一人として李廷機(九我)を加えている。「兩漢萃寶評林上集」と角書きされる巻一第一頁には〝殿試第一焦竑選輯／會試第一李廷機註釋／郷試第一李光縉彙評〟とある。この本もさすがに圖像はないものの、上部眉欄を設け、半葉六字二十二行で評釋等を入れている。上圖下文ではなく所謂上評下文の形式とでも呼べようか。同様に『新鐫沈學士評選聖世諸大家名文品節』(十五卷)も巻一の角書きに續けて〝四明　蛟門　沈一貫　評／晉江　九我　李廷機　校／萃慶堂泗泉　余彰德刻〟とあり、李廷機が關わっていることが知られる。この本も上評下文の型を取っている。この兩書から次の點が確認されよう。まず、余象斗に限らず余氏の刊行物は何らかの形で、同郷福建出身の李廷機の名前を利用していること。加えて、評林本の名を冠していない出版物でも、內容に沿って圖は添えないものの、眉評欄を設けて上評下文の形式を取り入れていること。これは、前節でも考察したとおりであり、出版形態發展史の上から注意を要しよう[15]。

かくの如く、余象斗を廻る明代萬曆期の福建における出版の狀況は、多様な問題を含みながら新しい方向性を模索せんとした轉換の時期であることが知られよう。そして、その時代の荒波の中で強かに活躍した余氏の趣向を、小說の範圍で少しく詳しく見てみたい。

三　余象斗刊の講史小說・歷史演義

ここでは、上述二において余象斗の出版物の特徵の一つとして見出した講史小說の刊行について、その展開を考えてみたい。

孟元老『東京夢華錄』に〝說三分〟という演目ですでに講釋として語られていたことが明らかな『三國志』は、元代にも說唱文藝や雜劇の分野で同時に且つ相互に影響しながら發展し、歷史小說として大部の形に纏められてきた明代でも、多種多數出版された。『三國演義』はとりわけ萬曆期において、流行の先端を行くとばかりに多數刊行されたが、一つの書肆で二種類の出版が行なわれた例はほとんどないであろう。しかし余象斗が刊行した『三國演義』は一種に止まらず、數年を隔てて改版している[16]。この點について、中華書局古典小說叢刊第三十三輯の解說では、次のように述べている。

〈叢刊〉本輯所收的〈三國志傳評林〉與〈三國志傳〉雙峯堂余象斗刊本均爲同一書坊、同一人所刊行、且均爲萬曆年間刊本。此一現象、表明羅貫中〈三國志演義〉在當時已流傳普遍、深入人心。
余象斗刊行的以「評林」爲書名的小說、〈水滸志傳評林〉刊行於萬曆二十二年（一五九四）、〈列國志傳評林〉刊行於萬曆三十四年（一六〇六）、〈三國志傳評林〉當亦爲年代相近的刊本、若然、則〈三國志傳評林〉與〈三國志傳〉余象斗刊本的刊刻年代、前者似晚於後者。

おそらく手順から言えば、本來の「三國演義」の系統本があって、それに批評を加えるという順序だったであろう。(17)「萬暦壬辰仲夏月／書林余氏雙峯堂」という牌記を有する『三國志傳』は、巻二十末葉の嵌圖の左側に〝書林忠杯葉義刻〟とあるところから見ると、あるいは他所の版木をそのまま流用した段階のものであったかもしれない。『三國志傳評林』は、先の『三國志傳』の評を借りながら、〝釋義〟として評を部分的に差し替え、面目を一新したように見せて刊行したものであろう。すなわち、『評林本』は先行する『三國志傳』に評を加えるという順序で成ったとするならば、前掲の解説文にあった如く、「〈評林〉與〈志傳〉的刊刻年代、前者似晩於後者」と考えることは妥當であろう。

『水滸傳』『列國志傳』においても同様のことが見て取れよう。

『水滸志傳評林』は、その刊記「萬暦甲午臘月吉旦」から萬暦二十二年刊行と考えられるが、その序文「水滸辨」では次のように述べている。

〈水滸〉一書、坊間梓者紛紛、偏像者十餘副、全像者止一家。前像板字中差訛、其板蒙舊。惟三槐堂一副、省詩去詞、不便觀誦。今雙峯堂余子改正增評、有不便覽者芟之、有漏者删之。內有失韻詩詞、欲削去、恐觀者言其省漏、皆記上層。

これより考えるに、所謂「忠義水滸傳」の系統を牽く文簡本(18)（例えば、ドイツ・ドレスデン圖書館藏の殘本、全像ではないが上圖下文の圖像が相似する、古本小説叢刊第十九輯所收・中華書局）等が先行し、それを襲う形で、上評中圖下文の型に仕立て直して刊行されたのが、『水滸志傳評林』と言えよう。

かくの如く、作品を創り出す作業において、現行の書籍に批評を加え、新しい面貌を以て賣り出そうとすることは、正しく出版家としての考え方に合致しているであろう。

その方法の中の一つは、安直ではあるが、先の〈水滸辨〉の中でも觸れていたように、插入詩詞・美文要素の操作である。

鄭振鐸・劉修業や西野貞治が夙に基本的な見解を「三國志」において示したように、〝胡曾詩〟や〝周靜軒詩〟が早くから余氏の刊行物には取り入れられている。[19]「三國」や「水滸」の「評林本」の中でも、〝後仰止余先生觀至此、有詩斷曰〟などと冠して、所謂詠史詩を置いている。しかし、そのほとんどが別人の作の流用と思われ、余象斗本人の作詩に係るものはおそらくないと考えられる。むしろ、その別人の作を利用して、自身を表に出そうとした出版家、否、編集者としての姿が認められれば足りるであろう。

しかし、余象斗という人間は、それだけでは濟まなかった。加評と竝んで考慮され、更に自分を押し出すには、改訂・改作という方法がある。余氏はその出版家としての範圍を超えて、その校訂編集者の腕を揮って、改編改作を手懸けるようになる。その趣向の根底には、『三國志』や『列國志』を筆頭に各時代の歴史演義を以て歴史を通觀しようとする意圖があったように思われる。それによって歴史批評家的な目で出版を利用しようとしたとも考えられなくはない。そこで、余象斗が他に如何なる歴史演義を刊行しているかを見ると、少なくとも以下の五篇が擧げられる。

①　列國前編十二朝　　天地開闢より殷の紂王の滅亡まで
②　全漢志傳
③　唐書志傳通俗演義　　唐の太祖李世民の天下統一の經緯
④　南宋志傳通俗演義（南北兩宋志傳）　　後唐から宋の太祖に至る五十年の變動
⑤　大宋中興通俗演義　　岳飛を中心に、宋・金兩國の戰爭

②については、〝鰲峰後人熊鐘谷編次、書林文台余世騰梓〟と題する萬曆十六年（一五八八年）淸白堂刊「京本通俗

演義按鑒全漢志傳」が蓬左文庫に藏せられる外、〝漢史臣蔡邕伯喈編、明潭陽三台館元素訂梓〟と題する清寶華樓覆明三台館本が北京大學圖書館に藏せられている。

③については、嘉靖三十二年楊氏清江堂刊の「新刊參采史鑑唐書志傳通俗演義」が先行する。

④については、後唐から宋の太祖に至る五十年の變動を描いたもので、「全像按鑑演義南北兩宋志傳」を正式名稱とする。孫楷第の『中國通俗小說書目』では內閣文庫藏の世德堂刊本の序文末尾にある「癸巳長至泛雪齋敍」の癸巳を萬曆二十一年ではないかと批定し、且つ同內閣文庫藏の三台館刊本をそれより早いとする。これに從えば、萬曆二十年以前に刊行されていることになる。しかし、三台館という呼び方がもう少し後から使われたと假定すれば、刊行の年代は少し下って捉えられよう。但し、宮內省圖書寮藏の葉崐池本の〝北宋〟の序に「萬曆戊午玉茗主人題」とあり、萬曆戊午が萬曆四十六年（一六一八年）であることからも推して、萬曆年間の刊行には異論はなかろう。

⑤については、嘉靖三十一年楊氏淸白堂刊の「新刻大宋演義中興英烈傳」が先行する。

ここに擧げた②から⑤は、いずれも余氏と同鄉の建陽の人で、嘉靖三十年代に通俗小說の編纂で鳴らした熊大木の撰に係る。(20) おそらく、「三國」や「列國志」と繋がりを持ち、且つ朝代の興亡の歷史を綴って、通俗小說版二十一史を造ろうと企圖していた余象斗にとっては、他者の作品を借り入れながらも全史を繼ぐには最適な書目であったに違いない。また、あるいは自畫像を以て賣り出すヒントを同鄉の先人から得たように、編纂に長けていた先輩熊氏に尊敬の念を抱きながら「三國」・「水滸」同樣に自作の出版物に見せ掛けて、新面目を裝って刊行したのがこの作品群と考えられる。加えて、刊刻の年代はいずれもはっきりしないが、②から⑤の各書の回目が七字句に統一されているところからみると、評林本時代を經て、萬曆三十年頃から逐次刊行し、歷史小說史を形作って行ったと見られまいか。

そしてこれら各朝代の通俗演義の前段を補う形で編纂されたのが、①の「列國前編十二朝」であろう。「新編列國志」等で更に改編を加えて出版されるものを除けば、この①が余象斗が企畫した通俗演義史の最前段を締括る形と見られる。この①については、『中國通俗小說總目提要』（江蘇省社會科學院編　中國文聯出版社　一九九〇年二月初版）にも說明はなく、しばらく「神宮文庫漢籍善本解題」の長澤規矩也解說及び『中國歷史小說選集一』「列國前編十二朝」（ゆまに書房　一九八四年四月）の德田武の解說に從う。他に天理圖書館藏本を目覩した。

この本の內容は、天地開闢より殷の紂王の滅亡までを描いており、大塚秀高は萬曆二十九年以降崇禎間の刊行と見る。[21] ここでは、天理圖書館藏本より序文を擧げ、①が余氏の通俗史の構想の一つであることの查證としたい。

敍歷傳始末

斯集爲四方刻行各傳本止／自商紂王寵妲巳起至秦始／皇併一統止刻列國傳繼／之西漢高祖東漢光武刻有／東西漢傳漢末又刻有三國／誌傳至晉司馬炎併三國一／統刻有東西晉傳其中係五／胡亂晉劉裕滅晉爲帝國號／曰宋至蕭道成滅宋國號曰／齊蕭衍滅齊國號曰梁至陳／覇先滅梁國號曰陳至楊堅／滅陳國號曰隋此係前五代／載之晉傳末又有隋煬帝起／至出石敬唐止刻有五代史／傳又有唐國傳係小秦王胡／敬德秦叔寶等事又刻有南／北宋傳自石敬塘起至楊家／府平定止岳武穆忠貞另刻／有岳飛傳宋朝有四大寇又／刻有水滸傳至元朝滅宋止／幸逢天生聖君我太祖高皇帝逐走胡一統率／夏又刻有皇明英烈傳歷代帝王創業幷／簒逆賣國亂臣賊子忠貞賢／明孝婦節婦淫婦妬婦俱載／之傳中今民得而觀之豈無／爽心而有浩然之氣者此誠／美矣但未有天開地闢三皇／五帝夏商諸朝事跡今民附／相訛傳寥寥無實惟看鑑士／子亦只識其正要而更有不／千正事者失錄甚多未入鑑／中今不佞搜採各書如前書／傳式按鑑演義補入遺漏自／盤古氏分天地起演至商朝紂王寵妲巳止將天道星象／始制各項草木禽獸幷天下／民用之物婚配飲食藥石聖／君昏君忠臣孝子亂臣賊子／賢婦妖婦征伐傳位一一開／載明白使民知有出處而識／其開闢至今皆有實考不至／於附相訛傳矣故名曰十

二／朝列國前編云

崇禎二年夏五月　　日書

これより見るに、各朝代の歴史書を按鑑演義として順次刊刻し、庶民に物事・人物の出處を明らかにして、通俗史を編集しようと意圖していたことがわかるだろう。

かくの如く余象斗は、その出版事業の一環として歴史演義の大系化を目指していたと考えられる。これには、先行する講史小説の存在や同鄕の先人の業績の借り入れがあるとは言うものの、すでに編集者的な趣向に基づいて企畫されたものと思われ、時代を逸早く先取りした坊刻本刊行者の姿勢として注目に値すべきものがあろう。

四　余象斗の出版企圖の一隅――講史小説との關連から

歴史演義を纏め、通俗二十一史同様の庶民感覺の小説史を構想した余象斗は、一方で、世の中によく知られ且つ庶民の考え方を代辯するような短篇集の編輯を前後して手懸けている。この趣向は、一つには類書として日常的な實用書を多く刊行した出版家としての考えに基づくものであるし、もう一方では演義小説と軌を一にしてある事柄を大系化したいとする編集者としての思惑に依るものと認められよう。

この趣向は、一つには公案小説の先驅けを爲し、裁判ものを扱った「公案傳」となり、二つには東西南北の遊記を以て民間信仰の對象を取り上げた「四遊記」となって現われている。

まず、「公案傳」の成立には、宋代の包拯説話以來、元代の戲曲化を通して脈々と流れる庶民の冤罪に對する悲痛な嘆きとそれに對する正義への敬慕が連なっていよう。(22) 余象斗が刊行した「公案傳」としては二種類が擧げられる。

①　皇明諸司廉明公案　四巻百五則

②　續廉明公案　六巻五十九則

①は、目錄のみで實際の故事が記されていない場合が多いが、故事が存在する題目はかなりの數が『龍圖公案』(明刊本)の内容と一致を見る。よってこれは、前述の講史小說の刊行において考察したのと同じように、前提となる底本を借り入れてそれを編集したものと考えられる。

それに對して②は、題目を七文字に統一し、知府や縣令が某かの裁きを行なうという實話記錄の態を採っている。これはおそらく①や同時代萬曆刊の『包公案』の後を承けて、より身近な冤罪錄を作ろうとしたのではないかと推察出來る。

というのは、前述二で檢印の試みを施したとして取り上げた『三台明律正宗』からは封面上段の刊行の辭の最後「一尾附洗冤錄」が示すように、ただの法律書ではなく、裁判故事の收錄に努めた姿勢が窺えるからである。上海圖書館藏の『新例三台明律招判正宗』は一册の殘本であり、目錄からは四十九丁で終わりになっているように見えるが、その後に〝名例一巻〟が續いていることが版心より判斷出來る。そして『新刻聖朝領降新例宋提刑無冤錄』と題される十三巻の余象斗刊行物が同じく上海圖書館に藏されるが、實は内容から見るに先の『新例三台明律正宗』の完全な形の重版本であることがわかる。すなわち萬曆十五年(一五八七年)に、雙峰堂の名前で出版した『明律正宗』(現在はその一部しか存していないが)を「無冤錄」という書名を前面に押し出して萬曆三十四年(牌記は「萬曆丙午歳冬月／書林余文台重梓」、一六〇六年)に余象斗が重版したと見做せよう。

この事實から推察するに、余象斗は歴史の中で搖れ動かされる人間模樣を小說的に編纂しようとして『續廉明公案』を創ったのではないか。その第六篇に設けられた〝雪冤類〟は『明律正宗』や「無冤錄」で標榜しようとしたものと同趣と考えるのは穿ち過ぎであろうか。この意味で象斗は、本來の庶民感覺により密着した冤罪錄の編集を意圖したと考えられる。且つその視點は演義小說を以て歷史を纏めんとした姿勢と同樣のものと見做せるように思う。

また「四遊記」の構想は、すでに『西遊記』として唐三藏取經詩話以來の神魔的說話を發展させた讀み物が成立していた潮流に乘って、民間の信仰を敷衍して各方位を代表させて廣く創作しようと企圖したものと考えられる。

「四遊記」についての言及は、魯迅が『中國小說史略』第十六篇でかなりの紙幅を割いたのが最初であろうが、「四遊記」という纏った取り扱い方が明代余象斗の時代にあったか否かについてはいろいろな見解が示されている。[23] 東西南北を統べる意味での余象斗刊『西遊記』の單行本が發見されていないが、筆者としては、柳存仁等が示唆する[24]如く一應「四遊記」を一纏りとして捉えておきたい。というのは、おそらく『西遊記』に對抗して他の三書東南北を創作編集したことは間違いあるまいが、一つには歷史演義同樣、全體を組織しようと企畫する余象斗の趣向を考え併せると、同樣の旨が働いてもおかしくないと思われること。二つには、清代の嘉慶・道光年間に「四遊記」として纏められた余氏重刊本が存在することによる。從って『西遊記』の明刊單行本は現在確認出來ないが、「四遊記」としての全體像の存在を評價したいと考える。そこで、出版年代を考慮して時代が早い順に擧げてみる。

0　西遊記傳（齋雲楊致和編・天水趙毓眞校　遲くとも萬曆初めの成立か?）

①　五顯靈官大帝「華光天王傳」（南遊記）（三台館山人仰止余象斗編・書林聖德堂仕弘李氏梓　牌記「辛未歲孟冬月／書林昌遠堂梓」より隆慶五年（一五七一年）かあるいは崇禎四年（一六三一年）の刊行と批定する。）

②　新刊八仙出處「東遊記」（蘭江吳元泰著・社友凌雲龍校　余象斗の自序末に「萬曆癸未」とあることにより萬曆十一年（一五八三年）刊行と見做せる。）

③　北方眞武祖師玄天上帝出身傳（北遊記）（牌記「壬寅歲季春日／書林熊仰台梓」より萬曆三十年（一六〇二年）の刊行

と批定し得る。）

まず、『南遊紀』の第一回〝玉帝起賽寶通明會〟では、孫行者（悟空）が如意棒を獻じて「臣此棒要長便長萬丈、要短便如花針」云々と言っているから、『南遊記』刊行の時點で少なくとも『西遊記』の系列の話柄が纏っていたと見られる。

次に、『東遊記』の自序（八仙傳引、三台山人仰止余象斗言、〝仰止／象斗〟の印有り）の始めに「不佞斗自刊華光等傳、皆出予心胸之編集……」と述べているから、『南遊記』の刊行後に『東遊記』が編まれていると見做せる。よって、余象斗に「四遊記」を編纂する意圖があったと假定すれば、その成立以前にすでに『西遊記』の流行があり、それを見て『南遊記』『東遊記』を借り入れて補い、『北遊記』を足して完結を圖ろうとしたと考えられよう。『西遊記』は別として、①②③の南東北記三書は何れも半葉十行×十七字の上圖下文型で統一されており、先に擧げた「公案傳」二書が半葉十行×十七字の上圖下文型になっているのと同様の形式を採っている。また、圖の左右に標題を設ける様式も統一されており、萬暦二、三十年代の余象斗刻本の基本的な形態として捉えられよう。

それでは、この「四遊記」の出版意圖は何處に求められるであろうか。

趙景深は「四遊記考」の中で〝南北東各書の内容が民衆に益をもたらせる事柄を描いており、社會的影響が大きい〟點を指摘している。余象斗の出版物の中では稚拙な出來具合と目される内容ではあるが、却って當時の庶民の趣向が反映されているとも考えられて興味深い。八仙の人物とそれに對する評價や、南北方位の代表的存在の形象の在り方がそのまま時代を物語っているとすれば、強ち余象斗の企畫は間違っていなかったのかもしれない。

結び

以上、本節では明代の萬曆期を中心に福建建陽の坊刻本刊行者として活躍した余象斗に焦點を當てて、その出版家としての事業に取り組む姿勢を考察してみた。

とかく、版本書誌學を手懸ける人々がその對象とする本の存在價値を文學研究の中に投げ返す取り組みが少なく、また文學研究に志す人々が出版やそれを取り巻く文化面の探求になかなか取り組み難いとする傾向を有するように感じる筆者にとっては、ほとんど未知の分野ではありながらも、些かなりとも明代末期の建本の姿の一端が垣間見られたように思われる。

『東遊記』や『列國前編十二朝』の序文で〝不佞〟と謙遜自稱しながら、實際には自畫像の刷り込みや宣傳文・檢印の發案等を手懸け、時代の荒海の中を先頭を切って渉って行った一出版家余象斗の生きざまを思う時、萬曆以降の木版印刷事業が急成長する中で自己を賭けて編集出版を樂しんだ庶民文化人に、もう少しスポットライトが當たってもよいと考えるのは筆者だけであろうか。

注

（1）『天竺靈籤』『臨凡寶巻』『尙書圖』『纂圖互注禮記』『新刊全像成齋孝經直解』のこれら上圖下文型の書籍の形態を容易に眼にすることが出來るものとして、『中國版畫史圖錄』（周蕪編　上海人民美術出版社　一九八八年十月）、『中國古典文學版畫選集』（傳惜華編　上海人民美術出版社　一九八一年十二月）等を利用した。

『天竺靈籤』は『中國版畫史圖錄』二十五頁、『臨凡寶卷』は『中國古典文學版畫選集』五百三十頁、『尙書圖』『纂圖互注禮記』は『中國版畫史圖錄』九十二頁・九十三頁、『新刊全像成齋孝經直解』は『中國版畫史圖錄』百五十頁にそれぞれ圖錄がある。なお、『元版孝經直解』（太田辰夫・佐藤晴彦編　汲古書院　一九九六年六月）も參照。

（2）肖東發の論文では本章第一節注（8）の他、「建陽余氏刻本知見錄」（『福建省圖書館學會通訊』一九八三年第二期）を參照した。

（3）官桂銓「明代小說家余象斗及余氏刻小說戲曲」（『文學遺產增刊』第十五輯　文學遺產編集部編　中華書局　一九八三年九月）。

（4）井上進「舊書筆記（二）」（『飆風』第二十七號　一九九二年二月）による。この論文では、他に［三台館］の出版物として『湯睡菴先生歷朝綱鑑全史』（鈴鹿市立圖書館藏）も紹介している。

（5）日用類書をめぐる余象斗本については、本章第一節注（6）小川論文の他、肖氏論文の內、「建陽余氏刻書考略（中）」（『文獻』第二十二輯）及び「明代小說家・刻書家余象斗」（『明淸小說論叢』第四輯）には『史記品粹』所收の余氏刻本の書目が紹介されており、興味深い。科擧の參考書的意味合いを持つものも多數あったと思われる。

（6）［山人］については、ただの隱者ではなく、基本的に占い師・風水師・醫師・音樂家・本屋等一種の技術を有する庶民文化人として捉えておく。鈴木正「明代山人考」（『淸水博士追悼記念明代史論叢』大安書店　一九六二年六月所收）及び金文京「晚明山人之活動及其來源」（『中國典籍與文化』一九九七年第一期）、鄭利華「明代山人群體的文化特徵及其在文壇的影響」（『中國學研究』第四輯　濟南出版社　二〇〇一年五月）參照。なおまた、余英時著・森紀子譯『中國近世の宗教倫理と商人精神』（平凡社　一九九一年四月）の「中國商人の精神」において指摘される士と商の關係が考慮されなければならないと考える。さらに、『中華文人の生活』（平凡社　一九九四年一月）も參照。

（7）『大廣益金玉篇』は『中國版畫史圖錄』百八十五頁參照。

なお、余氏の牌記については、半葉を用い、中央部に白抜きの十數枚の花瓣を二あるいは三段に象った蓮臺の上に、雙邊二行割りの右に年月日、左に書林名を印す形が一般的である。例えば、『水滸志林評林』の牌記は「萬曆甲午季秋月書／林雙峰堂余文台梓」、『兩漢萃寶評林』の牌記は「萬曆辛卯歲孟冬／自新齋余明吾梓」の如きである。この蓮臺と上部の葉脈が白抜きされた葉の冠が、余氏一族の出版物の一種の商標の役割を果たしている。但し、例えば萬曆刊『新鍥重校批點正譌四書大全』の『中庸或問』の刊記にも「詹氏進賢堂」の名で同樣の牌記が用いられていたり（磯部彰『『西遊記』形成史の研究』創文社　一九九三年二月、四百十六頁）、同じく萬曆二十年（一五九二年）鄭雲齋刊『新刊唐詩鼓吹註解大全』の刊記や萬曆十六年（一五八八年）刊の『四六雕龍』では「書林李文軒」の名で使われていたりする事實もある。さらにまた、江戶時代の出版物にも流用された。この所謂蓮牌木記の考察についてはしばらく措く。

（8）『新刻三台便覽通書正宗』では卷十一に「三台山人仰止影圖」が、『五刻三台便覽通書正宗』では卷一に「三台余仰止先生曆法」、卷十一に「余仰止先生仰觀天象」の圖（いずれも四川省圖書館藏、肖氏論文でも紹介）が見られる。このうち「三台余仰止先生曆法」と「三台山人仰止影圖」は同じ繡像で圖題を替えたものと考えられる。

（9）王重民編『美國國會圖書館藏中國善本書錄』（一九五七年）六十九・七十頁『海篇正宗』についての記載では、原題「三台館山人仰止余象斗纂、國子監祭酒九我李廷機校、書林雙峯堂文台余氏刊。」書題作「三台館仰止子考古詳訂遵韻海篇正宗」部目一依篇海類編、音釋則殊簡略。卷一載琉球國夷字音釋、則成書在劉孔當後也。卷末有「萬曆戊戌春月余文台繡梓」牌記、卷端有三台山人余仰止影圖。圖繪仰止高坐三台館中、文婢捧硯、婉童烹茶、憑几論文、榜云「一輪紅日展依際、萬里青雲指顧間」、固一世之雄也。四百年來余氏刊行短書遍天下、家傳而戶誦、誠一草莽英雄、今觀此圖、仰止固以王者自居矣。其事蹟與刻書處、見孫楷第日本東京所見中國小說書目提要卷四。と述べている。しかし、その後の王重民撰『中國善本書提要』（上海古籍出版社　一九八三年八月）では傍線を施した余象斗に對する評價の部分は削除されている。

（10）伊藤漱平「李笠翁の肖像畫（下）」（『汲古』第十五號　汲古書院　一九八九年六月）。

（11）出版の狀況の演變については、主に張秀民『中國印刷史』（上海人民出版社　一九八九年九月）に依った。その他、張秀民「明代印書最多的建寧書坊」（『文物』一九七九年第六期）を參照した。
なお、一九九〇年訪問當時、麻沙鎭書坊は刻書に關連する遺跡を何ら留めてはおらず、往時の面影を偲ぶ緣すらなかった。

しかし、麻沙鎮の西外れ、書坊へ向う幹線道路沿いに現代的な製紙工場があり、従業員約二千人を抱えるほどの當地最大規模の一機關であるとのことであった。但し現生產品はノート用の紙等が主で刻書盛んなりし時代に用いた類の紙は作っていないようである。なお、麻沙からの交通の便を中心とした交易ルートの解明については、盧田孝昭の一連の論文（〝嶺外〟雜記　麻沙鎮」「〝嶺外〟雜記　分水關」「〝嶺外〟雜記　楓林關」「〝嶺外〟雜記　鄱陽湖」（「〝嶺外〟雜記　もう一つの分水關」（『中國文學研究』第十一・十二・十三・十四・十五期　早大學中國文學會　一九八五〜一九八九年）等を參照。

(12) 同様の封面は、東京大學東洋文化研究所仁井田文庫藏『三台萬用正宗』（汲古書院『中國日用類書集成』二〇〇〇年七月所收）でも見られる。また例えば、東北大學狩野文庫藏『萬用正宗不求人全編』では、封面をほぼ同様の形式に仕立てているものの、廣告文識語の上部は空欄のままである。ここには本來、檢印の役割を擔う朱丸印が押されるはずであっただろうと考えられる。

(13) 本章第一節注（4）參照。

(14) 李九我と袁了凡については本章第一節注（9）參照。
この他、『史記品粹』に記載されるという余象斗刻本の書目からは、湯賓尹（字は嘉賓、號は霍林、宣城南京寧國府の人。萬曆二十三年の會元。南京國子監祭酒を勤める。『睡庵集』がある。）が關わっていることがわかる。余氏の刻本と湯賓尹との關係については、科擧と福建の出版を巡る視點から、本章第一節注（9）に引く金文京論文を參照。

(15) 眉評欄を設けた上評下文の形式が試みられた例として、『申學士校正古官版書經大全』（萬曆刊　半葉十一行×十九字　小字雙行　白口　四周雙邊　卷首は內閣大學士瑤泉　申時行　校正／國子監祭酒　具區　馮夢禎　參閱／閩芝城建邑書林　余氏全梓福建師範大學藏）も擧げられよう。しかしこの書は眉欄はあるが評は入っていない。おそらく評林本を目指した形式を取りながらも結局上部が空格のまま刊行されたものと思われる。また、余象斗刻本として擧げた『新鍥漢丞相諸葛孔明異傳記論注解評林』（萬曆二十六年　遼寧省圖書館藏）は、縱二〇九ミリの內約七分の一に當たる二十九ミリを眉欄として用い、眞僞は別としても余象斗の名で評を付している。

(16) 『三國演義』の出版について建陽の版本を扱った論文としては、金文京「『三國演義』版本試探　建陽諸本を中心に」（『集

刊東洋學』第六十一號　一九八九年五月）及び上田望「『三國演義』版本試論　通俗小説の流傳に關する一考察」（『東洋文化』第七十一號　東京大學東洋文化研究所　一九九〇年十二月）を參照。また本論第一章參照。

（17）評の特徴や版本の系統關係については、佐藤由美「志傳評林本『三國志演義』について」（『集刊東洋學』第八十六號　二〇〇一年十一月）參照。

（18）『水滸傳』の建本に關係すると思われる文簡本については、馬幼垣「現存最早的簡本《水滸傳》《插增本》的發見及其概況」（『中華文史論叢』總第三十五輯　一九八五年第三期）が興味深い資料を提供している。加えて各地の水滸版本を調査検討した結果を纏めた同氏『水滸論衡』（聯經出版社　一九九二年六月）は「水滸傳」の版本研究に貴重な情報をもたらしている。（曲家源「《水滸》版本研究的重大進展　評馬幼垣教授的《水滸論衡》」（『山西師大學報』第二十卷第四期（總第八十一期）一九九三年十月に書評がある。）

（19）この點については、第一章注（1）〜（4）參照。

（20）熊大本については、陳大康「關于熊大木字、名的辨正及其他」（『明清小説研究』一九九一年第三期　總集第二十一期）及び同「熊大木現象：古代通俗小説傳播模式及其意義」（『文學遺產』二〇〇〇年第二期）、同著『明代小説史』（上海文藝出版社　二〇〇〇年十月）第三篇第八章「通俗小説創作的重新起步」參照。前者に從えば熊氏は本名熊福鎮、字が大木、號は鍾谷ということになる。

（21）刊行年については筆者もこれ以上の情報は持ち合わせていない。本章第一節注（4）參照。

（22）公案傳については、第二章第二節注（7）參照。

（23）「四遊記」については、魯迅が『中國小説史略』（一九二五年・一九三一年修訂・一九三五年一部改訂）で解説した外、趙景深「讀《四遊記》」「《四遊記》雜識」（一九二九年四月五日）「八仙傳説」（一九三三年）（いずれも『中國小説叢考』齊魯書社　一九八〇年十月所收）や劉修業の『古典小説戲曲叢考』（作家出版社　一九五八年五月）及び『西遊記』の成立を中心課題として探求する李時人の「《四遊記》版本考」（『徐州師範學院學報』一九八六年第二期　後『西遊記考論』浙江古籍出版社　一九九一年三月所收）等の論究が參照される。

(24)　柳存仁『倫敦所見中國小說書目提要』（書目文獻出版社　一九八二年十二月）參照。

（補）　この他、參考論文を以下に揭げる。

杉浦豐治「明刊典籍二三事　余氏刊本と讀書坊板　(1)(2)」（『金城國文』第五十五・五十六號　金城學院大學國文學會　昭和五十四・五十五年）
大塚秀高「中國通俗小說の書目と提要　所謂靈怪小說の概念、講史章回小說の舊本と新本に言及しつつ」（『中國古典小說研究動態』第二號「中國古典小說研究動態」刊行會　一九八八年十月）
盧田孝昭「明刊本における閩本の位置」（『ビブリア』第九十五號　一九九〇年十一月）
大木康「山人陳繼儒とその出版活動」（『山根幸夫教授退休記念　明代史論叢』（下）汲古書院　一九九〇年三月）
大木康「明末江南における出版文化の研究」（『廣島大學文學部紀要』第五十卷特輯號一　一九九一年一月）
方品光（福建師範大學圖書館）「元明建本通俗演義對我國小說發展的影響」（『福建師大學報』一九八二年第一期）
路工「訪宋元明刻書中心地之一　建陽」（一九六二年十一月二十日《光明日報》原載後『訪書見聞錄』上海古籍出版社　一九八五年八月所收）
盧維春（廈門大學圖書館）「麻沙本版刻得失辯」（『福建省圖書館學會通訊』一九八五年第三期）
許道和（一九九〇年當時建陽第一中學）「麻沙本雕版印刷書話」（『福建省圖書館學會通訊』一九八三年）「建陽雕版印刷漫話　版式、紙張、雕版原料、墨丘」（『福建省圖書館學會通訊』一九八四年第一期）

付録

一　水滸傳簡本淺探

――劉興我本・藜光堂本をめぐって――

はじめに

鷗外森林太郎の舊藏書一萬八千余册が東京大學附屬圖書館に寄贈され[1]、その分類排架に先立って「鷗外文庫目錄・和漢書之部」が編まれたのは大正十五年（一九二六年）七月のことであった。ついで昭和五年（一九三〇年）、『斯文』第十二編三號に「水滸傳諸本」と題する神山閏次の一文が載り、江戸期佚名氏の「水滸刊本品類隨見抄之如左」が紹介され、「藜光堂本」の存在が知られた。かくてそれより幾何もなく昭和七年（一九三二年）、「旣ニ佚セルニ似タリ」（神山文）と考えられていたその「藜光堂本」が實に鷗外文庫中に發見されたのである。發見者は當時東京帝國大學附屬圖書館に傭の身分で勤務していた故石崎又造であるらしい。翌昭和八年（一九三三年）、石崎は「水滸傳の異本と其の國譯本」と題する論文を『圖書館雜誌』（第二十八年）に三回に亙って連載した。その中、最も紙幅を割いて紹介しているのが「藜光堂本」であることは言うまでもない。

一方、長澤規矩也は、同じ頃、氏によればこの「藜光堂本の翻刻」と目される所謂「劉興我本」を入手、『書誌學』[2]で紹介した。この本は戰後、雙紅堂主人長澤が故あって東京大學東洋文化研究所に割讓し、他の俗文學關係の蒐書と共に「雙紅堂文庫」として同所に收藏されることとなった。（『雙紅堂文庫分類目錄』―一九六一―巻末の長澤「わが蒐書の歴史の一斑」には、昭和七年十一月に淺倉屋で入手したことが記され、また千葉掬香[3]舊藏本であったことが原本見返しの長澤の識語によって知られる。）かくて期せずして同系統に屬する珍本二部が本郷の地に集まったわけで、そこに一種の奇縁を感ぜざるを得ない。

　筆者は、水滸傳中の詩詞に關心を持ち、百回本・百二十回本等を調査するうちに[4]、先の二種の百十五回本が、なおまだ充分には調査・檢討の對象とされていないことを知った[5]。藜光堂本については先の石崎の紹介の他、白木直也が「文簡藜光堂本の研究」（『江戸期佚名氏水滸刊本品類隨見抄之の研究』一九七二年自印所收）を發表し、また劉興我本については一九八六年に至って劉世德が「談《水滸傳》劉興我刊本——《水滸傳》版本探索之一」（『中華文史論叢』總第四十輯、一九八六年第四輯）を發表したが、同系統に屬するこの藜光堂・劉興我兩本の關係については兩研究いずれにも觸れられていない。ひとり馬幼垣が、一九八七年八月台北市で開催された「明代戲曲小說國際研討會」で「嵌圖本水滸傳四種簡介」と題する發表を行い、その中で繡像に付けられている標題の對校を手掛りとして「我懷疑劉興我本早過藜光堂本」（劉興我本の成立は藜光堂本に先立つものではないか）と推測しているのみである[6]。この馬氏の發表は筆者の調査と時期を同じくし興味を覺えたが、いずれにせよここ數年「水滸傳」に限らず、「三國志」の建本を巡る出版情況[7]を含めて、資料の稀見な文簡本に對する關心が高まり、研究對象として見直され始めたことは確かであろう。

　そもそも水滸傳の版本は、文章敍述の粗密により文繁本と文簡本とに大別される。文繁本と文簡本との成立における先後關係は、版本の比較研究が進むにつれて、文繁本が先に出て、それを刪節した文簡本が後から出來たとする說が有力となった。

　文繁本については、所謂天都外臣序本の詮索や李卓吾評の眞僞問題、百二十回本を挾んでの二種の百回本の區別等夙に多角度より研究が行われてきた。一方文簡本については、鄭振鐸の發見に係る所謂巴藜本すなわち「新刊京本全像插增田虎王慶忠義水滸全傳」を始めとして、日光慈眼堂藏の「京本增補校正全像忠義水滸志傳評林」、あるいは所謂英雄譜本等限られた資料のみが對象とされてきた。然るに、先の馬幼垣が歐州各地の圖書館に埋もれていた水滸傳の簡本數種を『中華文史論叢』總第三十五輯（一九八五年第三輯　後『水滸論衡』聯經出版社　一九九二年六月所收）において紹介し、水滸傳版本研究に新たな一頁が加えられた。田虎王慶の二冠の話柄の存在を特徴とする文簡本の研究は、此に改めて總合的に比較檢討されるべき機會を得ることとなった。

ここに付錄として擧げる本考察は、この趨勢を踏まえ、國内でも言及されることの少なかった表題に擧げた兩本について、これまでに筆者の行った調査結果を披露し、併せて他本との關わりからとりわけその先後關係及び文簡本系統上における兩本の位置を推定してみようとするものである。

一　劉興我本の書誌的概略

東京大學東洋文化研究所（雙紅堂文庫）藏。故長澤規矩也舊藏本。全八册（一帙）。二十五卷一百十五回（目錄實回數は一百十四回）。本書は表紙・封面を缺き、序に始まる。目錄題は「鼎鐫全像水滸忠義誌傳」に作り、各卷首葉首行の內題は次のように二通りに大きく分かれる。

1　新刻全像水滸傳　一・二・三・五・六・十四・十五・十六・十七・十八・十九・二十二・二十三・二十四・二十五　計十五卷

2　新刻全像水滸誌傳　四・七・八・九・十・十一・十二・十三・二十・二十一（この卷のみ「全像」なし）　計十卷

また目録の終題は「全像水滸忠義誌傳」となっており、各巻末葉末行の後題は必ずしも全巻にはなく、計十四巻分にのみ記され、次のように三通りに分かれる。

1　全像水滸傳　一・五・六・十四・十六・十八・十九・二十二　計八巻

2　全像水滸誌傳　八・九・十・二十　計四巻

3　新刻全像水滸傳　十七・二十一　計二巻(8)

これらの題名に見られる特徴は、「全像」の角書を有し、また「水滸誌傳」の四字を用いている點である。「水滸志傳」なる題名は現在知られる水滸傳の版本中、他に「京本增補校正全像忠義水滸志傳評林」（以下「評林本」と略稱）(9)を見るに止まる。よって劉興我本はこの評林本と何らかの關係があろうとまず豫想せられる。

また、この本の名稱については、巻一首葉の第二、三行下部に、

錢塘　施耐庵　編輯

富沙　劉興我　梓行

と記すに因り、「劉興我本」と略稱される。地名富沙については官桂銓が

富沙卽潭陽、潭陽卽福建建陽(10)

として、この本が所謂「建本」に屬することを指摘している。また刊行者劉興我についても後述の藜光堂本の刊行者と同一人ではないかとの推測を下しているが、確證は得られていない。

本書は嵌圖形式、單邊、界線なし。縱二四・八×橫一四・〇センチ。框廓縱二一・一×橫一一・九センチ。本文の上部中央に圖があり、縱四・八×橫八・六糎。また框廓外圖上に橫八字の標題（框廓なし）がある。圖の左右は各二行三十五字、圖下は十一行二十七字、半葉滿字の場合計四三七字。正文を有する葉數を八七八として計算すると、約

三十八萬四千字となる。なお卷四に缺葉があり、內容から見て約一丁分の正文があったと考えられる。版心柱記には全書に亙り上部に「全像水滸傳」とあり、單魚尾、卷數、丁數を刻す。

刊記を缺くが、刊行年は序文の末尾に

戊辰長至日　清源汪子深書于巣雲山房（戊辰の歲の長至の日、清源（福建泉州）の汪子深、巣雲山房に書す）

とあるにより、崇禎元年（一六二八年）と推定される。[11] なお、汪子深については知る所がない。

二　藜光堂本の書誌的概略

東京大學總合圖書館藏。森鷗外舊藏本として知られる。裏打ちを施した全八册（二帙）。[12] 二十五卷一百十五回（目錄實回數は一百十四回）。封面は上半部に「忠義堂」の繡像があり、下半部に「全像忠／義水滸」を二行に分けて大書し、その間に「藜光堂藏板」とある。次に「溫陵雲明鄭大郁題」と署された「水滸忠義傳敍」を置く。この鄭氏並びにその序については、夙に白木直也が、溫陵という原籍から思想的に李贄の流れを汲む人物として考えられるが、鄭序は容與堂本に題された李贄（卓吾）の「忠義水滸傳敍」の燒き直しであり、おそらく書肆がその名前を利用して假託したものであろうと指摘している。鄭序敍の「忠義」を鼓吹する內容及び語句が李序の體のよい換骨奪胎に過ぎない點は確かであるが、いずれにせよ鄭大郁という人物が李贄派に列なり且つ地方的に名聲のあった者であることは想像に難くない。[13]

目錄題は「鼎鐫全像水滸忠義志傳」とあり、劉興我本に同じい。各卷首葉行の內題は次の五通りに分かれる。

1　新刻全像水滸傳　二・三・四・六・七・八・十一・十三・十四・十五・十六・十七・十九・二十・二十一・二

十二・二十三・二十四・二十五　計十九巻

2　新刻全像水滸忠義傳　五・十二　計二巻

3　新刻全像水滸志傳　九・十八　計二巻

4　新刻全像忠義水滸傳　十　計一巻

5　新刻全像忠義水滸誌傳　一　計一巻

となるが、二十五巻すべてに共通するのは「新刻全像」の角書きであり、また「忠義」の二字を有する巻があるのを特徴とする。この「忠義」二文字に對する意識が強く働いていることは、全巻の版心に「忠義水滸」と刻されていること及び先に觸れた鄭大郁の序からも窺われる。各巻末葉末行の後題は次の十巻分のみに記され、各巻首の題名にもまして統一を缺く。

1　全像水滸傳　四・十三・十九・二十二　計四巻

2　忠義水滸傳　一・十六　計二巻

3　全像忠義水滸傳　二十五　計一巻

4　全像忠義水滸志傳　二十　計一巻

5　新刻全像水滸傳　十七　計一巻

6　忠義水滸　七　計一巻

の如くである。その他（二・六・十・十一・十二・十四・十五・二十四）は題を欠き、單に「數卷終」と記すのみである。

巻一首葉の第二、三行に編者及び刊行者名が見え、

清源　姚宗鎖　國藩父　編
武榮書林　鄭國楊　文甫父　仝校
劉欽恩　榮吾父　梓校

とある。編者は清源（福建泉州）の姚宗鎖、字は國藩、校訂者は武榮（福建泉州）の鄭國楊、字は文甫である。封面と合わせると刊行者は藜光堂主劉欽恩、字は榮吾ということになる。この劉榮吾については、同姓でもあり、富沙の劉興我と同一人もしくは關係の深い人物とも考えられるが、(14)なお推測の域を出ない。尤も清源・武榮・溫陵いずれも泉州で出版された可能性ありと考えるならば、同姓ではあっても建陽の劉興我との結びつきはむしろ弱まると思われる。またここで注意すべきは編者としての羅貫中や施耐庵の名が見られない點である。これは水滸傳の作者としては羅施の名がすでに廣く知られ、ためにそれを掲げずして、藜光堂が元になった版に新校訂を施したとの觸込みで賣り出そうとしたことに因るものかと想像される。

本書は嵌圖形式。單邊、界線なし。縱二三・四×橫一三・九センチ。框廓縱約二一・二×橫一一・九センチ。本文の上部中央に圖があり、圖は縱四・三×橫六・九センチ。また框廓外圖上に橫八字の標題があり、縱〇・九×橫八・六センチの單邊で圍まれている。圖の左右は各三行三十四字、圖下は九行二十七字、半葉滿字の場合四四七字。亂丁が二箇所あるが、(15)正文を有する葉數を八六三として計算すると、約三十八萬六千字弱となる。版心柱記には全書上部に「忠義水滸」とあり、單魚尾、卷數、丁數を刻す。なお卷一の三・五・六丁、卷四の十六丁と卷二十の十七丁の版心丁數下部には「藜光閣」の三字を刻す。(16)

この他、この藜光堂本の性格を暗に物語る點としては、卷十八末尾において正文が版木の末行に及び、末刻部分に余裕がないことから題名を省略してただ「終」一字のみを刻していること、卷二十四・二十五において、ともに正文數行が次葉にかかることを恐れて末尾の一部（卷二十五では七律一首）を亂暴にも削除し二版木に跨るのを防いでいること等が擧げられる。これらの事象はいずれも書肆が勞力を省こうとしたか、もしくは刊行を急いだがために起こったことではないかと考えられる。

なお形式の面から見るに、圖の左右を三行とする嵌圖本はこの藜光堂本の他に「慕尼黑本」（半葉滿字五〇六字）・「李漁序本」（半葉滿字五五二字）（いずれも共に馬氏命名の呼稱に從う）(17)がある。この兩本ともに筆者は未見であるが、後述の劉興我本との先後關係・卷末から窺われる省力化の傾向、李漁の生卒年・行款字數から、あるいはこの藜光堂本が圖の左右を三行に擴げる形式の先驅かもしれない。この點は今後の解明に俟つ。

三　卷數・回目から見た兩本

劉興我本（以下「劉本」と略稱）、藜光堂本（以下「藜本」と略稱）均しく二十五卷、一百十五回（目錄實回數は一百十四回）であり、その分卷の情況は全く一致する。次に百回本（天都外臣序本及び容與堂本）、插增本（馬幼垣調查による六本）(18)、評林本の回目と比較對照すると後出一覽表の如くになる。（因みに、劉本・藜本では、正文の回目と目錄の回目との相違が多く認められる。この表では正文もしくは目錄の回目のうちいずれか一方でも他本と合致したものには○印を付した。また劉・藜兩本を除き、他の三本中で一致したものには△印、一本のみ異なる場合には×印をつけた。）

始めに、劉・藜兩本の回目上の特徵を考えると次の三點が指摘出來る。（以下回數は、劉・藜本のそれを以て示す。）

（一）　兩本共通の不備

兩本には共通して、目錄・正文間の不一致が見られる。

①第九回　劉・藜兩本とも目錄には「豹子頭刺陸謙富安　林冲投五庄客向火」とあるも正文には對應する回目がなく、第八回に併合された形を採る。(評林本も同じ。)
②第百十三回　劉・藜兩本とも正文では第百十三回回目を「盧俊義大戰昱嶺關　宋公明智取淸溪洞」に作るも、目錄ではこの該回が缺落し、第百十三回「魯智深杭州坐化　宋公明衣錦還鄉」と、正文の第百十四回に當たる回目に續けている。ために以下正文と目錄との間にずれを生じ、正文の第百十五回が目錄では百十四回に繰り上る結果となった。すなわち目錄に依る限りでは百十四回本ということになる。

この他、共通の不一致としては、

③第二十五回　目錄「鄆哥知情報武松　武松怒殺西門慶」正文「鄆哥報知武松　武松殺西門慶」
④第三十六回　目錄後片「梁山泊戴宗傳假名」、正文後片「梁山泊囑戴宗假信」
⑤第七十八回　目錄「宋江奉詔破大遼　陳橋驛揮淚斬卒」、正文「宋江明奉詔破大遼陳橋驛滴淚斬小卒」
⑥第百二回　目錄後片「李戎智取白牛鎭」、正文後片「李雄敗死白牛鎭」

等が擧げられる。また⑤に見られる如く、「宋江」と「宋公明」、「盧俊義」と「俊義」の類の、呼稱の統一を欠く例が多い。

(二)　兩本における小異

①第五十三回　劉本は目錄「二山」正文「三山」、藜本は目錄・正文ともに「三山」。劉本目錄の誤刻であろう。
②第八十七回　劉本は目錄前片「再訪」正文「訪」、回目後片は劉・藜本ともに同じい。藜本に存する「再」字は、插增本・評林本との關係が深いことを示すものと考えられる。

③第百十五回　劉本は目錄「徽宗□□□（三字墨闕）梁山泊」正文「徽宗帝夢遊梁山泊」、藜本は目錄「徽宗夜夢遊梁山泊」正文「徽宗夢遊梁山泊」。

これらの異同は、劉本目錄の未定を示す缺字になお問題が殘るものの、やはり藜本の粗雜さを表すものであり、劉本が他三本と近い關係にあることを示唆する。

(三)　藜本の粗雜なる點

先の二點を除く他に兩本の目錄と正文との相違から指摘出來ることは、劉本にあっては目錄と正文とが一致しているのに反し、藜本は不一致が目立つという點である。例えば、

①第三十回　目錄「都監血濺鴛鴦樓　武松夜走蜈蚣嶺」、正文「張都監血濺鴛鴦樓　武行者夜走蜈蚣嶺」

②第三十七回　目錄「白龍庙英雄小聚義」、正文「白虎廟英雄小聚義」

③第九十四回　目錄「宋江承命討淮西」、正文「宋江承命討淮南」

これらはいずれも藜本の粗雜さを示すものと考えられる。

次にこの表から窺われる兩本と他三本（すなわち百回本・插增本・評林本）との回目上における關係を見ると、以下の點を指摘することが出來る。

一、評林本との關係

(1)百回本と評林本との結びつきが強いと考えられる回……十二・十三・四十七（評四十三）・七十一（評六十七）

(2)評林本のみ他本（百回本もしくは插增本、劉・藜本）と異なる回……二十一・八十六（評八十）・九十（評八十四）・一百七（評九十七）

二、插増本との關係

(1)百回本・評林本と一致し、插増本と異なる回……十四・十六・七十三・一百一

これら分卷の仕立て方と回目から歸納して言えることは（表参照）、次の三點に絞られよう。

（一）百回本からの影響に關しては、劉・藜兩本は、插増本・評林本と等間隔の關係にあるのではないかと考えられる。

（二）劉・藜兩本については、評林本との關係はもちろんのこと、插増本中の梵帝崗本との關連がかなり強いと想像される。(19)

（三）劉本と藜本との關係については、劉本に誤刻不備等が少ない點から推して、藜本より先に成立したものではないかと推測される。なぜならばもし假に劉本が藜本を繼承しているとすれば、その誤刻不備等も踏襲される可能性が大きいからである。

よって插増本の成立年代(20)が他本に比べて早いとした場合、左のような系統圖をまず想定することが出來る。

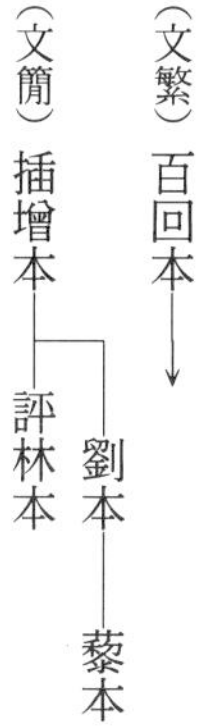

四　正文から見た兩本

〈一〉 敍述部分

すでに上述したところによって劉本と蔡本とは分巻・回目・總字數の上から非常に親密な關係にあることが判明した。しかし一方、字句を對校した結果、微妙な差異があることも知られた。となれば、同じ簡本系の評林本や插增本との對校もまた必要となる。そこでまず散文の敍述部分（所謂地の文）から例を採り、その特徴を考えてみたい。

一、劉・蔡兩本と評林本（第三十回）

劉・蔡・評三本に共通の部分には傍點、、を施し、劉本の字句には傍線——を、蔡本の字句には〔　〕、評林本の字句には（　）をつける。

當（時）〔日〕武松尋思半晌、怨恨冲天〔曰〕若不殺張都監、如何出得這〔口〕氣、便去屍（身）上、（取）〔解〕下（二）〔一〕把（好朴刀）〔尖刀〕、再回孟州城來、黃昏時（分）〔候〕轉到張都監後花園牆外、却是一個馬院、只見後槽提個燈籠出來、（上）〔顧〕草料、被武松（隨勢槍入來、把這）〔黑影裡揪住〕後槽（住）〔問〕曰、你認得我麼、後槽（聽）〔認〕得（聲音是武松）〔是武松聲音〕、便叫（曰哥不）〔武都頭非〕干我事。

この引用文は、、、の部分と、（　）の部分を辿れば評林本の文章となり、同じく——部分を辿れば劉本、〔　〕部分を辿れば蔡本の文章となる。この異同よりまず言えることは、——の部分と〔　〕の部分とが概ね重なるところから劉本と蔡本との關係は濃厚であるという點である。また劉・蔡兩本は評林本と細部において異同はあるものの、文章の構成及び粗密の點については大差なきものと認められる。

二、劉・藜兩本（第六十七回）と評林本（第六十一回）（用いる符號・方法は例一と同じ。）

宋江與柴進一路、史進與穆弘一路、魯智深與武松一路、朱仝與劉唐一路、（其餘守寨）〔次序分進〕。李逵曰我也同去、宋江曰你去不許惹事、（交）〔教〕燕青和你（作伴）〔同去〕、（宋江是個紋面）〔但碍你是黑面〕的人、如何去得京師、却得安道全上山把毒藥與他點去了、（後用良金）〔方可同行〕美玉碾末、每日塗（搽）〔茶〕自然消了。

ここで注目されるのは、（　）の部分と——の部分がほとんど重なっている點である。これはすなわち評林本と劉本との結びつきが強いことを示すものである。

以上の二例について見るに、劉本は評林本・藜本の兩本に關係があり、從ってその中間に位置するのではないかと考えられる。

三、劉・藜兩本（第一百回）と評林本（第九十二回）・插增本

ここでは插增本（梵帝崗本）を基底とし、(21) 劉・藜兩本と重なる部分には傍點、、、評林本と重なる部分には傍線——を施す。從って插增本・評林本・劉藜兩本に共通する部分には、、、と——との兩方がつけられる。評林本に見られる字句は（　）で括り、劉・藜本に見られる字句は〔　〕で括ることとする。なお、この引用部分における劉本と藜本との間には全く出入なきことを斷っておく。

宋江撥十員將佐鎮守梁州、朱武董平楊志徐寧索超柴進穆弘雷横楊雄石秀〔等十將鎮守〕（梁州）、其餘大隊人馬望洮陽進發、令戴宗催趲〔促〕水軍進越江相會、只〔又〕見李逵來帳中見宋江道（〔曰〕）哥哥這番行兵如何不與我們〔去〕出戰、此去（〔我要領兵〕）攻打〔取〕洮陽須我當先、宋江道（〔曰〕）此去須用、只是淮西路徑〔甚〕雜、恐你殺入重地、怕有疎失、困此不令你（汝）行、今既要攻取洮陽也須得個帮護之人我纔放心、只見項充李兗鮑旭三個回前道、哥哥我等同去帳前轉過、潘迅孫安栢森和（〔鄂〕）全忠計（〔許〕）宣沈安仁六個道齊（〔曰〕）你三個

也不識路徑、小將等識〔認〕得此間地勢〔理〕、願帮李兄弟〔哥哥〕同去立功、宋江（〔道曰〕）各宜用心、點一萬騎軍〔人馬〕與李逵等先行、自率〔統〕大隊人馬隨後而進。

ここに認められる特徴は次の三點である。

(1)文章は插增本の方がはるかに複雜である。

(2)評林本は插增本の骨組み及び字句を繼承している。

(3)劉・藜兩本は評林本とほぼ重なるも、細かい點で異同が見られる。

つまり評林本の字句は、插增本と劉・藜兩本との間に位置する形で、兩者に深い關係を持っていると言い得よう。

以上、散文の敍述部分三例の比較から導き出される大まかの結論は、劉・藜兩本では評林本と藜本とがより親密な關係にあり、藜本は劉本と字句上において些か異同があるということである。（例えば先の例一において、劉本が評林本同樣「哥哥」という呼稱語を用いているのに對し、藜本のみ「都頭」という異なる呼び方をしている。）

また試みに例一・二を文繁百回本と比較してみたところ、評林本・劉本の字句との結びつきが強く、藜本は評林本・劉本に比べて異同が多いという事實も明らかになった。

〈二〉　插入詩詞

章回小說を讀む場合、當然のことながら散文の敍述部分と韻文的要素としての詩詞駢語との相關關係を無視することは出來ない。對象とした兩本が所謂文簡本であるとは言え、詩詞が織り込まれていることには注意を要する。その特徵を考察することは、他本との影響關係を推し量る上で一つの極手ともなり得ると考える。ここでは從來あまり檢討が加えられなかった詩詞駢語に焦點を絞り、文繁百回本中の詩詞との比較對照をも行いながら、改めて劉・藜兩本の關係を検討してみたい。[22]この點は本論第二章第一節も併せて參照。

（一）　詩詞駢語の出入について

始めに兩本における詩・詞及び駢語の總數とその特徴について見ておきたい。

劉本は詩三百四十五首、詞二十八首、駢語四十一段、藜本は詩三百四十四首、詞二十八首、駢語四十一段、兩本とも韻文的要素としての詩詞駢語だけで約四百十首も插入されている。この他にも釋家の偈文等が見られる。この事象は、兩本が文簡本とは言え、文繁百回本の八百三十首、及び百二十回本（楊定見編・袁無涯刻本）の五百七十首との比率から推して、かなりの數量と見做さなければならない。なお兩本の詩一首分の差は、第一百十五回末尾の七律（「生當廟食死封侯」に始まる）の有無によるものであり、その他の詩詞駢語は形式・插入位置等すべて合致する。

詩詞の總數から指摘出來る點は、詩が詞の數よりも壓倒的に多いということである。その差を生ぜしめた一要因は各回首入話に置かれた七言律詩（六十九首）にある。また文繁本では詩詞數の比率がこれほどまでに距たらないこと[23]を考えると、文簡本の特徴は詞や駢語の如く比較的多くの行數（スペース）を必要とする要素をいかに犧牲にしているかという點にある。

また形式の面から見ると、詩については七言絕句が壓倒的に多く、約六十パーセントを占める。次いで七律が二十八パーセント弱、その他は五言詩・古詩である。詞については所謂中調程度のものが大半を占める。

（二）　詩詞の異同について

次に兩本の詩詞について、その字句の異同を評林本及び百回本[24]と比較してみる。

	①	②
百回本	仗義是林冲 爲人最朴忠 江湖馳聞望 慷慨聚英雄 身世悲浮梗 功名類轉蓬 他年若得志 威鎭泰山東 (11)	朝磨暮折走天涯 坐遣○行催重可嗟 多謝施恩深○餽送 稜稜義氣實○堪誇 (30)
志傳評林本	仗義林冲最朴忠 馳名慷○慨○聚英雄 身世○如○今○浮萍梗 他年得志鎭山東 (10)	朝磨暮折走天涯 坐鑽○行催重可嗟 多謝施恩親○餽送 稜七義氣實○堪誇 (29)
劉興我本	仗義林冲最朴忠 馳名到○處○聚英雄 身孤○恰○似○浮萍梗 他年得志鎭山東 (10)	朝磨暮折走天涯 坐鑽○行催實可嗟 岡上大蟲憑勇殺 縣中奸猾逞舉槎 快活林中生殺氣 恩州牢內受波渣 多謝施恩親餽送 稜七義氣最○堪誇 (29)
藜光堂本	劉本に同じ (10)	劉本に同じ (29)

③	④
尅減官人不自羞 被人刀砍一身休 宋江軍令多嚴肅 流泪軍前斬卒頭 (83)	巨耐禿囚無狀 做事只恁狂蕩 暗約嬌娥 要爲夫婦 永同鴛帳 怎禁貫惡滿盈 玷辱諸多和尚 血泊內 横屍里巷 今日赤條條 甚麼模樣 立雪齊腰 投岩喂虎 全不想祖師經上
尅減君頒到憤讐 一時憤發中奸謀 宋江號令多嚴肅 正法軍前涙墮流 (72)	叵耐禿囚無狀 做事直恁狂蕩 暗約嬌娥 要爲夫婦 永同鴛帳 怎禁貫惡滿盈 玷辱諸多和尚 遭勒殺死 二屍里巷 今日赤條條 甚麼模樣 立雲齊腰 投岩喂虎 全不想祖師經上
尅減君頒致搆仇 一時憤發中奸謀 宋江號令多嚴肅 正法軍前墮涙流 (78)	叵耐禿囚無狀 做事直恁狂蕩 暗約嬌娥 要爲夫婦 永同鴛帳 怎禁貫惡滿盈 玷辱諸多和尚 遭勒殺死 二命于里巷 今日赤條條 甚麼模樣 立雲齊腰 投岩猥虎 全不想擔頭經上
劉本に同じ (78)	叵耐禿囚無狀 做事直恁蕩 暗約嬌娥 要爲夫婦 永同鴛帳 怎禁貫惡滿盈 玷辱諸多和尚 遭勒殺死 二命于里巷 今日赤條條 甚麼模樣 立雲齊腰 投岩喂虎 全不想擔頭經上

目連救母生天 這賊禿爲娘身喪 (46)	目連救母生天 這賊禿爲娘身喪 (40)	目連救母生天 這賊禿爲娘身喪 (43)	目連救母升天 這賊禿爲娘身喪 (43)

前表から窺われる劉・藜兩本の特徴は次の三點である。

(1)劉本と藜本との結びつきは強い。

例②③及び④の如く、評林本と劉・藜兩本との間には字句の差異が認められる。

(2)評林本・劉本・藜本の結びつきは強い。

これは本來文簡本系に屬する三本である以上當然のことであるが、例①③の如く文繁百回本に對してこの三本が別系統の一グループをなすことが確認される。

(3)藜本のみ小異が見られる。

例④の如く、劉本が評林本もしくは百回本と字句を同じくしても、藜本のみは字句を異にする。これは劉・藜兩本の關係において藜本が劉本を改作もしくは誤刻した可能性を示すものである。

以上、詩詞の對校から指摘出來る點は、劉本の字句が、やはり評林本と藜本との中間に位置する狀態で、兩者に關係を持つことである。

なお、散文の敍述部分に對する韻文という見地から、王利器の「《水滸》留文索隱」（『耐雪堂集』中國社會科學出版社一九八六年十月）を手掛りとして、格言や對句を含む六十二例を調査した結果によれば、詩詞駢語中に織り込まれて用いられている二十三例の留文の他、兩本には單獨の對句等は見られないことが判明した。これはやはり文簡本という兩本の性格を示している一事象と考えられる。

この他、兩本の調査から氣付いた點を付け加える。

一つは第六十六回、一百八好漢の席次についてである。七十二地煞星と謳っているにも拘わらず、劉・藜本ともに七十名に止まり、「地健星險道神郁保四」と「地耗星白目鼠白勝」の二名が缺落している。加えて藜本は劉本に比し粗雜な點が多く、地煞星中に同宿星の名が重複したり、他本が「地微星」となっている處をひとり「地獄星」に作ったりする。またこの席次の部分について評林本に當たってみたところ、六十九名のみを記し、先の二名の他に「地賊星鼓上蚤時遷」を缺く。この同じ箇所が缺落していることからも評林本と劉・藜本とは互いに關係のあることが想定される。

二點目は圖の標題についてである。兩本とも「全像」を謳う嵌圖本であり、その圖には八文字の標題を付す。劉本と藜本とでは丁數が異なるため、當然圖の總數にも差を生ずるが、劉本八七七圖、藜本八六二圖に付けられた標題はほぼ一致を見る。しかしここでも藜本の粗雜さが目立つ。例えば巻二十一の十丁裏・十一丁表において、劉本は「王慶賣弄鎗棒勢法」「段三娘問王慶取錢」の順に標題が記されているのに対し、藜本は誤って「段三娘問王慶取錢」を二度用いている。この類の誤りは巻四の十五丁表や巻二十一の二十丁表にも見られる。劉本にも誤刻不備がないわけではないが、その度合は藜本に比し極めて低いと言い得る。

結　び

以上、分巻の情況、回目、敍述部分及び詩詞の對校の結果に基づいて劉・藜兩本の特徴を探ってみた。そこでこれを前提として、さらに兩本の系統上の位置について考えてみたい。

（文繁）……百回本
原本『水滸傳』
（文簡）……插增本──劉興我本──藜光堂本（崇禎元年）
　　　　　　　　　└評林本（萬曆二十二年）

評林本の成立が刊記に「萬曆甲午季秋月書林雙峰堂余文台梓」とあるにより萬曆二十二年（一五九四年）、劉興我本の成立が序文の紀年によって崇禎元年（一六二八年）であることから右のごとき系統圖が導き出される。これにより、もしもこの推定に誤りがないとすれば劉・藜兩本の先後關係は、「（劉本は）藜光堂本ヲ翻刻シタルモノ」（『雙紅堂文庫分類目錄』の長澤自身による解題）とする長澤說とは逆の結論に到達する。

ともあれ、ここで取り上げたのは水滸傳簡本中の劉・藜兩本に過ぎない。この他になお馬氏の所謂慕尼黑本・李漁序本の二種がある。これら計四種の嵌圖本・百十五回本（慕尼黑本については推測）のグループは、その相互の調查解明を待っており、その上で水滸傳の版本系統における位置づけが改めて檢討されねばならないであろう。煩瑣を避けず加えたこの論の考察がそのための一礎石とならば幸いである。

注

（1）この鷗外遺書寄贈の經緯については、當時同圖書館に關係のあった女婿山田珠樹の「鷗外文庫寄贈顚末」（『小展望』六

興商會　一九四二年）に詳しい。

（2）『書誌學』第三巻五號「現存明代小說書刊行者表初稿（下）」（一九三四年十一月）、同八巻五號「家藏中國小說書目」（一九三七年五月）。後ともに『長澤規矩也著作集』第五巻（汲古書院　一九八五年二月所收）參照。

（3）歌舞伎座の創立者千葉勝五郎の子で、藏書家としても知られた。本名は鑛藏、掬香は號。一八七〇〜一九三八年。

（4）本論第二章第一節參照。

（5）孫楷第『日本東京所見小說書目』では初版以來、兩本に關する記述は見られず、馬蹄疾編の專著『水滸書錄』（上海古籍出版社、一九八六年七月）でも、藜光堂本については神山の說を、劉興我本については長澤の說及び薄井恭一の『明清插圖本圖錄』（薄井君入營記念會編、一九四二年六月）の解說を襲っているに過ぎない。また、大内田三郎は「水滸傳版本考」と題する論文（副題を持つ數本）で百十五回本を取り上げているが、氏の言う「百十五回本」は「英雄譜」（二十卷百十五回）及び「漢宋寄書英雄譜」（六十卷百十五回）であり、劉興我本・藜光堂本には言及がない。

（6）馬幼垣の發表に關する資料は、最初大塚秀高より惠與していただいた。その後『漢學研究』第六巻一期（一九八八年六月）掲載。また、馬氏の『水滸論衡』（聯經出版社　一九九二年六月、本論第五章第二節注（18））參照。なお、同發表資料中で、德國國家圖書館に鄭大郁の序を有する藜光堂本の翻印と思しき「親賢堂本」なる一本が存在することに觸れているが、詳細は明らかにされていない。

（7）「三國志」については本論第一章注（13）參照。

（8）劉世德「談《水滸傳》劉興我刊本《水滸傳》版本探索之一」（『中華文史論叢』總第四十輯、一九八六年第四輯）では、卷末題名の調査結果に小稿と若干の異同が見られる。

（9）孫楷第『中國通俗小說書目』・『日本東京所見小說書目』及び馬蹄疾編『水滸書錄』（前掲注（5））參照。

（10）「〈水滸傳〉的藜光堂本與劉興我本及其它」（『文獻』第十一期　一九八二年三月）後『文學遺產』一九八四年二期（一九八四年六月）に轉載された。

（11）長澤規矩也「家藏中國小說書目」及び『雙紅堂文庫分類目錄』では「明崇禎刊」とある。また注（8）劉文でも理由を擧げて崇禎間刊行説を支持する。

(12) 石崎又造「水滸傳の異本と其の國譯本（二）」（『圖書館雜誌』第二十八年二號　一九三三年二月）では、「裝釘も同氏（森鷗外）の趣向になるもので裏打ちを施す。全八册（原本も八册なりしこと明かなり）。」とある。目錄欄外に「聖嘆本以校」とある點、改裝した後鷗外自身の筆で題簽を記している點から推して、鷗外がこの本に隨分と愛着を持っていたことが窺われ、また鷗外が幸田露伴達と「めざまし草」（第二十卷　明治三十年八月）に水滸傳合評を發表したことも思い合わされる。なお注（15）參照。

(13) 鄭大郁については知る所がほとんどない。ただ筆者は偶々「篆學入門」（『和刻本書畫集成』第八輯　汲古書院　一九七六年九月所收）なる書の著者が同姓名であることを知り得た。この本の首葉には「溫陵鄭大郁孟周父輯」と記され、長澤規矩也による解題では、「明鄭大郁、京都柳枝軒小川多左衞門刊本半長一册」「本書四庫未收。著者は明史に傳がなく、本書の首によれば、字は孟周。」と述べられている。もし同一人とすれば、序の「雲明」は號と見做すことが出來る。またこの鄭氏竝びにその序については、白木直也「文簡蔾光堂本の研究」（『江戸期佚名氏水滸刊本品類隨見抄之の研究』一九七二年自印所收）で考察が加えられている。

(14) 注（10）官桂銓文に同じ。

(15) 卷二の十八・十九丁は前後しており、鷗外もそれに氣づいて自ら丁數を打ち直している。もう一箇所は卷十六の二丁目が卷十五の二十丁前に來ている。

(16) 「富沙　劉榮吾　梓行」と題し、版心に「蔾心閣」と數箇所見られる同樣式の上圖下文本に『精鐫按鑑全像鼎峙三國志傳』がある、この本は「君臣姓氏附」の末尾に「蔾光堂」とあり、框廓上部に小題を橫書きする。半葉十五行、圖の左右は各三行三十四字、圖下は九行二十七字で、「水滸傳」の場合と同じである。

(17) 馬幼垣「現存最早的簡本《水滸傳》――《插增本》的發見及其概況」（『中華文史論叢』總第三十五輯　一九八五年第三輯）の注⑲における記述、及び前揭注（6）に基づく。

(18) 前揭注（17）「現存最早的簡本《水滸傳》――《插增本》的發見及其概況」中に擧げられた「斯圖加特（シュツットガルト）

本」「哥本哈根（コペンハーゲン）本」「巴黎（パリ）本」「牛津（オックスフォード）殘葉」「德勒斯頓（ドレスデン）本」「梵帝岡（バチカン）本」の六本を指す。

①「斯圖加特本」…卷二（回數不詳）卷三（第十三回）〜卷七（第三十三回、但し回末を欠く）。

②「哥本哈根本」…卷十五（回數不詳の部分があり、第七十四回より明白）〜卷十九（回目不詳）、前の卷十八は第九十一回。但し回の重複あり。

③「巴黎本」…卷二十（第九十九回）〜卷二十一（第一百二回）但し回の重複あり。

④「牛津殘葉」…卷二十二（回目不詳）。

⑤「德勒斯頓本」…卷十七（第八十三回）〜卷二十（第九十八回）但し回の重複あり。

⑥「梵帝岡本」…卷二十一（第九十九回）〜卷二十五（第一百二十回）但し回の混亂あり。

以上が六殘本の概要であるが、全回が存する譯ではない。よって表の插增本の欄も比較對照の可能な回に限って調査結果を記入した。なお馬氏は①〜④を插增甲本、⑤⑥を插增乙本として區別している。

(19) 梵帝岡本の分卷の仕立て方が二十五卷である點、回目が評林本・劉・藜兩本とほとんど一致する點から測られる。

(20) 前揭注(17)(18)で馬氏は插增本を甲・乙二種に分け、「余呈」の死をめぐる記述から、插增甲・乙本の成立を、「甲本」「評林本」「乙本」の順であるとする。しかしここでは原來の巴藜本を代表とする所謂「插增本」として考える。

(21) 前揭注(19)の馬說に從えば梵帝岡本は評林本より後の成立である。しかし先に見た分卷の狀況・回目の異同より、評林本・劉・藜本と梵帝岡本との結びつきが強いと考えられること、梵帝岡本と巴藜本とを對校した結果、巴藜本の字句はほとんど出入なく梵帝岡本に繼承包含されていることにより、ここでは梵帝岡本を用いる。

(22) ここで駢語を詩詞の類に含めて扱うのは、散文に對する同樣の要素と見なせること、鄭振鐸が話本・小說に插入されるこの種の詞を「插詞」と呼び美文要素として取り上げていること（『中國文學論集』所收「明清二代的平話集」本論第一章注(1)參照）、插入位置の特徵や役割が詞とほぼ同樣であると考えることによる。

(23) 本論第二章第一節參照。百回本が詩五一六首、詞三一二首で比率はほぼ五對三。百二十回本が詩二九三首、詞二七八首で比率における大差はない。

(24) 劉・藜兩本の插入詩詞は、引首の詩（「人稟陰陽二氣」に始まる）と第六回末尾の「西江月」一首、七絶一首、及び第四十二回中の「又李卓吾先生詩」と題する七絶一首の計四首を除いた他は、結びつきの程度に深淺はあるも、すべて百回本中に見られるものと關係する。今擧げた四首の中、引首の詞は評林本とほとんど同じであり、第四十二回中の七絶も前書きを「後仰止余先生觀到此處」として評林本に插入されている。

また、評林本の入回詩については、劉世德「談《水滸傳》雙峰堂刊本的引頭詩問題」（『文獻』一九九三年第三期　總第五十七期）參照。

百回本	插增本		評林本		劉興我本		藜光堂本		回目の相違				
									百	插	評	劉	藜
引			(引)		(引)		(引)						
1			1		1		1		○		○	○	○
2			2		2		2		○		○	○	○
3			3	一	3	一	3	一	×		○	○	○
4			4		4		4		○		○	○	○
5			5		5		5		○		○	○	○
6			6		6		6		○		○	○	○
7			7		7		7		○		○	○	○
8			＼	二	＼	二	＼	二					
9			8		8		8		○		○	○	○
10			(9)		(9)		(9)						
11			10		10		10		○		○	○	○
12			11		11		11		○		○	○	○
13		三	12	三	12	三	12	三	△		△	○	○
14			13		13		13		△		△	○	○
15	14		14		14		14		○	×	○	○	○
16	15		15		15		15		×	○	○	○	○
17	16		16		16		16		○	×	○	○	○
18	17	四	17	四	17	四	17	四	×	○	○	○	○
19	18		18		18		18		×	○	○	○	○
20	19		19		19		19		○	○	○	○	○
21	20		20		20		20		○	○	○	○	○
22	21		21		21		21		○	○	×	○	○
23	22	五	22	五	22	五	22	五	○	○	○	○	○
24	23		23		23		23		○	○	○	○	○
25	24		24		24		24		○	○	○	○	○

百回本	插増本		評林本		劉興我本		藜光堂本		回目の相違				
									百	插	評	劉	藜
26	25		25		25		25		別	別	○	○	○
27	26		26		26		26		×	○	○	○	○
28	27	六	27	六	27	六	27	六	○	○	○	○	○
29	28		28		28		28		○	○	○	○	○
30	29		29		29		29		×	○	○	○	○
31	30		30		30		30		○	○	○	○	○
32	31	七	無	七	31	七	31	七	△	△	＼	○	○
33	32		31		32		32		○	○	○	○	○
34	33		32		33		33		×	○	○	○	○
35			＼		＼		＼						
36			33		34		34		○		○	○	○
37			＼	八	＼	八	＼	八					
38			34		35		35		○		○	○	○
39			35		36		36		○		○	○	○
40			無		37		37		○		＼	○	○
41			36		38		38		○		○	○	○
42			無		39		39		○		＼	○	○
43			無	九	40	九	40	九	○		＼	○	○
44			38		41		41		×		○	○	○
45			39		42		42		○		○	○	○
46			40		43		43		×		○	○	○
47			無		44		44				＼	○	○
48			＼		＼		＼						
49			41		45		45		○		○	○	○
50			42		46		46		×		○	○	○

百回本	插増本		評林本		劉興我本		藜光堂本		回目の相違				
									百	插	評	劉	藜
51			43	十一	47	十一	47	十一	△		△	○	○
52			無		48		48				＼	○	○
53			44		49		49		○		○	○	○
54			45		50		50		×		○	○	○
55			46		51		51		×		○	○	○
56			47	十二	52	十二	52	十二	○		○	○	○
57			＼		＼		＼						
58			48		53		53		○		○	○	○
59			49		54		54		○		○	○	○
60			50		55		55		×		○	○	○
61			51	十三	56	十三	56	十三	○		○	○	○
62			52		57		57		○		○	○	○
63			53		58		58		○		○	○	○
64			54		59		59		×		○	○	○
65			55		60		60		×		○	○	○
66			56	十四	61	十四	61	十四	○		○	○	○
67			57		62		62		○		○	○	○
68			無		63		63				＼	○	○
69			58		64		64		×		○	○	○
70			59		65		65		△		△	○	○
71			60		66		66		○		○	○	○
72			61	十五	67	十五	67	十五	○		○	○	○
73			62		68		68		×		○	○	○
74	74	十五	63		69		69		○	○	○	○	○
75	75		64		70		70		×	○	○	○	○

百回本	插増本			評林本		劉興我本		藜光堂本		回目の相違				
										百	插	評	劉	藜
76	76			65		71		71		△	△	○	○	○
77	77			66		72		72		○		○	○	○
78	78			67		73		73		○	×	○	○	○
79	79	十六		68	十六	74	十六	74	十六	○	○	○	○	○
80	80			69		75		75		○	○	○	○	○
81	81			70		76		76		○	○	○	○	○
82	82			71		77		77		△	＼	△	○	○
83	83	十七		72	十七	78	十七	78	十七	○	△	△	○	○
84	84			73		79		79		△		△	○	○
85	85			＼		＼		＼						
86	86			74		80		80		○	○	○	○	○
87	87			＼	十八	＼	十八	＼	十八	△	乙△			
88	87	十八	(乙)十八	75		81		81		○	○	○	○	○
89	88			76		82		82		○	○	○	○	○
90	89			77		83		83		○	○	○	○	○
	91			78		84		84			○	○	○	○
	91		十九	79	十九	85	十九	85	十九		○	○	○	○
	92			80		86		86			○	×	○	○
	93			81		87		87			○	○	○	×
	94			82		88		88			○	○	○	○
	90	十九	二十	83	二十	89	二十	89	二十		○	○	○	○
	95			84		90		90			○	×	○	○
	96			85		91		91			△	△	○	○
	97			無		92		92			○	＼	○	○
	98			86		93		93			○	○	○	○

百回本	插增本			評林本		劉興我本		藜光堂本		回目の相違				
										百	插	評	劉	藜
	98			87		94		94			乙○	○	○	○
	99	二十	二十一	88	二十一	95	二十一	95	二十一		○	○	○	○
	100			無		96		96			○	＼	○	○
	99			89		97		97			○	○	○	○
	100			90		98		98			△	△△	○	○△
	101			91		99		99			○	○	○	○
	102		二十二	92	二十二	100	二十二	100	二十二		○	○	○	○
	103			93		101		101			×	○	○	○
	104			無		102		102			△	＼	○△	○△
	105			94		103		103			○	○	○	○
	106		二十三	95	二十三	104	二十三	104	二十三		△	△	○	○
	107			無		105		105			○	＼	○	○
	108			96		106		106			△	△	○	○
91	109			97		107		107		○	○	×	○	○
92	110		二十四	98	二十四	108	二十四	108	二十四	○	○	○	○	○
93	＼			＼		＼		＼						
94	111			99		109		109		○	＼	○	○	○
95	112			100		110		110		○	○	○	○	○
96	112		二十五	101	二十五	111	二十五	111	二十五	○	○	○	○	○
97	114			102		112		112		○	○	○	○	○
98	113			無		113		113			＼	＼	○	○
99	115			103		114		114		×	○	○	○	○
100	120		(乙)	104		115		115		○	乙○	○	○	×

二　中國石印本小說の特徴とその近代小說史上における役割

はじめに

今では出版社や本屋（古書店をも含めて）の目錄には價格が掲載されている。さらに中國大陸で現在出版される多くの書籍には、奧付に出版數量まで書かれている。廣大な國土と多大な人口を有する國では、その出版數や價格がその書籍の流通頒布に影響を及ぼすであろうことは容易に想像される。しかし一方で、日本を含めて所藏機關等各所で纏められる目錄類には書價が示されることはまず無いといってよい。それは集書の年代の相違や所藏される經緯にそれぞれ由來があり、またあるいは價格はさまで注目されていないからであろう。加えて時代が遡る明代淸代の木版本となると一體どれほど刷られたのか、いくらで賣買されたのかなどの資料にはほとんど出會さないから、實狀はさらに理解しがたい。そのため、木版本は印刷部數が多くはないから貴重で、一般の人々の生活水準や嗜好からすれば現代のごとくに書籍が一般化する情況にはなかったと茫洋と考えられるばかりである。

筆者は中國における石印本小說の出版情況を検討する第一段階の取り組みとして、大まかな目錄（稿）を作成し、初步的調査から出版年の概況や代表的出版所を概觀したことがある。(1) その時には印刷部數や價格がやはり氣になりながらも、検討の對象には爲し得なかった。そこで、小論では前回取り上げるに至らなかった方面から中國における石印本小說の特徴を探り、併せてそれが文學史上において果たした役割を考察してみたい。

一　年代と出版社の概觀

石印本小說の出版年代と出版社を確認しておくとおよそ以下のとおりである。

まず、年代については上海書局から出版された『隋煬帝豔史』『五美緣』と上海順城書局から出された『後列國志』（鋒劍春秋）が最も早い部類で、いずれも一八七五年（光緒元年）である。[2] 最も遲い例では、上海錦章圖書局刊の『三國演義』『全圖加批西遊記』がいずれも一九四〇年、同じく錦章圖書局の『五雷陣』が一九四一年である。しかし、出版年代が明らかな資料から全體の傾向を推し量ると、一九三〇年代以降は出版された作品の種類は多いとは言い難いので、これよりすれば、石印本小說は大體一八七五年（光緒）から一九三〇年前後の五十餘年に集中していると見做せよう。初步的な調查では、四七〇部餘りの小說（作品）が石印本の形式で出版され、年代の記載が明確な六百三十種を超える異なった版本が確認できる。年代不明の版本を加えて、石印本小說としては八百種以上が刊行されたと數えられよう。但し、これらの數値は今後の調查により、さらに增加すると豫想される。

次に出版社については、出版數が集中している上海書局、上海廣益書局、上海錦章圖書局、上海會文堂（會文堂書局）の四社が擧げられる。この四社で石印本小說總出版數の約四分の一を占めていたと考えられ、筆頭の上海書局は一八七五年（光緒元年）から一九三〇年まで合わせて一百種以上の小說を手掛けているので、この數量からすれば全體の八分の一を提供していたことになる。上海廣益書局と上海錦章圖書局の兩社はそれぞれ三十種以上を出版していたことが知られるし、上海會文堂（會文堂書局）は一九二〇年代を中心に出版物が確認できるので、石印本小說の出版では後期の代表的存在と位置付けられよう。

二　書籍の形態と内容

出版が盛んになり、李卓吾をはじめとして小説に批評が加えられ、しかも現在目睹する多くの小説の初期の版本を提供している明代萬曆期（一五七三〜一六一九年）の木版本でも、出版地や書肆により異なった特徴を持つ。例えば元代至治年間（一三二一〜一三二三年）にすでに『全相平話五種』を刊刻し、早くから上圖下文型と呼ばれる版式を定着させていた福建省建陽の刻本所謂建本は、坊刻本として庶民性を優先させていたようで、所謂大型本や大字本はおよそ見られない。大きさの面では所謂中型本が主流であろう。加えて、插圖の構成や芸術的完成度においても、また刻字の風格においても、刻工印刷の技術に關してはやはり都市の出版所のそれには及ばない。(3) これに對して金陵世德堂（『西遊記』）や杭州容與堂（『水滸傳』）の出版にかかる小說は、嚴然として帝都版とも言える風格を備え、版型もたいていはやや大型である。半葉を使用したゆったりとしてしかも緻密な插圖にしても、それだけで藝術品として單獨で購われるほどの價値を有したし、識字層を對象としているためか刻字の組み方もこせこせしていない。長編の小說を多く刊行するとなれば、必要とする經費も手數も自ずと增加しよう。

これらの相違は、あるいは偶然時期を同じくして出版地が異なるために見られる特徴かもしれない。しかしいずれもその出版地の特色をよく表出していようし、時代性をも示していよう。淸代に入ると康熙年間（一六六二〜一七二二年）に出版された小說でも、すでに插圖や刻字に省力化の傾向が見られるようだし、十八世紀後期になると刻工印刷の技術自體が輕んぜられたのではないかと疑われるような印象も一部感じられる。

もちろんこれら書籍の形態が有する特徴は一概に總括できるものではないが、時代の變遷・文化における書籍の位置付けを物語るのであれば、石印本小說においても同様な見方は可能であろう。そこで、書籍の大小等形態上の特徴を纏め、併せて内容との關係にも言及してみたい。

石印の技術は版面を比較的自由に擴大縮小できることから、書籍の大小も各種各様と廣がりを持つ。しかし、形態面から分類すれば、以下の三種四類に纏められる。

1，中型本　多くは線裝本で、四册から十册程度で一函を爲す。

縱二十×横十三センチ。現在の八五〇×一一六八センチを基準とした場合の三十二開張本と同等の大きさ。

2，小型本　(1) 線裝本　四册前後で一セットを爲す。函・帙はほとんどない。

(2) 洋裝本　二册から四册で一セットを爲す。各册ホッチキスで二カ所を綴じ、現在の新書版程度の裝丁に表紙をつける。縱一七×横一一センチ。

3，袖珍本　多くは線裝本で、印刷は粗惡なものが多い。

所謂ポケットサイズであるが、今回は縱一四／一五センチ以下×横九センチ以下を對象として考えた。

書籍の形態は、必ずしも内容と關係を持たないとも考えられるが、石印本小說の大小は内容とも關係していると想定される。そこで、各種版本と内容との關係を見てみると、次のことが導き出せる。

1の中型本は、石印本小說の出版形態としては他に比べて大きい紙面を提供しており、從って容量も大きい。そのためか明代以來の章回體の長篇小說や短篇集など、多大な文字數の收容能力を要する作品の印刷に用いられている。例えば、第一章で取り上げた『三國志演義』については、繪像を伴った十二册一セットが複數の出版社から出ているし、『紅樓夢』についても多くが繪像付きで『金玉緣』の題名での刊行も含めれば二十種前後の石印本が出版されたと考えられる。このようにわずか五十年ほどの短期間に同一作品が複數の出版社から提供された現象は、印刷技術の變化を伴っているものの明代萬暦期と同様な時代の要求を感ぜずにはいられない。掃葉山房の『水滸傳』（所謂七十回本、圖像有り、十二冊二帙、民國十三年影印、二八字×一四行、やや大字、割り注は小字雙行で木版に近い形式、價格不詳）や進步書局の小字本（『花月痕』十六巻五二回、四冊一帙、圖像有り、出版年價格ともに不詳、五四字×二五行、眉評有り。『鏡花緣』六巻一百回六冊一帙、圖像有り、出版年價格ともに不詳、六一字×二七行）、『唐人小說六種』（東京大學東洋文化研究所雙紅堂文庫藏、四冊一セット、上海廣益書局、雙紅堂文庫目錄では民國刊『唐開元小說六種』とする）なども章回小說の一つの提供のされ方として擧げられるだろう。

2の小型本は内容から見ると、所謂言情小說、義俠小說、講史小說など幅廣い。（1）は多くが二十回以上の中篇の内容を有し、清末光緒期を中心に出版されたかと豫想される。これに對して（2）機械裝丁（基本的にはホッチキス止め）の洋裝本は、八回から二十回程度の短篇と呼べる内容に歸納でき、出版年代も多くが民國期に屬するかと考えられる。例えば、新新小說社の『留東黑幕』（十二回、民國六年一九一七年）や上海沈鶴記書莊の『和尚黑幕』（二十回上下二冊、民國六年一九一七年）、さらに振聲譯書社の『姨太太黑幕』（八回、民國七年一九一八年）は、いずれもまるで現在の新書版同様の作りである。これらは後に觸れる如く一九一六年から流行した黑幕小說の單行本化と見做せよう。

3の袖珍本については、内容との一定した對應關係は未だ明確ではない。あるいは2小型本のうち、（1）線裝本の所謂通行本の役割を果たしたのかもしれない。

三　書價について

では、これら石印本小說は一體いかほどの値段が付けられていたのか。物價の變遷と社會の變動は密接な關わりを持っており、しかも時代の鼎革に當たる時期であればなおさら種々の變化は激しいに違いない。しかし、明代清代の木版本とは異なり、奥付や封面に書價が明記されている實物が複數手にできて資料を提供してくれるし、書籍に付された廣告を通して大まかな傾向は見出せる。この點では隨分と現代的であるから、物價全體と比較した書籍の價格という角度から、少しく覺え書きを留めておきたい。

まず、中型本では『上海新繁華夢』（四十八回、初集～三集計六册、東京大學東洋文化研究所藏）の表紙裏側には、「民國三年春月出版　定價大洋壹元／著述者　亞東編輯社／印刷者　時新書局／發行者　鍊石書局／分發所　文元書局／寄售處　各省大書局」とあり、民國に入ると實際の如何は別として版權所有の認識が明確な點が確認できる。この點は光緒二十九年一九〇三年の文明書局の廣告あたりから影響されているのかもしれない（後述流行の項參照）。さらに上述の『唐人小說六種』では、三箇所に廣告が掲載されており、例えば「楊太眞外傳」の前頁では民國元年一九一二年に刊行した『神州光復志演義』（百二十回）について、「全書一六册分裝兩函」「定價大洋貳元四角」と縱書きで記している。同年九月上海神州圖書局から出版された同書（十六册二帙、第一册は目錄と圖像、三四字×一六行）第十六册奥付では「每部一六册定價洋貳元八角」であるが。その他の廣告部分からは「女子小說十種　洋裝一册價洋三角」「言情小說蝶媒恨　一册三角」「奇情小說惠娘小傳　一册二角」「哀情小說海棠箋哀史　一册五角」「寫情小說恨海　一册二角」「短篇小說小說郛　一册四角」など、上海廣益書局が民國期に刊行していた石印本小說の値段が把握できる。

また、新書版型の洋裝本では表紙に定價が記されていることが多いようである。例えば、先に擧げた振聲譯書社の『姨太太黑幕』や新新小說社の『最新多寶龜』（十四回、民國七年一九一八年）では背表紙側に縱に「定價兩角」とあるし、振聲譯書社の『宧海黑幕』（八回、民國七年一九一八年）では「上下兩册定價四角」と明記している。

さらに、民國九年（一九二〇年）重訂の序を有する『掃葉山房書目』「巻二　石印鉛印精本書籍」から數例拾うと以

下の如くである。(4)

・石頭記　一六冊　四元
・儒林外史　六冊　一元
・三國演義　本紙精印　一六冊　三元
・五才子　同文書院石印　一二冊　二元五角
・東周列國志　本紙精印　八冊　二元
・同文原印　聊齋志異　八冊　二元
・古今說海　二十冊　三元

この書目では全四巻三十五丁袋とじ總頁七十頁のうち、第三丁から始まる巻一の角書きが「掃葉山房石印精本書目巻之一」となっており、巻二と合わせて三十六頁分を石印を中心とした目録が占めている。雑誌の刊行形態などから推せば、鉛印が隨分と竝行して行われていたと考えられるが、それでも單行本としての石印本の流行は一九二〇年代でもかなりの數にのぼると確認できよう。因みに巻三は「本版精刻各書」となっており、目録に記された價格からは、木版本は一冊當たり大體五角程度はしたと目算できる。また、上記でもわかるように、例えば同文書院など他出版所の原版を何らかのかたちで再利用している事實も認められよう。

また、一九二〇年代を中心に多數の出版物を手掛けた會文堂書局の民國十年（一九二一年）重刊『會文堂書局圖書目錄』では、「新舊小說類」として二百種以上の作品名を掲げている。その項目には戲曲や說唱作品を一部含んではいるものの、章回小說がかなりの速度で出版・提供されていたこと、すなわち購買需要があったことが確認できよう。時代が下って、民國二十一年（一九三二年）重訂の序を有する『千頃堂書局圖書目錄』でも「石印本」の部を設けている。「舊小說類」に擧げられた六十二種の書名と價格をそのまま厭わず列記すると以下の如くである。

・大字三國志演義　二〇本　中紙四元／洋紙洋二元
・鉛印三國志演義　二〇本　洋二元
・中字三國志演義　一二本　洋一元

・大字列國志演義	一六本	中紙洋四元 洋紙洋二元
・鉛印列國志演義	一六本	洋二元
・中字列國志演義	一二本	洋一元
・鉛印西遊記	一二本	洋一元八角
・中字西遊記	一二本	洋一元
・鉛印五才子	一二本	洋一元八角
・中字五才子	一二本	洋一元
・鉛印封神傳	一二本	洋一元八角
・中字封神傳	一二本	洋一元
・倣同文聊齋志異	八本	洋四元
・鉛印聊齋志異	一二本	洋二元
・二十六史通俗衍義	一四本	洋一元六角
・大字隋唐傳	八本	洋一元
・大字今古奇觀	八本	中紙洋二元 洋紙洋一元二角
・中字今古奇觀	六本	洋七角
・鳳凰山	一〇本	洋一元二角

・玉訓緣	二〇本	洋一元六角
・安邦定國志	一六本	洋一元六角
・大字遊江南	六本	洋八角
・大字施公案	一六本	洋一元六角
・大字濟公傳	八本	洋一元
・大字彭公案	一六本	洋一元四角
・大字洪秀全演義	一〇本	洋二元
・大字東西漢演義	六本	洋七角
・大字說岳精忠傳	六本	洋八角
・中字聊齋志異	一二本	洋一元
・來生福	八本	洋一元
・大字七劍十三俠	一二本	洋一元
・大字蕩寇志	八本	洋一元
・七俠五義三全	一八本	洋一元二角
・鐵花仙史	八本	洋七角
・鏡花緣	一二本	洋一元六角
・醒世姻緣	一二本	洋一元六角
・筆生花	一六本	洋一元六角

・考證三國志精裝	四本	洋七元
・考證三國志平裝	一二本	洋五元
・紅樓夢足本	一六本	中紙洋五元
		洋紙洋三元
・兒女英雄傳	一六本	洋一元六角
・足本英烈傳	四本	洋五角
・足本大紅袍	六本	洋四角
・足本小紅袍	四本	洋三角
・足本施公洞庭傳	一二本	洋一元
・足本平妖傳	六本	洋八角
・足本螢窗異草	八本	洋一元
・足本大明奇俠傳	六本	洋七角
・足本夜雨秋燈錄	六本	洋六角
・足本十粒金丹	一二本	洋九角
・足本義妖傳	八本	洋九角
・足本綠牡丹	四本	洋四角
・足本二度梅	六本	洋三角
・足本雪月梅	六本	洋八角
・足本反唐傳	六本	洋四角
・足本續紅樓夢	六本	洋六角
・足本後紅樓夢	六本	洋八角
・足本征東傳	四本	洋三角
・足本征西傳	四本	洋四角
・足本再生緣	一〇本	洋一元
・足本龍鳳再生緣	六本	洋三角
・足本天雨花	一〇本	洋九角

まずこの目錄からは、『中國通俗小說總目提要』（江蘇省社會科學院明清小說研究中心編　中國文聯出版公司　一九九〇年二月第一版）や樽本照雄編『新編清末民初小說目錄』（清末小說研究會　一九九七年十月）には該當すると思われる書名が見當たらない『鳳凰山』『來生福』のような作品が擧げられていることがわかる。また同樣に『大紅袍』は『中國通俗小說總目提要』では「佚書」となっており、印刷出版された事實のみで內容が確認できていない書名もある。これらの點は殘念ながら今後の研究を待ちたい。

目錄に擧げられた書價を單純に平均すると一册當たり一角四分くらいになるが、所謂中型本で文字が讀み取れる程度の印刷の石印本小說は一册當たり平均約二角と考えられよう。加えて民國期に刊行された所謂新書版型もおよそ一册當たり二角と言えそうである。そして小字本や袖珍本となると、一册當たり一角程度で購われていたのではないだろうか。

遺憾ながら光緒年間の書價に關する資料がほとんど入手出來ていないものの、民國期における石印本小說の價格は時代の流れに影響されず、一册當たり平均二角程度とみて差し支えないと思われる。とすれば、この價格は當時の物價においてはどのような比重を占めたであろうか。

例えば二十世紀初頭の自轉車の價格が約八十元として[5]、この他例えば鄭逸梅著『淸末民初文壇軼事』（學林出版社一九八七年二月）から記事を拾うと『小說月報』の投稿について「甲等每千字五元、……戊等每千字一元」「林琴南譯的小說……每千字更特酬六元」（「从首訂稿約談到王蘊章」より）とある。日本に留學していた弟質平に李叔同が送った手紙からは「現每月收入薪水一百五元……」（「李叔同的卓絕人格」より）とあるし、一八八四年生まれの平襟亞の記事には「他就辭了鋪主、當鄉村小學教員、月得三十元、……不克維持、又毅然辭職、孑身到上海來、投稿報章雜誌、博些稿費、居然月入數十元」（「平襟亞的早年生活」より）と出てくる。自轉車はまだ文明の利器として高價だったであろうからしばらく措くとしても、一般的な收入から類推する限り、石印本の價格はやはり現代の新書本文庫本程度に相當すると考えられないだろうか。もっとも購入の度合まではわかりかねるが。

因みに、日本の內閣文庫藏金閶蘇州舒載陽刊本『封神演義』（二十卷百回）封面には「每部定價紋銀貳兩」とあり、同じく蘇州龔紹山刊本『陳眉公批評列國志傳』（十二卷二二三則）でも「每部紋價壹兩」とあることから、明代末期の長篇小說の價格が推定できる。この點を捉えて明代官吏の俸給との比較から石昌渝は「是相當昂貴的。甚麼人才可以買得起它們呢」と判斷している。[6] とすれば、木版に比べて隨分と低廉な價格という印象を持てたのではなかろうか。

加えて、印刷部數に關して付け加えておくと、新聞ではあるが『萬國公報』が一八九五年段階で三千部、光緒二十八年一九〇二年創刊の『大公報』が五千部（創刊三ヶ月後）という數字が擧がる。石印本としては數千から一萬部などという數字が擧げられることが多い[7]（姚公鶴の『上海閑話』で「康熙字典」が一度に四萬部あるいは六萬部刷られた等の記事があるので）が、辭書類を除いて一萬という數は破格だろう。翻って廣い流通を目指した新書本であり通俗的な讀み物の小説であるとしても、一度の印刷部數はさまで多いとは想像しがたい。石印という技術面と時代の流れとを考え合わせると、木版よりは簡便であるはずだし、一方で鉛印の雜誌も刊行されたりしているから、小説ではあるが一度に一千部前後は印刷したのではないだろうか、まったくの當てずっぽうであるが。博學の御教示を願いたい。

四　禁書と文學の流行と

日本では明治二十六年（一八九四年）に三十五條を備えた「出版法」が制定され、第二次世界大戰終戰までには出版事前の檢閲が一般的であり、國家や權力に都合の惡い出版物は、削除や發賣禁止の處分を受けていた。もちろん、これに先立つ江戸時代にも多くの禁書があった譯で、所謂「發禁本」である。この「發禁本」の存在は、政治や思想に關わって秩序を亂すとか性にまつわる風俗壞亂の恐れがあるとかの理由から、出版に物言いがついた、その時代の文化の裏側を映し出す一つの歴史と考えられよう。

同樣に中國の場合をみると、例えば『元明清三代禁毀小説戲曲史料』（王利器輯錄　上海古籍出版社　一九八一年增訂本）に擧げられたごとく、時代を超えて繰り返し多くの法令が出され、禁書すなわち發禁本として多くの小説がやり玉にあがっていることが知られる。そこで、石印本小說の出版年代との關わりから、ひとまず一八七〇年以降の發禁小說にまつわる記事を拔粹して取り上げ、これに清末から民國初期一九二〇年までの文學關係の流行の動きを併せて示すと以下の如くである。（發禁に關係する記事には×を、流行に關係する記事には○を、さらに廣く文學に關係する記事には△を、それぞれ頭に付記する。）これにより、おおまかではあるが石印本が置かれた狀況がより明確になると思われるからである。

×一八七一年（同治十年）六月　禁毀小說書版。

同年八月十二日『上海新報』でも「誨淫」小說を書く文人を譴責。

△一八七三年（同治十二年）一月『申報』館の『瀛寰瑣記』に英國小說「昕夕閑談」の翻譯連載が始まる。この頃より新聞を通して外國小說の翻譯に觸れる。

△一八七九年（光緒五年）　黃遵憲『日本雜事詩』により明治維新後の日本の風俗を紹介。

○一八七九年（光緒五年）　石玉昆述『三俠五義』北京聚珍堂より正式出版。前年一八七八年刊行の『兒女英雄傳』などとともに俠義公案小說が流行する。

また、上海江蘇一帶では妓館や男女の情實を描いた江南の文人の手になる『品花寶鑑』『花月痕』『青樓夢』『海上塵天影』『海上花列傳』などが流行する。

×一八九六年（光緒二十二年）十月〜十一月　查禁淫書

『申報』十月十四日「飭毀淫書」／十月十五日「勸毀淫書」／

十一月九日「示禁淫書」　リストに擧げられたのは以下のとおり。

『玉蒲團』（覺後傳）（ママ、『肉蒲團（覺後禪）』のことか）、『拍案驚聲』（續今古奇觀）、『貪歡報』（三續今古奇觀）、『桃

花影』（牡丹亭緣）、『清風閘』（得意緣）、『國色天香』（七種才情傳）、『無稽讕語』（歡奇奇緣）、『隋煬豔史』（風流天子傳）、『紅樓夢』（金玉緣）、『倭袍傳』（果報緣）、『清廉訪案』（殺人報）

△一八九八年（光緒二十四年）裘廷梁『蘇報』に「論白話爲維新之本」を發表、『無錫白話報』を創刊、白話文運動の先驅けをなす。

△一八九九年（光緒二十五年）林紓、フランスの小デュマの『巴黎茶花女遺事』（椿姫）を翻譯、福州索隱書屋より刊行。この後、翻譯小說は各種の雜誌が創刊されるのに伴い掲載される作品も增加し、特に一九〇六年から一九〇八年にかけては三年間で三百三十種以上、すなわち創作小說の二倍に相當する作品が世に出ることとなる。

△一九〇二年（光緒二十八年）小說界革命の興起。
十一月　梁啓超が橫濱で『新小說』を創刊、「論小說與群治之關係」を發表。

△一九〇三年（光緒二十九年）版權要求の提出。
『大公報』二月二十二日「文明書局『群學肄言』出書廣告」

上海の文明書局が嚴復翻譯のスペンサー（斯賓塞）『群學肄言』の版權をめぐって、著者及び出版業者の利益保護を提起。

○一九〇三年（光緒二十九年）譴責小說が社會の注目をひく。
李伯元『官場現形記』（『世界繁華報』に掲載）、吳沃堯『二十年目睹之怪現狀』（『新小說』に掲載）、劉鶚『老殘遊記』（『繡像小說』に掲載）

△一九〇五年（光緒三十一年）官方告示に白話文體が採用される。

△一九〇七年（光緒三十三年）圖書館事業の活發化。

○一九一四年（民國三年）　鴛鴦蝴蝶派小說の隆盛。

一九〇八年上海で登場した愛情物語を中心としたあれこれの作品は、天津を始め全國的に流行した。淸末から民國初にかけて上海では一百十三種の雜誌・四十九種の新聞（報刊）に哀情小說六十二種、言情小說三百八十三種が掲載された。代表的な雜誌は『禮拜六』。作品には徐枕亞『玉梨魂』『雪鴻泪史』、吳雙熱『孽冤鏡』『蘭娘哀史』『斷腸花』、李定夷『美人福』、李涵秋『廣陵潮』『情場之祕密』『孽海鴛鴦』などがある。

×一九一五年（民國四年）　查禁淫書

『申報』六月二十五日「教育部咨禁荒唐小說」

○一九一六年（民國五年）　黑幕小說の流行。

十月十日上海『時事新報』に「上海黑幕」の欄が設けられ、この後三年間ほどブームとなる。『中國黑幕大觀』によれば一百七十名の作家七百二十四篇の小說が數えられている。

×一九一六年（民國五年）　查禁淫穢書刊

『申報』十一月五日「書畫與社會教育之關係」

「近查坊間發行『繡榻野史』及『浪史奇觀』小說二種、均系蓄意誨淫、大傷風化之作」

△一九一八年（民國七年）　國語熱と白話文運動の融合。

まず、禁書は具體名を擧げればさらに數は增えるが、その點を別として名が擧がっている作品のうち石印本が確認されていないのは、『國色天香』（七種才情傳）、『無稽讕語』（歡奇奇緣）、『淸廉訪案』（殺人報）、『繡榻野史』、『浪史奇觀』である。その他は、時代の廣がりはあるものの、石印本の存在が確認されている。つまり、禁書に指定されながらも時には題名を變え、さらに形態をも石印等に變えて、多くの小說が出版され續けた事實が見て取れるのである。(8)

また、流行の項目に名が擧げられた『三俠五義』『兒女英雄傳』などの義俠小說にしても『品花寶鑑』を始めとする煙火青樓小說にしても、さらに所謂譴責小說にしてもすべて石印本が刊行されたことが知られている。とすれば、石印という技術が小說の發行にも預かって力あったと見てよいだろう。

五　近代小說史上の役割

時代の變化に伴い文學の要求も異なるとすれば、西洋からの衝擊を經驗した清末の社會でも種々の變化を生じざるを得なかった。それには過去を受けて新時代を切り開くような所謂承前啓後の橋渡し的存在を必要とする。新文學の誕生にしても同樣で、全くの無から新鮮別致の作品が生まれたとは考えられないからである。そして多くの場合、過去の殘像と新規な事物とは一定期間共存することになる。

例えば、明末から清初にかけての小說史において、個人創作の筆頭『金瓶梅』から清代の代表作『紅樓夢』に至る約一百五十年ほどの時間（『金瓶梅詞話』の成立を萬曆三十年頃十七世紀初とし『紅樓夢』脂硯齋重評石頭記抄本の登場を乾隆甲戌一七五四年十八世紀中葉とすると）に、才子佳人小說と呼ばれる一群が存在することもその橋渡しに當たる。この才子佳人小說に所謂世情小說をも加えた明末清初の小說群の特徵は、以下の三點に纏められよう。1，短篇である。八回から二十回程度の作品がほとんどである。2，戀愛譚を題材とする。官吏登用試驗としての科擧に及第することを代表として才能を有する男性と、詩作の能力と美貌家柄とを兼備する多くの場合二人の女性とが障害を乗り越えて結婚する展開を描く。3，女性像の描寫に傾注する。これらの特徵を有する小說群は、特に女性像を描くと同時に社會の風習や飲食衣飾の描寫に趣向を凝らす點で『金瓶梅』から『紅樓夢』への仲立ちを務めたと認められている。[9] この中で注意すべきは長篇ではない點であろう。物語内容自體が長篇に展開するだけの力量を有し且つ作者の創作筆力が秀でている作品は、章回體の長篇小說として成功を収めるのであろうが、一夫多妻で大團圓の結末という枠が設定されているがごとき明末清初の小說群は、物語が展開伸長する餘地をあまり持っていないと見做せようか。

翻って清末民國期の石印本に反映された作品は如何であろうか。形態と內容の説明及び書價でも少しく觸れたが、『水滸傳』や『紅樓夢』など明代清代の代表的な長篇の章回小說が刊行されている事實は肯ける。さらに魯迅の『中國小說史略』では第二十八篇として最後に取り上げられる『官場現形記』『二十年目睹之怪現狀』『老殘遊記』（光緒二十九年一九〇三年刊行）の三作品の所謂譴責小說は石印本が複數確認できる。さらにこの譴責小說の流れを汲む黑幕小說も新書版型の石印本として提供されていたこともみてきた。時代の終演という意味からは明代清代を通して讀者を獲得してきた小說は石印本としても刊行されたのであろう。と同時に過去の殘像のような作品も多數共存した。例えば『民國章回小說大觀』（秦和鳴主編、中國文聯出版社　一九九七年七月）目錄では「語怪之部」「義俠之部」「講史之部」「言情之部」の四部に大別し、それぞれ八、五十、二十四、七十四合計一百五十六點の作品を紹介している。この分類に依ればやはり言情小說が人氣を博したとまず理解できよう。これに先述の形態及び內容で概觀した點をも併せて考えれば、清末民國期の小說も戀愛譚や社會の風習を寫した所謂世情小說を代表とし、さらに短篇であることを特徴とすることが確認できよう。さらに民國三年一九一四年を頂點とする鴛鴦蝴蝶派小說の隆盛は正しく才子佳人小說の延長であった。とすれば、これら特に民國初期に集中的に表出した小說は、時代の鼎革に當たって文學史小說史においては、明末清初の才子佳人小說群と同樣の役割を持っていたと言えまいか。（但し、鴛鴦蝴蝶派の小說は基本的に雜誌に發表され、石印本となっている作品はあるいは少ないかもしれない。なぜなら前節流行の一九一四年の項目に擧げた作品は、いずれも石印本が確認できていないからである。）

さらに形態面から見直すと、實際に四冊を一セットとする版本の名稱として俗稱「四本頭」なる存在がある。阿英は『小說三談』「書話六則」（一九五九年）の『春柳鶯』において清初の當該本の説明で「故事還是才子佳人四本頭小說的老套（物語内容はなお才子佳人小說の舊套である）」と用いている。石印本小說も四冊を一セットとする實例は多く眼にするから、この點からも特徴としては、短篇で才子佳人小說的内容と役割を有すると言えると思う。(10)

結　び

石印の技術自體は、一九三〇年代でも廣く鉛印と竝行して各方面の印刷物に用いられていた事實があるし、(11) litho-graph リソグラフの技術は現代でも利用されている。また、石印本が邊境の地帶にまでもたらされていたという傳播に關する考察もあるから、(12) 木版本より嵩張らず印刷の手間も省力化された石印は、小說の出版にも大きな影響を與えたと考えられる。

しかし、一方で一九〇二年に創刊された『新小說』や一九一四年を頂點とする才子佳人小說の末流的存在鴛鴦蝴蝶派小說を掲載した『禮拜六』など、ほとんどすべての雜誌は鉛印を用いており、白話文を提唱した胡適「建設的文學革命論」や新文學の登場として唱えられる一九一八年魯迅「狂人日記」を掲載した『新青年』もまた鉛印であった。

これよりすれば、石印本小說は、出版文化面からみれば木版より簡便で印刷數量も確保でき價格も安く抑えられる點で進歩しており、その有效性を活かして清末から民國期にかけて一時代を築いたと言えよう。但し同時に鉛印技術が竝行して同じく活力が有ったため、一般的な出版物が活版へと移行していく中でその生命力を保つことは難しかった。もちろん一部は影印としての技術面を活用して、畫集や地圖などに應用されて今日にまで受け入れられてはいるが。また、文學史からみれば多くの新小説が世に問われる段階で、時代の末尾に付されるごとき世情小説の出版形態として利用され、承前啓後の役割をなしたと考えられるものの、所謂新文學創造期の發表の場として用いられることはほとんどなかった。ここに石印本小説の限界と特徴が現れていると言えよう。

注

（1）拙文「中國石印版小説目録（稿）」（『廣島女子大學國際文化學部紀要』第七號　一九九九年三月所收）參照。

（2）『中國古典小説大辭典』（河北人民出版社　一九九八年七月）「石印本」の項目では、「一般講印刷史的都説石印于光緒二年始傳入中國、不確。只是以上兩種光緒元年的石印小説（『後列國志』『隋煬帝豔史』を指す。前者『後列國志』は孫楷第『中國通俗小説書目』の巻二「鋒劍春秋」の記載「光緒乙亥上海順城書局石印本、改題後列國志。」に依る。後者『隋煬帝豔史』は胡士瑩『中國通俗小説書目』補巻二「隋煬帝豔史」の記載「光緒乙亥上海書局石印本。」に依る。筆者注）未見實物、著録是否有出入亦尚不能確認。」と記し、光緒初期の石印本小説の實物が確認できていないとする。この點はひとまず措く。

（3）建本については、最近二つの問題提起に觸れた。一つは、民間の出版物の性格を問い質す内容で讀者問題とも關連すると豫想される。詳しくは述べない。（宮紀子「モンゴル朝廷と『三國志』」『日本中國學會報』第五十三集　二〇〇一年十月所收　一六六頁參照。）二點目は、插圖の特徴を考察する内容である。（佐々木睦「上圖下文式插圖研究序説」『饕餮』第九號　二〇〇一年十一月所收）これについても詳しくは述べないこととする。その他、本論第六章參照。

（4）この他某書店の古書目録からは以下のごとき目録の存在が知られる。

・文瑞堂書目提要（注：石印書目、少見）　文瑞堂　一九二一．〇一
・上海大東書局新書目録（注：石印書目、少見、內有圖）　大東書局　一九二四．〇一
・上海南強書局圖書目録（注：此本實爲六家書店連合目録、少見）　南強　樂群　一九二九．〇一
・樹仁書店（注：石印書目、全書古舊書目、店在上海、少見）　樹仁書店　一九三七．〇一
・有正書局書目　有正書局　年代不詳

これらをも參照すれば、いっそう詳しい書目と價格の動向が考察できるに違いない。

（5）『中外日報』一九〇〇年一月十一日付廣告では「頭等、價洋八十五元・二等、價洋七十八元。」とあり、『大公報』一九〇三年四月四日「新到德國頭等女脚踏車出售」の廣告では「每部價銀六十兩」とある。また、『大公報』一九〇七年十月一日「自行車分期付價加增大彩票出售廣告」では「採取分期付款方式、每輛價八十元、若採取一次付款方式、價七十五元」とあり、約八十元とした。

（6）石昌渝「通俗小說與雕版印刷」（『文史知識』二〇〇〇年第二期　總第二二四期）參照。

（7）『中國古典小說大字典』（前揭注2）「石印本」の項目でも「石印本每次印刷數千部至萬部」などという言い方をしている。

（8）禁書については、平成十三年（二〇〇一年）十二月八―十日に東京で開催された「第一回東アジア出版文化に關する國際學術會議」時に併設された「古典籍史展示會」において、書坊の禁書パンフレットの一例として『書業正心團銷燬淫書永遠禁造勸告』と題する一枚紙が展示された（磯部彰編　同解說圖錄參照）。この勸告には年月が示されていないため、解說の編者は民國年間と判斷している。內容に登場する『風流債』が、フランスの薩尓度の戲曲を改編した李健吾編著の五幕喜劇（一九四四年三月　上海世界書局刊）であるとすれば、一九四五年頃一九四八年前のものかと推測するので、筆者もひとまずこれに從う。そこでは、三六副（セットの意か）の底版（原版）と四萬六千三百九十六本の淫書を燒却したと述べられ、さらに題名を變えて出版される注意すべき書物として十六作品の書名が擧げられている。このことは、石印本に限らずこれら禁書の動向と異名の再檢討も今後の課題であることを示している。なお、清代末期の禁書については、例えば謝桃坊「中國近代禁毀小說戲曲的得失」（『文獻』一九九四年第三期　總第六十一期）等を參照。

（9）專著としては、林辰『明末清初小說述錄』（春風文藝出版社　一九八八年三月）、大連圖書館參考部編『明清小說序跋選』（春風文藝出版社　一九八三年五月）、「明末清初小說選刊」多數（春風文藝出版社）、『明清小說論叢』一―五（第二輯「才子佳人小說述林」　春風文藝出版社）、方正耀『明清人情小說研究』（華東師範大學出版社　一九八六年十二月）、徐君慧『從金瓶梅到紅樓夢』（廣西人民出版社　一九八七年十月）など、他多數有り。これらを參考に一般の文學史記載の作品を數えると「天花藏主人書錄」「煙水散人書錄」「才子佳人小說書錄」「世情小說書錄」「短篇中篇小說集書錄」（一部嘉慶年間も含

む）など合わせて一百三十余種を數えることができる。小説群と呼ぶ所以である。また、論文としては岡崎由美「物語がおわるために——明末清初才子佳人小説の力學——」（『早稻田大學文學研究科紀要別册』第一三集　一九八六年）や閻小妹「才子佳人小説の類型化について」（『中國古典小説研究』第六號　中國古典小説研究會　二〇〇一年三月）を參照。なお、これらの小説の多くが大連圖書館大谷文庫の所藏に係るため、大連圖書館や大谷文庫に關連する諸論考もあるが、敢えて省略する。纏まった影印資料としては孫福泰・張本義主編『大連圖書館藏孤稀本明清小説叢刊（五十五種）』（大連出版社　二〇〇〇年六月）がある。

（10）この指摘は筆者ばかりではなく、『中國古典小説大辭典』（前掲注2）「四本頭」の項目では「總起來看、四本頭實以才子佳人小説爲最多」と纏められていたりする。

（11）例えば「略論十年內戰時期蘇維埃區出版物及其特點」に付された「蘇維埃區出版物通覽」（『出版史研究』第三輯　中國書籍出版社　一九九五年九月）では、一九二七年から一九三七年までの十年間の內戰期に共產黨指導下の中華ソビエト（Soviet の音譯）地區の出版物を擧げている。ここでも中共工農紅軍第四軍支部が一九二九年三月に『共產黨宣言』を石印で出版した事實や、何點かの教科書・條例が油印・鉛印と竝んで石印で出版されていたことがわかる。さらに書集や地圖、銀行發行の紙幣や株券などにも多く石印が用いられていることがわかる。

（12）金文京「貴州農村市場における書籍の傳播」（森時彥編『中國近代の都市と農村』京都大學人文科學研究所　二〇〇一年三月所收）參照。

（備考）石版印刷の技術普及と小説や報刊との關係を考察した論文に、宋莉華「近代石印術的普及與通俗小説的傳播」（『學術月刊』二〇〇一年第二期　總三八一期）がある。

結論

章回小說の特徴

一　各節の提要

本研究において、それぞれの章・節で如何なる視點から何を對象として探求し、その結果としてどのようなことが明らかになったのかを纏めてみたい。

まず、序論においては、中國の近世小說發生の淵源が唐代の變文にあり、これが散文と韻文（詩詞歌賦等の美文要素）の交互出現を基本的形態として成立しているという前提に立ち、明清の章回小說にあっても同樣の形態を維持している點に着目して、その形態を檢討するに當たっての二つのテーマを提起した。その際、明清章回小說に共通する特徴として、前の時代から語り繼がれ書き改められた一纏りの說話が、集積され整理體系化されて一篇を形作るという所謂「世代累積型集體創作」という點を考慮して、演變過程と定形の持つ意味とを射程に入れて考察を進める方法を呈示した。テーマとして掲げた二點は、次の如くである。

一、小說中に見られる美文要素（詩詞駢文等）は、如何なる發展過程においてそれが採用され定着し、また改編されていったのか。特に版本・テクストとして百回あるいは百二十回等に纏められる時にどのような制約が加えられたのか。

二、作品の多くが明代萬曆期に出版された版本を現存の第一次の基本形とすることがほとんどであり、しかも『三國志演義』『水滸傳』『西遊記』ともに「李卓吾評本」がその中心的役割を擔っている。とすれば、明代の小説において評語が加えられたことにより、その讀み方は規制されたのか。加評の趨勢や語りの誘導に求められた方向性はどのようなものであったのか。その傾向は清代にどのように發展していったのか。

　このテーマに沿って、内篇とも言うべき四章を設け、代表的な四作品における實例を考證した。

　第一章では、定形版として通行した清初毛宗崗批評本『三國志演義』を取り上げ、その改編理論を插入詩が持つ「空」「亡」字の多用と評語から解讀を試みた。これにより韻文に對する改編操作がもたらした完結性が、そのまま三國志小説の定形化の要因となったことを解明した。

　第二章では、まず第一節において、やはり美文要素探求の視點から『水滸傳』中の詩詞について百回本から百二十回本へと發展する過程を調査し、詩については人物のクローズアップ、詞については情景描寫という異なった役割を擔っている特徴を見出した。

　續いて第二節においては、演變過程への注目の趣旨から、元代雜劇中の水滸故事と小説「水滸傳」との影響關係を主要登場人物李逵の形象から論じた。これにより、韻文要素の來源が本來の説話・故事に存在するだろうこと、またひとたび小説としての成立を見た作品にあっては、基本的にその影響の範圍内において詩詞の改編がなされることの二點を確認した。

　第三章では、日本においてもようやく全譯による紹介がなされた『西遊記』「李卓吾本」を對象として、插入された韻文に見られる要素の混在性を、韻文が置かれる前の套語や韻文自體の形式・内容兩面における役割の未分化より見出だし、各説話の累積の初步的な體系化の狀態にあるテクストとして捉え、小説が定形を得るまでの演變段階とその意味を考察した。これにより、清代に通行本となった『西遊眞詮』同様、「李卓吾本」がより詳細に研究されるべきであると提言した。

第四章では、清代の個人創作『儒林外史』を取り上げ、金聖歎の「水滸傳」改編理論に倣った仕立てとしての巻首尾の詞の配置と全體の構成とから、詩詞を取り込まない形式を目指した章回體の試作としての特徴を、その未完成さから窺った。

續いて、もう一つのテーマである評論への取り組みとして、外篇に當たるべき二章を話術形態と印刷出版文化の面とから設定した。

特に、中國の章回小説の定形化にあっては、韻文の改編作業と小説本文に對する加評作業とが同時的に進行し、且つ兩者が密接に關係している點に注意する意味から、兩テーマを檢討範疇に入れて、第五章を置いた。

第五章では、「語り」の本質が敍事詩にあり、內容において出來事を記す立場であることを考察の前提として、近世小説に見られる「語り」の形態を編者作者の批評方法の借り入れとして檢證し、話者聽者の二層構造からそれを間に挾み込んだ作者讀者を含む四層構造への發展として跡付けた。これにより、本文と批評の同時成立的特徴をかなり多くの作品が內包する明代の小説においては、出來事の寫定においての作者の批評的介入の應用という特徴が明らかになり、これを發展させた清代の小説では、讀者の側からの要求としての形態（文體）の成立とそれに對應する作者の側の創作の位置付けとが窺われた。

第六章では、まず第一節において明代における木版印刷事業を檢討し、目錄上からの考察ではあるものの廣く例を擧げて、小説評論の前段とも言うべき「評林本」の隆盛の傾向を解明した。これにより、幻の評林本時代を假定して、小説に對する加評及び改編の動向に對する檢討に當たっての新たな視點を用いての考察を提起した。

第二節では、現存する多くの小説が坊刻本である點に着目して、通俗小説の出版に長けていた余象斗の取り組みを考察し、福建省建陽の出版事業における見直しを提起した。

加えて、第二章で取り上げた「水滸傳」に關連し、且つ坊刻本であると考えられる版本の調査結果を付錄とした。これは「水滸傳」の版本中、東京大學所藏に係る二種類の文簡本であり、本研究の考察にも關係する内容を含むと判斷したためである。さらに、技術の變化による小説の通行の度合を検討する意味で、清末民國期に隆盛を見た石印本小説に關する小論を付錄に收めた。

二　展　望

本研究の内容に關連して、今後の問題點とその解決のための視點・方法を些か考えてみたい。

まず、小說中に插入される韻文の重要性は確認できたものの、その役割の考察において、特に詞牌（詞の形式）の頻出度と用法に關してさらに一歩解明を進めねばなるまい。詞牌が内包する雅韻の優美性は小說中にあってどのように活かされているのか。類似した詞が各小說に相互散見し、詞の語彙の借用が通俗小說においてよく行なわれると假定しても、詞牌自體が特定の意味を有して定着を見るほどの普遍性・通行性を持ち合わせているのか否か。「水滸傳」や「西遊記」においてその考察の一端に觸れた「西江月」「臨江仙」詞の多出は如何なる原因に基づくのか（第二章第一節及び第三章參照）。これまでは文人詞としての側面ばかりが注目されてきたが、小說中に置かれる場合の興趣とその出處を検討することにより、詞の未だ解明されざる別の一面が講究できるかと期待される。

次に、嘉靖期から萬曆期にかけての印刷出版上の隆盛は概說的に言及されるものの、小說における批評本の存在を如何に把握すれば、明代末という時代性や世宗萬曆帝期の文化面の理解に即して合理的であるのか。「眞」の探求のための代表的存在・時代の寵兒たる李卓吾を取り巻く流行は、確かに百二十回本『水滸全傳』巻頭に付された楊定見の「小引」からも窺われるが、李卓吾や金聖歎という個別の對象ではなくて、時代が求めた小説批評とは如何なるものであったのか。本論では、その前段階への取り組みに考察の重點を置いたこともあり、それぞれの思想的背景や小説中の詳細な役割までには検討が及んでいない憾みがある。そこで、批評の出現とその展開、そして批評が小説の改編理論に繋がっていく必然性を愼重に確認したい。

三點目として、話術形態の新たな角度からの検討にはどのような方法と可能性があるのか。

日本文學にあっては、すでに中世において本文中の批評が話柄と併存し且つ一體となって行なわれる「説話批評」と稱される例が見られ、『平家物語』の讀本的性格を備えると言われる『源平盛衰記』の如き話術展開も確認できる。しかし、話中話のような部分は『水滸傳』の例において考察した如く、長篇化・統一化・讀本化への傾斜が強まれば本來は削除される趨勢にあるかとも思えるものの、また一方では『兒女英雄傳』の如き語り手介入の形態を新たに活用する傾向も生まれる（第五章參照）。近年「かたり」に注目して、日本文學の分野では所謂「草子地」と呼ばれる話術形態の検討觀點が提起されているようだが、一體如何なる視點に立脚して考察を進めれば最も合理的であるのだろうか。あるいは未だ試行錯誤の段階に止まっているのであろうか。他言語における取り組みを、中國文學の研究中にも應用することが可能であるのか。可能であるとすれば、どのような點に注意を拂う必要があるのかを併せて追求してみたい。

最後に、建本において見られた版面上の特徴である插圖は、如何なる問題解決の絲口を與えているかについてである。

例えば柳存仁や馬幼垣が試みた插圖の標題や本文中の小見出し（キャプション）が、則目や回目とどのように關連しているのか。插圖形式が變文變相圖以來の比較的古い傳統の發展過程にあるとすれば、物語の整理とそれら標題等との影響繼承關係を調査することによって、明代に突如として纏まりのある作品を見る章回小說の演變がより明らかにされるのではないかと期待できる。この點は、特に付錄とした『水滸傳』の版本檢討においても感じたことであった。

以上、簡單にではあるが、今後の課題を確認した。

三　明代の「小說」

ここであらためて「小說」という概念を明代において求め、特徵を檢討しておきたい。語り物の集積の結果として寫定された小說は、明代にあってはやはり、本來の語り物を寫した小說と、すでに讀み物として讀むに耐える小說の兩立時代であると考えられる。されば、明代にあって西洋的意味での小說の成立を前提として檢討を進めてきたわけであるが、果たして明代において「小說」という言葉は、如何に理解されていたのであろうか。總稱として捉えた例を擧げると、

〇小說家以眞爲正、以幻爲奇。……子猶著作萬人間、小說其一斑、而茲刻又特其小說中之一斑云。

（『批評北宋三遂新平妖傳』張無咎序）

〇夫小說者、乃坊間通俗之說、固非國史正綱、無過消遣於長夜永晝、或解悶於煩劇憂態、以豁一時之情懷耳。

（『新刻續編三國志』引　萬曆己酉一六〇九年）

〇……天下之文心少而里耳多、則小說之資於選言者少、而資於通俗者多。……茂苑野史氏、家藏古今通俗小說甚富、

因賈人之請、抽其可以嘉惠里耳者、凡四十種、畀爲一刻。（『古今小説』序　綠天館主人（馮夢龍））

○小說之興、始於宋仁宗、于時天下小康、邊釁未動。……其書無慮數百十家、而《水滸傳》稱爲行中第一。（『水滸傳』天都外臣序）

○小說起宋仁宗。蓋時太平盛久、國家閑暇、日欲進一奇怪之事以娛之。……若夫近時蘇刻幾十家小說者、乃文章家之一體、詩話、傳記之流也、又非如此之小說。（郎瑛『七修類稿』卷二十二「弁證類・小說」）

○凡爲小說及雜劇、戲文、須是虛實相半、方爲遊戲三昧之筆。……古今小說家如《西京雜記》《飛燕外傳》《天寶遺事》諸書、……豈必眞有是事哉。近來作小說、稍涉怪誕、人便笑其不經。（謝肇淛『五雜俎』卷十五）

この他、瞽者が琵琶を彈いて古今の小說・平話を演じ、衣食を覓める（姜南『洗硯新錄・演小說』等）という、說唱文藝の一分野の語り物の意味としての小說という用例もあるものの、ここに擧げた用語から推して考えるに、明代では讀む小說・書かれた小說を語り物の延長線上の小說という意味付けと同樣に、かなり明確に意識していることが理解できる。この「小說」が備える條件は、天下太平の產物であること、遊戲性・娛樂性が基本にあることと見做せる。これに加えて特に內容にあっては、唐代傳奇以來の共通の題材として奇を寫す點が擧げられる。これに關連して言えば、眞・幻あるいは假とは何かという淸代の『紅樓夢』にまで至るテーマが伏在しているのである。これらの條件は、完全な創作に係るか否かという點を除いては、英語のノベル（novel、語源は「新しい」）と十分に通じる見方であろう。序論において、中國における小說の成立を明代として位置付けたのも、すでに種々の文學史等で述べられた觀點の單なる確認ではなく、明代の記述に見られる特徴の檢討を裏付けとした前提であった。

四　清代の「小說」研究への視點

明清小說と統べて稱されるその清代の章回小說は、一體明代の小說と同樣のものなのであろうか。日本では、中國語（漢語）から借用した「小說」なる一語で、些か漠然とした輪郭を投影し規定しているものの、英語で言えば、ノベルの他にも、フィクション（fiction）が用いられる。(1) これは「想像的、非眞實、僞造、すなわち假作物語」（川端康成『小說入門』）と言うべき譯が當たり、特に造り物という點が強調される言葉であろう。すなわち明代の章回小說に共通した「世代累積型集體創作」という形式の成立背景が內包する特徵は、この造り物という點から見るとやや當て嵌まり難い。假作を成り立たせるためには、例え舊式の形態を借用するとしても、その內容の精選・變質が要求されることになる。近代說話文學すなわち近代小說を「人生の敍事詩」と定義する見解が存在するが、中國の小說についてこの考え方を借りれば、奇を題材とする特徵から人間の生き樣・人生全體を視野に收めた內容への轉換が遍られることとなったと見ることは強ち見當はずれではあるまい。つまり、ノベルを基礎としたフィクションへの變容である。そこに登場する作品が、『水滸傳』の一部を借用し、庶民の生活を活寫した世情小說『金瓶梅』であり、これを創作の先驅けとしてこの後の小說は造られる作品へと移行していったのである。とりわけ女性像の表出の展開においては、明末から清初にかけて流行を見た「才子佳人小說」群を通して、代表的高峰と評される『紅樓夢』へと連なる題材提供に大きな役割を果たした。また清代の小說において求められた人間への注目という方面では、內容の設定にあって、科擧という試驗地獄に翻弄される人間模樣を描き出し、時代を投影する『儒林外史』が登場したし、同樣に話術形態の應用という方面からは、第五章でその特徵の一部を窺った『兒女英雄傳』の如き作品が世に問われることとなった。

すなわち、清代の章回小説は、明代に成立した章回小説の、内容面での變質を伴う長篇化と言えると思う。

では、創作によるのであれば、主題内容が決定し、構成を備えて所謂長篇小説を成立させればよいのではないだろうか。そこで、あらためて章回小説が有する、その章回體の特徴を纏めてみたい。

五　章回小説の特徴

話す聽くという講釋の段階では、時に一定の題目が定まっていない場合も多くあったであろう。『東京夢華錄』・『夢梁錄』・『武林舊事』・『都城紀勝』等の記述からは、盛り場における講釋の隆盛・流行が確認出來るものの、その演目まで記されているのは、講史（歴史語り）の「説三分」や「五代史」ほどであり、内容や題目までは予想し難い憾みがある。況んや所謂話本の類は概ね短篇に係り、章回體への話柄の借入れや基本形式の流用は肯定されるとしても、そのままの形態が單純に長くなったものが章回小説であるとは見做せない。

歴史物語としての「平話」や説唱物語としての「詩話・詞話」の類は、一纏りの内容があると言っても、現在眼にする小説（例えば「三國志」や「西遊記」）と比較すると、まず内容面で大きな差異が伴う場合が多くあり、從って卷の仕立て方・構成も章回體の如くには整っていない。

宋代に演目として存在したもののうち、羅燁『醉翁談錄』に記述されたのは極一部であろうし、各話に題目を付すということが普遍化して定着したのには、やはり元代における雜劇の流行が大きな影響を及ぼしていると考えられる。

戯曲には［外題］と稱して内容に基づいた通稱が付され、それが後々まで通行する例が多い。雜劇からの影響は作品によって異なるものの、小説の［回目］の設定には、その［外題］あるいは七・八文字の對句によって要旨梗概が説明される［題目］［正名］が與って力あったと考えられる。雜劇も明代において寫定される場合が多く、また寫定の段階で改編が加えられる例も散見するものの、話の山場を表出する方法としての［題目］は、講釋の話本の演目の設定とも同一の視點であったため、容易に互換できたであろう。

また、一纏りを作り出す意味における長篇化にあっても、戲曲の全四折場合によっては［楔子］を加えた五折分を區切りと見做す觀點を借用している可能性が否定出來ない。章回小説の演變途上の版本において二十四卷一百二十回と題する「李評本」『三國志演義』の如き存在を考えると、五話・五場面を一つに括っている方法が想定されるからである。比較的初期の段階では、所謂『嘉靖本』の如く一場面一外題で十話を連ねる方法が基本にあったのかも知れないが。さらに、本來戲曲より發生した［楔子］の役割を小説中に應用した金聖歎改編七十回本『水滸傳』の例もあるので、とりわけ戲曲の形式面からの借用は肯定されよう。

次に、章回體を成立させる特徴のうち一大要素を擔う、一回に付き二つの話題を連ねる形態であるが、これは如何なる理由によるのであろうか。

およそ「章回小説」を紹介・説明した文章は、「回目を明示し、章を分けて敍述する」ほどの簡單な解説である場合がほとんどで、回目の對句仕立ても自明の理であるかの如く扱っている。この「章回小説」なる言葉は、二十世紀に入って魯迅の『中國小説史略』や胡適『中國章回小説考證』において用いられ、その後通行しているものの、現在の中國の出版物ではおおかた「通俗小説」と總稱し、形態を重視した呼稱はさほど意識されていないように思う。「章」は本來、詩歌文の段落、區切りを示す言葉であるから、小説に當て嵌めれば話柄の一纏りという意味になる。數回分を一區切りとして一章と考えていたのであれば、講釋・平話が數回に渡る讀繼ぎ形式であり、それを敷衍させた「世代累積型」の特徴をよく呈示した命名であると言えよう。しかし、殘念ながら魯迅の場合も、胡適の場合もそ

の根據となる理解は示していない。(2)

もう一方の［回］が有する意味は、やはり連續する講釋から生じた回數を指して言うのであろう。「且聽下回分解（しばらくは次回に説き明かすをお聞きあれ）」の如き決まり文句が殘っていることからも推して、回を有する小説としての形態を表すメルクマールである。明末の呉觀明刊「李評本」『三國志演義』は二則を纏めて一回としているが、これも内容の纏りの觀點からの操作に出ずるのみにあらず、戲曲の對句題を意識した構成方法によるのではなかろうか。魯迅に先立って、梁啓超等が『新小説』第一・二巻（一九〇三・四年　後單行本　一九〇六年）に掲載した「小説叢話」では、「曼珠」の筆名（楊世驥『文苑談往・黃世仲』の説に據れば、麥仲華の筆名か）で「凡著小説者、於作回目時不宜草率。回目之工拙、於全書之價值與讀者之感情最有關係。」と述べ、回目の重要性を指摘している。この點は、内容の變質と平行して、形式面での整備統合に努めた清代の小説とりわけ『紅樓夢』の如き存在を考え合わせると、明代から清代への演變が理解される。第三章『西遊記』の考察において窺った結果がその證左となろう。

かくの如く、章回小説という形式は、明代にあっては「世代累積型の集體創作」という特徴を負っているため、形態上もそれまでの時代の各要素を整理する段階にあり、本論で探求してきた韻文改編や批評の役割も、回目や話術形態同樣、各作品において一樣ではない。この點から推して考えると、演變過程にある多くの作品は未だ定形を得ることが容易ではなかったと見做すことが出來る。

これに對して清代に成立を見た章回小説は、章回體というすでに固定した形式に則って、新たな主題内容の模索や話術形態の多重化を企圖し、始めから創作という意圖の上に構築された作品として對峙されなければならないと言える。

結び

一體中國の明清長篇小說は章回體と統べて稱されるが、その形態的特徵の據り所はどこにあるのか。序論において提起した小說中の美文要素と批評史との二つの觀點からの考察を手掛かりとしてその定形化の營爲の實際を探求し、「世代累積型集體創作」から一個人による創作へと、時代が移るに從って、その本質は變容變質を遂げたのか否か、またその形態は何故變化を來さず、章回體の枠組みから離れられなかったのかを論じてみた。これにより、各回每に獨立して敷衍できる明代の小說から、定形としての章回體に則って長篇小說を創作するに至った清代の小說への移行を、小說史において形態の面から些か探求し得たと考える。演變と定形という考察の視點を設定したために明代末期の小說に對する論究が大部分を占める結果となったが、小說史の發展を纏める意味から明淸章回小說研究と題する所以である。

注

（1）他にも、ロマンス romance（roman）という言葉があるが、これは南歐の言語の總稱で、「ローマ・ラテン語で書かれたもの」という意味を本義とするので、しばらく措く。

（2）これに先立つ、別士夏曾佑（一八六三〜一九二四年、字は穗卿）『小說原理』（『繡後小說』第三期　一九〇三年原載）にも「章回」ということばは登場するし、黃人（一八六六〜一九一三年、字は摩西。『小說林』を主宰。）の東吳大學の講義ノートに基づく『中國文學史』（國學扶輪社）の一節にも「明人章回小說」という言い方を用いている。しかし、後者にしても、內容から「歷史小說」「家庭小說」等の分類に重點が置かれ、形態上の言及は見られない。

解弢『小說話』（中華書局　一九一九年一月）中に「章回小說之結構、有順排法、有錯排法。順排法、回回相銜接。錯排法、乃錯總變化、次章與前章、或接或否。吾國小說多用順排、西籍他述體多用錯排。」「自今而往、章回小說不易有佳作。蓋章回之書、非在四五十萬字以上、則不易受人歡迎。如此大書、倉卒爲之、決不能完善。」と、西洋の小說概念を導入して比較したり、長篇の篇幅の特徴を指摘したりしているが、他と同様に、章回ということばの出處を明らかにしているわけではない。及び序章注（10）參照。

近世小說發展の構造

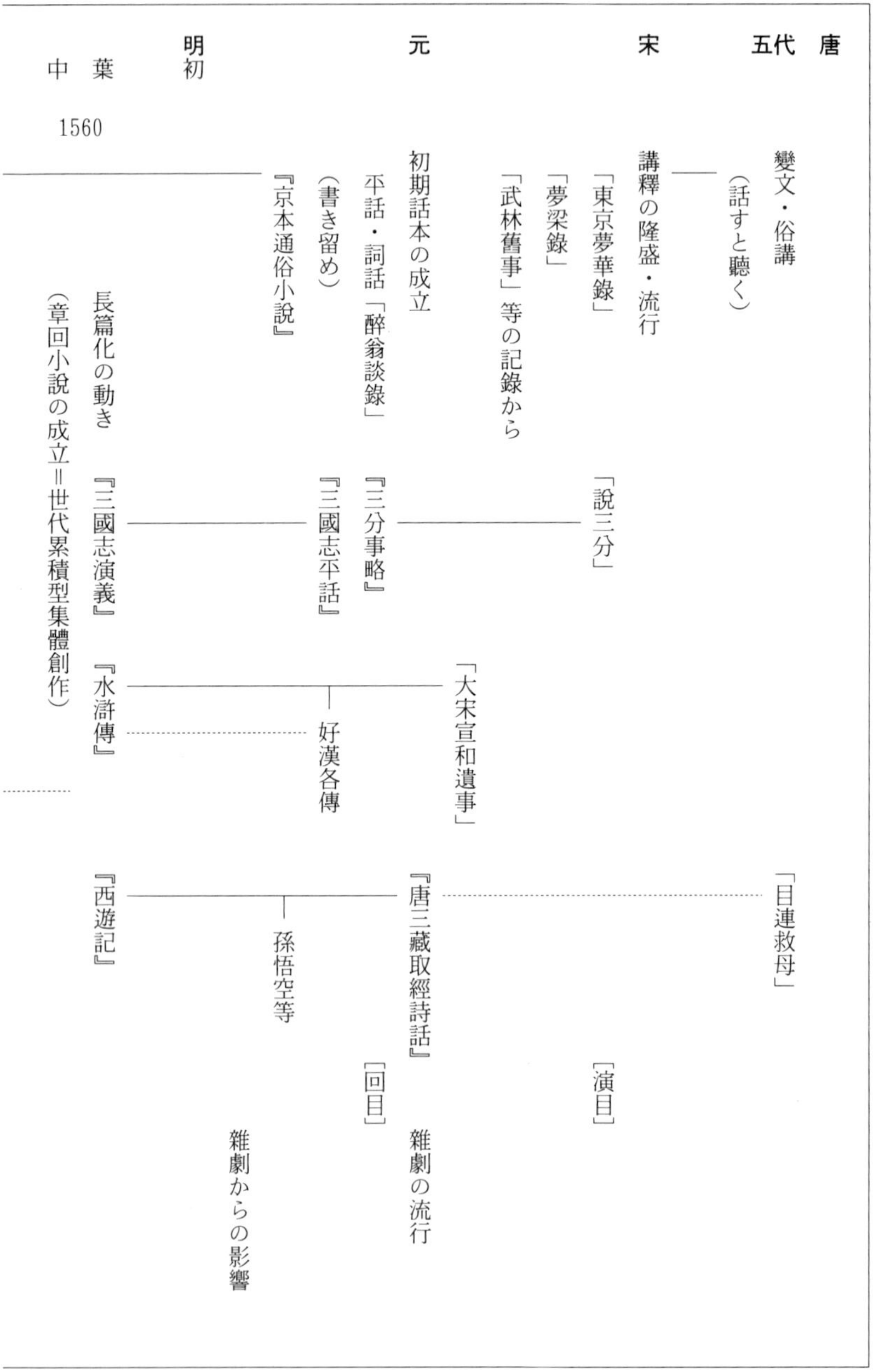
唐
五代
宋
元
明
初
中葉
1560
變文・俗講
（話すと聽く）
講釋の隆盛・流行
「東京夢華錄」
「夢梁錄」
「武林舊事」等の記錄から
初期話本の成立
平話・詞話「醉翁談錄」
（書き留め）
『京本通俗小說』
長篇化の動き
（章回小說の成立＝世代累積型集體創作）
「說三分」
『三分事略』
『三國志平話』
『三國志演義』
「大宋宣和遺事」
好漢各傳
『水滸傳』
「目連救母」
『唐三藏取經詩話』
孫悟空等
『西遊記』
「演目」
「回目」
雜劇の流行
雜劇からの影響

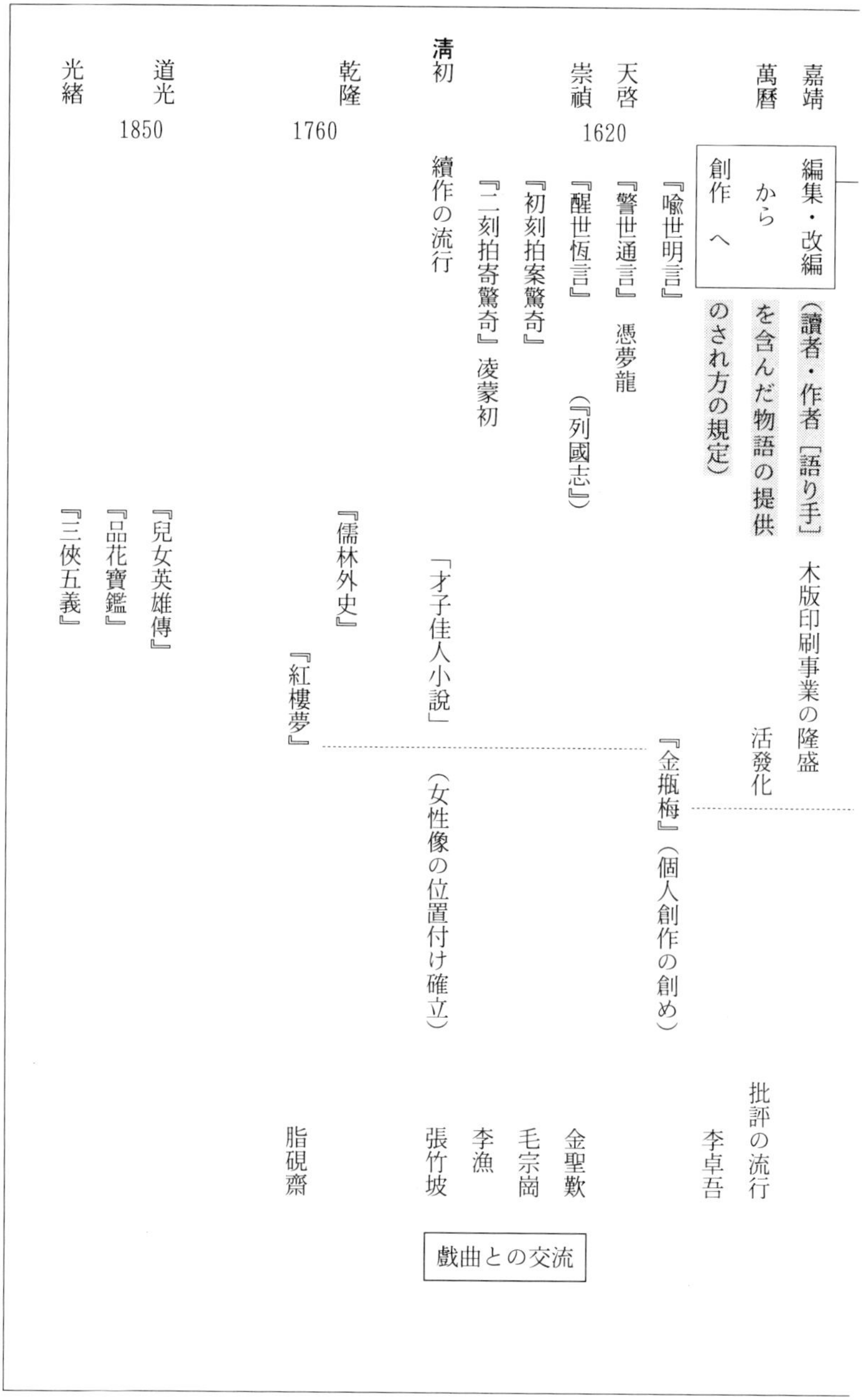
嘉靖
萬曆
天啓
崇禎
1620
清初
乾隆
1760
道光
光緒
1850
編集・改編
から
創作　へ
（讀者・作者〔語り手〕を含んだ物語の提供のされ方の規定）
木版印刷事業の隆盛
活發化
『喩世明言』
『警世通言』　馮夢龍
『醒世恆言』
（『列國志』）
『初刻拍案驚奇』
『二刻拍案驚奇』　凌蒙初
續作の流行
『金瓶梅』（個人創作の創め）
「才子佳人小説」
（女性像の位置付け確立）
『儒林外史』
『紅樓夢』
『兒女英雄傳』
『品花寶鑑』
『三俠五義』
批評の流行
李卓吾
金聖歎
毛宗崗
李漁
張竹坡
脂硯齋
戯曲との交流

あとがき

敝著は、筆者が一九九六年（平成八年）三月に二松學舍大學大學院文學研究科より博士（文學）を授與された學位論文「明清章回小説形態研究」を基に、その後の論考を加え、これを公にする目的で編刊したものである。

このうち、學術雜誌・機關誌等に既出の部分を以下に掲げる。

第一章　同題『中國古典小説研究』第一號　一九九五年六月

第二章第一節　同題　二松學舍大學『人文論叢』第三十四輯　一九八六年十月

第二章第二節　同題　二松學舍大學大學院紀要『二松』第五集　一九九一年三月

第六章第一節　同題　二松學舍大學『人文論叢』第五十四輯　一九九五年三月

第六章第二節　同題　二松學舍大學『人文論叢』第五十輯　一九九三年三月

付錄一　同題『日本中國學會報』第四十集　一九八八年十月

付錄二「中國石印本小説の特徵と役割」『廣島女子大學國際文化學部紀要』第十號　二〇〇二年二月

この他、第三章西遊記研究、第五章話術形態研究は、いずれも學位請求論文に取り込まれたものであり、また第四章儒林外史研究は近年纏めていた内容を公にするものである。

ご覽のように筆者の怠惰な性格から、雜誌や機關誌に投稿せぬまま今回公開される部分があることに不安を感ずるが、學位論文を公刊する義務に則って對應する意志を固めたとご了解いただきたい。

唐突ながら筆者には六名の父母がいる。實父母・岳父母と「學」父母とである。前四者は措くとして、不肖の學徒たる筆者がその業を受け、この分野で現在に至るまで面倒を見續けていただいたのは、父に當たる伊藤漱平先生と母に當たる齋藤喜代子先生とである。「學」父母と稱する所以である。叱咤激勵されながらまさしく手取り足取りご指導を賜ったものの、いまだに一人前にならないことが何とも恥ずかしい。

もとより敝著においても力不足の故、包括的な書名を用いて大風呂敷を擴げているものの、四大奇書の殘る一篇『金瓶梅』と清代の高峯『紅樓夢』の兩作品に對する論考は備わらず、思う所あって未熟な宿題は公開するを愼んだ。これまた恥ずかしい限りである。

先のお二方は學風も趣向も自ずから異なるが、筆者が授かった學恩は一言では盡くせない。加えて、伊藤漱平先生には、大患後にも拘わらず懇切丁寧な跋文を賜った。情報公開よろしく、筆者の學歴及び論文審査の結果の内容は、すべてそこに微に入り細を穿って語られるはずなので、これ以上は述べない。

別に、中國での指導教授、復旦大學の章培恆先生を煩わせて序を賜った。筆者にとっては先の兩先生が父母だとすれば、伯叔に當たる方だと言いうる。留學當時、筆者に對して「還有前途」と仰られ、ゆったりと見守っていただいたその導きを今振り返ると、その言葉の意味は「まだまだこれからだよ」という暗示だったのであろう。

さて、書物との邂逅は、その時代に如何なるものに觸れたかによって、學問研究の形成過程に隨分と影響や差異が生まれるのではないだろうか。先生達の觸れられた書物の中には現在入手のかなわないものもままあるし、もちろん同じものを利用したから同じように充實した論文が成せる譯でもないのだが。伊藤先生は研究生活五十年に亙る成果を著作集としてご準備されておられるようであるが、實は先の「學」父母は、いずれもご著書を公にはされていない。

筆者がこの分野で最初に出會したのは『中國の八大小說』（大阪市立大學中國文學研究室編　平凡社　一九六五年六月）と

小川環樹『中國小説史の研究』（岩波書店　一九六八年十一月）とであった。敝著中においても陰に陽に活用させていただいた。その後も興味の範圍が移るに從っていろいろな書物と出逢ったが、情報の今昔に拘わらずやはりこの二册は筆者にとって出發點になっているような氣がする。同じように、筆者のこの拙い研究のうちのたとえ一部分でも、贊否是非を問わず注意が拂われれば幸いである。讀者各位のご指敎を切に希望する。

この書物が編刊されるに當たっては、汲古書院の小林詔子士にお世話になった。また、中國語による概要「中文摘要」については現職場縣立廣島女子大學の同僚で西安交通大學敎授の顧明耀先生にご校閲いただいた。ともに記して謝意を表すものである。

なお、敝著本文中では、原則として敬稱を用いなかった。ご了解の上ご寛恕いただきたい。

本書の刊行に當たっては、平成十四年度學術振興會科學研究費補助金「研究成果公開促進費」（課題番號：一四五一六三）の交付を受けた。

平成十四年十月誕生日に記す

贅　跋――小説『紅樓夢』を「線索」端緒として――

伊藤漱平

前　言

「的無クシテ矢ヲ放ツ」のは論外ながら、これぞと標的を絞り狙い定めて矢を放つにも、好機タイミングというものがある。乙矢を恃まず甲矢一本を「滿ヲ持シテ放ツ」、これこそは「百發百中」正鵠を得る弓術の極意を言い當てた至言ではなかろうか。

弓は弓でも矢場の楊弓しか引いたことのない素人の議論は措くとして、丸山浩明君のこのたびの新著『明清章回小說研究』には、この「滿ヲ持シテ放ツ」趣きがある。同君がさきに二松學舍大學大學院に提出した學位請求論文『明清章回小說形態研究』が受理されたのは平成七年五月一日のこと、同君に對して博士（文學）の學位記が授與されたのは翌八年三月廿五日のことであった。以來かれこれ六年の月日が經っている。公刊は遲きに失した憾みがあり、その誹りを免れることは出來まい。

尤も、なにごとによらず完璧は期し難く、分けても學藝の世界にあっては、その達成が容易でない。思うに、事を處して愼重な丸山君は、前稿に緻密な點檢を加え必要な補正を終え、「滿ヲ持シテ放ツ」いよいよこれを世に問うべき時期が到來したと判斷したのであろう。

公刊遷延の謗りは免れぬにせよ、いささか恕せらるべき點なきにしもあらず、同君の抱える家庭の事情をも考慮に入れなければ酷というもの。同君は、後に述べるように、東京に妻子を置いたまま、平成九年四月縣立廣島女子大學に單身赴任した。そのかみ魯迅が上海に殘った許廣平と、自らは南方を轉々索居しながら往復書簡集『兩地書』を成した日子を遙かに超える間、數知れず兩地を往復している。勤務が五年に屆いた本年四月、奉職先の內規により同僚諸公の好意によって半年間のサバティカル休暇を與えられ、東京大學東洋文化研究所に「內地留學」する機會を得た。前稿の磨き上げに專念する時間を確保出來、東京の寓居を據點とし同研究所を始め都內の各圖書館・文庫等を利用して研鑽を深めるを得たことが、この新著の誕生を促す大きなきっかけとなったのは疑いを容れぬ。特にこの四月末に前年冬に申請した研究成果公開促進費が認められ、出版の目途がついたことも同君の勵みとなった筈である。男一匹辯解はせぬという同君の人柄を知るだけに、これらの幸運につき附言して置く次第である。

一　薦書一束――推薦狀に語らせる

さて、いよいよ著者丸山浩明君の人となり、さらにはその學問について延べる段となった。ちょうど手許に先年同君が現在の奉職先の公募人事に應じた際、私がしたためた一通の推薦書がある。いささか異例ながら以下に掲げてこれに語らせることとしたい。

ありていに申せば、跋文脫稿の約束の期限は疾うに過ぎ、遲筆の私が切羽つまって思いついた「窮餘ノ一策」に他ならず、當人に取っては迷惑千萬、或いは面映ゆく「過褒敢ヘテ當ラズ」と謙遜するやも知れぬが、筆者としては所謂「仲人口」を利いたつもりは毛頭ない。むしろ「保證書」に等しいとさえ思う。慚じ入るのは意を悉せぬ行文の拙なさのみである。

因みに言う、丸山君は平成九年四月一日附けで縣立廣島女子大學助教授として採用され、任地廣島に赴いた。この人事は公募によって選考され、決定を見た。その公募に當って相談に預った時、本人の請いに任せてこの推薦書を草したのである。この種のものとしては異數の長文となった。必須の要件ではなく、審査の參考までにという趣意で應募書類に添附したわけであるが、氣は樂、責任は輕い反面、それだけ眞劍本氣にならざるを得なかったことを思い起こす。丸山君が首尾よく採用と決まって、恥だけは掻かずに濟んだ。

推　薦　書

早速ながら、このたびの　貴學科の御人事に就き、その候補者として丸山浩明を御推薦申し上げたく筆を執りました。

同人の學歴・職歴等は本人が別に用意提出いたしました履歴書等に記載してあるとおりでありますが、たまたま私が昭和六十一年三月に東京大學文學部を定年により退官、同年四月二松學舍大學の招聘に應じて大學院文學研究科中國學專攻の主任教授として着任したとき、同人はこの大學の學部を卒業後引續き進學した大學院の修士課程を修了、博士課程二年に進んだところでありました。

さらにまた同人は平成七年四月博士課程に再入學して翌年三月同課程を修了、博士の學位を取得するを得ましたが、私は中斷期間を含めたこの課程在學中の大部分を、縁あって引續き指導教授として指導に當って參りましたので、從って以下に記す同人についての所見は、主としてこの十年餘に亙る觀察に基づくものであることを初めにお斷りいたしておきます。

それでは以下に推薦理由を箇條に分けて記させて頂きます。

(一) 漢文訓讀法による鍛錬――漢學の傳統ある二松學舍大學への入學

ゆくゆくは研究者として立ちたいという大志を懷き、笈を負って東京へ出た丸山浩明が入學を許可された二松學舍大學は、明治十年秋、三島毅（號は中洲）によって設立された漢學塾の後身であり、昭和二十四年に新制大學として再發足する以前は、久しく專門學校として國漢特に漢文に堪能の人材を中等教育界に多數送って參った學校でありました。それだけに、カリキュラムに於ても漢文教育に特色が見られ、同人が高校時代に受けたそれとは著しくレベルの異なる教育がそこにありました。同人は入學匆々本邦では古來長い歷史を持つ訓讀法による教育の〝洗禮〟を受けました。その意味では同人の學問の根底には漢學ありと申すべく、この點今日では得難い教育を授かったものと評價することが出來ます。

殊に大學院に進んでのち石川忠久大學院教授から樣々な機會に高度に專門的な薫陶と指導を受けたことは同人にとって幸いでありました。その方面に培った能力は專門とする小說戲曲の研究にも研究業績に示すように十分活かされております。

(二) 中國語習得の開始――新しい中國學の武器との出會い

漢文教育に長い經驗を蓄積してきた二松學舍大學は、一方ではそれからの脫皮を圖るべく、車の雙輪のごとくに中國語教育の振興を課題とし、これを實施して參りました。丸山浩明は中國文學科入學以來第一外國語の英語のほか、兼ねて中國語を第二外國語として學び、特に三年時以降はゼミナール（演習）を始め諸授業でこれを磨くことに努めました。またその學力を基礎として中國近世とりわけ明淸時代の口語で書かれた通俗小説に關心を深め、十八世紀に生まれたその代表的作品たる『紅樓夢』を卒業論文の研究對象として選びました。同人が三年時以來屬したゼミナールの指導者が、約二十年前この新制大學院の生んだ第一號の課程文學博士にして『紅樓夢』を專門とする齋藤喜代子教授であったことも幸いしました。その指導のもとに卒業論文を完成して昭和五十八年四月さらに大學院文學研究科修士課程（中國學專攻）に入學、その後も引續き指導を受けて『水滸傳』をテーマとする修士論文を完成、修了したのが六十年三月のことでありました。同人の中國語との切っても切れぬ緣は今日まで續きます。

(三) 現代から古典時代へ――中國文學研究の有效な方法の會得と錬磨

丸山浩明が學部學生の時期、特に後半期から受けた教育は、近・現代から古典の時代へと遡る自然な方法でありました。私自身、東京大學の學生時代に恩師倉石武四郎・增田涉・松枝茂夫の諸先生から學び取ったものがこれでありました。私は二松學舍大學の大學院に着任して以來、この方法を定着させるべく種々工夫を凝らしました。大學院のカリキュラムのなかの近・現代文學とこれに接續する近世文學の二本の柱を齋藤教授と私とで隔年に交替して擔當することにしたのもその一環をなすものでありました。齋藤教授は『紅樓夢』だけでなく老舍・茅盾を中心とした近・現代文學の專門家でもあり、不束ながら私もまた近世文學だけでなく魯迅・周作人兄弟からいわゆる人民文學までを廣く研究の對象としてきましたので、この試行が可能でありました。院生たちの關心の幅を擴げさせ、自己の專門にのみ限定しない學習と研究とを本位とするという點では相當の效果を上げ且つ刺戟を與えたかと思われます。

丸山浩明はまた學部時代、野村邦近助教授（當時）の魯迅をテーマとする課外研究會にも自發的に參加しておりましたが、大學院でも缺かさず近・現代の講座に出席しておりましたので、その分野の基礎的な知識も蓄えるに至りました。その結果、後述のごとく研究室助手として勤務した二年間も學生・院生たちの種々の相談にも幅廣く應ずることが出來ました。古典學を專門とする者にとっても近・現代への關心を失わないという姿勢は大切であろうと信じます。その意味で同人がこのような學風を繼承してくれた者の一人であることは、私にとっても洵に賴もしく嬉しい限りでありました。

（四）中國留學――復旦大學での價値ある二年間

學部・大學院と九年間の修業を積み學業の基礎をほぼ構築し終えた丸山浩明は、昭和六十三年三月、博士課程の必要單位を取得、滿期退學いたしました。この機會に中國へ留學してさらに研究者としての能力を昂めたいとの相談がこの前後にあり、たまたま平成元年七月から思いがけず學長に就任する仕儀となり、校務繁多のため同人の指導に割き得る時間の乏しきを歎じていた私は、かねて院生の留學を機會あるごとに奬勵してきた手前もあって大いに贊成いたしました。四月に行われた中國政府國費留學生試驗にも見事合格、高級進修生（修士號を有する者から選拔される）として上海の復旦大學――北の北京大學と竝ぶ名門――に配屬され、九月初めに勇んで中國に赴きました。

これについて同大學の章培恆教授を「導師」卽ち指導教授と仰いで研究を續けさせたいと考え、舊知の章教授に依賴したところ、既に中文系主任（中國文學部長に相當）を勤め上げ、附置の古籍整理研究所長として多忙な日々を送っておられたにも拘らず、特別に引受けていただくことが出來ました。

同人の留學生活の核となる章教授の定期的な指導は、古典詩文から戲曲小說に亘って幅廣い學殖を養うという適切な方針のもとに實施され、同人は中國の學風の一斑に身を以て接することが出來、極めて有益であったと思われます。小説を戯曲と切離さず、またさらに正統的なジャンルとされた詩文とも關連させて研究することの必要性をかねて説いて參った私としては、同人が絶好の學習の場を得たことを喜びました。書誌學・文獻學にも精しい章所長は上海圖書館を始め多くの圖書館に同人を紹介して稀覯の善本を睹得る機會を作ってやって下さったと後になって聞き、感謝の念を新たにしたことでありました。

留學生活は同人の中國語を磨く上で著しい效果があったと認められ、加えて休暇を利用して廣大な中國の各地を旅行遊歷し、大陸の風土を肌で感じ得たことも、中國文學の研究者としての「土地勘」を養う上で非常に有益であったと認められます。多くの階層の中國人と接してその國民性について文獻だけでは得られない認識を深める機會に惠まれたことも收穫の一つでありました。

(五) 才幹の自己實現 (1)――研究室助手勤務から得た諸教訓

丸山浩明は中國留學へ出發するまでの半年間及び留學を終えて歸國してからの半年間の通算一年間、私を指導教授とする研究生としての生活を送っておりましたところ、たまたま大學院及び學部共通の研究室に勤務する研究助手に空席が生じ、これに起用されることとなりました。二年間の任期中、學生・院生の修學上・研究上の相談に事大小となく應じたことは前記のとおりでありますが、研究室の運營に伴う様々ないわゆる雜用を實にテキパキと適切に處理し、その方面の實務的才幹にも富むことが實證されました。

その激務をこなす一方、奬めて應募させた文部省の科學研究費奬勵研究にも申請が採擇されて百萬圓近い公的研究費がつき、研究を推進する彈みとなったように見受けました。その成果の一部は各種の紀要・研究誌に次第に發表されはじめ、同人は研究者として認知されるコースを着實に歩み始めました。

（六）初めて教壇に迎えられて――非常勤講師としての多くの經驗

助手在任中の二年目、助手にも勤務時間中の半日を他大學の非常勤講師として出講させ得る制度の活用により、平成四年四月から明海大學の中國語の非常勤講師として出講するようになりました。任期滿了退任後、本來は定職に就かせるところでありましたが、遠からず學位論文完成後は再入學してこれを提出する豫定にしておりましたため、平成五年四月からは母校の中國語擔當を始め、神奈川大學・埼玉大學等の非常勤講師として週十數コマを擔當するようになりました。中國語のほか中國文學史・漢文學と擔當科目が多岐に亙りました上に時間數も少なくなかったにも拘わらず、出講先の諸大學に勤める友人たちに內々訊ねてみたところ、手抜きをせずに專任者同樣しっかり授業に勵み、受講者の評判も上々だとの返事をもらい、一安堵したこともありました。

（七）才幹の自己實現（2）――日本中國學會幹事の實務經驗

平成五年三月末を以て學長を退任した私は、同じ月に日本中國學會理事長に再選され、四月から就任する仕儀となりました。昭和六十二年四月から二年間初めて理事長を勤めた際、丸山浩明は幹事補佐を委囑され勝手を知っているところから、あたかも學位論文を纏める時期に今度はより重い幹事を委囑するのは罪なことと承知しながらも、一應聲をかけてみたところ、案に相違して快諾してくれました。それから二年間、同人は非常勤講師の出講の他にさらに週平均一日の時間を學會の裏方としての幹事役として割くこととなりました。會員數二千名に垂んとする全國學會の經理擔當という綿密さと確實さとを要求される重任を厭わず正確に處理し續けてくれました。私としては、同人のその方面の隱れた才幹を改めて確認させられた次第で、大過なく理事長を退任したときは、同人の盡力貢獻に對して感謝に堪えぬ思いを抱きました。

（八）學位取得――研究者としてのスタートラインに立つ

在學中、丸山浩明はレフェリーの置かれた日本中國學會の機關誌『日本中國學會報』に論文が採擇掲載されて學界にデビューいたしましたが、非常勤講師としての出講と學會幹事としての執務とを精力的にこなしつつ寸暇を惜しんでかねて構想を練ってきた博士の學位論文の執筆を進めました。正に超人的な努力の甲斐あって平成七年三月末に論文『明清章回小説形態研究』は完成を見、四月に再入學、同月末に該論文を提出、學位請求をいたしました。五月に審査委員會が發足し、從來の同人との關係から私が主査となり、副査に齋藤教授、四月に北海道大學から着任されたばかりの松川健二教授（明清思想史）、隣接の國文學專攻からは青山忠一教授（日本近世文學）が選出されました。約十ヶ月間愼重な審査が繼續され、明清兩時代の生んだ章回小説、卽ち長篇小説の多くの代表作を對象として形態という觀點から詳しく考察を加えたこの斬新な論文は、幸い好評を得て研究科委員會も無事通過、三月廿五日に博士（文學）の學位記を授けられ課程修了の運びとなりました。四名の審査員の意見を總合した審査報告要旨は別添のとおりでありますが、三名の副査の高い評價、特に江戸期の小説史を專門とする青山博士の賞贊をかち獲たことは、永らく指導に當ってきた私としても實に嬉しい結果でありました。

その後同人はこの論文において十分論及するに暇のなかった『紅樓夢』についての論文等を執筆中であり、近々これらが完成の曉には學位論文と併せて公刊、世に問いたいと意欲滿々であります。

このことに關連して特筆附記したいことは、私の『紅樓夢』改譯作業への丸山浩明の助勢についてであります。私は平成五年秋頃より三度目の改譯に着手いたしましたが、同人及び中國人某君の兩名に協力を依賴し、平凡社ライブラリーの一種として平成七年九月に始まり翌年十一月に全十二卷の刊行を終えるまで、終始全面的な協力を得ることが出來ました。特に同人の綿密な審訂によって私が多大な恩惠を蒙ったことは申すまでもありませんが、同人もまたこの機會に『紅樓夢』百二十回の原文精讀を改めて果たす結果となり、その經驗を踏まえた現在執筆中の研究成果には期して待つべきものありと信じます。

以上十數年間に及ぶ丸山浩明の學問的な成長の過程について私の知る限りを縷々述べて參りました。いわば手鹽にかけて育てて參った學徒が、あたかも私の定年退任の年度末に博士の學位を得て研究者としてのスタートラインに立つに至ったわけであり、感慨なきを得ませんでした。人物・見識ともに非議すべき點がなく研究者としての將來を囑望するに足る同人に然るべきポストを斡旋せねばと考えていた矢先に、貴學の御人事のことを知りました。

私の身邊を見渡した限りでは、諸條件を勘案して丸山浩明は最も適わしい候補者であると考えられ、ここに推薦いたす次第であります。蕪文を長々と書き列ねましたが、御選考の參考に資して頂ければ幸甚に存じます。

ここに推薦書のほとんど大部分をそのまま引いた。

このあとには、公募の應募者に求める年齢制限などいくつかの要件について、それぞれ適格と判斷する旨を記しているが、いま省く。また擔當豫定課目は中國文學の廣汎な領域、さらに中國語・漢文にまで多岐に亙るが、この推薦書の敍述のなかで適任であることを滲ませようと努めた心算である。

ところで實を申せば、推薦書はいま一通添付された。それは當時二松學舍大學大學院文學研究科長の任に在られた石川忠久教授（現在は學長）の執筆に係り、北京琉璃廠榮寶齋の八行書箋に毛筆で認められ、ピタリ二葉に納めてある。丸山浩明を極力推薦するという點にかけては私と同様ながら、その熱意の傳わる達意の文章で「簡ニシテ要ヲ得タ」簡潔適確な内容のものである。末尾には、二松學舍大學大學院研究科長・日本中國學會理事長・全國漢文教育學會會長の三現職名のあとに自署鈐印してある。母校東京大學より「陶淵明研究」で學位を得られた六朝文學の泰斗石川教授の推薦書は正に千鈞の重みありと言えよう。

これまで私は、この種の推薦書は、同じく榮寶齋の書箋に同様に毛筆で認めるのを習いとしてきた。しかしこの時はあまりの長文の草稿に、終りまで讀み通して頂くことを考慮してワープロで打ってもらい、當時の新舊四つの身分役職、卽ち二松學舍大學客員教授・同前學長・同前文學研究科長・日本中國學會前理事長を列記したあとに、毛筆で自署押印している。

私のそれとは萬事に對蹠的であり、徒に長大に過ぎる拙作を姑くかの長歌に擬すれば、石川教授のそれは、期せずして拙作を見事に壓縮した反歌（短歌）に比することが出來ようか。長短はともあれ、兩々相俟って審査に攜わられる諸家に少なくともその熱意だけは傳わったものと信じたい。

さて、首尾よく採用されて廣島に赴任してより今日に至るまで、早くも五年に餘る歳月が流れた。その間のことを追記書き下した「推薦書（補）」に當たるものを、以下に掲げることとする。

（九）專任助教授として迎えられ教壇に立つ——教育者・研究者としての自立へ

丸山浩明は、平成九年四月一日附けを以て縣立廣島女子大學助教授として採用され、國際文化學部（アジア文化コース）に配置されました。三月末、同人は勇躍して單身任地廣島に赴き、鈴が峰の住宅に落ち着きました。配偶者が職務の都合で東京の寓居に留まる仕儀となり、同人は二重生活を續ける決斷をしました。

因よりその間も本務とする教育研究はおささ怠りなく、廣島赴任後の初仕事として、教學上の必要から本國人と共編の中國語教科書を刊行したほか、專門の研鑽にあっては、學位論文に取り上げるに至らなかった清末小說について、「中國石印版小說目錄（稿）」を編刊し、おびただしい分量のこの時期の小說に對し形態的考察を加えるための準備作業を進めました。樽本照雄教授の勞作『新編清末民初小說目錄』を補完する底のものであります。

さらに學位論文を基礎として新しい研究成果を增補した論文集を公刊すべく、昨十三年十一月締切の文部科學省出版助成金を日本學術振興會に申請したところ、幸い審査に通って研究成果公開促進費の助成を受ける運びとなりました。加えて、勤務先の內規により半年間の所謂「內地留學」を認められ、調査のために東京大學東洋文化研究所を據點として研究に專念することが可能となりました。この二重の幸運により、本書の刊行が正しく「促進」されることとなった次第であります。

二　藏書兩瞥——學人の魂は藏書に宿る

推薦書に語らせたのを承け、ここに一つ插話を附け加えておきたい。丸山浩明君の新研究室を訪れたときの印象である。

平成九年十月、即ち丸山君が赴任した年の秋のこと、私は大阪市立大學での學會に出席した機會に足を廣島まで伸ばした。廣島大學を定年退職した畏友横田輝俊教授が療養中と聞いて見舞うためであった。一つには、知人の少ない丸山君を横田氏に紹介し、序に同君の新職場を表敬訪問して落ち着き先を見届けたいという氣持もあった。

丸山君を帯同して横田教授を入院先に見舞い、これを引き合わせたのち、宇品の縣立女子大學のキャンパスを訪れた。關係者に表敬の御挨拶を濟ませたところで同君の研究室に案内され、振舞われた茶を喫しながら、見るともなくその藏書を眺めやった。兩壁面に造りつけの書棚があり、これに插まれた背中合わせの書架がある。そのいずれにも和漢の線裝・洋裝の書物がぎっしり排架されていた。ほとんどが私物とおぼしいこの藏書を使えば中國文學史が講ぜられるほどに、古代から近・現代に至るまで體系的によく蒐められていた。とりわけ專門とする近世の俗文學――小說だけでなく戲曲にも亙っているのがよい――の分野が充實していると見受けた。二年間の復旦大學留學中の好機に心がけて蒐めたものが最も多きを占めよう。研究室を見せてもらって、廣島まで遠出した甲斐があったと思った。そういう機會は滅多にあるものではない。

私は恩師の長澤規矩也先生の舊藏書が「雙紅堂文庫」として、またのちに倉石武四郎先生のそれが「倉石文庫」として、東京大學東洋文化研究所の書庫の一隅に別置されているのを睹る機會があった。「雙紅堂文庫」は戲曲小說類に限られたコレクションであるが、「倉石文庫」は先生が昭和初年北京に留學された折に蒐められたものを主に、「四部」に亙り「新學」をも含めた終生の蒐書である。これらがズラリ排架されて見渡せるさまは正に壯觀であった。

また先師增田涉先生の舊藏書が最終勤務先關西大學の藏に歸したのち、一日その圖書館を訪れたとき、電動式の書架が動いて「增田涉文庫」が全容を現わすと、私が泉大津の御宅によく伺って書齋や書庫をも見せて頂いていた時分とは別様の、天井に屆きそうなステンレス製の書架に違和感を覺えながらも、在りし日の先生に再會したような感動を覺えた。三先生とも特殊文庫としての目錄が全部または一部が編刊されているから、鐵道マニアが時刻表を繰るように、それぞれの目錄を繙きさえすれば、先生方の學風の一斑がその蒐書から窺われるが、それとはまた別の實物、手澤本からの衝撃を與えられるのである。

先年、靜嘉堂文庫の宋本室に別置された清の陸心源の皕宋樓の舊藏書群と對面したときも、同じようなことを感じた。目錄で知っていただけとはわけが違う。

私人の藏書と言えば、私にとって思い合わされるのは、三州西尾――愛知縣西尾市にある「岩瀨文庫」のことである。一衣帶水の矢作川を隔てた同じ三河碧南で出生した私は自轉車を漕いでよく出かけたものである。銘茶で知られるこの地の素封家岩瀨彌助が明治大正期に蒐めた和漢書のコレクションがこの文庫となった。戰後市立の圖書館に移管されたこの文庫は、玉石混淆と評する人もないではないが、戰前に目錄も編刊され、以來特色のある蒐書によって世人を益してきた。

敗戰後まもなくの頃、卒業論文執筆中の今は亡き小高敏郎氏は、私の家に數泊して日參したのち、『松永貞德の研究』中にその書き拔きを活用した。また增田涉先生も西學東漸史の研究のために來泊され、私が東道役を勤めた。その收穫は遺著『西學東漸と中國事情』中に生かされた。私自身、曹雪芹との關聯でかねて關心を抱いている曲亭馬琴の一資料『犬夷評判記』の自筆稿本がここに藏せられていることを讀本研究家の著作によって教えられた。その卷頭の「蓑齋」名による馬琴の序文の末尾に、雪芹が『紅樓夢』首回の成書の緣起に書き留めた「滿紙荒唐言」の五絕が記されてある。『南總里見八犬傳』を二十年以上もかけて書き上げた感慨を託したものであろう。その雪芹も二十數年に亙って執深く改稿を重ねたのに遂に未完に終ったのであったが……。私はその稿本を是非見てみたいと思いながら未だ果たせずにおり、この文庫の〝呪縛〟から逃れないところから、ついその存在に言及した。

尤も、個人の藏書として特色はあるものの、醫家の澁江抽齋が『經籍訪古志』を著したようには商家の愛書家岩瀨氏がこれを著述に利用したということはないようである。

その點では、學人學者の藏書は、言うまでもなく當人がそれを用いてどのような著述をするか、またしたかを問われる。中國文學の分野に限っても、一代の碩學の遺された東洋文化研究所の「倉石文庫」・「雙紅堂文庫」しかり、また近年その藏に歸した「前野文庫」――前野直彬教授舊藏の漢籍についてもまたしかりである。

私は女子大訪問の際匆卒の間に一兩瞥し得た丸山君の藏書が、先ずもってこのたびの新著結實に貢獻したことを喜ぶとともに、今後とも增加充實して貢獻し續けることを期待するものである。

丸山浩明君の藏書――學者のなかには圖書館や研究機關の藏書に殆ど全面的に依存する人もないではなかろうが――について觸れた序に、附け加えておきたいことがある。

私は滿六十歲を超えた昭和六十一年三月を以て定年申し合わせにより東京大學を〝退官〟し、四月から私學の二松學舍の招聘に應じて大學院及び大學の講壇に立つこととなった。この再就職先で丸山君と巡り合った、大袈裟に言えば〝邂逅〟したのである。

私は定年を迎える前に、目黑大橋の公務員宿舍から越谷千間台の公團住宅に居を遷し、藏書の主力ともいうべき部分はそちらに移してあった。本鄉の研究室に置かせてもらっていた近世の詞曲小說に關する書籍及び所謂「工具書」辭典索引など物を調べるツールを排架し、その部屋で行う演習や講義の準備に利用していた。兩壁面造りつけの書棚にあふれる位の量があったが、トラック一台で運搬できた。

三月末のこと、本鄉では東大の學生諸君の助勢を得てトラックに積み込み、それを九段坂上の大道に面した二松學舍のキャンパスに橫付けにし、用意された二階の大學院主任教授の研究室に無事搬入排架された。それは中教室を二分改造し、背中合わせに國文學・中國學兩專攻の主任の入る研究室と演習室をこしらえた速成のものであった。私はそこで、かつて大阪市立大學で十年間同僚であった塚原鐵雄教授と再會した。塚原氏は戰爭末期の二松學舍專門學校繰上げ卒業後入營し、敗戰後同期の竹內實氏を誘って京都大學に入學し、卒業後大阪市大で勤め上げ、母校が大學院國文學專攻の博士課程を作るために招聘され、私より一年前に着任していた。中國語學文學を專攻した竹內實氏が塚原氏と同期だとは知らなかったが、私が東京大學を卒業して舊制の大學院に籍を置いたとき、京大との併任を解かれて東大の專任になられた倉石武四郎先生に隨って東大大學院に入學、私とは〝同班同學〟同期となったのであった。その上私の鄉里と衣浦灣を隔てた對岸の半田市が兩親の出身地という奇緣もあった。

背中合わせの研究室へ滋賀の草津から新幹線で九年間通勤し、母校の爲に盡瘁して胃癌の爲他界した塚原氏の母校愛と後進を育成する熱意には打たれた。竹內氏の母校に寄せられた好意と言い、二松學舍という私學にはそういう氣持を起こさせる一種の傳統があることを次第に覺るそれらがきっかけとなった。

その二松學舍の再發足した博士課程の院生として私を待っていてくれた一人が丸山浩明君であり、學生諸君に指圖して搬入作業をテキパキと處理してくれた。これは同君の私の藏書との出會いでもあり、新しい大學院の研究室が作られたり役職が變化したりするのに應じて研究室が變わるたびに、同じようなことを繰り返した。最後は二松退休後に備えいまの川口に新居を定め、二つの小書庫をこしらえてこれに藏書を收納するまで丸山君がすべて仕切ってくれた。私の藏書について知る人、丸山君に如くはない。

富豪や財閥の御曹子として生まれた身ではない私が、分不相應に多くの藏書を儲えるに至ったのにはわけがある。それは私が松江の島根大學に奉職中の昭和三十二年春のことであった。平凡社から刊行されることとなった「中國古典文學全集」全三十三巻中の三巻を占める『紅樓夢』の個人譯を擔當するようにと、編集委員の倉石武四郎・增田渉・松枝茂夫・小野忍等の諸先生方から御下命があった。當初岩波文庫に収められた松枝先生の名譯が入る予定であったところ、版元の岩波書店が同意しなかったため、卒業論文に『紅樓夢』を扱って一本の論文を發表しただけの三十二歳の若僧にお鉢が廻ってきたのであった。すでに同全集の『今古奇觀』の十分の一に當たる四巻の翻譯を進めつつはあったものの、躊躇しながらも先生方の勸奬と眷顧に應えてお引受けし、それこそ不眠不休の三年半で全三巻をともかくも譯し終えたのであった。

本が出れば相應の印税收入がある。増田先生が館長を勤められたことのある島根大學の圖書館は、まだそれほど充實してはいなかった。物を調べる爲の本や資料を自分で整えなければならない。そこで私は荆妻に向かってこう宣言した。「印税收入は家計には入れず、讀者に還元するため本を買うから。家も建てない。」と。以後それを實行に移し、亡父が二代中村蘭台翁に依頼して刻してもらった藏書印を新獲の書籍に鈐し續けた。

吉川幸次郎博士が北京留學中琉璃廠の來薫閣で購入將來された程偉元による『紅樓夢』の最初の刊本、所謂程甲本が巡り巡って私の架藏するところとなったときも、平凡社から刊行され始めた「中國古典文學大系」所收の『紅樓夢』の印税を前借りして購入費用に充てた。林秀一博士から遺贈された明刊『嬌紅記』とこの程甲本『紅樓夢』にちなみ齋號を「兩紅軒」と稱するに至ったのも、長澤規矩也博士の「雙紅堂」にあやかりたいというひそかな希いを籠めたものであるが、年齢に似合わず藏書に富むのは、このような幸運に惠まれたお陰であった。

そう言えば長澤博士も大戰中三省堂から出した『新撰漢和辭典』をいわば〝ドル箱〟とされ、購書の主たる資金源としておられたようである。

倉石博士の厖大な藏書の根幹は、昭和初年二年間の北京留學中に購入將來されたものである。本場現地での購入であるから、質量ともに優れたコレクションとなったが、文部省から支給された在外研究費が、當時の圓と元の相場から有利有效に使用できたということもあろう。着燕匆々の先生は吉川博士と同じ公寓に住み、旗人奚待園を連日出稽古に招き、『紅樓夢』を約半年間で讀み上げられたと聞く。そして隆福寺の文奎堂に探させて『紅樓夢』の程乙本――程甲本の翌年改訂出版された――を入手して歸朝された。そのときの値段を書いたメモもどこかにありますと語られたこともあって、後日教えて頂いておいたなら、學者の圖書購入事情と購入費の一資料となったろうにと悔やまれるが、そのメモは今となっては探し出すことが叶わない。

翻って丸山君の圖書購入にも同樣に留學中支給された圓と元の相場の變動が有利に働いた面のあったろうこと推測に難くない。それにしても、私の場合のような幸運に惠まれたわけでもないようだし、同君がそれこそ身を粉にして圖書費を稼ぎ出してきた結果であろう。結婚後はまた研究者でもある好伴侶の理解あってのこと言を俟たぬが……。

三　學位三聯――審査報告書に語らせる

(一) 東都遊學　二松學舍との結緣

丸山浩明君は、上州桐生の產、即ち群馬縣東端の桐生市に生まれた。首都圈でも古來かの赤城山を望む機業を以て知られた小都市である。尤も、私は高崎市には遊んだことがあるものの、桐生市には足跡を印したことはなく、その風土について語る資格に缺ける。

家庭は父君が數學（算數）、母君が國語を專門とする共に教育者であり、長く初等教育に從事された。また兄君は東北大學大學院で地質學を修められ、現に東北のさる國立大學の教授である。教育環境には惠まれたと言うべく、理科的才能と文科的才能のそれぞれを兩親から享けたと思われる。

初等・中等教育卽ち小學校・中學校・高等學校のそれは一貫して桐生市に在って授けられた。高等教育は、縁あって東京の私學二松學舍に進み、ここで大學（文學部）・大學院（文學研究科）の課程を卒業し次いで修了した。さらに國費留學生として上海の復旦大學に高級進修生として在籍し、二年間修學に努めた。以上の學歷は大略上に述べた通りである。

同君からかつて聞いたところでは、高校時代、言語學を志望したことがあるという。私も先の大戰末期、舊制一高の文科に入學してまもなく、たまたま倉石武四郎『支那語教育の理論と實際』を入手して漢文訓讀法に對する考えを改め、特設予科の留學生某君に依賴して倉石博士編纂の支那語教科書を讀んで貰った。一方で阿藤伯海講師の『唐詩選』の朗誦に聽き惚れつつ、不遜にも唐詩を當時の音に復元して朗誦できたらと思った。有坂秀世博士の『音韻論』に接した影響もあった。兵役服役中は萬一生還できたら隋唐の中古音の研究をと空想したりしたが、敗戰後復學してのち、戰中學んだ英語・ドイツ語・フランス語のほかにアテネフランセへ通ってフランス語のほかギリシャ・ラテン語の初歩を學び、ニコライ堂でロシア語を學ぶという〝博言學〟的傾向を示しながら、復元が原理的にしかできないと知って、あっさり文學に戻った經驗がある。

丸山君の志望動機の内實と重なるかどうかは判らないものの、その志向には共感を覺えないではない。よって蛇足を附け加えた次第である。

ところでこの章の見出しに「學位三聯」としたのは、丸山君が三つの學位を取得保持していることに因む。文學士・文學修士・博士（文學）の三種である。

明治期に歐州に於ける學位に倣って學位令が制定された當初、博士の學位は博士會の上申に從って文部省が授與した、謂わば國家學位に當たり、明治末年漱石が辭退したのもこれである。その前段階に學士の稱號があり、帝國大學の卒業者に授けられ、「學士様なら娘を遣ろか」という程これには價値があった。明治三十年京都に新設されて帝國大學が二つとなり、殖え續けてのち、敗戰後の占領下でアメリカの學制に倣って革められた制度にもこれが及んだ。先ず昭和二十四年四年制の新制大學の發足である。三年の舊制大學との併存經過ののち二十八年新制大學院が發足した。修士二年・博士三年の課程である。（中國では修士は「碩士」と稱する。）それぞれの修了者は修士・博士の稱號學位を授けられることとなった。在籍可能年限は二倍の年數に限られる。後者に在籍して所定のカリキュラムで研鑽し、必要な單位數を取得したのち一旦退學することも出來、俗に「滿期退學」と稱する。博士課程で「修了」と稱するのは本來學位論文が通過してのちのことで、この點世上の履歴の記載に往々混亂が見受けられる。

丸山君の場合も、一旦滿期退學してのち、所定の猶豫期間内に再入學して學位論文を提出受理され、審査の結果研究科委員會に於てこれが修了相當と認定されて始めて晴れて修了したのである。（猶豫期間を有效に活用できなければ、殘るは舊制の博士と相似た「論文博士」、後日學位請求論文を提出して學位を受ける道も殘されている。）

明治以來、文學の分野では「文學博士」と決まっていたのであるが、戰後の學術界の變貌進展が著しく、所謂「學際領域」が發生した結果、各種の新しい博士名が誕生、「博士（文學）」という稱號が設けられたのである。その上、新制の學位は正しくは取得大學院名を明記することが義務づけられている。また近年の省令による改正で「文學士」も學士の一種とされるに至った。「學位三聯」とした背景と歴史とについていささか説明を加えた。

（二）學位審査報告書に語らせる

ここでいよいよ丸山君提出の學位論文に添附された「論文内容の要旨」およびこれに對して作成された「論文審査の結果の要旨」を以下に掲げる。この兩者は平成八年三月廿五日附を以て學位が授與され修了したのち、次年度の初めに「博士學位論文要旨集　第三集」と題するものが編刊され、國會圖書館を始め大學院を有する諸大學に送附公開された。また、この手續きによって二松學舍大學圖書館に永久保存される運びとなった丸山君の學位論文は、著作權法上にいう優先性（プライオリティ）が取り敢えず確立したこととなる。今回の新著の公刊は、遷延したとは言え、これをより廣く學術界に宣布する意味を持つ。

はしがき

この册子は、學位規則（昭和二十八年文部省令第九號）第八條の規程による公表を目的として、平成八（一九九六）年三月二十五日に本學において博士の學位を授與した者の、論文內容の要旨及び論文審查の結果の要旨を收錄したものである。

氏　　名　　丸　山　浩　明
學位の種類　博士（文學）
學位記の番號　甲第十三號
學位授與年月日　平成八（一九九六）年三月二十五日
學位授與の要件　學位規則第三條第一項該當
學位論文題目　明清章回小說形態研究
論文審査委員　主査　教授　伊藤漱平
　　　　　　　副査　教授　青山忠一

教授　齋藤喜代子
教授　松川健二

「論文内容の要旨」

中國における近世小說發生の淵源が唐代の變文に求められ、これが散文と韻文（詩詞歌賦等の美文要素）の交互出現を基本的形態として成立していることは周知のとおりである。宋代の說話・語り物を發展させた所謂話本がこの形式を用いていることは紛れもない證左にほかならぬし、短篇のみに止まらず一纏まりの話柄を集大成し且つ長篇化させた章回小說にあっても同様の形態を維持していること、その例に洩れない。

これまでの明清小說に對する研究の視點は、神話・傳說を含めた物語行爲として各々の說話を取り扱う場合を除いては、概ね小說の出處やそのテクストの系統上の位置付けに限られていたように思われる。しかし、明清小說に共通する特徵はと言えば、特に長篇にあっては前の時代から語り繼がれ書き改められた一纏まりの說話が、集積され整理體系化されて一篇を形作るという點にある。例えば『三國志演義』『水滸傳』『西遊記』はいずれも同様の成立の過程を有し、完成體を得るまでに數々の演變の過程を辿る。加えて、一度終着點としての定形が得られるとその後はそれが普遍的に通行し、それ以前の形態はほとんど顧みられることなく埋沒する運命を内に負っているのである。よって、この所謂「世代累積型集體創作」という特徵の理解を前提とした上で、演變過程と定形の持つ意味とを考慮に入れて檢討を加えてみたい。その際、次の二點に着目して探究を進めた。

一、小說中に見られる美文要素（詩詞・文等）は、如何なる發展過程においてそれが採用され定着し、また改編されていったのか。特に版本・テクストとして百回あるいは百二十回等に纏められる時にどのような制約が加えられたのか。

二、作品の多くが明も萬暦期に出版された版本を現存の第一次の基本形とすることがほとんどであり、しかも『三國志演義』『水滸傳』『西遊記』ともに「李卓吾評本」がその中心的役割を擔っている。とすれば、明代の小説において評語が加えられたことにより、その讀み方は規制されたのか。加評により制約を受けるとすれば、その求められた方向性はどのようなものであったのか。その傾向は清代にどのように發展していったのか。

第一章では、定形版として通行した清初毛宗崗批評本『三國志演義』を取り上げ、その改編理論を插入詩が持つ「空」「亡」字の多用と評語から解讀を試みた。これにより韻文に對する改編操作がもたらした完結性と小説定形化の關連を解明した。

第二章では、『水滸傳』中の詩詞について百回本から百二十回本へと發展する過程を調査し、詩については人物のクローズアップ、詞については情景描寫という異なった役割を擔っている特徵を見出した。また、演變過程への注目の趣旨から、元代雜劇中の水滸故事と小説「水滸傳」との影響關係を主要登場人物李逵の形象から論じた。

第三章は、『西遊記』の韻文に見られる要素の混在性を、各説話の累積の初歩的な體系化として捉え、定形を得るまでの演變段階とその意味を明らかにした。特に體系化に際しての回目や押韻字の整理のされ方への着目の必要性を確認した。

第四章では、近世小説に見られる「語り」の形態を編者作者の批評方法の借り入れとして檢證し、話者聽者の二層構造からそれを間に挾み込んだ作者讀者を含む四層構造への發展として跡付けた。

第五章では、明代における木版印刷事業を檢討し、小説評論の前段とも言うべき「評林本」の隆盛の傾向と、通俗小説の出版に長けていた余象斗の取り組みを考察して、福建省建陽の出版事業における見直しを提起した。また、付錄として、「水滸傳」の版本中、東京大學所藏の二種類の文簡本の調査結果を加えた。

他に、本論文執筆中に氣付いた問題點およびその検討への視點や方法を展望として加えた。

一體、中國の明清長篇小説は章回體と統べて稱されるが、その形態的特徴の據り所はどこにあるのか。先に提起した小説中の美文要素と批評史との二つの觀點からの考察を手掛かりとしてその定形化の營爲の實際を探究し、「世代累積型集體創作」から一個人による創作へと、時代が移るに從って、その本質は變容變質を遂げたのか否か、またその形態は何故變化を來さず、章回體の枠組みから離れられなかったのかを論じてみた。これにより、各回毎に獨立して敷衍できる明代の小説から、定形としての章回體に則って長篇小説を創作するに至った清朝の小説への移行を、小説史において形態の面から些か探究し得たと考える。明清章回小説形態研究と題する所以である。


「論文審査の結果の要旨」


本論文に於て、筆者丸山氏は、中國文學史上、小説というジャンルが質量ともに空前の發達を示した明・清二代について、特にこの時代に興隆した所謂「章回小説」——文體的には所謂「白話文」口語文を基調とし、章（もしくわ回）に分かって敍述展開する長篇小説をば對象とし、これらに主として形態の面から種々考察を加え、章回小説なるものの特徴を把えると共に、小説史上に位置づけようと試みる。

以上のごとき意圖の下に、本論文は次のような構成を取る。先ず、「明清小説の演變と定形」と題した序論を承けて、第一章『三國志演義』、第二章『水滸傳』、第三章『西遊記』と、明代に出現した代表的な章回小説、三部の大長編について論じ、第四章ではこれを踏まえ「話術形態研究」と題して文體の面から補完する。さらに第五章では「明代印刷出版研究」と題し、明代に於ける小説書の出版及び作者・讀者の問題を論じ、結論では「章回小説の特徴」と題し、上來縷々考察を加え來った章回小説の特徴を改めて說いている。本論文は、筆者自身の言を借りれば「版本書誌學を手懸ける人々がその對象とする本の存在價値を文學研究の中に投げ返す取り組みが少なく、また文學研究に志す人々が出版やそれを取り巻く文化面の探究になかなか取り組み難いとする傾向を有する――」ことを遺憾とした筆者が、近年の小説史研究の動向を押さえ、自身の大陸に於ける二年間の訪書行の成果を含む着實な書誌學的研究に立脚して、對象をひとまず章回小説に絞り、從來顧みられることの少なかった形態面から切り込んでみたというところにその特色がある。筆者の抱負は相當程度實現されており、そこに本論文の持つ意義が認められる。これをより具體的に言えば、本論文は論旨明晰にして構成力に優れ、唐代に淵源する俗語小説の表現法について、壯大な時空に跨がる假説を樹てつつ、これを合理的かつ克明に檢證してほとんど間然するところがない。例えば章回小説に於ける詩と詞の交替の様相を軸に、「世代累積型集體創作」と規定して論述を進めた手續き及びその經緯に關連する萬曆間の三部の書の李卓吾本の果たした役割の考察、清初の毛宗崗評本などを契機とする讀書論の展開、また福建版本に關する調查など、公平精密な論究を行っている點に示されたその學問的能力と可能性とを以てすれば、本論文が充分に博士（文學）の學位に相當するものであることを認め得る。

固より瑕瑾がないではない。例えば、第五章第一節第一項の注疏關係の記述のうち、宋明の部分では、佐野公治『四書學史の研究』のごとく四書を中心に概説するのが適切であろう。また、佛典では『法華經』などの義疏に筆が及んでもよかった。特に標題に「明清」と銘打ちながら、その主要部分で取り上げた章回小説に『金瓶梅』の章を缺くことは、「四大奇書」の名數に照らしても、物足りない。清代に至っては、少なくとも『儒林外史』『紅樓夢』の二章が備わらない點には均衡を失した恨みが遺る。この他にも、晩清に及ぶまで、明清二代に亙って章回小説の制作は止むことがなかった。それら多數の作品群――とりわけ世代累積型集體創作の域を脱却した個人創作に屬する諸長編をも剩すところなく視野に收めた、過不足のない立論は筆者にとって今後の課題となろう。本論文の上げ得た成果を礎として、この特色ある研究の大成が期待される。

「論文要旨」の前に置かれた要項の示すとおり、審査の主査は年長の私が不束ながら勤めた。三名の副査についてすこしく紹介の辭を陳ねておきたい。

先ず齋藤喜代子教授は、二松學舍大學文學部の出身、創設された大學院文學研究科の修士課程・博士課程の第一期生であられ、昭和四十九年三月、『紅樓夢』研究によって課程博士（甲種）第一號となられた。つまり、丸山君にとっては大先輩に當たり、丸山君はさらにそのゼミの出身なのである。三年生のときのテキストには「三言」――明末に馮夢龍が編纂した口語系の短篇小説集三集を總稱する――が用いられ、四年目に『紅樓夢』が使われた。丸山君は後者を對象に卒業論文を書き上げ、文學士となった。修士課程の指導教授は齋藤教授であり、その研究テーマは『水滸傳』中の詩詞について」であって、それによる論文で修士號を得た。ついで進んだ博士課程のテーマは「明清章回小説形態研究」であり、同君が二年目の春、私が着任した。

私の藏書を本郷から九段へと運搬するトラックが千代田キャンパスの一畫に横附けになったとき、待ち構えていた丸山君は「お待ちしておりました」と挨拶した。それには二重の意味があった。私の人事は大學院の改組擴充計畫に基いて行われ、申請の關係上前年の秋から急速に進んで教授會をも通過した。齋藤教授はその段階でことのよしを内々丸山君に告げられたようで、さきのような挨拶になったことが後日判った。

たまたま私の着任年度から、同僚の塚原鐵雄國文學專攻主任の提案により、京大方式の指導教授複數制が導入された。かくて私もまた丸山君の指導教授の一人となった次第である。

齋藤教授は、文化學院在學時代、魚返善雄・岡崎俊夫氏から中國語・中國文學を學ばれ、宮島大八翁の創めた善隣書院の夜學にも通って中國語を磨かれた。二松學舍に入學してのちは、竹中伸・熊野正平兩教授にも就かれ、さらに助手勤務を經て大學院で學ばれる際、内田泉之助博士の指導のもとで『紅樓夢』の研究に着手し、學位論文を纏められたのである。さらに『紅樓夢』研究の權威、晩年の橋川時雄博士の講筵に列する機會があって、刺戟を受けられたと言う。因みにその主査は、内田泉之助博士、副査は石川梅次郎・熊野正平兩教授であった。

そもそも二松學舍は、東京大學の設置せられた同じ明治十年の十月十日、漢學者三島中洲が麴町の私邸の一隅に新設した漢學塾が最初の姿である。中洲は儒學のみならず漢詩漢文を善くした。その門に學んだ者で後日文學の分野で大成した二人の天才がいる。卽ち夏目金之助（號は漱石）、森泰二郎（號は槐南）の兩名である。漱石は兄の強い勸めにより英學に轉じたが、その舊藏書「漱石文庫」（東北大學藏）には中國の俗文學關係の書物が一册も見えない。しばしば併稱された森鷗外の舊藏書「鷗外文庫」（東京大學藏）中に『金瓶梅』『紅樓夢』を含む小說類が豐富であるのとは對照的である。

森槐南は明治漢詩壇の巨峯となり、帝大講師を兼ねたが、伊藤博文に隨ってハルピンに至り驛頭で流れ彈を被って負傷し、歸國後翌春他界した。その直前に漱石・露伴らと同時に學位を授與され、漱石が辭退したことは上に觸れたとおりである。

この槐南は早熟の詩才に惠まれ、清語を淸人金嘉穗に學んだ甲斐あって、十數歲の若さで『補春天傳奇』の如き詩劇を著し、來日中の黃遵憲らが序を與え評を加えた。黃遵憲は一方で元高崎藩主大河内輝聲と筆談中に熱っぽく『紅樓夢』に論及している。その黃氏はまた三島中洲とも交際があり、自著『日本雜事詩』中の二首を書いて中洲に贈った書幅が二松學舍の校寶として傳えられている。學祖中洲その人は『紅樓夢』を披閱したかどうか判らないものの、明治期の槐南の「紅迷」マニアともいうべき『紅樓夢』嗜愛の文學趣味が、專門學校時代を經て新制大學となり、戰後橋川時雄博士――若いとき晩年の中洲とも學縁を結んでいる――の二松學舍來任によって新しい文學研究の種子がまかれたのである。そのような學風の中で先ず齋藤博士の誕生が位置附けられよう。

中洲とその育てた二人の天才については、數年前「人の師としての中洲三島毅の一面――二松山長として、東宮侍講として（覺書）」と題する拙文に觸れた（雄山閣）。この一文の企圖の一つは、中洲博士が東京大學教授から轉じてのちの大正天皇の東宮侍講となり、漢籍漢詩について進講したことを論ずる緒論とするに在った。しかし近年、原武史『大正天皇』、三島正明『三島中洲』等の著作、また天皇の漢詩については木下彪『大正天皇御製詩集謹解』、和歌には岡野弘彦『おほみやびうた』のごとき專著が相繼ぎ刊行されたので、この問題については姑くこれらに讓りたい。また槐南や鷗外と『紅樓夢』との關係は、先年「日本における『紅樓夢』の流行　幕末から現代までの書誌的素描」（汲古書院）中にやや詳しく觸れたので、これまた省略に從うこととする。

さて、他の二名の副查について紹介の筆を續けたい。

松川健二博士は、中國近世哲學思想史の專攻、北海道大學文學部の出身で竹內照夫博士の高足、儒學史特に宋明理學に精しい。學生時代（舊制）東京外國語學校出身の伊藤正講師から長い東北（舊滿州）生活での蘊蓄を授けられて、中國語に堪能であり、語錄の白話表現にも通じておられる。（この審查後に母校北大より學位を受けられた。）

また隣接專攻の國文學から選出された青山忠一博士は、江戶期の小說史の專攻、早稻田大學文學部出身で暉峻康隆博士の高弟、佛教史にも造詣が深い。稻門生え拔きで高等學院時代、實藤惠秀博士に就いて華語を習われたという。

この兩副查のそれぞれの專門からする丸山論文に對する評價がすこぶる高かったことは、指導に當たってきた齋藤・伊藤の兩名に取って人意を安んぜしむる嬉しいことであった。

三副査から出されたメモと口述試問後の意見交換に基づいて審査報告要旨（案）を私が起草した。掲出の長さに落ち着いたのは、要旨は千二百字以内に限るとの申し合わせに從ったものである。

また要旨の末尾には、丸山君の今後に期待される點など所謂「望蜀ノ言」が附け加えられている。この慣行は、私がかつて東京大學奉職中、人文科學研究科委員會での學位審査の席上讀み上げられた審査報告に對して駄目が出された臨場體驗に基く。學位論文といえども完璧ということはまずあり得ないのが實情である以上、不充分な點など所謂「瑕瑾」をも附記することが望ましいという趣旨であり、それに副って再報告された。一理あるので、二松學舍に再奉職後、この經驗を踏まえて委員會に提案し、以來申し合わせとして實行されてきたことである。

という次第で、丸山君の學位審査は、三副査ともに人を得、バランスも取れたまず理想的なものであったと言えよう。ただ、四人のうち主査の私だけが慚ずかしながら舊制の文學士であって博士號を持たぬ。

その點で私は時に誤解を受けることがある。私は亡父が命名の際、名乘りに漱石先生の「漱」の一字を頂戴したため、博士號を持たぬのは、辭退した先生に義理立てしてのことでは、と勘ぐられるのである。漱石は帝大講師を辭職して在野の小説家として立ったのであるから、辭退にも明分がある。帝大講師に在任した瀕死の床の槐南がこれを受けたのもまた至當のことである。翻って、國公立大學に奉職すること數十年に及んだ私としても、尸位の誇りを免れるためにも論文を取纏めて學位を申請したいとかねがね思い續けてきたのであった。しかしながら、懶惰の辯解めくが、舊制の最後から算えて何回も機會があり、有難いお聲を掛けて頂いたにも拘らず、いつもなにかの邪魔が入り事情が生じて、これを取纏めて提出するには至らなかった。五十二年春、母校に配置換えになったとき、これを最後の機會と考え、先輩の前野直彬博士が定年を迎えられるまでの四年間に審査を仰ぐ心積りでいた。ところが着任して一年と經たぬ正月に賴みとする前野主任は腦内出血で倒れて半身不隨、萬事不如意の身となられたため、急遽私が主任を交替する仕儀となり、定年の前野博士を送り出したあと、私自身も最後の機會を逸したまま繁忙の裡に本鄉を去ることとなった。

私の長い敎師生活中に接した所謂「敎え子」のなかには、すでに二十數名の博士號所持者があり、ほとんどが論文を著書として世に問うてもいる。（なかには勸めても提出しなかった頑固依怙地な〝不心得者〟も何名かいたが。）丸山君がこうして學位を得たのち、的を狙い定めて新著を世に問おうとしていることも、暮年に及んでようやく「著作集」の編刊作業に從って齷齪している私としては、わがことのように嬉しい。

そこで思い返されるのは先師增田涉先生の逸事である。あれほど學の蘊奧を極められた先生が學位を持たれなかった。大阪市立大學へ招んで頂き、同僚の末席を汚したあと、先生が學位を持たれないことで蔭口を利く同僚がいた。なにかの折にどうしてですかと質問を放つと、「僕は待たなくても、友達の小野君（東大主任の小野忍博士のこと、中國文學研究會での「老朋友」であられた）が博士になったから、同格だよ」と冗談めかして笑い飛ばされた。その言葉も先生の口から出ると、なんの嫌味も感じられなかった。逆に飽くまでも謙虛な先生は、『中國小說史略』の改譯に備えてこれを演習のテキストに使用しておられた時のこと、折しも帝大に出講中の田中謙二博士に『金瓶梅』の章の代講を依賴され、私が着任すると、『紅樓夢』のそれを下命され、自らは聽き手、質問役に廻られて他山の石とされたのであった。

先生の傳でいくと、私は「敎え子」に當たる博士諸君がこれだけの數に上る以上、丸山君も無論その一人だが、「敎え子が博士だから」と胸を張って嘯きたくもなろうというもの、それだけに殊のほか丸山君の待ちに待った新著上梓のことが嬉しいのである。

（二）海上留學　復旦大學への道

丸山君の論文審査は、大略このようにして順調に終了し、同君は學位記を手にすることが出來た。

その論文提出前に、外國文學研究の學徒に取って貴重な體験を重ねた二年間の留學期間が挾まれてある。さきには同君と二松學舍との結緣についていささか述べるところがあったが、直接異文化刺戟を與え續け、二松での課業に勝るとも劣らぬ役割を果たした復旦大學について紹介の辭を吝むわけにはゆくまい。

復旦大學は大戰末に國立に移管された。英京のケンブリッジ劍橋・オクスフォード牛津兩大學は私學であるからわが國の慶應義塾・早稻田の兩大學に比擬し得よう。復旦大學は數ある國立のなかでも、北方の北京大學――清末の京師大學堂の後身で、近年創立百周年を祝った――と竝ぶ南方の雄である。これをわが東西兩京の東京大學・京都大學に比擬したとしても當を失してはいまい。尤も、世界大學ランキングでは、文理の總合大學としての復旦大學は東京大學を拔き上位に位置附けされていると聞くのに、わが國での知名度はさまで高くない。

現にその東京大學に北京大學に續いて復旦の王水照教授を外國人教師として招聘した際、中文科主任の私は文學部長室に人事の説明に出向いた。學部長は「復旦」とはいかなる意味かと下問した。咄嗟に「旦ニ復ル　あしたニかえル」という意味だと應えはしたが、それには『書經』の『尙書大傳』「虞夏傳」に出典があり、日月の運行の「自強息マズ」の意に取られたことを後日私も人に教えられた。

清末光緒三十一年一九〇五年、學祖馬相伯により上海に「復旦公學」として創設されて以來百年に垂んとし、十七年に復旦大學と改稱、四十二年國立編入という長い歴史を有すること、百二十五周年を祝った二松學舍に劣らぬ。

その中文系は文科系でもとりわけ由緒ある「系」（學部に當たる規模）である。特に近年他界された趙景深教授が看板教授であった。詞曲小説の學に通じた俗文學研究の權威であり、戰前からジャーナリストとしても知られた。その厖大な舊藏書は沒後復旦大學に歸し、目錄も編刊されて內外の學者を裨益している。

實は私が元初の宋遠の『嬌紅記』の邦譯を果たしたあと、論文「嬌紅記與嬌紅傳」の筆者たる趙教授にも一本を獻じたところ、趙教授は從來の「宋梅洞」著者說を一歩進めてこれを宋遠と比定し、その傳記に若干考證を加えたことを來簡で評價され、以來文通が續いたという學緣があった。その緣で趙教授の愛弟子に當たる李平・江巨榮の諸教授とも、また社會科學院文學研究所の鄧紹基研究員とも學緣を結ぶことが出來た。

ところで丸山君が復旦留學に當たり「導師」指導教授となって下さったのは章培恆教授である。章教授は一九三四年、浙江紹興に出生、復旦大學に學んで近世文學、特に元明淸の戲曲小說を專攻、卒業後やがて教授に昇り、推されて中文系主任となり、期滿ちてのち、附設の古籍整理研究所長を經て、現在は中國古代文學研究中心主任を務めておられる。同大學が國家教育委員會から重點大學の指定を受けたときも、明淸小說戲曲の研究分野で博士課程を認定され、その重鎭として博士生の導師の資格を與えられた。かつて來日、七十九年十月より一年間、神戶大學の外國人教師として在任されたこともある。

師承から言えば、復旦では碩學陳寅恪博士の高弟蔣天樞教授に師事された章培恆教授は、趙景深教授の學風とは別に一旗幟を樹てられた。目錄學・書誌學の基礎の上に大膽斬新な假說を提示、これが實證に努めるところにその本領が在ろう。『獻疑集』など著書論文多數、日本では北京大學の安平秋古籍整理研究所長との共著『中國の禁書』の抄譯（新潮選書）によって僅かに一般に知られる。

度の強そうな近眼鏡をかけた貴公子然としたその風貌に私が始めて接したのは、初來日後の學會のパーティの席上、今は亡き伊藤正文教授の紹介によってであった。のち八六年十月、私は翌春の退官を控えて十年近い人事交流の緣の深い北京・復旦兩大學から招聘を受け、短期の講義を實施する運びとなり、北京での日程を終えて上海に移り、復旦の滬上のキャンパスのゲストハウスに落ち着いたのち、再見の禮を執った。講義の餘暇に藏書に富む附屬圖書館及び上海圖書館を案内して頂き眼福を得たことも忘れ難い。さらに公務繁多の身であられながら、杭州大學・蘇州大學訪問の小旅行に東道の主を勤められ、蘇州驛頭で上海へと引返される教授と立ち別れ、單身南京へ到着したところ、ホームには南京大學の舊知の吳新雷教授が待ち受けておられるという周到な配慮に預かったことも記憶に殘っている。

丸山君が留學生試驗に應募したいが、と相談に現れたとき、留學經驗のないだけ却って留學を奬勵していた私は卽座に贊同し、「してどちらへ?」と訊ねると、「復旦へ行きたい」とすでに志望は固めている風であった。同君の專攻する分野からすれば、當然の選擇であったと言える。

そのとき、私は先師增田涉先生が東大卒業後その門に出入していた佐藤春夫の『平妖傳』の下譯をされ、得た稿料と春夫の紹介狀を攜えて激動する上海に渡航されたためしを思い起こさずにはいられなかった。當時留學・在外研究と言えば、北京に赴いてその地で旗人について北京語を學び、という道を踏むのが一般的であった。增田先生は內山書店の老板內山完造の紹介によって、終生の師魯迅に親炙する機會を授けられたのである。

私はその選擇を導いたものを「方向感覺」と名付け、かつて先生の新著の書評に記したことがある。正しく丸山君は過たず方向感覺を働かせ、留學先を選んだのである。佳しとした私は章教授に宛てて預め紹介狀を書き、この春の留學生試驗に合格のあかつきは導師になってやって頂きたいと口添えをし、快諾に接した。首尾よく合格し、公務の關係上「進修生」や「博士生」をあまり持っておられなかった當時の章教授の學生となれたことは、丸山君に取ってまことに幸運であった。

二年間の定められた期間中、丸山君は職掌柄圖書館に人脈の廣い章教授の紹介を得て、地元の圖書館のみでなく各地へ旅して善本をその眼で睹る機會を得た。この得難い經驗もまたその後の研究上大いに役立ち、學位論文の作成にも寄與した筈である。

章を閉じるに當たって是非特筆しておきたいことがある。丸山君は、この復旦留學中に伉儷を得た。雲州松江出身で同じく留學中の輕薄ならざる才媛と才子とが〝邂逅〟したのである。のちに好伴侶となられた現夫人その人とである。大學のキャンパスも時に味な觸媒の役割を果たす。月下氷人の結んだ紅線の姻縁によるものか、はたまた出雲の神々の配劑によるものか、天機は知るよしもないが……。

さて、そのかみ增田青年が上海に渡航して魯迅と巡り會ったのと同様に、丸山青年は海上に留學して魯迅と同鄉の章培恆教授を始め多くの師友との出會いを經驗し、一廻りも二廻りも大きくなって歸國したと私は思う。

かつて君山狩野直喜博士は、愛弟子の倉石武四郎博士に向かって、「學問の種子を絕やすな」と最後まで訓戒されたという。學問は廣く學藝と言ってもよいが、學統藝風の傳授受け渡しは、つねに師匠弟子の雙方に取っての課題たること言を俟たぬ。

これまで丸山君は、二松學舍・復旦兩大學とそのスタッフから量り知れぬものを受けてきた筈、同君が階梯を登って先ずはかち獲た三聯の學位はその結實にほかならず、このたびの新著こそはこれを踏まえた成果にほかならぬ。

結語　望蜀言

長々と道草を食いながら綴ってきた文字通りの贅跋も、いよいよ結束を與えねばならぬところまで辿りついた。

この新著に對する評價を下すのは本來讀者に俟つべきことであるし、加えてすでに卷首には章培恆教授の序が備わっていて、同教授の見解評言のうちにすべては悉されていると言える。
そこを押して望蜀の言を陳ねるとなると、言わでものことになりかねぬが敢えて言おう。

ワープロで打ち上げられた新著の初稿を一讀して先ず感じたのは『紅樓夢』に關する論考がないという缺落感である。卒業論文以來の懸案であり、學位論文にあっても今後の課題として殘されたこのいわば厄介な長篇に對する研究成果が盛られていないとなると、少なくとも私に取っては正直はぐらかされたような感じを受ける。例えば、『紅樓夢』の寫本系統『石頭記』の諸本に殘存する入回詩や韻語を材料として、その成立の過程を究明する道も丸山君なら擇べたであろう。精一杯でそこまで及ばなかったということであろうか。

尤も、『儒林外史』を巡る論考は新たに書き下ろされたものとして、章培恆教授の成立を論じた成果をも踏まえて一歩を進めたものと評價できる。ただ異論がないわけではない。私も先年須藤洋一君の『儒林外史論』の跋文のなかでこの『外史』の抱える問題に久方振りに觸れ、色々と考えさせられるところがあった。それは乾隆十九年甲戌の年を以て『儒林外史』『紅樓夢』雙方に取って大きな「轉換點」轉機とする見地であり、前年の高宗の上諭は『水滸傳』『西廂記』の滿州語譯を禁ずる趣旨であることの余波にほかならず、言うまでもなく金聖歎の〝腰斬〟に處した兩書が「誨盗の書」「誨淫の書」と見なされ忌避されたことを物語っている。『外史』の著者吳敬梓は十九年十月揚州で客死し、長子の吳烺が『外史』の遺稿の處理に當たった筈である。一方パートナーの脂硯齋は『紅樓夢』（恐らくは七十回の）書名を「石頭記」の舊名に復し、改めて「定本」化へ向けて曹雪芹と共に再發足することとなる。『外史』も恐らくは七十回を豫定していたのが、二つの事情が重なって中斷杜絶し、内閣中書に出仕していた吳烺の手で現行の五十五回を以てとにもかくにも完結を見たものではなかろうか。これは『金瓶梅』の雙生兒たる『外史』及び『紅樓夢』──乾隆初年ほぼ時を同じくして南京と北京で書き進められていた──の成立事情の一齣に對する私の臆說たるに過ぎぬが。（詳しくは『汲古』誌第四十三號に發表豫定の「『儒林外史』五十五回本の成立に果たした呉敬梓と呉烺父子の役割」に譲る。）

治學に謹嚴な丸山君は臆說臆斷を排し、齒がゆいまでに立論立異に愼重である。私ごとき氣儘な老書生は、丸山君が遠慮氣兼することなく「學ニ涯ナシ」と學問の大道を歩み續けることを期待して止まぬ。

ここでこれらの望蜀の言のあとに最後に附け加えておきたいことがある。

前章で私はあたかも自身が學位論文執筆に望みを斷ったと思わせかねぬことを記した。近頃人から教えられて知ったことであるが、かの河盛好藏教授は齡八旬を踰えながら、ついに學位論文を完成し、母校の京都大學に提出し、めでたく學位を得られたという。この文壇の佳話を耳にして、現在「著作集」の編刊を進めつつある大患後の私としては、文祺に惠まれその「紅樓夢編」三卷を完成刊行したのちには、これらに收める札記の域を出ぬ諸論文をより體系的に按排し、河盛博士の顰みに倣って學位を請求するに足るだけの論文に纏め上げてみたい――こういう希望が油然として湧き上ってくるのを禁じ得ぬ。丸山君の新著刊行を喜ぶ氣持は前記の通り人後に落ちぬ。「至囑至囑」という尺讀用語を借りて、反面教師としてあとを賴むという心算であったのに、しかし今は心境が變わった。丸山君とも今後も切磋琢磨し合いながら、『易』の兌卦の「麗澤」を釋いて「君子以テ朋友講習ス」とするを旨とし、八旬に垂んとする暮年の山道を登攀してゆきたい、また宿題の『金瓶梅』の、その飲食男女、殊にエロスの世界にも參入を果たしたい――これこそがこの贅跋の末尾に附け加えるべき、老窮措大の僞らざる所懷なのである。丸山君、以て如何となす。

平成壬午年除夕前一日　武南兩紅軒にて識す

著者略歴

丸山　浩明（まるやま　ひろあき）

1960年（昭和35年）10月群馬縣に生まれる。1996年（平成８年）３月二松學舍大學大學院文學研究科博士課程（中國學專攻）修了。

博士（文學）〔二松學舍大學〕。現在縣立廣島女子大學國際文化學部助教授。

著書・論文　『全譯漢辭海』（三省堂、編集協力）、「中國石印版小說目錄（稿）」（『廣島女子大學國際文化學部紀要』第７號）、「王陽明の後學錢德洪について」（『陽明學』第５號、葉樹望、翻譯紹介）など。

明清章回小說研究

平成十五年二月七日　發行

著　者　丸　山　浩　明

發行者　石　坂　叡　志

印刷所　中台整版
　　　　モリモト印刷

發行所　汲　古　書　院

〒102-0072　東京都千代田區飯田橋二−五−四

電　話〇三（三二六五）九七六四

ＦＡＸ〇三（三二二二）一八四五

ISBN 4-7629-2680-9　C3097

Study on Chinese Vernacular Novels in Ming and Ching Dynasties

Hiroaki MARUYAMA

Preface by Chang P'ei hêng [章培恆]

Contents

摘　要

中國小說的概念因時代而異。如莊子中所用詞語，《漢書》「藝文誌」所見說法等等，均從不同的角度表現出古代小說的出發點。唐代傳奇也自有其獨特風格，故事性政治性諷刺性等均比此前作品有很大發展。但以現代的觀點來看，內容形式方面均臻完備的所謂小說乃是明代，尤其是萬曆年間能用雕版印刷傳播以後纔出現的。這一時期，長短篇小說以及其它說唱文藝形式，如百花齊放般蓬勃發展。因而在文學史上明代成爲小說興隆的時代。明代長篇小說有一共同特徵，卽取章回體形式。著名的《三國志演義》《水滸傳》《西游記》三部巨著均爲世代累積型集體創作之作品，均係以史實爲據歷經演變而成。明代章回體小說大都採用源于敦煌變文的白話地文與詩詞駢文互相配合的文體。淸代小說也都襲取此種寫法。所以研究明淸小說，不得不注意詩詞駢文等美文因素與話術形態。本文爲考察明淸章回小說的特點，以美文因素的插入爲橫綫，以出版文化的發展爲縱綫，對具有代表性的幾種小說闡述了自己看法。

《三國志演義》由正史《三國志》到清初毛宗崗編一百二十回小說，演變時間最長。元代的《三國志評話》以來，有福建省印刷的《三國志傳本》關索系花關索系，通稱的《嘉靖本》，《通俗演義本》和《李卓吾批評本》等，版本衆多。但是《毛宗崗本》出現以後，再未見到有何新奇改變，因之成爲所謂通行本。故此本文重點考察毛宗崗的改編理論幷分析其定型化的轉變因素。

毛宗崗倣效金聖歎改編《水滸傳》之法，以「凡例十則」及「讀三國志法」表明其詩歌處理方針。「凡例第八」有言，「敍事之中挾帶詩詞，本是文章極妙處」，由此可見毛宗崗對美文因素之評價。《毛宗崗本》之插詩押韻多參考《李卓吾本》，

使用「亡」字甚多。三國志小說的各種版本無不多用「休」「亡」「空」等字，以表現歷史的終結、人物的死絕。如插詩歌最豐的《嘉靖本》便是以「休」字說明歷史轉變之中止感。《李卓吾本》與《毛宗崗本》都用有與《嘉靖本》雷同的三首七絕、兩首五律、一首七律，此外又新插入以「亡」字爲韻的一些七絕。另外《毛宗崗本》爲突出三國志小說的完結性，用《嘉靖本》也曾使用的「空」字撰寫了卷首和第一百二十回末尾的評語。通過這種歷史必然和創作理論的結合，毛宗崗爲三國志小說的改編演變劃了句號。

卷首〈臨江仙〉詞「是非成敗轉頭空，古今多少事，都付談笑中。」與書末總結的一段遙相呼應。

自此三國歸于晉帝司馬炎，爲一統之基矣。（一部大書此一句是總結。）此所謂「天下大勢，合久必分，分久必合」者也。（直應轉首卷起語，眞一部如一句。）後來後漢皇帝劉禪亡于晉泰始七年，魏主曹奐亡于太安元年，吳主孫皓亡于太康四年，皆善絕。（不以司馬炎作結，仍以三國之主作結，方是《三國志》煞尾。）後人有古風一篇，以敍其事曰：……

此古風之最後兩句爲：

鼎足三分已成夢，後人凭吊空牢騷。（此一篇古風將全部事跡隱括其中，而末二語以一夢字一空字結之，正與首卷詞中之意相合。一部大書以詞起以詩收，絕妙筆法。）

毛宗崗在評語中表明了自己對三國志小說的改編方法。因此「空」「亡」二字可稱爲毛宗崗《三國志演義》的關鍵詞。

《水滸傳》也是世代累積型小說之一，且版本問題非常複雜。本文對前期一百回本《容與堂本》演變爲一百二十回本《全傳本》的過程中插入詩歌的情況，作了考察，并闡明了其特點。

一百回本含有五百餘首詩，三百多首詞歌駢文，總計約八百三十首。此外尚有偈文、法語、宣、書信等。其插入特徵爲：一，前四十回中，詩的數量少于平均

數。詩和其它美文因素插入程度相近。五十回以後，詩和詞歌駢文的比率約爲二比一。二，第七十六回詩詞等數量極多。因系拒絕招安後梁山泊好漢一起登場的首出場面，故以詩歌等歌頌英雄形象。一百二十回本是在一百回本之第九十回前四分之一後，從文簡本系統插入田虎王慶故事二十回，再接第一百一十回後半部構成的。一百二十回本對美文因素作了整理，使其分布大致平均。一百二十回本含有二百九十三首詩，二百七十八首詞歌駢文，總共約五百七十首。又有偈文、法語、書信等。特點如下：一，八十回以後尤其是九十回至一百回之間，詩歌等比前半部少。例如第九十二、九十九、一百零六回均無詩詞插入。因這一部分本是從文簡本系統借來，雖經演變但也必然難以脫胎換骨。二，與一百回本同樣，第七十六回詩詞較多。一百二十回本每回含有詩詞等五首左右，而此回則爲平均數的五倍以上，達二十六首之多。

在將一百回本改編爲一百二十回本的過程中，一項工作就是删掉回首入話的六十七首七律之大部分，又將十首移至別處使用。另外，有二百首左右的美文因素也被削減。調整的主要趨勢是，以詩句突出人物形象。一百回本的插詩內容頗爲寬泛，一百二十回本則着重于好漢形象的渲染。但在以詞歌駢文描寫彷彿情景方面上，二者無甚明顯變化，一百二十回本與一百回本的用法庶幾相同。故而可以認爲對于文繁事繁的一百二十回本來說，所插詩詞各有不同的意義，各自承擔的描寫功能十分明顯。

小說水滸成書以前，除《醉翁談錄》裡所記的個人傳、《宣和遺事》等所謂話本故事以外，其人物故事還見于一些元明雜劇。小說誕生以後，戲曲中也出現了水滸故事的劇目。本文考察了以水滸好漢黑旋風李逵爲題材的元代雜劇，從而分析了戲曲和小說之間人物形象有何異同。

高文秀《黑旋風雙獻功雜劇》中，李逵的形象既從容又風雅，足智多謀且詼諧風趣。康進之《李逵負荆雜劇》中，他的形象也很瀟灑，欣賞清明時節的桃花美景，苦笑自己的賍黑指頭。如此人物形象是小說裡全然沒有的，在小說中李逵是個粗暴嗜殺的粗野人物。此外，《都孔目風雨還牢末雜劇》也屬于黑旋風劇之一。

此劇中李逵的形象比較平淡，沒有強烈色彩，但也不像小說中那樣粗魯莽撞，而是作爲一個小市民，一個梁山泊好漢，和公案劇中的包拯一樣，拯救無辜，替天懲惡。考察結果說明，元代黑旋風雜劇深有公案劇因素，且未發現與水滸小說有直接關係。

《西游記》中也有許多插入詩詞。本文以明末最具代表性的《李卓吾本》與改編後流行的清朝《西游眞詮本》爲例，闡述《西游記》美文因素的特點。《李卓吾本》含有各種插入美文共七百四十左右；詩四百四十三首（其中七律一百七十一首，古詩一百六十二首，其餘爲七絕等），詞二百首，駢文九十餘，此外還有表、榜、頌等。《李本》插詩裡有三十多首回首詩詞。詩的數量爲詞的一倍。詩詞的插入情况很不平衡，多者如第一回十九首，第六十四回二十一首等，少者如第四十二回僅三首，第九十二回僅四首等。雖然編成了一百回本，但對美文因素的整理纂修并不完善。同爲明代萬曆年間所編的《三國志演義》《水滸傳》等均已將回目統一成七字或八字。而《西游記》一書却存在五字回目，未予調整，亦未注意到美文因素與回目不平衡等問題。這種忽略體例修改的傾向，在《西游眞詮本》中有加無已。《眞詮本》裡的插入詩詞更爲糟糕，有一百八十六首詩，二十二首詞，三十三首駢文等，總共二百四十多首美文。但是分布不匀，有許多回沒有插入詩詞，而且對《李本》的繼承也很粗糙。《李本》裡的古詩或詞駢文在《眞詮本》裡大都變成了七絕，生拼硬湊，牽強地把前幾句和後半一两句拼在一起。詩詞駢文的描寫內容也雜亂無章，沒有明确的區分。韻目以人辰韻即眞韻爲基調。敦煌變文、成化說唱詞話以及木魚書、彈詞等說唱文學多用此韻。而且用韻不甚嚴格，n,ng,m 韻尾混雜通用。似乎《西游記》的美文因素乃汲取說唱文藝的多種內容而成，清朝改編時也未能得其要領。

《儒林外史》作爲個人創作的章回體小說成書于清代乾隆年間。其結構倣效金聖歎改編《水滸傳》，以環環相扣的連環方式將故事連綴起來，描寫各種因科舉

而左狂右蕩的人物形象。但這部小說的總體回數問題，從成書當初一直至今未得解決。全書係由五十回構成，抑或由五十五回、五十六回構成，尚無定論。

《儒林外史》雖與明代長篇通俗小說同爲章回體，但與明代小說有一大明顯不同。卽，除卷首、卷末各僅用有一首詞外，全書基本上未用詩詞等美文因素裝飾正文。故事展開以登場人物的會話爲主，作者力圖從中將人物的形象、思想、看法、出處進退等描繪淸楚。這成爲《儒林外史》的一個特長。不插入詩詞等美文因素，更有利于內容敍述的流暢進行，所以，這也許是作者有意而爲。

至于卷首、卷末之詞，也可能是作者將全稿整理成五十回時所加，使首尾二詞遙相呼應，也是倣效金聖歎之作法。後來又續寫五回，到五十五回卽可結尾，第五十六回恐係後人妄加。從內容看，卷末〈沁園春〉詞包括兩個方面。上闋回憶自己周圍人物，下闋表敍個人後半生願望。乾隆十六年吳敬梓之子吳烺以擧人身份走上仕途，故此時年五十一歲的吳敬梓將全篇打住。《儒林外史》的結構，可分爲三個部分。第一部分第二回到第三十回左右，乃吳敬梓三十餘歲時寫就，主要描寫一般市民被科擧播弄的狂態。第三十回前後杜愼卿杜少卿出場到第三十七回大祭泰伯祠爲第二部分，主要描寫吳敬梓周圍的人物。第三十八回以後屬第三部分，將周圍各種傳聞匯聚起來，以作全書結尾。所以或許全書原來由五十回構成（包括卷首、卷末之詞）。吳敬梓死後，乾隆三十三年左右，其子吳烺、親戚金兆燕等擬將《儒林外史》公開刊行，遂予以整理，編成五十六回本。至今公認的最早刊行的《臥閑草堂本》就屬于這種版本。由于全書回數不成整數，淸末又出現了增補四回的六十回本。上述情況說明，完整的《儒林外史》究竟應爲多少回，一般讀者不得而知。總之，《儒林外史》在追求新型描寫方法上是站在前沿的，但在組織結構上却暴露了個人創作的極限。

除上述插入詩詞的問題外，還須注意明淸章回體小說的話術形態演變。其以散文爲地文與詩詞等韻文互相配合的特點，從講史、評話到淸朝個人創作一直無甚明顯變化。有好多作品除小說正文以外，還同時附有編者的長短評語。著名作品

均在同一版面上刊有挾批、眉批或者各回末尾的總評等等，因之讀者只得與正文一起予以閱讀，評語的內容有時束縛讀法，有時引導對正文的理解。明末清初加評改編之風興盛，話術形態發生變化，即成爲四層。在成書整理階段，基本上是按講話人與聽衆二者的關係寫成文字的，而在改編加評階段，要將編者的解釋插于內容之中，便採用以講話人的口吻回答聽衆疑問的方式，然後編者再爲讀者展開敍述。因此在某些作品裡，講話人與聽衆位于裡層，編者和讀者位于外層，話術形態成爲四層。例如《兒女英雄傳》就是其代表之一。

時代在變遷，出版文化方面也必然反映時代的要求。本文對明代坊刻出版之一隅做了考察。

萬曆年間，除金陵南京，金閶蘇州以及杭州的私營刻本業突然繁榮起來以外，福建建陽麻沙的坊刻出版事業也頗値得注目。建本所營範圍相當廣泛，當時流行之科擧參考書自不待言，醫藥書、日用類書、講史小說等通俗讀物亦均在經營之列。其中所謂評林本尤爲出色。評林本幷非作品名稱，乃係匯編原書與時賢名家評語于一册的版本。所爲時賢名家，不乏欺世冒名之嫌。而評林本種類頗豐，除科擧參考書外，還有各種書籍。尤其不可忽視的是建本將《史記》《漢書》《左傳》等史書，《三國志》小說《水滸傳》《列國志》等講史小說均編成評林本出版發行。評林本之出版集中在萬曆二十年代，比南京等大都市私營刻的加評本例如《李卓吾評本》早十餘年。因之，小說加評，或許在文人加評盛行之前已有福建省坊刻刊行的評林本時代。雖然這只不過是個大膽的假說，然而考察文化發源地和文化交流的方向性確實値得注意。

余象斗可稱萬曆年間建本出版事業的最大代表。他不僅將自己的畫像刻印在幾種刊物上以自我宣傳，而且還發明了近似檢印的商標蓋在封面上。作爲坊刻本老店的經營者，他似有意編纂講史小說歷史演義全集。他不僅對《三國志傳》《水滸傳》《列國志傳》做了加評改編，還借用同鄉熊大木所編《全漢志傳》《唐書志傳通俗演義》《南北兩宋志傳》《大宋中興通俗演義》等一系列歷史演義作品陸續

出版。這可成爲他編通俗史的佐證。此外，他出版了兩種公案傳，其內容不是一般地記載法律，而是以洗冤雪冤錄反映百姓受壓迫的情況。他還想創造《四游記》，將南北東各書配在一起，以描寫人物評價和時代要求。可見，他是一個對時代氣息敏感的文化山人，敢于利用出版事業追求自己理想的人物。

還有兩篇補論，一篇是介紹東京大學所藏兩種《水滸傳》簡本——《劉興我本》和《藜光堂本》，此二書均爲孤本。爲使《水滸傳》版本資料系統化，特編入于此。另一篇是對清末到民國時期興盛一時的石印本小說的考察。從光緒年間到1930年左右五十多年之間，共計出版了八百多部石印本小說。其中自然包括《水滸傳》《紅樓夢》等長篇章回體，而數量更多的是言情內容的中短篇，因此石印本小說與明末清初的才子佳人小說有同樣的存在價值。石印本小說平均每本售價僅爲 2 角左右。在出版文化研究方面，印刷數量、價格、傳播範圍等問題尙待進一步明確，這將做爲今後的課題。石印本也不例外。

總而言之，章回體小說在明代處于對其詩詞駢文、評語、回目、話術形態等各種因素進行整理的階段，因是演變過程之中，故此很多作品尙未得出定型通行本。《三國志演義》《水滸傳》等著名小說之所以堪稱世代累積型集體創作，也正是這個緣故。萬曆年間，出版事業急速發展，加評改編的工作相當普遍，因之作者得以明確地把握住章回體的形態特點。《金瓶梅》以後，個人創作的意識觀念比以前明顯強化。或許是好多作者編寫長篇作品幷不得心應手，于是不得不構造中短篇，像才子佳人小說群那樣。清代小說却按照已經固定的形式，探求新的主題內容，幷追求描寫話術。《紅樓夢》，《儒林外史》與《兒女英雄傳》等均是努力開創新鮮別致的清代小說的成果。成功與否不敢妄評，但是明清兩代的長篇小說一直未能離開章回體這一事實不容否認。

人名索引

＊日本語の慣例的讀み方に従い、五十音順に排列する。

＊頭文字が同じ場合は、畫數順に纏める。

＊およそ清代、江戸時代末を目安として、19世紀以前の人物については、人名後に主要活躍朝代を（　）で注記する。

＊人名が書名として使用されている場合も、適宜收める。

＊號あるいは字でも、本書で用いている場合は適宜收める。

＊作品中の登場人物及び引用本文における人物は、歴史上の實在であっても取らない。

か

き

く

け

す

せ

そ

た

ち

つ

て